東京レイヴンズ14
EMPEROR. ADVENT

あざの耕平

ファンタジア文庫

2364

口絵・本文イラスト　すみ兵

目次

斯《か》くて神は降臨し――

——時の輪が、廻り始める。

一章☆繋がる抵抗

1

相馬《そうま》多軌子《たきこ》は両親の顔を覚えていなかった。

一人だったわけではない。両親とも一緒《いっしょ》に暮らしていた。ただ、多軌子の周りには、いつも、何人もの大人がいた。身の回りの世話をする乳母《うば》たちや、厳めしく仰々《ぎょうぎょう》しい爺《じい》たち。「外」と行き来する者たちや、呪術の修行に励《はげ》む者たち。父も母も、他の大人たちと同じように、多軌子に接していた。そのため、どちらも周りにいる大人たちの一人という以上の印象は残っていなかった。

依《よ》り代として、極めて優れた資質を有する、正系の子。

多軌子は、一族が待ち望んでいた、一族の悲願達成への足がかりだった。両親にとって彼女の存在は、単なる「跡継《あとつ》ぎ」や、ましてや「我が子」などではなかったのである。

あなた様は大きくなったら神様になるのでございます。

物心が付いたころには、多軌子は周りの大人たちから、そう言い聞かされるようになった。その言葉が嘘《うそ》や冗談《じょうだん》ではない証拠《しょうこ》に、大人たちは細心の注意を払《はら》い、常に恭《うやうや》しく彼女に接した。

そもそも、多軌子はその扱《あつか》いにおいて、注意を払う必要がある子供だった。

多軌子が幼少期を過ごしたのは、霊峰《れいほう》と名高い、とある山の麓《ふもと》。人里から離《はな》れた集落のような場所だ。辺りは豊かな自然に包まれており、また霊脈が集まる場所のため、一年中強い霊気に充《み》ちていた。そして、一族が長年にわたって施《ほどこ》した呪の影響《えいきょう》で、極めて特殊《とくしゅ》な霊相を形成していた土地でもあった。

そのせいか、生まれついての依り代だった多軌子は、事あるごとに自分の中に外の霊気を受け容《い》れ、憑依《ひょうい》させていた。多軌子の憑依は、彼女の巫女《みこ》としての優れた資質を証明する一方で、彼女への扱いを複雑で困難なものにした。多軌子に憑依する霊気は、まったく無害なものもあれば恵《めぐ》みをもたらすものもあったが、災厄《さいやく》を振《ふ》りまくものも少なくなかったからだ。

大人たちは、いよいよ注意深く、そしてさらに恭しく、多軌子に接するようになった。その様子は、自分たちの領域を越《こ》えた場所にいる存在――いわば「神」を祭り上げるのと、ほとんど同じだった。

神は孤独《こどく》だ。

ただ、当時の多軌子は、孤独という概念《がいねん》を知らなかった。寂《さび》しいという気持ちすらなかった。多軌子の周りにはいつも何人もの大人がいたが、自分と同じような子供は一人もいなかった。自分が置かれた境遇《きょうぐう》を、他と比《ひ》較《かく》することができなかったのである。

それどころか、知らされることがなかった。だから、多軌子は周りのすべてを、そのまま受け容れて過ごした。異常なことも。特別なことも、普《ふ》通《つう》のことも、分《わ》け隔《へだ》てなく。正常なこと
あのころの多軌子にとって、周りの大人たちは、野山の鹿《しか》や猪《いのしし》と同種の存在だった。現に、ずっと側に居て長い時間を過ごしたはずだというのに、彼ら、彼女らの記憶は、驚《おどろ》くほど残っていない。特に顔立ちはそうだ。誰《だれ》がどんな顔をしていたのか、ほとんど思い出すことができなかった。

それは、彼女が神の視点で生きていたからでもある。

ただ、もうひとつ、他の理由もあった。

多軌子がその理由に気付いたきっかけは、ある二人組との出会いだった。

「……彼女が？」

「そう。と言っても、私が前に会ったのは、ようやくおむつが取れたころだけど」

「しかし……これは……」

「うん。話は聞いてたけど、ほんとに放置してるんだな。サンプルケースとしては興味深いが、呆《あき》れたもんだよ。相変わらず本家の連中は中世に生きてるね」

そこは、多軌子のお気に入りの御堂《おどう》だった。

村の外れにある二十畳《じょう》ほどの建物で、多軌子が許可しない限り、大人は近づくことが許されていない場所だ。しかし、その二人組は畏《かしこ》まる様子もなく、平然と彼女の聖域に踏《ふ》み行って、御堂に入る扉《とびら》を開けていた。

そのとき多軌子は、いささか質《たち》の悪い陰《いん》の気を自らに憑依させていた。大人たちが着せた古風な巫女装束は、帯が解《ほど》けて合わせ目がはだけ、裾《すそ》が無残にすり切れている。板敷《いたじ》きの床《ゆか》に複数あるひび割れや表面がはげ落ちた漆喰《しっくい》の壁《かべ》は、当時の多軌子が誰に教わるでもなく身に付けていた、霊力《れいりょく》操作の暴力的な発露《はつろ》の結果だった。

充満《じゅうまん》する霊気はバランスを崩《くず》して陰に傾《かたむ》き、凝《こ》り固《かた》まってさらなる陰の気を呼び寄せていた。堂内の霊気は、もはや瘴気《しょうき》に近かった。

そんな中、壁に背中を預け、両足を投げ出していた多軌子は、首を御堂の扉に傾けて、

入り口に立つ二人の男を眺《なが》めた。

炎《ほのお》のように鮮《あざ》やかな赤毛が、鮮烈《せんれつ》な印象を残す少女だ。

ただ、虚《うつ》ろな瞳《ひとみ》はろくに焦点《しょうてん》が合っておらず、唇《くちびる》はうっすらと半開きになっている。そのとき多軌子を動かしていたのは、彼女ではなく、彼女に憑依していた陰の気だった。

去れ、と幼い少女の口から獣《けもの》のような声が出る。

二人組の片割れが苦笑して頭を掻《か》き、残るもう片方は双眸《そうぼう》を鋭《するど》くした。

「ははは。どうも日が悪かったようだ。出直そうか、倉橋《くらはし》」

「……大連寺《だいれんじ》。このまま手をこまねいていれば、彼女は『タイプ・オーガ』の形代《かたしろ》になりかねない」

「ああ、その心配は不要だよ。そんなに柔な器じゃない。何しろ、フェーズ5を降ろそうっていうんだから。うちの娘にも色々試してみたが、やはり本物とは比べものにならない。残念だけど、あの子じゃ無理だ」

そう言うと、片方の男は胸に手を当てて、多軌子に向かい大仰《おおぎょう》な態度で一礼した。それから、あっさりと向きを変え、御堂から立ち去ろうとした。

しかし、もう一人の男は彼に続かなかった。靴《くつ》を脱《ぬ》ぎ、無言のまま御堂に上がってきたのだ。

去りかけていた男が振り返り、「おい、倉橋」と声をかける。しかし、彼は耳を貸さず、真っ直ぐ多軌子に近づいて行った。

ざわり、と多軌子の中の霊気が蠢《うごめ》き、少女の周辺の霊気が乱れた。命令に反して近づく男に、霊気が反応し、牙《きば》を剝《む》こうとした。

その瞬間《しゅんかん》、
パン、
と男が柏手《かしわで》を打った。

そのときの衝撃《しょうげき》を、多軌子は以後何年も忘れることができなかった。

男の柏手には呪力《じゅりょく》が込められていた。その呪力は一瞬《いっしゅん》にして堂内の陰の気を払い、さらには多軌子の中から、憑依していた霊気をも消し飛ばしていた。

それはまるで、なんの前触《まえぶ》れもなく全身に水を——滝《たき》のように大量の、透《す》き通《とお》り、冷えた清水を、浴びせられたようだった。

多軌子は、心の底から驚いて、目を丸く見開いた。

一瞬にして、しかも、ただの柏手一つで霊気を浄化《じょうか》した、男の手腕《しゅわん》に驚いたのではない。

そのときの多軌子には、男が何気なく見せた陰陽師《おんみょうじ》としての力量など理解できなかった。

また、似たようなことなら——男ほど鮮やかな手並みではないとしても——周りにいる大人たちにもできただろう。

しかし、多軌子に——一族の姫巫女に向かってそんな真似《まね》をする者は、これまで一人もいなかったのである。

生まれて初めて経験する、明確な「反抗《はんこう》」。「他者」から示された「意思」。

男の示した「接し方」は、誇張《こちょう》ではなく、多軌子が生きていた世界の法則を、一拍《いっぱく》の柏手だけで打ち壊《こわ》していた。

去ろうとしていた方の男が、楽しげにクスクス笑う。

「お手柔《てやわ》らかに頼《たの》むよ。そんなところ、里の人間に見られたら、大騒《おおさわ》ぎになってしまう」

冗談めかした台詞《せりふ》にも、やはり目の前の男は返事をしなかった。じっと多軌子を見つめたかと思うと、その場に腰《こし》を下ろし、正座して彼女と向き合った。

倉橋。男はそう呼ばれていた。彼は倉橋というのだ。

多軌子は、初めて「人」という生き物を見るかのように、まじまじと倉橋を見つめた。

そして、倉橋もまた真っ直ぐに多軌子の顔を見つめ返した。

厳しく引き締《し》まった巌《いわお》のような顔が、

「……良い目だ」

と微《かす》かに綻《ほころ》ぶ。

そして多軌子は気がついた。

これまで自分の周りにいた大人たちは、皆《みな》、こんな風に多軌子を見ようとはしなかった。顔を伏《ふ》せ、視線を合わせず、常にへりくだって多軌子と接した。

しかし倉橋は、そうしない。このとき多軌子は、初めて他の人間の顔を、個別に認識することができた。

「初めまして、相馬の姫。相馬多軌子君。私の名は、倉橋源司《げんじ》。後ろの男は、大連寺至道《しどう》と言う。我々は、君と共に陰陽《おんみょう》の道を歩みたいと思い、ここに来た」

「…………」

「相馬と倉橋。再び共に手を携《たずさ》え、土御門《つちみかど》夜光《やこう》の遺志を受け継《つ》がん。以後、お見知りおき願いたい」

「…………」

多軌子は無言のまま、太く低い倉橋の声に耳を傾ける。

入り口から、もう一人の男が、

「おいおい、倉橋。その子はまだ、七つだぞ」

「礼を尽《つ》くすのに歳は関係ない。躾《しつ》けとは別だ」

「……確か君のとこも似たような歳だったと思うけど、家でもそうなんじゃあるまいね」

呆れるように言ったが、倉橋は今回も取り合わない。一度も視線を逸《そ》らすことなく、多軌子を見つめ続けている。

倉橋が口にした台詞を、多軌子はまったく理解できなかった。相馬多軌子というのが自分の名前だということさえ、すぐには思い出せなかったほどだ。

ただ、その他の三つの名前だけが、辛うじて意識に残った。目の前にいる、倉橋源司。もう一人の男、大連寺至道。

そして――

「……土御門夜光って？」

多軌子の質問に倉橋が瞬《まばた》きをし、それからもう一度微笑《びしょう》した。後ろにいたもう一人――大連寺が、ほほお、と思わぬ展開にニヤリとする。そういえば、大連寺もまた、真っ直ぐに多軌子を見つめてくる。この二人は、これまで多軌子が知っていた大人たちとは違《ちが》う種類の大人なのだ。

「お聞かせしよう」

と倉橋はおもむろに告げた。

「彼は、我ら三名の宿命を作った人物。かつて呪術《じゅじゅつ》の黄金期を作り――そしていまもまた、同じ時代に生きる、偉大《いだい》な陰陽師だ」

2

伝言を頼みたいんだ。

そう、「彼」は彼女に話しかけた。

「彼」が言うには、彼女が意識していない——することができないため記憶《きおく》に残っていないものの、「彼」はこれまでにも何度か彼女と会話を交わしたことがあるという。星辰《せいしん》の巡りが合う度に。ただ、二人の会話は原始的で感覚的なものであり、言語化するのが難しいのだそうだ。だから余計に覚えられないらしい。

ただし、「彼」は続けて言った。

もっとも、今回は覚えていてもらわねばならない。さっきは途切《とぎ》れてしまったからね。

彼女は戸惑《とまど》う。いつもできていないことを、急にやれと言われても困る。しかし「彼」は、大丈夫《だいじょうぶ》、と朗らかに言った。

いまならまだ、泰山府君《たいざんふくん》の影響《えいきょう》が残っている。君はきっと、覚えていられる。

いいかな？

あっさりと無頓着《むとんちゃく》に話を進める「彼」に、彼女はいよいよ焦《あせ》り始める。大丈夫と言われても、自信など持てるはずもない。しかも、その軽々しい態度と裏腹に、「彼」が言わんとすることが極めて重要だということは、言外に伝わってくる。

ちょっと待って。そんなの無理。泡《あわ》を食って訴《うった》える彼女を余所《よそ》に、「彼」はなんでもないように続ける。

いまあるすべてを整合するには、魂《たましい》を送るしかない。

神々は遍在《へんざい》する。

いつの世にも、等しく。同時に。

だから――

☆

「……だから……え？　な、なに……？」

ぼそぼそとつぶやいた、その自分の声で目が覚めた。

急激に意識が浮上《ふじょう》し、霞《かす》みがかっていた思考が明晰《めいせき》になる。同時に、霞みの中にいた存在が、流れる水のように消えていく。

反射的にすくい取ろうとするが、記憶はあえなく指の隙間《すきま》からこぼれ落ちた。あとに残るのは、指先を濡《ぬ》らすわずかな感触《かんしょく》。その冷たい感触が不安を掻き立て、「……ん」とぐずるように顔をしかめ、身動《みじろ》ぎする。

そして、相馬秋乃《あきの》は目蓋《まぶた》を持ち上げた。

――……夢？

覚醒《かくせい》直後のぼんやりとした頭に、いま見た夢の名残《なごり》があった。どこかしら懐《なつ》かしい感覚。それが薄《うす》れてしまった寂《さび》しさが、胸を微かに疼《うず》かせる。

もっとも、感傷は一瞬だった。秋乃はすぐに、目の前の現実に意識の焦点《しょうてん》を合わせた。

――あれ？　ここ……。

秋乃が目覚めたのは、彼女が知らない場所だった。畳敷《たたみじ》きの広い部屋。敷《し》かれた布団の上で、自分は眠っていたらしい。驚《おどろ》いて身体《からだ》を起こすと、

「やあ」

跳び上がりそうになった。

声をかけたのは、部屋の隅《すみ》にある机の前で正座していた少女だった。知っている少女だ。相馬多軌子。その鮮烈《せんれつ》な赤毛は見間違《みまちが》えようがない。

――そうだっ。わたし、春虎《はるとら》君に操られて！

夕方だった。隠《かく》れ家《が》である倉庫を一人で飛び出した秋乃は、移動途中《とちゅう》、彼女の中の『月《つき》輪《のわ》』を介《かい》して、現在潜伏《せんぷく》している土御門春虎と霊的《れいてき》に繋《つな》がった。春虎が遠隔《えんかく》で呪術を用いたのだ。その最中に、秋乃を連れ戻《もど》しに来た大連寺鈴鹿《すずか》が現れ、さらに彼女が――多軌子

が、二人の前に姿を見せたのである。

その後秋乃たちの下《もと》には土御門夏目《なつめ》と阿刀冬児《あととうじ》が駆《か》けつけるも、多軌子の護法である夜《や》叉丸《しゃまる》と蜘蛛丸《くもまる》も現れ、対峙《たいじ》することになった。はっきり言って、勝ち目はなかっただろう。あのままなら秋乃たちは、全員敵の手に落ちていたはずだ。

しかし、再び『月輪』を介して秋乃と繋がった春虎が、彼女たちの窮地《きゅうち》を見て、一計を案じる。秋乃の身体を操って禹歩《うほ》の術を行使したのである。そして、霊脈《れいみゃく》を通ってその場から離脱《りだつ》――と見せかけて、逆に多軌子と護法二体を巻き込み、その場から遠方へと移動させた。禹歩を行使した秋乃諸共《もろとも》に。つまり秋乃は、夏目たちを救うため、自ら敵の捕虜《ほりょ》となったのだ。

一気に甦《よみがえ》る当時の記憶と感情の動き。しかし、霊脈に飛び込んだあと、秋乃の記憶は途《と》絶《だ》えている。気を失い、そのまま眠っていたようだ。

自分はいま、仲間たちから離《はな》れて、独り敵陣営《じんえい》の中にいる。その事実を改めて認識し、秋乃は全身を強張《こわば》らせた。

そんな秋乃に、多軌子は少し悲しげな、困ったような微笑を見せた。

「心配しなくていい。君に危害は加えないよ」

「…………」

秋乃は無言のまま、多軌子を見つめた。返事をしなかったのは、拒絶《きょぜつ》の意思――という より、単に緊張《きんちょう》のあまり言葉が出てこなかったからだ。覚悟の上だったとはいえ、毅然《きぜん》と構えていられるかといえば、そうもいかない。

それに、

――この人、やっぱり、どこか変……。

初めて会ったときも同じことを感じたが、この多軌子という少女は、どこか雰囲気《ふんいき》がおかしかった。「変わっている」という意味では、以前いた星宿寺《せいしゅくじ》にも変わり者の呪術者――常人と明らかに「異なる気配」を持つ者は少なからず存在した。しかし、多軌子の異質さは、寺にいた誰《だれ》とも違うものだ。

あえて言うなら常玄《じょうげん》が近い気がするが、それはおそらく霊気《れいき》の「強さ」による類似だろう。多軌子からは、極めて強い霊気を感じる。ただ、秋乃が感じている違和感の本質は、「強さ」に根ざしたものではないのだ。喩《たと》えるなら、多軌子は自分や――あるいは常玄と比べてさえ――ずっと「遠い」、あるいは「高い」感じがするのだった。むろん、それが何に起因しているのかは、秋乃にはわからないが。

ただ、さっき一瞬《いっしゅん》見せた微笑からは、その漠然《ばくぜん》とした異質さを感じなかった。秋乃は多軌子を見つめたまま、ゆっくりと動悸《どうき》を抑えた。

「……あ、あの……」

「ん？」

「ここ……どこなんですか？」

恐《おそ》る恐る質問してみる。多軌子は「ああ」と、秋乃が口を利いてくれたことを素直に喜ぶ声音で応えた。

「相馬の所有しているビルのひとつだよ。禹歩を使ったあと、君は意識を失ったまま目覚める様子を見せなかった。だから、ひとまずここに移動したんだ。以前は他のホテルを拠《きょ》点《てん》にしていたんだけど、そっちは見つかってしまってね」

ごく気さくな口振《くちぶ》りで、多軌子は秋乃に説明する。その物腰《ものごし》には、落ち着いた余裕《よゆう》が感じられる。

「あのあと、君はひと晩中眠り続けた。かなり無理をしたみたいだね」

「ひと晩……！」

生憎《あいにく》部屋には窓がなかった。しかし、言われてみれば、たっぷり睡眠《すいみん》を取ったあとの充《じゅう》足《そく》感がある。体力も回復しているようだ。

――でも、ってことは、つまり……。

いまはもう、三月一日なのだ。その事実に、秋乃は奥歯を嚙《か》み締《し》める。

と、

「――姫《ひめ》。失礼します」

不意に声がしたあと、室内の霊気が揺《ゆ》らいで、一人の青年が忽然《こつぜん》と姿を現した。たちまち秋乃は顔を引きつらせ、布団の上で身構えた。

ドレスシャツにスラックス。片眼鏡《モノクル》を付けた知的な青年だが、わずかに浮《う》かべる笑みは、涼《すず》やかと呼ぶには、いささか冷たい。清流に一滴《いってき》の毒を混ぜたような冷笑だった。

多軌子の護法、夜叉丸である。

「先ほどの件ですが、どうやら『当たり』だったようです。もっとも、当然と言いますか、もぬけの殻《から》でしたが」

「そうか。何か手掛《てが》かりになるようなものは？」

「そちらも皆目」

皮肉っぽく言う式神の報告に、多軌子は淡々《たんたん》と頷《うなず》く。

それから視線を秋乃に向けると、

「春虎の潜伏していた場所が見つかったんだ」

秋乃は思わず目を剝《む》いた。

「とはいえ、いま言った通り、もう場所を移したようだけどね。さすがは抜《ぬ》かりがない」

「…………」

秋乃は多軌子を見つめたまま、唇《くちびる》をきつく結んだ。

春虎が潜伏していた場所というのは、『月輪』を介して繋がったとき、脳裏に映った廃《はい》屋《おく》じみた場所だろう。すでに逃《に》げたあとだと聞いても、鼓《こ》動《どう》が速くなる。

それに、

——夏目たちは？　あのあと、どうなったの？

その思いがわかりやすく顔に出たらしい。多軌子がクスリと小さく笑った。

「夏目たちなら、無事だと思うよ。それに、君が寝《ね》てる間に、何かしたりもしてない。たとえば、夏目たちの居場所を、暗示で聞き出す、とかね」

それを聞いて秋乃が青ざめた。敵に捕《つか》まればそういう危険性もあったのだということに、言われてようやく気付いたのだ。多軌子が保証している以上嘘《うそ》ではないだろうが、想像するだけでゾッとする。

一方、主《あるじ》の台詞《せりふ》に、式神は肩《かた》を竦《すく》めた。

「姫の命令でね。……確かに、下手に君にちょっかいを出すと、憑依《ひょうい》している『月輪』に、どんな影響《えいきょう》が出るかわからない。第一、君がこちらの手に落ちた時点で、彼女たちもとっくに引き払《はら》っているはずだ」

と、緊張の面持ちを浮かべる秋乃に向かって言った。

「ただ、軽い封印《ふういん》はさせてもらってるよ？　何しろ、そのままじゃ、『月輪』を介してこちらの居場所が筒抜《つつぬ》けってことになりかねない」

封印と聞いて、秋乃が再び身構える。それから、ハッと頭上に手を伸《の》ばした。どうやら、ウサギの耳は実体化していないようだ。

夜叉丸が楽しげに、

「ああ、君の可愛《かわい》い耳のことなら、その気になれば実体化できるはずだよ？　封印と言っても、外との繋がりを断つために、君を結界で包み込んでいるだけだから。とにかく、いまこの段階では、姫の安全は最優先事項《じこう》なんだ。一発逆転を狙《ねら》うなら、姫を標的にするのが一番早いからね。そこだけは対処させてもらった」

夜叉丸が言うことは、秋乃にも理解できた。彼らが目論《もくろ》む呪術儀式《じゆじゆつぎしき》――『天曺地府祭《てんちゆうちふさい》』の要が多軌子であることは、夏目たちも――無論、春虎も――把握《はあく》している。現在、情勢は圧倒的《あっとう》に多軌子たちが有利だ。とすると、夜叉丸の言う通り、彼女の存在は直接戦局を左右する。

多軌子は、相馬や倉橋の切り札であると同時に、アキレス腱《けん》でもあるのだった。

「いずれにせよ、君も相馬の血族だ。無下にはしないから、安心して欲しいな、秋乃君」

そう告げて、夜叉丸は柔《やわ》らかに笑う。が、言うまでもなく、安心などできるはずがない。むしろ、青年の優しげな笑みは、一層の警戒感《けいかいかん》を募《つの》らせた。

ここは、敵地なのだ。

そして、多軌子も夜叉丸も、秋乃の敵なのである。

「……さて。少し心配だったけど、秋乃の体調も悪くないようだ。せっかくだから、会わせたい人がいる。ちょっと来てもらえるかな」

そう言うと、多軌子は膝《ひざ》を崩《くず》し、立ち上がった。秋乃が反射的にビクリとする。

しかし、

「――秋乃」

真っ直ぐに見て声をかけられたとき、なぜかスッと緊張が解けた。まるで、陽射しに霜《しも》が溶《と》けるようだった。自分でも、自分の感情の急変に驚《おどろ》いた。

安堵《あんど》。

それも、常人とは次元の異なる、絶対的な存在に保護されるかのような安心感に包まれる気がした。こんな経験は初めてだ。

夜叉丸が満足そうに、誇《ほこ》らしげな眼差《まなざ》しで、斜《なな》め後ろから主を見やる。秋乃はふらふらと立ち上がると、吸い寄せられるように多軌子の側に歩み寄った。

部屋を出ると踏《ふ》み込《こ》みになっていた。靴《くつ》を脱《ぬ》ぎ履《は》きする玄関《げんかん》。脇《わき》には、トイレとバスルームに続いているらしい扉《とびら》もある。多軌子がドアを開けた先には、リノリウム張りの廊下《ろうか》が続いている。少し変わっているが、古い旅館か民宿、あるいはホテルの類《たぐい》を買い取った建物なのかもしれない。

多軌子が玄関を出る。秋乃と夜叉丸もあとに続く。

多軌子は廊下の端《はし》まで移動すると、階段を下に降りた。一階分降り、さらにもう一階分降りる。廊下の窓がなくなったところから、地下に降りたことがわかる。階段はそこで終わり、多軌子は廊下を歩いた。

立ち止まったのは、あるドアの前だ。さっきの部屋と違《ちが》い、秋乃の目にも、厳重な呪的封印が施《ほどこ》されていることがわかった。夜叉丸が前に出て、複数の封印を解除する。それから、ドアを開けつつ、自らは脇に下がった。

多軌子が室内に。続いて、秋乃も中に入る。さっきの部屋と同じ間取りの部屋だった。畳敷《たたみじ》きの本間に入ると、そこには、二人の男女がいた。

巨漢《きょかん》の中年男性と、対照的に小柄《こがら》な、男性と同年代の女性だ。多軌子の登場に鋭《するど》くもうんざりとした眼差しを向けたが、続いて秋乃が姿を見せると表情を一変させた。

そして、それは秋乃も同じだった。

「秋乃ちゃん⁉」

「千鶴《ちづる》さん！　鷹寛《たかひろ》さんっ⁉」

部屋に居たのは、春虎の養父母、土御門千鶴と鷹寛だった。ついこの前まで、秋乃や夏目と一緒《いっしょ》に暮らしていた二人である。

土御門が潜伏していた吉祥寺《きちじょうじ》の隠《かく》れ家が陰陽庁《おんみょうちょう》の襲撃《しゅうげき》を受けたとき、秋乃と夏目は偶然《ぐうぜん》外出していて難を逃《のが》れた。だが、鷹寛と千鶴、そして春虎の実父である土御門泰純《やすずみ》の三人は、陰陽庁に捕縛《ほばく》され、連行されてしまった。以降、消息を調べることもできないまま、安否を気遣《きづか》っていたのである。

しかし、千鶴も鷹寛も元気そうに見える。無事でいてくれたのだ。

敵陣《てきじん》に一人連れて来られていた不安。それが、千鶴たちと再会できた喜びでひっくり返り、秋乃の涙腺《るいせん》が崩壊《ほうかい》した。そのまま、駆《か》け寄《よ》り、身体《からだ》ごと抱《だ》きつく。千鶴も、迎《むか》えるように前に出て、涙目《なみだめ》の少女を抱きとめた。

千鶴たちが捕まったのは、わずか四日前。しかし、いまこうして二人の顔を見ると、もうずっと離《はな》ればなれになっていたような気さえする。

千鶴は優しく秋乃を撫《な》でながら、

「秋乃ちゃん、無事で良かった……！」

「ち、千鶴さんたちも！」

しゃくり上げながら叫《さけ》ぶ。妻と少女の様子に、鷹寛も温かな眼差しになった。が、すぐに夜叉丸へと向けられた視線は、剃刀《かみそり》より鋭く氷より冷たい。

視線に込められた不審《ふしん》と疑惑《ぎわく》に、夜叉丸は苦笑を浮かべた。

「君なら『視《み》』ればわかるだろ、鷹寛君？　外部との繋《つな》がりを断つための封印以外、彼女には何も手出ししてないよ」

「……なぜこいつが、ここにいる？」

「まあ、色々あってね。……ああでも、『そっち』も心配はいらないよ。土御門夏目たちは、いまも、まんまと、逃亡《とうぼう》中さ。一度追い詰《つ》めたんだけど、この子が身を挺《てい》して彼女たちを逃がしたんだ」

夜叉丸の台詞を聞いて、鷹寛と千鶴が驚いた顔を秋乃に向ける。二人の視線に気付いた秋乃は、ぶるぶると顔を横に振《ふ》る。

「違うんです。私はただ、春虎君に助けてもらっただけで……」

それを聞いて、鷹寛と千鶴はさらに目を丸くした。

二人の反応に、夜叉丸はククと肩を揺らした。

「予想はしてたけど、土御門家の面々は『月輪』に気付いてなかったようだね。まあ、あれは相馬に受け継《つ》がれた物だから、無理もないが」

「『月輪』？　なんのこと――」

つぶやくように言ったあと、鷹寛がハッとして秋乃を見つめ直した。その顔は痛恨《つうこん》と驚愕《きょうがく》に固まっている。そんな夫の表情に、千鶴は怪訝《けげん》そうに眉《まゆ》をひそめた。

「玉兎《ぎょくと》が……まさか……」

「なるほど、嫁入《よめい》りした千鶴君はともかく、土御門生まれの君の方には、一応知識はあったようだね。いや、驚くのも無理はないと思うよ。我々も魂消《たまげ》たものさ。とはいえ、数か月共に過ごしながら気付かなかったのは頂けないね。何しろ彼女は、相馬秋乃だ」

夜叉丸はちらりと秋乃を見ながら言った。

秋乃は不安そうに鷹寛を見つめたが、すぐに千鶴が抱きしめ直した。千鶴の目は、大丈夫《だいじょうぶ》、と語っている。側に二人が居てくれるだけで、困難に挫《くじ》けない勇気が湧《わ》いてきた。

ただ、ひとつ気になるのは……。

「……千鶴さん。泰純さんは？　一緒じゃないの？」

小さく腕《うで》を引いて尋《たず》ねる。すると、千鶴は鷹寛と、黙《だま》って視線を交わし合った。

一瞬《いっしゅん》嫌《いや》な予感がしたが、

「大丈夫。彼も無事だ。いまは別の場所にいる」

秋乃の疑問に答えたのは多軌子だった。

だが、その口調は素っ気なく、冷たい。

「頑《かたく》なな人だ。……わかってはいたが、彼に土御門家当主としての——夜光の遺志を受け継ぐ同志としての責務は、期待できそうにない。……けど、だからといって危害を加えるような真似《まね》はしていない。そこは信じて欲しいな。言い方は悪いが……もうぼくたちに、そんな必要はないからね」

淡々《たんたん》とした様子ながら、多軌子の台詞には静かな迫力《はくりょく》があった。自信に裏打ちされた迫力だ。多軌子に感じている「異なる気配」が、ぐっと表面化し具現化した気がした。遠く、高い、異質な霊気《れいき》。ぶるっと秋乃の身体が震《ふる》えた。

夏目たちが話していた、「神降ろし」と関係があるのかもしれない。とにかく、多軌子が時々放つ気配は、あまりに「人離《ばな》れ」していた。

「姫《ひめ》の言う通り。仮にも土御門だ。あまり非道な真似はしたくないが、かといって三人を同じ場所に押し込めた日には、どんな仕返しをされるかわかったものじゃないからね。泰純君だけは、別の場所に監禁《かんきん》させてもらったのさ。平たく言ってしまえば、互《たが》いが互いに対する人質になる形だ。私個人としては、各人とじっくり話し込んでみたいんだけど——生憎《あいにく》そんな時間もない」

嘘《うそ》ではなく残念そうに、夜叉丸は言った。

秋乃はまた、鷹寛と千鶴を見上げる。そして気がついた。

——額に……あれって。

二人の額には、×印が描《えが》かれていた。鈴鹿の額にあった×印と同じ呪印《じゅいん》だ。ただし、二人のそれは、鈴鹿に描かれたものより、ひと回り大きい。おそらく、鈴鹿とは違い、完全に呪力を封《ふう》じられているのだろう。

鷹寛と千鶴も、一流の陰陽師《おんみょうじ》だ。そして、違う場所にいるという泰純は、腕利《うでき》きの『星読み』である。たとえ捕囚《ほしゅう》の身だろうと、油断はできない。呪力の封印は、相馬にすれば当然の処置に違いない。

「夜叉丸」

多軌子が命じると、式神は恭《うやうや》しく頷《うなず》き、鷹寛と千鶴に向かって、あらためて秋乃を捕《と》らえた経緯《けいい》を説明し始めた。もっとも、その内容は昨日の夕刻の出来事に関してのみだった。それ以前——たとえば、吉祥寺が襲撃されたあと夏目がかつての塾生《じゅくせい》たちと合流していることなどは、すでに二人とも知っているようだ。秋乃とあっさり会わせたように、相馬は土御門を捕らえてからも、幾度《いくど》かこんな風に話をしているのだろう。

夜叉丸が語るにつれ、鷹寛と千鶴の顔は暗くなっていった。当然だが、それだけ厳しい状況《じようきよう》ということだ。

特に二人の表情が硬《かた》くなったのは、『十二神将《じゆうにしんしよう》』の一人である木暮禅次朗《こぐれぜんじろう》が、夜叉丸たちの手に落ちたと聞かされたときだった。それは、秋乃も知らなかったことだ。

昨日夏目たちは、木暮に接触《せつしよく》するために隠れ家である倉庫を出た。だが、考えてみれば、秋乃たちの下《もと》に駆けつけたのは、夏目と冬児だけだった。あのときすでに、木暮との接触は失敗に終わっていたのだろう。

「……殺したのか？」

と尋ねる平坦《へいたん》な鷹寛の声に、秋乃の背筋が寒くなる。

夜叉丸は皮肉っぽく笑いながら、

「いいや？　その辺は宮地《みやち》君がうるさいしね。差し当たり、意識を奪《うば》ったまま封印してるよ。正直、こちらも忙《いそが》しくて、悪戯《いたずら》しようにも手が割けないんだ。まあ、このまま眠《ねむ》ってもらうことになるだろう。……なに、ほんの三日だ。死にはしないさ」

「………………」

鷹寛は無言で夜叉丸を見据《みす》えた。秋乃も、我知らず拳《こぶし》を握り締《にぎし》めていた。

ほんの三日。いま秋乃たちが置かれている「厳しい状況」を、ひと言で言い表すにはもっとも的確な言葉に違いない。この三日の間に、秋乃たちはいまある劣勢《れっせい》をひっくり返さねばならないのだ。

もう秋乃には、祈《いの》ることしかできない。

……いや、それとも、あるのだろうか？　捕らわれてなお、秋乃にできることが。

——『伝言を頼《たの》みたいんだ』

「……え？」

どこからか声が聞こえた気がして、秋乃が声をもらした。抱きしめていた千鶴だけが気付き、「秋乃ちゃん？」と小声で問いかける。しかし、秋乃は返事をすることができない。

——いまの、誰《だれ》？

何か大切なことを忘れている気がして、秋乃は必死に記憶《きおく》を探った。だが、何も思い出せない。

理由のわからない焦燥《しょうそう》が、胸の奥をちりちりと焦《こ》がす。秋乃はなお必死に記憶を探りながら、ぎゅっと千鶴の腕に縋《すが》り続けた。

三人だけで話したい。そんな鷹寛の要望を聞き入れる必要などなかったのだが、多軌子は許可し、秋乃を残して一旦部屋を出た。もっとも、許可した時間は十分間だ。呪力を封じたとは言え、土御門の夫妻を甘く見るつもりは、夜叉丸には毛頭なかった。

あと三日。

しかし、まだ三日ある。

そして、春虎がこのまま大人しくしているとは考えられなかった。それだけに、多軌子の周辺には細心の注意を払《はら》わねばならないのである。

さっき秋乃にも話したが、現在春虎が打てる最大の手は、『天曺地府祭』の要である多軌子を狙うことだ。多軌子暗殺は直接形勢逆転に結びつく一手である。また、多軌子を狙う可能性があるのは春虎だけではない。相変わらず所在のつかめない、元『十二神将』大《おお》友陣《ともじん》もいる。特に彼は、現役時代に「その手の仕事」をいくつもこなしていたはずだ。

「くれぐれもお気を付け下さい」

「――わかってるさ」

部屋を出た外の廊下《ろうか》で、主従は短く言葉を交わした。

☆

そこに、

「……こちらでしたか」

落ち着いた声と共に、一人の青年が実体化した。モッズコートを着た、無骨で実直そうな青年だ。夜叉丸に並ぶ多軌子の護法、蜘蛛丸だった。

夜叉丸が、

「どうだった？」

「やはり、確認できませんでした」

「編集部に動きは？」

「いまのところ、特に。単独で動いていたことは間違《まちが》いないようですし、その後接触した様子もありません。もっとも、存命だとすればいずれは連絡《れんらく》を取るでしょうし、逆に音信が途絶《とだ》えたままになれば、編集部側が不審《ふしん》に思うはずです」

「ふむ……そちらも『あと三日』ってのが微妙《びみょう》なところだね。倉橋に言って、なんとか人を回してもらうか。念のため、編集部だけはマークしておこう」

蜘蛛丸の報告に、夜叉丸は少し難しそうな顔をした。「なんのことだ？」と多軌子が尋《たず》ねると、

「例の、木暮君と手を組んでいた、雑誌記者の件です」

と説明する。

「本来なら我々が身柄《みがら》を確保していなければならなかったのですが、木暮君との戦闘《せんとう》やその後のごたごたで後回しになってしまい……倉橋直属の呪捜官《じゆそうかん》に現場に行ってもらったときには、すでにあのホテルから姿を消していました。足取りもつかめていません」

『月刊陰陽師《おんみようじ》』の記者若宮理香《わかみやりか》は、木暮と手を組み、陰陽庁上層部の暗部——つまり、多軌子や夜叉丸たちの陰謀《いんぼう》に迫《せま》っていた。いや、「辿《たど》り着いた」と言っても過言ではないだろう。夜叉丸の言う通り、本来なら木暮と同様、なんとしてでも身柄を拘束《こうそく》していなければならなかった対象だ。

とはいえ、木暮に比べれば脅威《きようい》の度合いがごく卑小《ひしよう》なのも事実である。後回しにしたところで、どうとでもなると考えていた。そもそも、あれほど激しい呪術《じゆじゆつ》戦の現場から、一《いつ》般《ぱん》人の彼女が一人で逃《に》げおおせるわけがないと高を括《くく》っていたのだ。

しかし、いざ事がひと段落して捜索《そうさく》の手を向けてみれば、若宮は物の見事に姿をくらましていた。間違いなく、夜叉丸の落ち度と言えるだろう。

「失態はお詫《わ》びします。ただ、ホテルには彼女のノートパソコンが残されていました。現在解析《かいせき》に回していますが、彼女が何らかの証拠《しようこ》を保有しているということは、まずあり得ません。また、いまさら彼女が声を上げたところで、状況を動かすことは不可能でしょう。

念のため編集部の動きには注意しますが、この件に関しては、それで十分かと」

これが上巳のひと月前なら、草の根を分けてでも捜《さが》し出すところだ。十日——いや、五日前だったとしても、やはり迷わなかっただろう。

だが、上巳はもう、明後日《あさって》だった。この段階まで来ている以上、平の記者一人にできることなど皆無《かいむ》と言って差し支えはない。

鷹寛たちには悠然《ゆうぜん》と応じていたが、実際、『天書地府祭』の準備は大詰《おおづ》めの段階であり、夜叉丸たちの人手は足りているとは言いがたい。警戒《けいかい》すべきはまず春虎であり、次いで大友。そして、夏目たちだった。この上、一雑誌記者にまでかまけている余裕《よゆう》はなかった。

夜叉丸の意見に、多軌子はしばらく無言で宙を見据えていた。

それから、

「わかった。しかし……」

「何か？」

「祭りは、にぎわう方がいい」

独り言のような口振《くちぶ》りだった。夜叉丸が瞬《まばた》きをして「姫《ひめ》？」と、その真意を尋ねる。

しかし、多軌子はそれ以上何も言わなかった。ただ自らの護法に顔を向けると、艶《あで》やかに微笑《ほほえ》んで見せた。

3

嗅《か》ぎ慣れた香《かお》りが、バスルームに充満《じゅうまん》していた。

古めかしく、仄《ほの》かに甘い香り。反魂香《はんごんこう》の香りだ。乾《かわ》いたバスタブの縁《ふち》に腰《こし》を下ろし、静かに目を閉ざしたまま、夏目は薫香《くんこう》に身を委ねた。

自らにかけられた呪術を意識し、その術式を「視《み》」る。だが、己の魂《たましい》にかけられた呪術を「視」るのは、鏡もないまま自分の顔を見ようと足掻《あが》くようなものだ。これまでにも何度も試しているが、今回も術式を読み取ることはできなかった。せいぜい、その存在を漠《ばく》然《ぜん》と感じ取る程度だ。

それでも、全体的な術の印象が整っていくのはわかる。もちろん、これで完全に綻《ほころ》びが修復されたわけではない――どころか、ごく大ざっぱな一時《いちじ》凌《しの》ぎなのは間違いないだろうが、いまはその「一時」を凌ぐことが重要だった。

夏目に憑依《ひょうい》する竜《りゅう》の北斗《ほくと》。その気配は、夏目にかかる呪術と、半ば一体化している。そして、ずっと張《は》り詰《つ》めっぱなしだった竜の気配が、反魂香の力でようやく緊張《きんちょう》を解くのがわかった。夏目は、ありがとう、と胸中で式神に感謝する。それから、己の霊力《れいりょく》をゆっくりと循環《じゅんかん》させ、自身の霊気《れいき》のバランスをさらに整えていった。

籠《こ》もっていたのは、一時間ほど。

――……うん。

もう大丈夫《だいじょうぶ》だ。そう判断した夏目は閉ざしていた双眸《そうぼう》を開け、ゆっくりと腰を上げた。

霊気だけでなく、身体《からだ》の具合も確認する。とりあえず、すぐ気になるような不調は見当たらなかったが、昨日の発作はなんの前触《まえぶ》れもなく始まった。油断は禁物だと肝《きも》に銘《めい》じつつ、夏目は反魂香を片付けてバスルームの外に出た。

廊下を抜けてリビングへ。

「あ、夏目ちゃん。もういいの？」

「はい。ご心配をおかけしました」

体調を案ずる百枝《ももえ》天馬《てんま》に、夏目は笑いながら答えた。隣《となり》にいた倉橋京子《きょうこ》も、「良かった」と笑顔を見せる。かなり時間を掛《か》けて入念に霊気を整えていたため、余計に心配を掛けてしまったのかもしれない。

リビングには、天馬と京子の他に、冬児と鈴鹿、そして車椅子《くるまいす》に座る天海《あまみ》大善《だいぜん》の姿があった。コンビニで買ってきた軽食で、昼を済ませているところだ。全員、夏目の姿を見ると、ほっとした様子で食事の手を止めた。

天海が車椅子を回しながら、

「反魂香は、あれで大丈夫だったか？　何しろ大急ぎで探してきたもんらしいからな。お前さんが使ってた土御門の自家製に比べりゃ、品質はかなり落ちると思うが」

「いえ。充分《じゅうぶん》だったと思います。特に違和感《いわかん》はありませんでしたし、調合の違《ちが》いは、私の方でも調整しましたから。それより、藤原《ふじわら》先生にはお礼を言っておいて下さい。希少な物なのに短時間で無理を言って……でも、おかげで命拾いしました」

「奴《やっこ》さんが聞けば喜ぶだろうよ。ただ、礼なら自分で言いな。全部片が付いたあとにな」

天海はそう言ってニヤリと笑うと、手にしていた扇《おうぎ》を鳴らした。

現在夏目たちが潜伏《せんぷく》しているのは、以前天海と冬児が使用していた、六本木の古いマンションだった。天海が保有するセーフハウスのひとつだ。昨日まではお台場にある貸倉庫にいたのだが、そちらはすでに放棄《ほうき》している。

秋乃が目の前で多軌子たちと霊脈《れいみゃく》に吸い込まれた光景は、いまでも鮮烈《せんれつ》に、夏目の瞳《ひとみ》に焼きついていた。すぐには何が起きたのかわからず、事態を把握《はあく》したときはパニックに陥《おちい》りかけたほどだ。

しかし、木暮の起こした騒《さわ》ぎのため、現場付近には呪捜官が集まりつつあった。夏目たちは天海と連絡を取り、事の次第を聞いた彼は、その場で貸倉庫を放棄する決断を下したのである。

秋乃が敵の手に落ちた以上、他に選択《せんたく》の余地はない。それどころか、一刻も早く撤収《てっしゅう》せねばならない。天海は冬児に、六本木のセーフハウスに緊急避難《きんきゅうひなん》するよう指示を出したのち、自分たちも貸倉庫をあとにした。そして深夜になるのを待って、合流したのである。

「まさか、またここに戻ることになるとは……クソッ」

合流後、思わず愚痴《ぐち》る冬児に、天海は平然と告げた。

「戻ったんじゃねえぜ、冬児。乗り込んだんだ。味方を大勢引き連れてな」

それは、木暮と共闘《きょうとう》する望みが絶たれ、潜伏場所の漏洩《ろうえい》を恐《おそ》れて場所を移した直後とは思えない、堂々とした口振りだった。しかも、状況《じょうきょう》の厳しさを誰《だれ》よりリアルに認識しているだろう天海が言うのだ。冬児はただちに弱音を引っ込めて、表情を引き締《し》めた。

マンションは2LDK。この人数を収容するには手狭《てぜま》だが、何しろ急を要した。むしろ、拠点《きょてん》があるだけでも上出来だろう。

ただ、一番のネックだったのは、天馬の式神の羽馬《はま》だ。重量三トン以上の大型車輌《しゃりょう》ハマ－H1を形代《かたしろ》とする機甲《きこう》式の羽馬は、夏目たちにとって貴重な機動力ながら、とにかく人目に付く。そもそも、夏目たちが潜伏場所としてお台場の貸倉庫を選んでいたのも、他に羽馬を格納できるような場所がなかったからなのだ。

結局夏目たちは、緊急処置として羽馬をマンションの屋上に隠《かく》すことにした。鈴鹿の式神を使って、強引に持ち上げたのである。いまはブルーシートを被《かぶ》せて車体を隠しているが、住人や管理人が気付くのは時間の問題だ。泥縄《どろなわ》もいいところだが、それだけ形振《なりふ》り構っていられない状況なのだった。

――もうあとがありません……。

リビングに詰める仲間たちの姿に、夏目は改めてそう思った。木暮が捕《つか》まったこともある。だがそれ以上に、多軌子と直接対峙《たいじ》したことで、夏目は「決着」がすぐそこに迫っていることを実感していた。そしてまた、秋乃を介《かい》して春虎を――ずっと捜《さが》し続けていた幼《おさ》馴染《ななじ》みの存在を感じたときにも。

いよいよなのだ。

「夏目ちゃん、これ」

天馬が気を利かせて、夏目の分のおにぎりを手渡《てわた》した。

正直なところあまり食欲《しょくよく》はないのだが、天海の指示で毎日の食事は「義務」化されている。いつでも最高のコンディションを維持《いじ》することは、夏目たちの戦いにおいて極めて重要なのだ。夏目は礼を言って、天馬の差し出すおにぎりを受け取った。

「……さて」

と天海が、もう一度扇を鳴らす。

夏目の回復を確認した一同は、食事を再開しながら、現状の確認、また今後の方針について話し合った。もっとも、心情的に一番気になるのは、やはり秋乃のことである。

「無事でいてくれるといいんですが……」

「そうだね……」

重々しく言う夏目に、隣の天馬が頷《うなず》いた。

昨日話し合った結果では、多軌子たちが秋乃に危害を加える可能性は低いはずだという結論になっている。

多軌子たちにすれば、秋乃に危害を加えたところで、なんのメリットもない。情報を引き出す上では多少有用かもしれないが、秋乃の知っていることはたかが知れているし、向こうも情報源として期待しているとは考えづらかった。第一、多軌子側がその気になれば、呪術《じゆじゆつ》で容易《たやす》く情報を吸い出せる。わざわざ危害を加える必要がないのだ。

また、秋乃に憑依する『月輪』は、春虎が持つ『鴉羽《からすば》』と対を成す、土御門夜光の呪具である。徒《いたずら》に刺激《しげき》するような真似《まね》は避《さ》けるはずだし、かといって解析しているような時間も人手も多軌子側にはないはずだ。結局、大人しく放置しておくのが妥当《だとう》である。

そして何より、敵対していたとはいえ、秋乃は「相馬」の一人だ。多軌子の性格や、鈴鹿から聞いた再会時の反応を見る限り、非道な真似はしないだろう——というのが、夏目たちの考えだった。

むろん、これらはあくまで推測であり、もっと言えば気休めでしかない。一刻も早く救出したいというのが夏目たちの本音だが、その困難さはいちいち口に出すまでもないことだった。敵を信じるというのも皮肉な話だが、いまは多軌子の寛容《かんよう》さを祈《いの》ることしかできなかった。

そして、厳しいのは何も、秋乃に関することだけではない。

「正直、木暮を向こうに押さえられたのは、相当痛い。順当な勝ちの目は、これで消えたと思ってくれ」

ごく淡々《たんたん》と、感情を排《はい》した口振りで、天海は言った。これも、すでに昨日の夜には出されていた結論だったが、聞かされた仲間たちは一様に表情を硬《かた》くする。

「もちろん、あくまでも『順当な』勝ちの目が消えたってだけだ。負けが決まったわけじゃねえ。だが、ここからひっくり返すには、かなり荒《あら》っぽく引っかき回す必要がある。当然、リスクも高くなるだろう」

「……具体的に、次の手は考えてらっしゃるんですか？」

京子の問いに、天海は肩《かた》を竦《すく》めた。

「理想を言やあ、相馬多軌子を直接叩《たた》くことだが――側に八瀬童子《やせどうじ》が張り付いてる限り戦力的に勝ち目がねえことは、昨日の件ではっきりした。まあ、そもそも狙《ねら》おうにも、居場所がつかめねえしな」

「居場所なら、あたしが星を読めば――」

「どうかな？　みんなの話だと、すでに相馬多軌子は生成《なまな》りに近い――それも『神』さんを憑《つ》けたような状態だそうじゃねえか。生成りの星は読みづらい上に、向こうも充分に警《けい》戒《かい》してるはずだ。捜してすぐにわかるような場所には、長々と留まっちゃいねえさ」

敵の儀式《ぎしき》の要は多軌子だ。いや、儀式に限らず、彼女は相馬にとって御旗であり切り札なのだ。多軌子が居たからこそ、相馬は長い歳月を費やして、今回の計画を進めてきた。彼女こそ、いまある状況の中心と言える。

そしてまた、その事実を思うほど、昨日のあの瞬間《しゅんかん》――多軌子と対峙した瞬間が、いかに千載一遇《せんざいいちぐう》の好機だったかがわかる。多軌子を発見できた幸運はもちろんのこと、あのとき彼女は、夜叉丸と蜘蛛丸という強力な護法から離《はな》れ、単身で行動していた。対して、こちらは夏目、冬児、鈴鹿という、前線戦力が揃《そろ》っていたのである。「戦闘《せんとう》」で逆転を狙うなら、これ以上はないシチュエーションだったのだ。

しかし、実際には戦闘に入ることさえできずに終わった。封印《ふういん》を解いて鬼化《きか》した冬児が、多軌子の前で無力化したからだ。

冬児に憑依《ひょうい》する鬼は、四年前の霊災《れいさい》テロ『上巳の大祓《おおはらえ》』で夜叉丸が――大連寺至道が降ろしかけた霊的《れいてき》存在の影響《えいきょう》で生じた。そして、夜叉丸が降ろしかけた霊的存在とは、御霊《ごりょう》、平将門《たいらのまさかど》に他ならなかった。そのため、将門の嫡流《ちゃくりゅう》たる多軌子に対しては、その力を発揮することができなかったのだ。

「あのとき俺が鬼の力に拘《こだわ》らず、多軌子の身を拘束《こうそく》していればな……まったく、我ながら詰《つ》めの甘さに嫌《いや》になるぜ」

「いえ、すぐにフォローできなかった私の責任です」

「……それを言うなら、一番はあたしでしょ。あたしが一番、あいつと長いこと対面してたんだから……」

「そんなっ。鈴鹿さんはすぐに私たちに連絡《れんらく》をくれたじゃないですか。なのに、駆けつけた私たちが――」

互《たが》いに庇《かば》い合う子供たちに、天海がやれやれと呆《あき》れた顔をのぞかせる。しかし、彼が何か言うより早く、

「止《や》めましょ、そういうの」

と京子がきっぱり告げた。

「責任なんて言い出したら、留守番しかできないあたしたちにだって責任はあるわけだし、

そもそも全員の責任よ。反省は大事だけど、落ち込んだって仕方ないじゃない」

サンドイッチを手に発言する京子は、真剣《しんけん》な面持ちながらサバサバとしていた。おそらくは意識してそういう態度を取っているのだろうが、その意図は明確だ。すぐに、「うん。僕もそう思う」と、天馬が賛同する。冬児と夏目、鈴鹿は、それぞれ複雑な表情で、互いに視線を交わし合った。

「……ま、そう言うこった。甘かったと思うなら、悔《くや》しさをガッツに変えな」

天海はそうまとめて肩を竦めた。

ただ、ふと視線を逸《そ》らすと、

「それに……」

と神妙《しんみょう》な顔になって、言葉を続けた。

「……どうもお前らの話を聞いてると、相馬多軌子は現時点ですでに、相当危険なにおいがする。下手に手出ししなかったのは、かえって良かったかもしれねえ」

「神降ろしの影響ですか？」

「おそらくな。つっても、俺が『視《み》』たわけじゃねえ。あくまで間接的な感触《かんしょく》だが……」

慰《なぐさ》めでそんなことを口にする天海ではない。迂闊《うかつ》に戦端《せんたん》を開くべきではないと、本当に感じているのだろう。そして、実際に対面している夏目も、天海の所感に同意する部分は

あった。昨日は勢いに任せていたが、あのときの多軌子には確かに、「不可侵《ふかしん》たるべき」存在の雰囲気《ふんいき》があった。

ただ同時に、あのとき夏目は多軌子に対し、彼女も結局は、一人の、同年代の少女に過ぎないという感慨《かんがい》も抱《いだ》いていた。陰陽《おんみょう》の世の古い因縁《いんねん》に絡《から》みつかれた、少し変わり者かもしれないが、本当はどこにでもいる、ごく普通《ふつう》の少女。たまたま立場が違《ちが》った、もう一人の自分であるかのような、そんな奇妙《きみょう》な共感を覚えたのである。

どちらが正しくどちらが錯覚《さっかく》だという問題でもないのだろう。どちらの一面も、多軌子の真実に違いない。

しかし、ひとつ間違《まちが》えようがないことは、彼女が自分の「敵」だということだ。その事実にやるせない哀《かな》しさを感じるとしても、それだけはもう、動かしようがない。

そして夏目は——夏目たちは、彼女に負けるわけにはいかないのだ。

「とにかく、これからの話だ。と言っても、基本的な方針は変わらねえ……というより、もうそこに頼《たよ》るしかねえ。つまり、京子ちゃんに接触《せっしょく》してきたって『月刊陰陽師《おんみょうじ》』をこちらに抱き込み、インターネットで倉橋長官を告発する。同時に、冬児のツテで国会議員の直田公蔵《なおたこうぞう》を頼り、政府を動かして陰陽庁の動きを一時的にでも止める」

出版社経由で敵の犯罪を告発し、議員を使って敵の最大の力——権力と組織力を麻痺《まひ》させる。言わば正攻法《せいこうほう》だが、天海がこれまでこの策を取らなかった理由は、「証拠《しょうこ》」がないという点に尽《つ》きる。

結局のところ、一般人《いっぱんじん》からすれば、呪術は不可解で不気味な技術であり、言ってしまえば「なんでもあり」の世界と見られている。だからこそ、天海や夏目たちの証言程度では、陰陽庁という権威《けんい》を覆《くつがえ》すことは難しい。この路線で倉橋に勝利するためには、天海を始め、呪術界の有力者たちの支援《しえん》が不可欠なのである。その筆頭として、元独立祓魔官《ふつまかん》である木暮に期待していたのだ。

しかし、状況《じょうきょう》はもう一刻の猶予《ゆうよ》もない。さっき天海が説明した通り、「荒っぽく引っかき回」してでも、とにかく現状を動かさねば話にならない。

今回この手法をとる一番の理由は、倉橋たちに「勝つ」以上に、彼らの動きを牽制《けんせい》するためだった。

「儀式が三月三日——明後日《あさって》に行われるってことは、もう確定的だ。なら、派手に告発して陰陽庁を揺《ゆ》さぶり、ほんの数日だけでも動きが鈍《にぶ》るようプレッシャーをかけることには、充分《じゅうぶん》意味がある。……たとえ、そのあと裁判でどんな判決が出ようとな」

言わば、勝てる保証がないまま、とにかく突撃《とつげき》するというやり口である。策士の天海らしからぬ案ながら、現状では他に打つ手がなかった。

それに、この案にしても、決して簡単な話ではない。

「最大の問題は、とにかく時間がないってことだ。いまみてえな情報化社会だろうと、いざ世間を——ひいては『お上』を動かすとなれば、どうしたって時間がかかる。かといって闇雲《やみくも》に動いて、先に敵に感づかれたんじゃ意味がねえ。おまけに、向こうは『霊災テロを防ぐ』って名目で動いてやがるからな。それに待ったをかけるには、かける側にも相応の覚悟《かくご》がいる。つまり、俺たちがその覚悟を決めさせるよう、説得しなきゃならねえわけだ。なかなかシビアな話だよ、実際」

嘆《なげ》くように言いつつも、天海はどこか楽しげだった。顰《しか》めっ面《つら》の口元には、どこまでも不敵な微笑《びしょう》が浮《う》かんでいる。

その、些《いささ》か大仰《おおぎょう》な口振《くちぶ》りと態度は、逆境に遊ぶタフなメンタルを、自ら示しているのだろう。そして、そんな天海の心意気は、子供たちにも伝わっていた。

「ここまで差し迫《せま》ってくると、ほんの数時間のタイミングが致命的《ちめいてき》になりそうですね。三月三日の午前零時《れいじ》になったら、いきなり儀式を始める……なんてことだけは、止めてほしいけど」

リビングの壁《かべ》時計を見上げた天馬が、誰《だれ》にともなくつぶやいた。

相馬たちが『天曺地府祭』を正確に「いつ」行うかはわかっていない。土御門家で育った夏目ですら、『天曺地府祭』のことを――夜光が再構成した『帝国《ていこく》式陰陽術』の『天曺地府祭』が存在することを知らなかったぐらいだ。

ただ、

「連中は、過去二回の霊災テロ……『上巳の大祓』と『上巳の再祓《さいはらえ》』で、どちらも日が暮れる直前、逢魔《おうま》が時を狙ってきた。『天曺地府祭』の実態がわからねえ以上『おそらく』としか言い様がねえが……『おそらく』明後日も、始めるのは同じ時刻だろう」

これだけシビアな状況では「甘い」目算と言えるかもしれない。ただ、夏目たちが見る限り、儀式の要となる相馬多軌子は、ほぼ「仕上がって」いる。仮に『天曺地府祭』をいつでも決行することができるなら、相馬はすでに行っているはずだ。それでも、相馬はいまなお儀式を三月三日、上巳に行うことに拘っている。とするなら、儀式の時刻に関しても、過去二回の霊災テロ――呪術儀式《じゅじゅつぎしき》と同じ時刻に行う確率は高いだろう。

明後日の日が沈《しず》むまで。

それがタイムリミットだ。

「京子。例の記者とは、まだ繋《つな》がらないのか？」

「ええ……ずっと携帯《けいたい》が切れたままで……」

冬児の問いに、京子は首を横に振《ふ》る。

京子の取材に現れた『月刊陰陽師』の記者は、若宮理香という若い女性記者だ。彼女の姉は以前陰陽塾《じゅく》の講師をしており、なんと大友や木暮の担任だったこともあるらしい。姉の死に疑問を持ち、以来呪術《じゅじゅつ》界の裏側、特に陰陽庁の抱《かか》える闇《やみ》を個人的に調べ続けていた人物である。

若宮は京子の取材に訪れた際、二人きりになって自らの狙《ねら》いを率直に伝えた。その上で、何かあれば連絡して欲しいと、自分の携帯番号が書かれた名刺《めいし》を残していった。出版社を使って陰陽庁を告発することを考えついたのも、彼女の存在があったからなのだ。

ただ、昨日このマンションに拠点《きょてん》を移したあと何度もコールしているのだが、まだ若宮の携帯には一度も繋がっていなかった。

若宮の腹の割り具合を考えれば、軽い気持ちで残していった番号とも思えない。また、この緊迫《きんぱく》した呪術界の状況下《じょうきょうか》で、『月刊陰陽師』の記者が外部からのアクセスを無視し続けるはずもない。とすると、彼女が何かしら不測の事態に陥《おちい》っている可能性もあった。

「できればその記者を巻き込みたかったが、これ以上は待てねえ。『月刊陰陽師』の編集部に、直接当たってみるしかねえな。ただ……」

「何かあったんですか？」

「さっき水仙《すいせん》から報告があってな。どうも、呪捜部《じゅそうぶ》が編集部を見張ってるらしい」

天海の台詞《せりふ》に、夏目は険しい表情になった。

水仙というのは、京子の祖母倉橋美代《みよ》が、冬児に貸《か》し与《あた》えている和装の美女である。主《あるじ》は冬児だが、もっぱら身体《からだ》の不自由な天海をサポートしてくれている式神だ。天海は、このマンションに拠点を移したあと、『月刊陰陽師』編集部の周辺を探るよう、水仙を偵察《ていさつ》に出していたのだった。

「若宮って記者が京子ちゃんに接触したのは、状況がここまで動く『前』だ。若宮の接触が長官たちの罠《わな》って可能性は、低いと見ていいだろう。実際、水仙の報告だと、呪捜部の人間は編集部に出入りしてるわけじゃなく、外からひっそり見張ってるらしいからな」

「……つまり、彼らが若宮記者の存在に気付いたということでしょうか？」

「そうでないとは言い切れねえな。携帯が繋がらねえ理由も、案外その辺の事情に絡んでるのかもしれねえ」

夏目の質問に、天海は慎重《しんちょう》に答えた。聞いた京子が、「そんなっ」と苦しげにもらす。

「じゃあ、若宮さんが呪捜部に捕《つか》まったかもしれないんですか？」

「……いや。だとすれば、いまもまだ編集部を見張ってるのは不自然だ。……そうだな。たとえば、若宮がこのところのごたごたで何かしらのネタをつかんで、それを知った長官たちが行方を捜してるって流れだと現状の説明としちゃあしっくりくるが……さすがにこいつは、俺の個人的な想像にすぎねえ。予断は禁物だな」

天海はそう言うと、話を戻《もど》すようにパチッと手元で扇《おうぎ》を鳴らした。

「いずれにせよ、若宮の件は、いま俺たちが手出しできることじゃねえ。それより、早いとこ編集部と接触することだ」

呪捜部が見張っているなら、編集部との接触には、細心の注意を払《はら》わねばならないだろう。しかし、こちらはただ編集部と接触するだけでなく、彼らを説得する必要がある。徒《いたずら》に慎重になりすぎては、編集部側の不審《ふしん》を招きかねない。

そして、繰《く》り返しになるが、とにかく時間がない。

「『月刊陰陽師』の編集部が、有能であることを祈《いの》るぜ。あと、それ以上に、気骨のあるジャーナリストであることをな」

編集部の人間がどんな判断を下すかは、もはや「賭《か》け」だ。伸《の》るか反《そ》るか。最終的には、正面からぶつかっていくしかないだろう。

「で、そっちの問題をクリアできたとして、さらに難関なのは『そのあと』なんだが……冬児？　お前の方も、返事はまだか？」

そう言いながら顔を向ける天海に、冬児は「はい」と短く応える。

「いま連絡《れんらく》を取ってるところですが、まだ……」

冬児は表情を殺しながら言った。もっとも、横からうかがう夏目の目には、乾《かわ》いた表情のすぐ下に隠《かく》された、冬児の複雑な思いが透《す》けて見えるようだった。

天海が当てにしている直田公蔵議員は、冬児の実の父親なのだ。夏目がそのことを知ったのは、昨夜、このマンションに入ってからである。冬児が庶子《しょし》だということはそれとなく聞かされていたが、まさか政界のフィクサーと噂《うわさ》される大物政治家が父親だとは思ってもみなかった。

――それが、こんなタイミングで……。

これまで冬児は、自分の家庭の話を必要最低限しか喋《しゃべ》ってこなかった。辛《かろ》うじて、母親が銀座で店を開いている、と口にしたことがあるぐらいだ。父親に関しては、まったくその存在自体を匂《にお》わせもしなかった。

それでも――あるいは、だからこそ――彼が両親に対し、簡単には口にできない愛憎《あいぞう》を抱えていることは想像できる。

しかし冬児は、自分の思いは切り捨てて、父親というツテを活かす覚悟だ。実際、天海が画策する計画の成否は、『月刊陰陽師《おんみょうじ》』の告発以上に、直田が当局を動かせるかどうかにかかっている。確かな証拠《しょうこ》がないまま、それも明後日までという短期間で、陰陽《おんみょう》庁の動きを止められるか否《いな》か。この点こそ、天海の言う一番の「難関」なのだ。

「埒《らち》が明かないようなら、直接押しかけますよ。向こうにしても、俺の存在は無視できないはずだ」

乾いた無表情とは裏腹に、冬児の瞳《ひとみ》には強い意志が宿っている。この一年半、天海の側で教えを受けた直弟子として、自らの役割を果たす構えだ。

天海はそんな冬児の「意地」を、

「――頼むぜ、冬児」

と、太々《ふてぶて》しく、また楽しげに認めていた。

そして、そんな二人のやり取りを、見ていたかのようなタイミングだった。

小さな振動《しんどう》音がして、冬児がハッと携帯を取り出した。

「……っ⁉」

着信があったらしい。相手を見るとすぐに応答し、

「……ああ、俺だ。……で？」

仲間たちに背中を向け、リビングの隅《すみ》に歩きながら、冬児は小声で話し始めた。

緊張《きんちょう》を孕《はら》む、ぶっきらぼうな声音だ。同年代の夏目たちや、あるいは天海、大友のような目上の人間と話すときとは、その口調がわずかに異なっている。これまでに夏目が聞い

たことのない――見たことがなかった冬児の態度だった。

部屋にいる全員が口を閉ざして、冬児の背中に視線を向ける。「ああ……ああ……」と冬児の返事が繰り返され、その合間に携帯から、微《かす》かに女性の声が漏《も》れ聞こえてきた。

最後に冬児は、

「わかった」

と返事をし、それから、数秒の間を空けて、

「……ありがとう」

と告げ、すぐに電話を切った。

しばらく携帯を見つめたのち、大きく息を吐《は》いてポケットに戻す。振り向いたとき、冷静なようでいてどこか恥《は》ずかしげに見えたのは、夏目の気のせいだろうか。

「お袋《ふくろ》さんか？」

「……ええ」

天海の確認に、冬児は淡々《たんたん》と頷《うなず》いた。

「さっき父と連絡が取れたそうです。アポも取れました。今日の午後六時に、母の店で。向こうは一人で来るそうです」

冬児の返答に、天海は、ありがてえ、と小さくつぶやき、手元の扇を鳴らした。

「なら……早速準備に取りかかるとするか」

天海の台詞に、全員が頷き返す。

夏目は、手渡《てわた》されたおにぎりの封《ふう》を開けると、パリッと海苔《のり》を歯で嚙《か》み切りながら、冷たい米を咀嚼《そしゃく》した。

食べて——そして戦うのだ。

自分が欲《ほっ》する、未来のために。

4

編集部内は相変わらずのてんやわんやだった。

一昨日《おととい》陰陽庁が発表した、土御門春虎の霊災テロ予告。さらには、昨夕庁舎に近い街中で発生した呪術戦。後者には、呪捜部に異動している元独立祓魔官『神通剣《じんつうけん》』こと木暮禅次朗が関わっていたという噂も聞こえている。しかし、その後陰陽庁から特別な発表は行われていなかった。それどころか、庁内でも様々な憶測《おくそく》が飛び交っている状況《じょうきょう》らしい。

呪捜部は土御門春虎の捜索《そうさく》に奔走《ほんそう》しており、祓魔局も増加傾向《けいこう》にある霊災に対処する一方、霊災テロ防止の準備を進めている。いま呪術界で何が起きているのか。これから何が起きようとしているのか。目が離《はな》せない状況が継続《けいぞく》していた。

しかし、そんな目まぐるしい情勢を前に、『月刊陰陽師』編集長の古林《こばやし》は、別の問題に頭を抱えていた。……いや、「別の問題」ではない。それどころかまさに「渦中《かちゅう》」の、それも「ド真ん中」の問題ではある。ただし、日頃《ひごろ》彼が仕事として扱《あつか》う問題とは、スケールが違《ちが》った。業界そのものが吹《ふ》き飛びかねない、とんでもない大問題だ。古林は今年の夏で四二の大厄《たいやく》。年始の参拝で厄払《やくばら》いは済ませたはずだが、どうやら払うべき疫病神《やくびょうがみ》は、職場に潜《ひそ》んでいたらしかった。

「……倉橋！　若宮からはまだ連絡が来ねえのか！」

八つ当たり気味に怒鳴《どな》ると、若手の倉橋が慌《あわ》てて「まだです！」と返事をする。古林は、くそっ、と悪態を吐《つ》き、もう一度デスクの上のノートパソコンに目をやった。

目を細めてディスプレイをにらむ。表示されているのは、部下の若宮から届いたメールだ。内容は彼女の正気を疑うレベルのもので、普段《ふだん》の彼なら通読するまでもなく世迷《よま》い言だと切って捨てていただろう。何しろ、過去二回、そして明後日《あさって》に予告されている霊災テロの真の黒幕が、事もあろうに陰陽庁長官、倉橋源司とその一派だと言うのである。まさしく妄言《もうげん》の類《たぐい》と言える。間違《まちが》っても、編集部で仕事として扱っていいものではない。

だが……。

極めて厄介《やっかい》なことに、このレポートは、ここ数年古林が陰陽庁に抱《いだ》いていた疑惑《ぎわく》を、すべて解消しているのである。

「……くそっ」

若宮がこのメールを寄越《よこ》したのは、昨日の深夜だ。

若宮によると、彼女は一昨年《おととし》の夏以来、なんと木暮禅次朗と手を組んで、陰陽庁上層部の秘密を探っていたのだと言う。もともと若宮が陰陽庁に不信感を抱き、独自に調査していたことは、古林も把握《はあく》していた。というより、けしかけこそしないものの、面白がって見守り、時にはさりげなくアドバイスすることもあったぐらいだ。本人にはあからさまに告げていなかったが、古林もまた、長年この職に携《たずさ》わる中で、彼女と似たような疑惑は持っていたのである。しかし、さすがに若宮が、一人でそこまで首を突《つ》っ込《こ》んでいるとは見抜《みぬ》くことができなかった。

しかも若宮は、昨夕の呪術《じゅじゅつ》戦の現場に居合わせた――どころか、あの呪術戦のそもそもの発端《ほったん》を作ったらしい。

若宮は、かつて双角会《そうかくかい》に潜入捜査《せんにゅうそうさ》を行った呪捜官、比良多《ひらた》篤祢《あつね》の失踪《しっそう》に目を付け、彼の身辺を調査する内に、相馬多軌子という少女に突き当たった。その少女の宿泊《しゅくはく》しているホテルに侵入《しんにゅう》したところ、待ち構えていた彼女の式神に襲《おそ》われ――しかも、そこに木暮が駆《か》けつけてそのまま戦闘《せんとう》になったと言う。若宮自身は戦闘の騒乱《そうらん》に紛《まぎ》れて、現場から脱出《だっしゅつ》したのだそうだ。

――ったく、あのじゃじゃ馬が……。

その後編集部に連絡できずにいたのは、脱出の際、携帯《けいたい》を紛失《ふんしつ》したためらしい。仕方なく漫画《まんが》喫茶《きっさ》に入り、新たに取得したアドレスからこのメールを送ってきた。また、若宮は自分が呪捜部に追われるだろうと考え、編集部が呪捜部に監視《かんし》されている可能性を示唆《しさ》していた。当分編集部には近づかず、潜伏《せんぷく》して活動するらしい。実際、すぐにメールの返信を出したのだが、以後そのアドレスからの応答は途絶《とだ》えたままだ。

まったくもって、冗談《じょうだん》ではない。

「……無事なんだろうな、畜生《ちくしょう》……」

古林はワイシャツのポケットから煙草《たばこ》を取り出し、ディスプレイを顰《しか》め面《つら》でにらんだまま一本抜《ぬ》いて、口にくわえ、火を付ける。

深々と吸い込み煙《けむり》を吐き出したところで、

「ちょっ、古林さんっ」

と、側にいた部下に声をかけられた。

思わず「若宮かっ⁉」と顔を向けると、呆《あき》れた顔で口元を指さされた。

編集部はもう二年も前から禁煙《きんえん》だ。「あ」と間の抜けた声を出したのち、古林は極めつけの強面《こわもて》で獰猛《どうもう》な唸《うな》り声を上げ、席を立った。

虫の居所が悪い上司に部下たちが怪訝《けげん》な目を向ける中、デスクを離れ、部屋を出る。言うまでもないが、若宮のメールの件は、部内の者にも伏《ふ》せている。言えるわけがなかった。若宮のスタンドプレーはこれが初めてではないだけに、どうして古林がここまで不機嫌《ふきげん》なのか疑問に思っているのだろう。

古林は廊下《ろうか》に出ると、くわえ煙草のままフロアの隅にある喫煙《きつえん》スペースに向かう。そのわずかな移動の間にも、他部署の人間が何人も、編集部に駆け込むのとすれ違った。

呪術関連で大きな事件があった際、日頃は本流を外れている『月刊陰陽師』編集部は、社の報道の中心となるのだ。だが、こんなことは他の誰《だれ》にも、迂闊《うかつ》に相談できなかった。それどころか、すれ違う社員が全員、じろじろとこちらをねめつけている錯覚《さっかく》さえする。剥《む》き出しでダイナマイトでも抱《かか》えているような気分だ。

――呪捜部が監視？　勘弁《かんべん》しろよ……。

幸い喫煙スペースは無人だった。古林は狭《せま》いスペースを占有《せんゆう》しながら、改めて脳裏に若宮の報告を思い起こした。

急いでまとめたらしいメールの文面は、レポートとしては落第点もいいところの酷《ひど》い出来だった。これまでの調査結果が入ったパソコンもホテル内に置いてきたままらしく、詳《しょう》細《さい》な記録や資料の類は一切なし。とにかく、必要最小限の事実だけを、ごく簡潔に伝えてきていた。

あのメールだけでは、何をする役にも立たない。

ただ、若宮の本気と誠意だけは、嫌《いや》と言うほど伝わってくる。

そして何よりも、

――くそっ。あんなにお粗末《そまつ》なレポートだってのに、どうしてこう、当たり、臭《くさ》いんだ。

古林の「勘《かん》」は、若宮がメールで伝えてきた報告は、信憑性《しんぴょうせい》が高いと告げていた。

呪術関連のニュースは、真偽《しんぎ》の証明が極めて困難だ。極端《きょくたん》な話、倉橋長官や陰陽《おんみょう》庁に恨《うら》みを持つ呪術者が、若宮に暗示をかけてこの報告をでっち上げた――そんな可能性すら、ゼロとは言い切れないのである。人心操作だけではない。幻覚《げんかく》を見せることもできれば、どんな形の式神だろうと生成することができる。通常不可能な状況も、呪術を用いれば容易に作り出すことができるのだ。そんな呪術者が犯した犯罪を、見鬼《けんき》の才すらない一般人《いっぱんじん》が見破ることなどまず不可能なのである。

しかしだからこそ、呪術関連の報道に関わる人間は、自らの「勘」を重視する。呪術が超常《ちょうじょう》的なものだとしても、それを扱う呪術者は人間だ。そして、人間の行為《こうい》は、その人物をしっかりと――上辺ではなく芯《しん》の部分を見据《みす》えることで、わかってくるものである。

そうした判断は、論理性以上に「勘」に拠《よ》るところが大きいのだ。

何が虚《きょ》で、何が実か。

とはいえ、仮に若宮の報告が真実だとしても、その扱いは非常にデリケートだ。いや、正直なところ、何にどう対応すればいいのかわからない。

倉橋源司は、現呪術界のトップだ。それも、他とは比べようもない、圧倒《あっとう》的なトップである。呪術界の実質的支配者と言ってさえ過言ではないだろう。そんな人物の不正を、ろくな証拠《しょうこ》もないまま糾弾《きゅうだん》しようなど、所詮《しょせん》は絵空事である。

だが、だからといって看過するには、事はあまりに重大だった。多くの人命に関わってくる。知ってしまった以上、見て見ぬ振《ふ》りはできない問題だった。

頭を抱えたくもなるというものだ。

「……どうしたもんかな」

追《つ》い詰められ、強張った笑みを浮《う》かべながら、古林はつぶやいた。

若宮の身の安全も心配だった。年齢《ねんれい》のわりにキャリアを積んでいる若宮だが、所詮は一般人に過ぎない。本当に呪捜部に目を付けられたのだとすれば、いくらこの情勢下とはいえ、単身潜伏し続けることなどできるとは思えなかった。いや、そもそも、あの若宮がここまで重大な情報をつかんでいながら、大人しく身を隠《かく》すとも思えない。

——ああ、くそっ。せめて『神通剣』と一緒《いっしょ》だってんなら、安心もできるんだが。

若宮は離脱《りだつ》を優先したため、昨夕の呪術戦の結末を見届けていない。ただ、あのとき木暮が現場にいたとすると、その後なんの情報も入ってきていない上に若宮の下《もと》に合流してもいない以上、彼は敗北したと考えるのが妥当《だとう》だろう。しかし、もしそうなら、空恐《そらおそ》ろしいことだ。木暮は元独立祓魔官。祓魔局のエースだった超一流《ちょういちりゅう》の陰陽師《おんみょうじ》である。そんな彼が、ただの式神に敗北するなど、普通《ふつう》なら考えられない。

「……やっぱ、あいつの妄想《もうそう》……であって欲しいとこだよな。マジによ……」

気がつけば、まだほとんど吸っていない煙草が半分灰になっていた。古林は忌々《いまいま》しげに煙草を灰皿に投げ捨てた。

新しい煙草に火を付ける。

そこに、

「すみません、いいですか、古林さん」

編集部の部下が喫煙スペースの扉《とびら》を開けて顔をのぞかせた。「なんだ」と返す声が、苛《いら》立《だ》ちを含《ふく》みつつ掠《かす》れている。我ながら、だいぶ切羽《せっぱ》詰《つ》まっているらしい。

「ちょっと妙《みょう》な電話がかかってきてまして……」

「妙な？」

追ってきた。

「若宮になんです」

火を付けたばかりの煙草を捨てた。喫煙スペースを飛び出すと、驚《おどろ》きつつ部下もあとを

「誰からだっ」

「それが、聞いても名乗らないんですけど、若い女なんですよ。かなり若い、ひょっとすると未成年かもしれません。とにかく、『缶《かん》コーヒーの礼がしたい』って……場合が場合ですし、ひょっとしてこれ、あいつが使ってる符丁《ふちょう》かなんかじゃないかって」

「まだ繋《つな》がってるな？」

「もちろんです」

古林は編集部に戻《もど》ると、手近な固定電話に飛びつき、外線の保留を解除した。

「——もしもし？　編集長の古林です」

と受話器越《ご》しに話しかけながら、部下に向かって手を払《はら》う。聞くな、という合図だ。心得た部下は肩《かた》を竦《すく》めると、小さく苦笑しつつ自分の仕事に戻った。

同時に、電話の向こうから返答がある。

『あの、若宮さんはご不在なんですか？　連絡先《れんらくさき》を教えてもらうこともできませんか？』

なるほど、わずかに緊張《きんちょう》を含む声は、若い女のものだった。

つまり、

「失礼ですが、倉橋京子さんですね？」

あえて断定すると、受話器から絶句する気配が伝わる。その反応で推測が正しかったことを確認しつつ、「ああ、切らないで」と古林はすぐに言葉を繋ぐ。

「若宮からあなたのことは聞いています。父親——倉橋源司長官から監視されていたこともね。それに、あの取材のあと、あなたが家を飛び出したこともわかってる。若宮に、何か話があるんでしょう？　監視下から離《はな》れた、いまだから言えることが」

『………』

「生憎《あいにく》、若宮は現在所在不明で、連絡が取れない状況《じょうきょう》です。私も彼女の身を案じている。良かったら、彼女の代わりにそのお話を聞かせてもらえませんか？　ただし……念のため、いまから私の携帯番号をお伝えしますので、そちらにかけ直して下さい。若宮はどうやら、昨日の騒《さわ》ぎに巻き込まれているらしい。この意味、わかりますよね？」

倉橋京子を取材した若宮は、名門の令嬢《れいじょう》を高く評価していた。事実、陰陽塾《おんみょうじゅく》での成績や評判を聞くだけでも、彼女が優れた才能と知性を併《あわ》せ持っていることは間違《まちが》いない。また、この状況下《じょうきょうか》にあって家を出ていることからも、彼女が自分の父親——陰陽庁長官に逆らう立場を取っていることは明確だ。どこまで知っているかはわからないが、倉橋京子の証言は、若宮がつかんだ情報の裏付けとなる可能性が高い。

もちろん、これもまた、長官に敵対する呪術者の「仕込み」である可能性は残っているが……古林の「勘」は彼女を逃《に》がすなと、はっきりと告げていた。

「倉橋さん？　私の提案、オーケーですか？」

そう問いかけると、数秒の沈黙《ちんもく》のあと、『はい』と答えが返ってきた。

短いながら、しっかりとした意志を感じる声音だった。ありがたい。古林は自らの携帯《けいたい》番号を告げる。そして、「すぐ折り返して下さい」と念を押してから通話を切った。

倉橋京子の反応は好ましいものだ。とはいえ、相手は未成年者である。編集部に連絡してきたこと自体、かなりの勇気が必要だったはずだ。焦《あせ》ってはならない。不要なプレッシャーをかけず、まずは相手の信頼《しんらい》を得ねばならない。

——こういうのは、若宮には敵《かな》わねえんだがな。

十代の女子を懐柔《かいじゅう》する手腕《しゅわん》は、古林に比べれば若宮の圧勝に違いない。ここはむしろ、編集長として頼《たよ》れる大人の態度を見せ、こちらが主導権を取って誘導《ゆうどう》してやるべきだ。と、そう考えている間に、早くも携帯に着信があった。

レスポンスが早い。やはり、倉橋京子は相当優秀《ゆうしゅう》だ。こちらがしっかりと構えていれば、期待に応《こた》えてくれるだろう。

──逸《はや》るなよ。まずは優しく……。

古林は深く息を吸い、まずは向こうを安心させるように、

「もしもし。電話、ありがとうございました。編集長の古林で──」

『さすがは老舗《しにせ》編集部のデスクだ。話が早くて助かるぜ』

さっきとは似ても似つかぬ、枯《か》れた老人の声だった。

唖然《あぜん》と目を丸くする古林に、畳《たた》み掛《か》けるように、

『二年前まで呪捜部の部長をやってた、天海大善だ。あんたなら、名前ぐらいは知ってるだろ？　急な話で悪いが、ぜひ協力して欲しいことがある。会って話したいんだが──オーケーだよな、編集長？』

5

母親の店を訪れるのは、三年前の秋以来だった。陰陽塾に転入し、東京に戻ったときのことだ。

店に顔を出し、形ばかりの挨拶《あいさつ》を交わして、すぐに別れた。母親の顔を見たのも声を聞いたのもあのときが最後で、それからはメールでのやり取りしかしていない。

母親は自分を嫌《きら》っている。きっと自分が邪魔《じゃま》なのだろう。ずっとそう思っていた。

いまは、そうではないことがわかる。彼女は単に、「自分の子供」という存在に戸惑《とまど》っていただけなのだ。

淡泊《たんぱく》な接し方に、他人行儀《たにんぎょうぎ》な態度。母親が自分に向ける眼差《まなざ》しは常に無関心に乾《かわ》いていたように思われた。実際、関心が薄《うす》かったことは間違いないだろう。彼女にとってもっとも興味があるのは常に彼女自身であり、彼女はその事実を誤魔化《ごまか》したり隠そうとはしなかった。周囲の視線や世間体ではなく、彼女自身の価値観に基づいて生きていた。そういう意味では、彼女は極めて剛胆《ごうたん》な正直者だった。

ただ、母親は我が子に関心が薄かったとしても、憎《にく》んではいなかったし、悪意を抱《いだ》いてもいなかった。一番荒《あ》れていた時期でも見捨てようとはせず、かといって自ら矯正《きょうせい》しようともしないまま、ただ好きにさせていた。

おそらく彼女は、自分が世間のイメージする「親」のようには振る舞《ま》えないと気付いていたのだろう。我が子に興味と関心、愛情を向けるということが上手くできないことに。だから代わりに、「自由」を保障しようと努力してくれたのだ。それが、彼女にとってもっとも価値あるものだからこそ。

「…………」

銀座の街はいつになく人気が少なかった。霊災テロの予告が発表された影響《えいきょう》が出ているのだ。わずかな通行人の表情にも、どこか翳りが見られる。閉店している店も、ちらほらと目に付いた。冬児は街の様子を観察しながら、隠形で気配を隠し、母親の店を訪れた。

半地下に降りる階段の上から、突き当たりにある店のドアを見下ろす。腕時計で時間を確認。午後五時五〇分。母親が店を貸してくれたのは、開店前の一時間ほどだ。その間に、冬児は自らに課した役割を果たさねばならない。

この会合には、当初天海も同席する予定だった。それが叶《かな》わなかったのは、『月刊陰陽師』との話が予想以上に上手く回ったからだ。いま彼は、あちらの編集長と接触《せっしょく》し、京子と共に事情を説明しつつ協力を要請《ようせい》している。そのため、こちらの説得は冬児が一人で行うことになったのだ。天海は最後までどちらを優先すべきか迷っていたし、より重要なのはこちらだと考えていたようだが、最終的には冬児が自分に任せて欲しいと押し切った。

母親とのことは、自分の中ですでに割り切れている。

しかし、父親は……それ以前の問題だろう。何しろ、接点がほとんどない。血の繋がり以外は、完全に「他人」なのだ。

もちろん、父親が「何者」かはよく知っている。野党第一党、自主党の幹事長。過去、折に触《ふ》れて政局を動かしてきたと言われるが、本人が表に出ることは少なく、裏から政党を支え続けてきた。新民党に政権を奪《うば》われたあとは、幹事長に就任。分裂《ぶんれつ》の危機にあった党をまとめ上げ再建した。政界はもちろん、官公庁や財界にも強い影響力を持つ、日本屈《くっ》指《し》の大物政治家である。

だが、これらはすべて「政治家直田公蔵」に関する、単なる知識に過ぎない。個人としての彼を、冬児はほとんど知らない。

たとえば、庶子《しょし》の存在を認知していないが、それはどちらかというと母親側の希望だったらしい。そのくせ、金銭面では——おそらく母には必要なかったはずだが——多大な援《えん》助《じょ》を続けている。母親との関係にせよ、ドライと言えば実にドライだが、その点に関しても、どちらかと言えば母親の性格に合わせた形なのだろう。

ただ、それでも冬児が強く覚えているのは、父親が持つ空気感だった。

冷淡《れいたん》。

そして、毒気。

それが、冬児の父親に対する最大の印象だ。母親は自分に対し関心が薄かったが、父親ははっきりと冷淡だったと言える。もっとも、それは息子《むすこ》に対してだけではない。あの男は、他のあらゆる人間、もしくは物事に対し、常に冷淡なのだ。母親に対してさえも、酷《ひど》く冷淡に接していた。少なくとも、子供だった冬児の目には、そう映った。そして、いまの冬児ならなんとなく想像できるが、その、冷淡さを気にも留めない母親を、父親はどこか面白がっていた――のかもしれない。

そして、悪意とは似て非なる「毒」を持っていた。実際、政界でも毒舌家として知られているらしい。そんな男がよくぞ議員になれたものだと思うが、敵が多い分、味方も多いのだ。あとはとにかく実績だろう。あの男の有能さは、冬児も、そして彼を嫌う有権者たちすらも認めているのである。

――……そうだ。思い出した。

父親の毒を一番感じるのは、彼の笑みだった。

仮にも政治家だけあって、父親は笑顔を自在に操っていた。しかし、その笑みがすべて意識的に作られた仮面であることを、冬児は幼いころから直感的に見抜《みぬ》いていた。同時に、笑みを浮《う》かべたときこそ、その奥にある父親の毒を、もっとも強く感じていたのだ。

毒を抱《かか》えて浮かべた笑み。それが怪物《かいぶつ》じみて、子供心に恐《おそ》ろしかったのを覚えている。

「………」

階段を降り、ドアを開ける。電話で話した通り、鍵《かぎ》は開けておいてくれたようだ。カランカランとチャイムを鳴らしながら、冬児は店に入る。

すでに明かりが点《つ》いていた。点けたままにしていたのか……と、思ったときだ。

店の奥に、先客がいることに気がついた。

広くはない店だ。壁《かべ》沿いのテーブル席がふたつに、カウンターが七席。そのカウンターの一番奥に、一人の男が座っていた。上等のスーツを着込んだ、姿勢の良い、初老の男。

テレビでは希《まれ》に見かけるが、直接見るのは、いったい何年ぶりになるだろうか。少なくとも数年分は歳を取り、それだけ老いたはず。しかし、目の前の男の印象は、冬児の記憶《きおく》にあるものと、ほとんど変わっていなかった。

政界のフィクサー。この国のＶＩＰ。その容貌《ようぼう》は、忌々《いまいま》しいが自分に似ている。

ほとんど反射的に心が萎縮《いしゅく》した。

しかし、

「……冬児か？」

放たれた声には、わずかな——しかし本物の驚《おどろ》きが込められていた。彼が驚くところなど、ひょっとすると初めて見るかもしれない。父親の反応に冬児の方も驚きながら「ああ……」と短く、小さな声を返した。

だが、考えてみれば無理もない。冬児にとっての父親に変化が見られないのに対し、父親にとっての冬児は、ほとんど別人のように変わっているはずだった。ある意味これは、父と子の再会という以上に、「初の対峙《たいじ》」と言えるのだ。

店のドアを閉めながら、

「……久しぶり」

と声をかける。

父親――直田は、しばらく無言のまま冬児を見つめていた。その、こちらを見やる表情の奥に、いったいどんな思考が過《よ》ぎっているのか。父親の心情を読み取るには、冬児の眼力はまだまだ及《およ》ばない。

やがて直田は、

「……率直に言って、驚いた」

と静かに、うっすらと、笑みを浮かべた。

奥に毒を秘める笑み。冬児がピクリと表情を動かす。

「お前から私に、連絡《れんらく》が来るとはな」

「俺だって、こんな展開は予想外さ」

皮肉っぽく返しつつも、緊張《きんちょう》は隠《かく》しきれない。冬児は表情を殺しながら、カウンターの一番手前の席に近づく。対する直田には、もう動揺《どうよう》の残滓《ざんし》は見られなかった。磨《みが》き上げた鏡のような硬質《こうしつ》な冷淡さで、微笑《びしょう》を浮かべながら冬児を見つめている。

おもむろに、

「お前が陰陽塾《おんみょうじゅく》を退塾したことは知っている。その後、行方《ゆくえ》をくらましていたこともな。

だが、詳《くわ》しい事情までは知らん。金の無心なら母親でいいだろうが、私に用となると想像がつかなくてな。興味が湧いた」

「…………」

いきなりずいぶんと切り込んできた。冬児は思わず口元を引き締《し》める。

陰陽塾に入ったことぐらいならともかく、その後のことも知られているとは思わなかった。母親が教えたのだろうか。それともまさか、自分で調べていたのか？　冬児はざわつく自らの感情を、意識して鎮《しず》めた。

直田の態度には、自分をよく見せよう、あるいは親らしい威厳《いげん》を示そうといった体裁ぶるところは、一切感じられなかった。ましてや、父として、息子の好意を得ようという思《おも》惑《わく》などまったくない。清々《すがすが》しいほどだ。なるほどこういう男か、と父親について、あらためて思う。何しろ、まともに話すのは、これが初めてだ。

一方で、直田がごく率直に、こちらが想像していた以上に腹を割って接してきたことは意外だった。

海千山千の政治家らしからぬ態度と言える。それが本来の彼の姿、あるいは油断の結果だと思うほど、冬児も馬鹿《ばか》ではない。意識的に交渉術《こうしょう》を排し、ざっくばらんな態度をとっているのだ。もっと言えば、「とってくれている」のだろう。

言うまでもないが、直田クラスの人間と直接交渉できること自体、通常ではありえないことだ。ましてや、余計なお為《ため》ごかし、社交的駆《か》け引きの類《たぐい》を抜《ぬ》きにして話すことなど、彼の立場ならまずないはずである。突き放《はな》すような、しかし明け透《す》けで嘘《うそ》のない台詞《せりふ》は、彼なりの息子に対する「手加減」と見ることもできる。むろん、その真意を測ることなどできないが……。

――……大いに結構だ。

「取り引きがしたい」

と冬児もごく率直に告げて、用意していた資料をカウンターの上に滑《すべ》らせた。

「なんの呪術《じゅじゅつ》もかかってない。普通《ふつう》の紙だ。目を通してくれないか」

努めて冷静に言うと、直田はちらりと資料の表紙に視線を落とした。

特に恐れる様子もなく手に取り、スーツの内ポケットから眼鏡《めがね》を取り出す。無言のまま、読み始めた。冬児はカウンターのスツールに腰《こし》をかけ、横目で直田の様子を観察した。

資料とはいえ、大した量ではない。A４のコピー用紙が六枚。要点は、現陰陽庁長官倉橋源司の行っている犯罪行為《こうい》の説明と、彼と繋がりの深い、新民党の議員佐竹益観《さたけますみ》の関与《かんよ》に関する報告だ。直田は急ぐ様子もみせず、二、三分かけて資料を読み終えた。さすがというべきか、かなりショッキングな内容のはずだが、読んでいる最中には一度たりとも、表情を動かさなかった。

一読した直田は、眼鏡を外し、資料をカウンターに戻《もど》した。

なんの動揺もない口調で、

「陰陽師《おんみょうじ》を目指すと聞いたときもそうだったが……」

「なに？」

「つくづく予想のつかないやつだ。あいつの血だな」

「…………」

突然《とつぜん》の父親風に、反射的に苛立《いらだ》ちを覚える。だが、こんなことでいちいち感情を荒立《あらだ》てていい場面ではない。

「……そこには書いてるが、明後日《あさって》、三月三日に予告されている霊災テロの、真の主犯は倉橋長官たちだ。もう時間がない。いますぐ対処しなければ、大きな被害《ひがい》が出る。それこそ、過去二回の霊災テロとは、比べものにならない被害が」

だから、と冬児は一度言葉を切り、躊躇《ためら》いを振《ふ》り切って身体《からだ》を向けた。

真っ直ぐな眼差しで直田を見《み》据《す》え、

「……霊災テロの阻止《そし》に、あんたにも協力して欲しい」

冬児の視線を、直田は正面から受け止めた。さすがに口元からも笑みは消えている。

「取り引きと言ったな。見返りは？」

「この情報自体が見返りだ。新民党の佐竹は、この件にがっつり嚙《か》んでる。そして、佐竹はいまじゃ、新民党若手議員の中核《ちゅうかく》だ。このネタは単に佐竹だけじゃなく、新民党全体にとっても致命《ちめい》的なスキャンダルになる」

　直田が幹事長を務める自主党は、長年第一与党《よとう》として国を引っ張って来た政党だ。しかし、現在は野党に転落し、以来政権奪還《だっかん》を悲願としている。現与党を揺《ゆ》るがすスキャンダルは、決して無視できないはずだった。

「確かに」

　と直田は、カウンターに戻した資料を見下ろし、淡々《たんたん》と頷《うなず》いた。

「政治家になって長いが、これまでに触《さわ》った中では、一番巨大《きょだい》な爆弾《ばくだん》だな。仮にも与党議員たる者が、テロに荷担とは」

　そう吐《は》き捨てるように言《い》ってから、直田はもう一度冬児を見やる。

　そして、

「ただし、これが本当の話なら、だ」

　と、付け加えた。

「資料に説明がなかった上に、こんな形で私に直接持ち込むぐらいだ。どうせ、証明する術《すべ》がないんだろう」

「……元呪捜部部長が証言する」

「話にならんな。その部長にせよ、自分の証言程度では話にならないとわかっているから、正攻法《せいこうほう》ではなく、お前を寄越《よこ》しているんじゃないか？」

「それは――」

「呪術関連の捜査《そうさ》は、物証を幾《いく》つも重ね、慎重《しんちょう》に動くのがセオリーだ。その程度のことは承知しているだろう。にもかかわらず証拠《しょうこ》のひとつもないようでは、そもそも『使える』ネタではない。しかも、霊災テロが予告されているのは明後日だ。とても取り引きがどうのという話ではない」

直田は冷然と断じた。再び口元に、毒を含《ふく》む笑みが浮かんでいた。

――落ち着け。

冬児は自らに言い聞かせる。直田が物証がない点を指摘《してき》してくることはわかりきっていたことだ。もちろん、現状が自分たちにとって、あまりに苦しいことも。当事者である冬児たち、あるいは、ここ数年で呪術界に起きた事件や陰陽庁の対応に疑問を抱《いだ》いていた者ならともかく、まったくの第三者が、なんの事前情報も証拠もないまま、倉橋たちの犯行を信じるわけがない。

しかし、だからこそ、冬児たちは直田を味方に付ける必要がある。

「証拠は探せばあるはずだ。長官たちだって、陰陽庁のすべてを掌握《しょうあく》してるわけじゃない。何より、これだけ長期にわたって大々的に行ってきた犯罪行為に、なんの証拠も残ってないなんてことはあり得ない。たとえ陰陽師じゃないとしても、外部の人間が適正な捜査さえ行えば、証拠は必ず見つかる」

「希望的意見に過ぎん。第一、こんな数枚の紙切れだけで、官庁の捜査に乗り出せるわけがないだろう」

「だからあんたに頼《たの》んでる。たとえ野党議員だろうと、あんたなら警察を動かせるだろ?」

「いかにも浅はかな素人《しろうと》の考えだ。たとえ大臣だろうと、諸々《もろもろ》の条件が整わなければトップダウンで現場を動かすことなどできるものではない」

必死に食い下がる冬児に、直田はあくまで冷静に、微笑《ほほえ》みながら応じる。

「ましてや、陰陽庁は特別だ。陰陽師でない者にとって、あそこは文字通りの伏魔殿《ふくまでん》だからな。よほどの確証があるか、もしくは世間的な情勢が後押しでもしない限り、手を出すことは困難だ」

直田の笑みに滲《にじ》む、毒の気配。錯覚《さっかく》だ。冬児は目を逸らさず、食らい付く。

「その、後押しになる世論ってやつも作っている。その資料の最後に書いた通り、まさにいま、天海部長が『月刊陰陽師』の編集長と会っているところだ。あんただって、『月刊陰陽師』の誌名は知ってるだろ？　準備ができ次第ウェブ上で告発するし、そうすれば陰陽庁には衝撃《しょうげき》が走るだろう。捜査に踏《ふ》み込むなら、そのタイミングしかない」

天海が言っていた通り、冬児たちが置かれている逆境を跳《は》ね返すには、荒《あら》っぽく状況《じょうきょう》を引っかき回さねばならない。そうして、「勢い」を得ることが絶対に必要だ。敵が整えた盤石《ばんじゃく》の態勢を打ち破るには、勢いに乗って一気に押さえ込むしかないのである。

ただ、

「その程度のことで情勢が変わると、本気で思っているのか？　よしんば変わるとしても、圧倒《あっとう》的に時間が足りない」

直田の指摘は、ごく妥当《だとう》なものだろう。分が悪い賭《か》けだということは、言われるまでもなく理解している。

「それでも、あんたが動く時間は、あるはずだ」

「同じことだ。証拠のひとつもない一方的な報告だけで、私が動くいわれはない。……というより、どうして私が、この条件で動くと思う？　いったいどういう理由で、私がこの資料を鵜呑《うの》みにすると思うんだ」

「それは——っ」

「私がお前の父親だからか？」

ガタ、とスツールを鳴らして、冬児は腰を上げた。直田の毒が、彼の笑みから滴《したた》り落ちるような気がした。

反射的に噴《ふ》き上がる怒《いか》りは、抑《おさ》えようがないほど強い。しかしそれは、直田の言い様が我慢《がまん》ならなかったという以上に、自分が必死に目を逸《そ》らしていた心情を見透《みす》かされたからだった。

自分に任せて欲しい、と天海には申し出た。だが、果たしてそれは、自分が父親を「説得」できる自信があったからだろうか？　政治家直田公蔵を、この資料だけで説《と》き伏《ふ》せる自信が、本当にあったのか？　そうではなく、直田が自分を――息子《むすこ》を「信じて」くれるという期待があったからではなかったか？

あれほど頑《かたく》なに距離《きより》を取り続けていた息子が、助けて欲しいと頭を下げる。そうすれば、父親は――直田は、自分のために骨を折ってくれるのではないか。

――馬鹿なっ。

直田公蔵はそんな甘い男ではない。過去の彼のスタンスを振り返れば、そんな甘い目論《もくろ》見《み》が通用する相手ではないことなど明白だ。だが、その当たり前の事実と、自分は真剣《しんけん》に向き合っていただろうか。

「……っ」

歯を食いしばる。

どうか俺を「信じて」くれ。そう言ってしまえば、楽だったかもしれない。だが、それだけは禁句だ。それはもう、直田に向かって親子の情に訴《うった》えかけるのと同じことである。自分のプライドなどどうだって構わないが、直田はその甘えを許さないに違《ちが》いない。そんな甘えは、冬児が直田と共闘《きょうとう》するに値しないことを証明することにしかならない。

この場を設けたこと自体、直田にとって最大限の譲歩《じょうほ》なのだ。与《あた》えられた機会を活《い》かすのは、あくまで冬児でなければならない。

「……あんたが資料の内容を信じられないのは無理もない……実際、嘘《うそ》みてえな話だからな。鵜呑みにしないのは、当然だ……」

全身全霊《ぜんれい》で語調を抑え、冬児はゆっくりと言った。

そして片手をカウンターにつき、

「だがな」

と、直田に向かって身を乗り出した。

「『鵜呑み』にはできなくとも……『見過ごす』ことも、できないはずだ。万が一にも俺が言ってることが事実なら、取り返しの付かない大災害になる……！」

「……いいか？　陰陽庁はいま、『テロを阻止するため』に全力を尽《つ》くしている。捜査の手を入れるということは、その妨害《ぼうがい》をするということだぞ」

「それが向こうの手口だってことは、資料に書いてあっただろっ。それとも何か？　あんたは、この直談判が『テロリスト土御門春虎』の罠《わな》だとでも思ってるのか？　あるいは、俺があんたの気を引きたくて、行方《ゆくえ》不明だった元呪捜部の部長や『月刊陰陽師』の編集部まで巻き込んで、大嘘をでっち上げたとでも⁉」

「………………」

初めて、直田の反論が止まった。その反応に手応《てごた》えを感じ、冬児は拳《こぶし》を握《にぎ》り締《し》めた。

そして、彼自身最初に言っていたのだ。冬児が父親に会う「用」は想像が付かない、と。

直田は「理」で動く。

冬児が嘘を吐く理由はない。唯一《ゆいいつ》あるとすれば父親の破滅《はめつ》を望んでの暴挙という可能性だが、だとすれば天海や『月刊陰陽師《おんみようじ》』編集部が協力するわけがない。そもそも、陰陽庁《おんみよう》を捜査したところで、冬児たちの利益になることなど何もないのだ。これはつまり、少なくとも冬児たちは全員、資料に書かれたことが紛《まぎ》れもない真実だと信じ、それを阻止したい一心で動いている証拠と言える。

他方、冬児たちが騙《だま》されている可能性は残るが、仮にテロリストが冬児たちを使って陰陽庁を牽制《けんせい》しようとしているのだとすれば、これはあまりに非効率だ。「理」に反する。

冬児たちがやろうとしていることは、「極めて困難」なことである。なら、その「極めて困難」な罠を、わざわざテロリストが用意するだろうか？　ましてや、直田を騙して陰陽庁に圧力をかけるなど、そんな迂遠《うえん》な方法をとらずとも、他にやりようはいくらでもあるはずだった。皮肉だが、冬児たちの作戦の成功率が低いからこそ、これがテロリストの罠である可能性も低いと見なすことができるのである。

客観的に見れば、妄想《もうそう》じみた陰謀《いんぼう》論かもしれない。確かな証拠は何もなく、対応しようにも、その時間もない。直田が動く理由はない。

しかし――

少なくとも、いま冬児たちが取っている行動――冬児の直田への「用」に関しては、資料の内容が真実だと仮定する方が「理」は通るのだった。

「……もう一度言うぞ？　霊災テロの黒幕は、倉橋長官とその一派だ。マジにな。この際、あんた自身が信じるか信じないかは、別にしてもいい。だが……」

冬児は真っ向から直田の目を見る。己の意思を視線に込める。

「俺の言ってることを――その危険性を、あんたは『無視』できない」

冬児の視線を、直田は怯《ひる》まずに受け止めた。

そして、ゆっくりと笑みを浮《う》かべ、恐《おそ》ろしく冷ややかに応《こた》える。

「なぜ？　黙視《もくし》するのが、利口なやり方に思えるがな？」

「なぜだと？」

冬児は鼻で笑った。

「あんたが政治家だからだ。人生の『色んなもの』を犠牲《ぎせい》にしてまで、政治家として生きてきた男だからだ。テロが起きて、国民が死ぬ。その可能性がある。なら、それがたとえ一パーセントに満たない可能性だったとしても、あんたは、看過することはできない」

噛《か》みつかんばかりの気迫《きはく》で、冬児は強く断言した。

直田の浮かべていた笑みが消えた。彼は軽く目を見開いていた。

ゆっくりと視線を外し、

「……言ってくれる」

と、小さくつぶやいた。そのとき直田がほんの一瞬《いっしゅん》だけ楽しげな表情を過《よ》ぎらせた――ように見えたのは、果たして冬児の錯覚だろうか。

店内に沈黙《ちんもく》が立ち籠《こ》める。

しかし、直田はおもむろに、スツールから腰《こし》を上げた。

ハッ、と身構える冬児に向かって、

「やはり、この件は、お前では話にならんな」

身体《からだ》の真ん中に重い石が生じたような感覚だった。

とっさに会話を続けようとするが、もうこれ以上、直田を止める材料がない。残る手段など、力でねじ伏せることぐらいしか思いつかなかった。そして、それはまさに、敗北宣言に等しい行為《こうい》だ。

頼《たの》む——と、そのひと言が喉《のど》の奥に込み上げる。仲間たちの顔が脳裏を過ぎり、直田に縋《すが》りたい気持ちが胸の奥で暴れた。

しかし、できない。「頼む」というひと言に頼《たよ》りそうになる自分を、冷静な自分が懸命《けんめい》に止めていた。そのひと言では、直田を失望させこそすれ、振《ふ》り向かせることはできない。そういう相手ではないし、そういう場でも、そういう話でもないのだ。だから冬児は、立ち上がり、スーツの裾《すそ》を整える直田を、ただ見つめることしかできなかった。

ところが、

「……まずは、その告発を見てからだ」

直田の言葉に、冬児は全身を震《ふる》わせた。

思わず、親父《おやじ》っ、と言いかけて間一髪《かんいっぱつ》その言葉を呑《の》み込む。それから、父親の横顔を凝視《ぎょうし》した。

直田は、動くつもりなのか、それとも動かないのか。むろん、表情から判断することはできない。父親を見る己の視線に、甘い希望が、どうしても混じってしまう。

だがこれは、最低限、交渉決裂《けつれつ》という結果だけは避《さ》けられたのではないだろうか。首の皮一枚、繋《つな》がった。むろん、最終的にどうなるかはわからないが……。

と、

「……やれやれ。これは……久しぶりの『最中案件《もなか》』だな……」

突然《とつぜん》、妙《みょう》に気負いのない声音で、直田がこぼした。よく聞き取れなかった冬児が、

「え？」と父親を見る。

直田の台詞《せりふ》は冬児に対するものではなく、ただの独り言のようだった。冬児の困惑《こんわく》にも最初は気付かず、ふと視線を向けたあとは、すぐに普段《ふだん》通りの冷淡《れいたん》さを取り戻《もど》した。そして、それ以上は何も口にしないまま、店の出口に向かった。

ノブに手をかけ、ドアを開ける。

冬児は直田の背中をにらんだ。自分は、この場で最善を尽くせたか否《いな》か。その答えを持つ男は、もう冬児には一瞥《いちべつ》もくれない。

直田は振り返らず、店を出た。

冬児の見つめる前で、父親の背中は店外に吸い込まれ、音もなくドアが閉まった。

報告を終えたときには、窓の外は夜の帳《とばり》に覆《おお》われていた。秋葉原の街明かりが、煌々《こうこう》と輝《かがや》いている。

6

終えたのは倉橋への定期報告だ。呪捜部に配属されて以降、時期による頻度《ひんど》の差こそあれ、ずっと続けている報告だった。呪捜官から呪捜部部長への報告ではなく、あくまで個人としての報告。それは倉橋からの要望であり、それだけ自分が目を掛《か》けられている——有力な人材として重宝されている証拠《しょうこ》だ。そう自負してきたし、その認識自体に誤りはないと思っている。

しかし……。

「おや。もう済んだのですか？　今日は早いですね」

同僚《どうりょう》の台詞がやけに皮肉っぽく聞こえるのは、自分の気のせいだろうか。部屋に戻った山城隼人《やましろはやと》は、無言のまま三善十悟《みよしとおご》に顔を向けた。

相変わらず呪捜部では、ひっきりなしに人が行き交っていた。陰陽庁員だけでなく、警視庁など他省庁の者も多い。祓魔官が姿を見せることもあった。呪捜官たちは全員殺気立ち、臨戦態勢が常態化しつつある。だが、ここからはさらに悪化するだろう。テロが予告されているのは、もう明後日《あさって》だ。

しかし、山城と三善の二人は、そうした呪捜部の騒乱《そうらん》から完全に取り残されていた。騒然とするフロアの片隅《かたすみ》。二人の定位置となってしまったその場所は、デスクですらない。腰の高さのキャビネットに区切られた、ちょっとした休憩《きゅうけい》スペースだ。相変わらず三善は椅子《いす》に座って文庫本を読んでおり、山城に話しかけるときも顔を上げようともしない。対する山城はその前で何をするでもなく、手持ちぶさたに立ち尽くしている。

――……妙な感じだな……。

キャビネットを挟《はさ》んだ向こう側では嵐《あらし》が吹《ふ》き荒《あ》れているのに、自分たちの周りだけ無風状態だ。目の前の慌《あわ》ただしさ、周りの騒乱が、実体のない陽炎《かげろう》のように思えてくる。

「それで？　何か、新たな指示はありましたか？」

「……いえ。引き続き、事態の急変に備え、待機しろ、と」

「木暮氏の消息については？」

「依然《いぜん》不明だそうです」

「…………」

山城の返答に、三善はしばし沈黙で応じた。手元の文庫本を見つめる表情は、いつも通り平淡《へいたん》で、彼が何を考えているかを悟《さと》らせない。

やがて、

「……そうですか……」

とだけ言って、ページをめくった。

呆《あき》れるほどのマイペース。しかし、山城もこれまでのつき合いで、いま三善の視線が文章を追っていないことぐらいは見抜《みぬ》けるようになっていた。微妙《びみょう》に焦点《しょうてん》の定まらない視線が、紙の表面を滑《すべ》っている。これは、彼が考え事をしているときの癖《くせ》だ。

「そちらはどうなんです。都内の霊脈に乱れは？」

「……日が落ちてから、霊災が幾《いく》つか。昨夜も多かったですが、このペースだと昨夜以上の発生件数になりそうです」

「呪術戦《じゅじゅつ》の方はどうです？」

「いまのところ、何も」

三善は淡々《たんたん》と答え、山城も形だけ頷《うなず》いた。

わざわざ確認したものの、もし呪術戦が——遠方からでも察知できる規模の呪術戦が行われていれば、三善は自分から話すだろう。昨夕の木暮の一件以降、表だった動きはない。ただし、発見できていないのは、あくまで「表だった動き」だ。現状を考えると、水面下では誰《だれ》しもが懸命《けんめい》に動いているに違《ちが》いない。例外は、こんな場所に立ち尽《つ》くしている山城たちぐらいだ。もしここにチームリーダーの木暮がいれば、いまごろ自分たちは何をしているだろう。

──木暮さんがいれば……か……。

山城はスラックスのポケットに両手を入れ、もう一度キャビネット越《ご》しに部内の様子を眺《なが》めた。

激流に流される同僚たち。彼らが流されている流れは、組織の「本流」でもあるだろう。山城もまた、あの流れの中で育ってきた。そしていま、本流から外され、脇《わき》からその流れを見ていると、これまで感じたことのなかった奇妙《きみよう》な感慨《かんがい》が湧《わ》き起こってきた。

山城は倉橋家の門下生だった。

代々倉橋家に仕えてきた家系の出で、見鬼の才が認められたあとは当然のように門人となり、幼少期から呪術の腕《うで》を磨《みが》き始めた。

山城の素質は際立っていた。同年代の者たちはもちろん、古株の門人たちをも次々に凌《りよう》駕《が》していったほどだ。彼の才能に気付いた倉橋など、時に自ら稽古《けいこ》を付けることもあった。

そのことは周囲の嫉妬《しつと》と反感を買ったが、倉橋直々の訓練で得たものは、様々なデメリットを補って余りあった。呪術者としての経験上も。また、それ以外の面でも。

十五で陰陽塾《おんみようじゆく》に入塾したが、山城はそのときには、すでにプロに引けを取らない実力を備えていた。事実、三年に進級するのを待つことなく『陰陽Ⅱ種』の資格を取得。卒業前に塾を辞めている。

その後山城は、倉橋の計らいで彼直属の陰陽師《おんみようじ》となって、現場での修行を重ねた。実戦の中で、山城の才能はさらなる開花を果たす。そして、陰陽塾を退塾して二年後、十九のときに『陰陽Ⅰ種』をクリア。国家一級陰陽師の一人となった。

振り返れば、まさに激流のような歩みだ。ただ、悩《なや》みはなかった。というより、悩む余《よ》裕《ゆう》など一度もなかった。激流に呑まれないよう、いつも必死だったからだ。

激流に呑まれないためには、その流れに乗ってしまうしかない。同じ速度で、同じ方向に、我武者羅《がむしやら》に泳ぎ続けるしかないのである。だから、そうやって生きてきた。周りの誰よりも巧《たく》みに。考えられる限り効率的に。

プロの陰陽師になり、『十二神将』になり、さらにその中で上位を目指す。そんな自らの野心に、なんの疑問も抱《いだ》いていなかった。

しかし、

——……ちっ。

山城は胸中で、小さく——弱々しく——舌打ちする。こうして流れの外に立ったいま、山城は初めて、自分が乗っていた流れが「どこ」を目指しているのか知らなかったことに気がついていた。

自分の人生を押し流し続けた、流れの向かう先。

一心不乱に打ち込んできた、己の「仕事」の意味。

「……隣《となり》……」

「はい？」

「いいですか」

「………」

三善が文庫本から顔を上げた。

山城の顔を見上げる。対する山城は、特に表情を作るでもなく、ただ漫然《まんぜん》と三善を見下ろしている。

三善はしばし山城の様子を観察したのち、「どうぞ」と答えた。山城は「どうも」とつぶやき、三善の隣の椅子に座った。背もたれに背中を預けて足を組み、ぼんやりと視線を前方に投げた。

勤務中にこんな風に弛緩《しかん》するのは初めての経験だ。普段の自分では考えられない。ましてや、これほどの――かつてないほどの重大な局面にありながら無為《むい》な時間を過ごすなど、以前の自分なら一分と耐《た》えられなかっただろう。

しかも、いま自分は、その無為を半ば受け容《い》れている。次はこう動かねばならない、こうあるべきだという信念と指針を失っているのだ。

もし、いまここに、木暮がいたら。

「………」

元特別霊視官《れいしかん》である三善は、昨夕勃発《ぼっぱつ》した呪術戦が木暮によるものだということを見抜いていた。そして、呪術戦の収束後、山城はそのことを倉橋に報告している。

報告を受けた倉橋は、二人に、木暮の件を口外しないよう厳重に言い渡《わた》した。その上で、あらためて呪捜部での待機を命じ、同時に三善には都内の霊気《れいき》の乱れに注意するよう指令を出した。

そのとき、山城は珍《めずら》しく倉橋に向かって、命令の意図を尋《たず》ねた。なぜ木暮の件を公表しないのか、と。少なくとも、呪捜部は把握《はあく》していていい情報だと思われたからだ。

しかし、倉橋はにべもなかった。詳細《しょうさい》が不明の内は余計な混乱を招くとだけ告げ、山城の意見を退けたのである。

倉橋の言っていることも、わからなくはない。だが、山城たちに口止めする一方で、現場は箝口令《かんこうれい》が敷《し》かれるでもなく野放しのままなのだ。あれだけ派手な呪術戦を、庁舎から徒歩二十分の場所で行っているのである。木暮が関係していた痕跡《こんせき》を隠蔽《いんぺい》することは不可能に近く、結果、呪捜部どころか庁内全体で、様々な憶測《おくそく》が乱れ飛ぶ事態に陥《おちい》っていた。

倉橋のやりようはあまりに杜撰《ずさん》であり、また、あまりに彼らしくなかった。これではまるで、あえて混乱を招いているかのようだ。だが、一番納得が行かないのは、木暮の所在が知れないというのに、効果的な対応を何ひとつ取っていない点だろう。

元独立祓魔官たる木暮の存在は、極めて大きい。場合によっては彼単独でも状況《じょうきょう》を覆《くつがえ》しかねないだろう。死んだのか、裏切ったのか、あるいは何らかの意図をもって潜伏《せんぷく》しているのかはわからないが、「詳細が不明」なままにしておいていい問題では決してない。にもかかわらず、倉橋がこの件に関し、適切な行動を取っている節は見られなかった。それとも単に、山城の目に入っていないだけなのだろうか。倉橋は木暮の状況など、とっくに把握しているのだろうか。

「………」

我知らず、山城の双眸《そうぼう》が半眼になっていた。

昨夕の呪術戦で、三善が「視《み》」た事実はもうひとつある。木暮が戦っていた相手は、先日荻窪《おぎくぼ》で「土御門春虎と交戦した」二体の式神の片方だったのだ。「陰陽庁のため」に彼を足止めした式神と、木暮は戦っていたのである。

そして——山城はこのことを、倉橋に報告していない。

山城自身、なぜ伝えなかったのか、上手く説明することはできない。ただ、倉橋に報告する間、直前に交わした三善との会話が、胸の奥から消えなかったのである。

——『我々も色々考えなければいけないようですよ？　自分が携《たずさ》わっている、陰陽師という「仕事」について』

激流に呑《の》まれぬよう、流れに身を任せ、我武者羅に泳いで来た。自分が有能な陰陽師であることに、誇《ほこ》りと自信を持っていた。

なのにいま、能力以外は認めたくない同僚《どうりょう》の言葉が胸に刺《さ》さって抜《ぬ》けず、一人勝手に行方《ゆくえ》をくらましたチームリーダーの背中を、気がつけば求めている。師と呼んでも過言ではない、倉橋に口を閉ざしてまで。

——くそ……っ。

考えろ、そう山城は胸中で独りごちた。まるで甲種言霊《こうしゅことだま》を唱えるように、強く、厳しく、己に命じた。

これまで自分が見聞きしてきたすべて。あるいは、先入観で決めつけ、疑いもしなかったすべてを。

もう一度振《ふ》り返り、自分の頭で、考える。

「……三善さん」

「……なんでしょう」

「木暮さん……生きてますかね？」

「さて……」

文庫本を読みながら、三善は静かに断定を避《さ》ける。山城も、有意義な返事を期待したわけではない。

しかし——

次の瞬間《しゅんかん》、唐突《とうとつ》に三善が、パタン、と文庫本を閉じた。山城は反射的に視線を向けた。三善は本を閉じた姿勢のまま、何もない前方を見つめていた。その視線を見て、山城が微《かす》かに姿勢を正す。さっきのような考え事をしている視線ではない。似ているが、焦点が虚空《こくう》に定まり、集中している。これは、三善が霊気を「視」ているときの眼差《まなざ》しだ。鼓動《こどう》が速まる。

「……山城氏。いま何時ですか？」

「午後七時五七分です」

「もうそんな時間でしたか。どうです？　そろそろ夕食に出ませんか？」

「……いいですよ。確かに、腹が減った」

山城が答えると、三善はすぐに腰《こし》を上げた。山城も立ち上がる。二人は、それ以上は特に何も言わず、視線すら合わさないまま呪捜部の部屋を出た。

大勢の呪捜官たちが、早足で、あるいは走りながら廊下《ろうか》を行き交っている。そんな同僚たちを避けながら、山城と三善はエレベーターホールに向かった。

庁員たちに交じってエレベーターに乗り、一階へ。正面ロビーに移動し、そのまま庁舎正面入り口から外に出た。その間どちらも無言で、急ぐ様子もなければ、不自然な態度も何も見られない。

車道に続く庁舎前のロータリーを、反対側まで渡ったところで、

「それで、『どちら』に?」

「すみません。その前に——」

「後ろの連中ですか」

「お気づきでしたか」

「これでも呪捜官なので」

二人は並んで歩きながら小声で会話する。話す間も歩調は変えないままだ。横から見ていれば、夕食の相談にしか見えないだろう。

三善が、声も表情も普段《ふだん》通りに、

「長官の?」

「そのようです」

「信用されてませんねえ。わたくしはともかく、あなたもですか」

「言わせていただきますが、間違《まちが》いなくあなたと木暮さんの影響《えいきょう》ですよ」

「撒《ま》けますか？　……ああ、しかし、見失ったと思われるのも好ましくないですね。どうしましょうか」

「ダミーを噛《か》ませる――までもないな。言霊で暗示をかけましょう」

「できますか？」

「わけありません。三分下さい」

「では、お願いします」

直後に、山城は簡易式で自分の身代わりを生成。同じタイミングで隠形して駆《か》け出した。

庁舎から跡《あと》を付けてきた――正確には、昨夜の報告以降自分たちをマークしていた陰陽師二人は、どちらも知った顔だ。呪捜部に所属する倉橋家の門人たちである。腕《うで》は立つ方だが、脇《わき》が甘い。まったく気取られることなく接近し、辺りをまるごと隠形。ぎょっと振り向く二人に向かって、それぞれに呪文の詠唱《えいしょう》なく、不動金縛《かなしば》りを叩《たた》きつけた。二人は抵《てい》抗《こう》する間もなく、まともに術を喰《く》らって昏倒《こんとう》した。

横道を使って後方に回り込む。

「お粗末《そまつ》なもんだな」

油断していた——というより、山城たちを見張れと指示されつつ、あまり自分たちの任務を重視していなかったようだ。ひょっとすると、倉橋の命令が「念のため」という軽いものだったのかもしれない。それは倉橋が木暮のいない山城たちを軽視していたからか、あるいは逆に信用していたからだろうか。微かに胸の奥がざわついたが、山城は吹《ふ》っ切って頭の中をクリアにする。

倒《たお》れた二人の側にしゃがみ、

「聞け」

と甲種言霊で暗示をかけた。

これからしばらく、空白の時間を自覚させないための暗示だ。さらに、その間は目立たぬ場所で待機するよう命じてから、三善の下《もと》に引き返した。

「済みました」

息のひとつも乱すことなく、

「さすがです。では、こちらに」

三善は山城に頷《うなず》いて、早速、足を速める。山城は周囲を警戒《けいかい》しつつ、そのあとに続く。

三善が向かったのは、JR秋葉原駅とは逆の方向だった。しばらく進んで、山城がハッと目を見開いた。三善が「視」つけた霊気に、山城もまた、気がついたのだ。

「これはっ⁉　――三善さんっ！」

「はい。しかし、式神だけというのが少々……それに、同行されている方は一般人《いっぱんじん》とお見受けします。どうもこれは、『課題』を押しつけられた形かもしれませんね」

声を弾《はず》ませる山城に対し、三善は平静に、やれやれと嘆息《たんそく》する。しかし、平静を装いつつ、靴底《くつぞこ》がアスファルトを鳴らすペースが少しだけ速くなった。

そして、進む舗道《ほどう》の先。

路肩《ろかた》に停車した一台の大型バイクと、その傍《かたわ》らに立つ一人の女が視界に入った。

二十代と見える若い女だ。真っ直ぐ近づく山城たちに気づき、あっ、と表情を改めた。

どうやらこちらを知っているらしい。ただし、山城は知らない女だ。そして、横目でうかがう限り、三善も知らない相手のようだった。

呪捜官である山城はメディアに露出《ろしゅつ》していない以上、女が知っているのは三善ということになるが、彼は『十二神将』とはいえマイナーな元特別霊視官である。彼の「顔」を知っている者など、この業界の人間ぐらいだ。

一体何者なのか。しかし、山城の意識が向いているのは、その女ではなく、彼女の傍らに停車するバイク。さらに言えば、彼女の頭上を漂《ただよ》う霊気《れいき》の方だった。

――やはり間違いない！

近づく二人を見つめる女は、顔面を強張《こわば》らせつつも、逃《に》げる素振《そぶ》りは見せなかった。二人の接近を無言のまま待っている。

そして次の瞬間、山城が「視」ていた霊気が、女の頭上で実体化した。

「カアッ！　トーゴ！　ハヤト！　よく気付いたっ！　よく来てくれた！」

木暮の式神の烏天狗《からすてんぐ》は、感激を露《あら》わにして、小さな羽根を大きく広げた。

心臓が早鐘《はやがね》を打つ。

本流から外れた山城は、いま自分が新たな流れに身を投じようとしていることを、強く予感した。

☆

大久保で発生した霊災が無事修祓《しゅうふつ》されたと聞いて、彼は安堵《あんど》のため息をもらした。

祓魔官になって一年。増加傾向《けいこう》にある霊災の対応にはいい加減慣れてきたつもりだったが、先週からのテロ騒《さわ》ぎには、少なからず参っていた。彼が配属されている新宿支局の部隊は、荻窪で起きたフェーズ4の霊災修祓で大変な目に遭《あ》っている。いま東京で何が起きているのか。そんな漠然《ばくぜん》とした不安が、恐怖《きょうふ》となって心を蝕《むしば》んでいるのだった。

それでも、明日《あした》にさえなれば、支局の状況は好転する。というのも、新宿支局の要たる滋岳《しげおか》独立官が戻《もど》ってくる予定だからだ。現在滋岳は、新型機甲《きこう》式のテストと調整のため、八王子の開発研究部に詰《つ》めている。その新型機甲式が、明日搬入《はんにゅう》予定なのである。

滋岳の不在が新宿支局に与《あた》えている影響は、業務面のみならず精神面でも極めて大きい。やはり、『十二神将』が側で控《ひか》えている事実は、ただそれだけで現場に出る祓魔官たちを支えてくれるのだ。だから余計に、今夜はなんとか事なきを得て乗り切りたいのである。

ともあれ、出動準備に取りかかっていた彼の部隊は、再び待機状態に戻った。少し外の空気が吸いたくて、彼は先輩に断りを入れたあと、局舎の屋上に上がった。

時刻は深夜零時《れいじ》過ぎ。冬の気配は日々薄《うす》らいでいるが、この時間はまだまだ真冬を彷彿《ほうふつ》とさせる寒さだ。風の強い屋上となるとなおさらで、屋外に出た瞬間、彼は少し後悔《こうかい》する。しかし、おかげで眠気《ねむけ》は飛んだ。彼は白い息を吐《は》きながらフェンスに近づき、目の前に広がる新宿の夜景を眺《なが》めた。

その瞬間《しゅんかん》だった。全方位の霊気が一斉《いっせい》に揺《ゆ》らいだ。

まるで世界にラグが走ったかのようだった。ジジッ、と辺り一面の空間にノイズが広がり、次の瞬間霊気《れいき》と共に消失した。彼は啞然《あぜん》と立ち尽《つ》くした。とっさに事態を把握《はあく》し損ねる。ようやく気付いたのは、局舎の警報が鳴《な》り響《ひび》いてからだった。

新宿支局の敷地《しきち》を囲っている、常設結界が破られたのだ。それも、まるでマジックで人体を消すかのように、おそろしく鮮《あざ》やかに結界を取り除かれた。ドクンッ、と心臓が跳《は》ね、呼応するように足下から——局舎の中から、祓魔官たちの緊迫《きんぱく》した叫《さけ》び声が聞こえてくる。

緊急事態《きんきゆう》だ。急いで戻らねばならない。彼は屋上の出入り口へと駆《か》け出し——

足を、止めた。

頭上を何かが通り越《こ》す気配がした。音もなければ、姿もない。……いや、姿は見えた。闇《やみ》に溶《と》ける、漆黒《しつこく》のシルエット。

一羽の鳥。

カラスだ。

巨大《きよだい》なカラスが滑空《かつくう》し、細かな光の粉を撒《ま》きながら、屋上のフェンスの上に降り立った。着地の際、カラスが三本の足を持っているのが目に入った。

そして、カラスがスルリとフェンスから滑《すべ》り落ちた——と思った次の瞬間だ。一瞬も目を離さず、瞬《まばた》きさえしなかったというのに、気がつくと一羽のカラスは、黒衣に身を包む人間の姿に変化していた。

とっさのことで、目の前の光景を頭が認識できない。立ち尽くす彼の前で、黒衣の人物が、バサッと裾《すそ》を翻《ひるがえ》し振《ふ》り返った。

男――というより、まだ少年だ。しかし、歳に似合わぬ貫禄《かんろく》と、言いようのない迫力《はくりょく》がある。しかも、左目が錦《にしき》の眼帯で斜《なな》めに覆《おお》われていた。その顔、そしてその外見の特徴《とくちょう》は、手配書にあった通りのものだ。

さらに、彼の傍らで霊気が揺らぎ、一体の式神が姿を見せる。ノータイのスーツ姿をした、身の丈《たけ》二メートルに迫《せま》る巨漢《きょかん》だ。闇に溶けるような主《あるじ》と対照的な、鮮やかな金色の髪《かみ》。均整の取れた体軀《たいく》は神話の英雄《えいゆう》を思わせるが、男の左袖《そで》は膨《ふく》らみを有さない。屋上に吹《ふ》く風に乗り、主の黒衣と同じようにたなびいていた。

黒衣を纏《まと》う、隻眼《せきがん》の少年。

少年に従う、隻腕《せきわん》の巨漢。

むろん、見るのは初めてだ。しかし、どちらもよく知っていた。陰陽庁に弓を引く陰陽師、土御門春虎と、その式神角行鬼《かくぎょうき》。明日テロを予告している張本人だ。

「――邪魔《じゃま》するよ」

少年は言い放ち、おもむろに呪力《じゅりょく》を練り上げた。迸《ほとばし》る霊気が屋上を充《み》たし、背後の男がニヤリと牙を剝く。慌《あわ》てて展開した結界が、少年と式神の霊圧に軋《きし》み、ジジジとラグを走らせた。そして、さざ波のように走るラグの向こうから、鋭《するど》い隻眼の眼光が、真っ直ぐに彼を射貫《いぬ》いていた。

新宿の鮮やかな夜景をバックに、己の形の闇を落として、少年は傲然《ごうぜん》と告げる。

「悪いけど、ここから先は、手加減なしだ」

二章☆重なる波紋

1

陰陽の道を絶えさせてはならない。

本物の、陰陽の道を。

それが、父の遺《のこ》した遺言だ。

父は倉橋《くらはし》家嫡男《ちゃくなん》として生きながら、ついに当主の座につくことなく死んだ。終戦後、軍との関与《かんよ》を責められて権勢を失いかけた倉橋家を支えたのが、母、倉橋美代《みよ》だったからだ。

むろん、父が何もしなかったわけではない。それどころか、多忙《たぼう》な——倉橋家当主に止《とど》まらず、政財界御用達《ごようたし》の『星読み』として、さらには後進の育英に努める陰陽塾《おんみょうじゅく》塾長として、多岐《たき》にわたり活躍《かつやく》する妻を、父は日夜支え続けた。そもそも、養子に過ぎなかった母が倉橋家の当主になるという異例の決定を下したのは、他ならぬ父自身だったと言う。

当時苦境にあった倉橋家を存続させるためには、自分より母が当主として立つ方が相応《ふさわ》しい。そう親族たちを説《と》き伏《ふ》せ、見事に倉橋家を呪術界の頂点に導いたのである。

母の功績は大きい。

しかし、父の功労はさらに大きいだろう。

ところが、その父が、今際《いまわ》の際に母を排《はい》して語ったのは、彼が予期せぬ話だった。

陰陽道《おんみょうどう》宗家土御門《つちみかど》の一の腹心として、『倉橋』が忘れてはならない、陰陽道の「陰《いん》」の領域。

終戦後、軍と結託《けったく》していた「陰陽師」という存在は、世間からの強い風当たりに晒《さら》された。頻発《ひんぱつ》する霊災《れいさい》に対処すべく存続が認められたとはいえ、彼らの置かれた立場は、極めて苦しいものだった。だからこそ、世に広まった印象を改善するためには、陰陽の「陽」の部分を前面に押し出す必要があった。それが、陰陽のバランスを欠くことだと承知しつつ、陰陽の道を途絶《とだ》えさせぬためには、他に選択肢《せんたくし》はなかったのだ。

だが、陰陽の道とは、決して「陽」のみではない。むしろ、分家たる『倉橋』は、「陰」の面を決して忘れてはならない。

死にゆく父は、病床《びょうしょう》から息子《むすこ》の手を握《にぎ》り、思いの丈を込めて伝えた。彼が、彼の父や祖父、兄たちから聞かされた、黄金時代。土御門夜光《やこう》という天才的宗家の下《もと》で、倉橋の者たちが総力を結集し、呪術《じゅじゅつ》の再興とさらなる飛躍《ひやく》のために邁進《まいしん》した時代の話を。当時、倉橋の者たちが抱《いだ》いていた、呪術への熱い思いを。陽も陰も、聖も邪《じゃ》も呑《の》み込んで、大胆《だいたん》に、伸《の》びやかに、苛烈《かれつ》に、多様に、呪術の謎《なぞ》を解き明かし、再構し、発展させる。そして、いまだかつて、いかなる呪術者も到達《とうたつ》し得なかった聖域——神々の世界をもつまびらかにする。もしその理想を達成することができたならば、世界は果たして、どのような変貌《へんぼう》を遂《と》げるのか。どんな方向に歩き始めるのか。

無念ながら、と父は唇《くちびる》を噛《か》み締《し》めた。

土御門夜光は理想まであと一歩と迫りつつ、ついには至らなかった。だが、彼の理想は、彼だけのものではない。陰陽道の理念そのものだ。そこには当然「陰」となる部分——倫《りん》理《り》的、社会的に許されざる部分があるかもしれない。だが、それを否定しては陰陽道は成り立たない。そして、本家『土御門』が掲《かか》げる理念の「陰」を支えることこそ、『倉橋』に課せられた使命に他ならないのだ。

だから、どうか。

どうか、そのことを。

「忘れないでくれ……」

そう言い残して、父は息を引き取った。

父が遺したものは、遺言以外にもうひとつあった。母も、他の門人たちにも、その存在が伏せられてきた場所。『倉橋』に受け継《つ》がれてきた、莫大《ばくだい》な資料を収めた書庫の鍵《かぎ》だ。

父の葬儀《そうぎ》が終わったあと、彼は単身その書庫に籠《こ》もった。その後も、度々時間を作っては、人知れず書庫を訪れ、資料を読みふけった。それは、自分の中の『倉橋』の血を濃《こ》くする、一族代々に引き継がれてきた儀式だった。

数年後、彼は元のように、書庫に鍵を掛《か》け直し、封印《ふういん》を施した。

そして、亡き父の遺志を継ぎ、新たな陰陽の道を歩み始めた。

☆

そこは、一見しただけではなんの変哲《へんてつ》もない、ある民家の一室だった。

室内の広さは充分《じゅうぶん》にあり、奥には就寝《しゅうしん》するスペースも設けられている。ただ、窓は厳重に塞《ふさ》がれ、ドアにも中からは開けられないよう鍵が取り付けられていた。

何者かを軟禁《なんきん》するために用意された部屋なのだ。

そして、見鬼《けんき》の才がある者ならば、部屋全体、建物全体に何重にも施《ほどこ》された結界を「視」て、軟禁対象として呪術者が想定されているのだと察することができるだろう。土御門家当主、土御門泰純《やすずみ》が放《ほう》り込まれているのは、そんな場所だった。

まだ夜が明けたばかりだが、泰純はすでに起床《きしょう》していた。椅子《いす》に座り、卓上《たくじょう》に置いた六《りく》壬式盤《じんちょくばん》を静かに見下ろしている。顔に浮《う》かぶ表情は凪《な》いだ湖面のようであり、その霊気《れいき》もまた透徹《とうてつ》していた。

しかし、突然《とつぜん》泰純は霊気を乱した。ピクリと表情を微動《びどう》させ、両目を針のように細くする。そのまま、眼鏡《めがね》のレンズを貫くように、鋭い視線を式盤に注ぎ続けた。

「……動くか……」

と、緊張《きんちょう》を孕《はら》んだ、掠《かす》れ声のささやきがこぼれた。

部屋がノックされたのは、そのときだった。

泰純は我に返り、ドアの方に顔を向ける。「――入るぞ」という低い声に続いて鍵が外される音がして、外からドアが開けられた。

入って来たのは、倉橋だった。声を聞いたときまさかと思ったが、それ以上に驚《おどろ》いたのは、彼が食事が載《の》ったトレイを手にしていたことだ。泰純は皮肉っぽく唇を曲げた。

「わざわざ、あなたが朝食を？　確か、上巳《じょうし》はもう、明日《あした》だったと思うが」

「だからだ。おそらく、これが最後のタイミングになると思ってな」

「いまさら会う意味があるとも思えないが」

「お前がまだ、宗家であることに変わりはない」

倉橋は部屋に入ると、式盤の横に、トレイを置いた。代わり映えのしない簡素な食事だ。これまでは、見張りに付いている倉橋家の門人が運んでいたものである。

「それで……」

と倉橋は泰純の向かいに座りながら続けた。

「星に動きはあったか？」

「こんな場所に閉じ込めておいてよく言う」

「お前の腕《うで》なら関係あるまい。星読みは結界に遮《さえぎ》られるようなものではないはずだ」

「これだけ厳重では、結界の呪力に干渉《かんしょう》される。ただでさえ周囲の影響《えいきょう》を受けやすい技術だ。第一……」

泰純は冷ややかに答えたあと、スッと冷徹《れいてつ》な眼差《まなざ》しを向けた。

「わざわざ星を読むまでもないだろう。皆《みな》、動かないわけがない」

「…………」

倉橋は、本来なら自分が仕えていたはずだった陰陽道宗家の眼差しを、黙《だま》って正面から受け止めた。彼の表情は厳しく引き締まったまま、わずかたりとも揺《ゆ》れなかった。

しばらく泰純の視線を受けたあと、

「……確かに、愚問《ぐもん》だな」

と返した。穏《おだ》やかな声だった。

陰陽道宗家と、その腹心たる倉橋家当主。あるいは主従となったかもしれない二人が袂《たもと》を分かってから、すでに二十年近い年月が流れている。時は二人の距離《きより》を遠ざけたが、同時に互《たが》いへの怒《いか》りや失望をも薄《うす》れさせていた。

互いに子供のころから知っている間柄《あいだがら》だ。共に陰陽塾の出身で、塾では入れ違《ちが》いになったが、陰陽庁では先輩《せんぱい》と後輩《こうはい》だった。その後、一人は庁を去って子を育て、一人は残って組織の長となった。

いまや二人は、同門の一族でありながら、明確な「敵」同士だ。そして、敵対する者と対峙《たいじ》するとき、陰陽師《おんみようじ》に求められるのは、憎《にく》しみではなく冷静さである。泰純と倉橋は、以前より遥《はる》かに冷静に、相手を見据《みす》えることができていた。

「倉橋。娘《むすめ》はどうするつもりだ」

「……どうもしはせん。私はあれに、私がやれる最良のものを、すでに与《あた》えている」

「それは……血筋からの自由、と言ったところか」

「血筋から逃《のが》れることなど、誰《だれ》にもできはしない。だが、自力で断ち切れるものも、多々あるだろう。あとはあれ次第だ」

「勝手な……と、私が言えた義理ではないか」

「お互い、親としては失格だろうな」

「ああ。しかし、それは多分、私たちではなく、子が決めることだ」

「子か……」

倉橋は独り言のようにつぶやき、初めて、その唇に粉雪のように薄い微笑《びしょう》を過ぎらせた。

「我々も歳を取ったものだ」

「………」

泰純は何も言わなかった。そのまま、二人の間には沈黙《ちんもく》が立ち籠めた。

やがて、

「……食事を冷めさせてしまったな。邪魔《じゃま》をした」

そう言って、倉橋が椅子から立ち上がった。

そのままドアに向かう背中に、

「倉橋」

と、思わず声をかけていた。

倉橋が足を止め、肩越《かたご》しに振《ふ》り返る。

「なんだ。無理を承知で抵抗《ていこう》してみるか？　忠告するまでもないが、お前では私には勝てんぞ」

淡々《たんたん》とした口調で忠告する倉橋を、泰純は静かに見据え、これまでの確執《かくしつ》を一時棚上《たなあ》げにした態度で、真摯《しんし》に訴《うった》えかけた。

「……考え直せないのか」

無益な問いかけだということはわかっていた。

それでも、倉橋はもう一度微笑を見せた。

「生憎《あいにく》『倉橋』の意思でな」

そう言い残すと、倉橋は部屋を出て、ドアを閉め、鍵をかけた。

泰純は閉ざされたドアを見つめていたが、やがてうつむき、目を閉じた。

2

すでに報告は受けていたが、実際に見た印象は想像より酷《ひど》かった。周辺の霊気はいまなお乱れ、激しい呪術戦の名残《なごり》が「視《み》」られる。正門前に立った滋岳俊輔《しげおかしゅんすけ》は、直立不動の姿勢を取ったまま、ベレー帽《ぼう》の下から厳しい視線を投げた。

祓魔局《ふつまきょく》新宿支局。

昨夜ここは、指名手配中の陰陽師、土御門春虎《はるとら》の襲撃《しゅうげき》を受けた。彼は、支局の常設結界を解除したのち、局舎に侵入《しんにゅう》。建物内を巡《めぐ》りつつ駆《か》けつける祓魔官《ふつまかん》たちと次々に交戦し、彼らを無力化していった。そして、本部及《およ》び目黒支局からの応援《おうえん》が駆けつける十分前に、速やかに撤退《てったい》したそうだ。当然、その行き先はつかめていない。

「申し訳ありません。独立官が不在の間に、このような……」

「……私が不在だからこその損害だとも言える」

恐縮《きょうしゅく》する部下に静かに応《こた》えるが、声はどうしても苦々しく響《ひび》く。むざむざとテロリストの跳梁《ちょうりょう》を許した事実が、眼前の光景によってズシリと胸に応えた。普段《ふだん》から陰鬱《いんうつ》そうな面持ちが、いよいよ重苦しくなった。

――しかも、相手は一人だ。

闇《やみ》寺を壊滅《かいめつ》させたという報告は耳にしていたが、今回の襲撃はよりスマートだ。単なる力任せではないし、小手先だけの技術でも、こうはいかない。大胆《だいたん》極まる、それでいて鮮《あざ》やかな手並みの奇襲《きしゅう》と評せるだろう。

ただ……だからこそ、疑問が残った。

――いや。

やるべきことは山ほどある。考え事をしている場合でも、立ち尽《つ》くしている場合でもない。滋岳は改めて背筋を伸《の》ばした。

「車庫は無事か」

「ハッ。内部は問題ありませんっ。ただ、前が塞がっていますので、先にそちらを片付けませんと、トレーラーが回せないかと――」

「わかった」

言うと、滋岳は背後を振り返った。

支局前の車道には、新宿に相応《ふさわ》しからぬ大型トレーラーが二台、その後方にバンが一台停車していた。滋岳はそちらに向かって、「ハッチを開け！」と大声で指示を出した。

トラクターの助手席に座っていた男性が、驚いた様子で窓から顔を出し、

「し、滋岳独立官！　ここで起動するつもりですか⁉」

「トレーラーが通れない。本体だけ先に入れる」

「しかし、システムのバックアップ態勢が――⁉」

「問題ない。仮にも『汎用《はんよう》』を名乗るなら、運用上、この程度の柔軟性《じゅうなん》はあって然《しか》るべきだ！」

毅然《きぜん》として告げると、男性は「参ったな」と頭を引っ込め、助手席から降りて来た。作業服姿だ。インカムを装着しているらしく、耳元に手をやって操作しつつ、小型マイクに向かって指示を出した。すると、もう一台のトラクターや後方のバンから、次々と作業服姿の男たちが降りて来て、トラクターの周辺に駆け寄《よ》り始めた。

滋岳が防瘴戎衣《ぼうしょうじゅうい》の袖《そで》をめくり、クロノグラフの腕時計でストップウォッチを起動する。

数秒の間を置いて、停車していた荷台のトレーラーから、ヴヴヴと低いモーター音が鳴《な》り響いた。

トレーラーの側面が上下に分かれる。そのまま、ウィングサイドパネルが屋根ごと持ち上がり、側アオリ部が下にめくれて、中に積載《せきさい》していた物を露《あら》わにした。積まれていたのは、高さ、幅《はば》、共に二メートル強といった大きさの、奇妙《きみょう》な形状の機械だった。各トレーラーに二機ずつの、計四機。滋岳を出迎《でむか》えた部下が、「あれが……！」と目を丸くしてトレーラーの積載物を凝視《ぎょうし》した。

作業服姿の男たちがトレーラーの荷台に上がり、インカムからの指示に従って大急ぎで作業を開始する。ある者は機械に繋《つな》がれていたコードを取り外し、またある者は端末《たんまつ》を起動して表示されるデータをチェックした。

「オーケーです！」

助手席から降りた男性が、滋岳に叫《さけ》んだ。滋岳は小さく頷《うなず》いた。

「──術式解放。『FAR01』、『02』、『03』、『04』起動っ」

次の瞬間《しゅんかん》、眠《ねむ》っていた機械が目を覚ました。

ガクンッ、と震動《しんどう》したのち、四方を囲っていたシールドが胴体《どうたい》部から離《はな》れ、蕾《つぼみ》が綻《ほころ》ぶように開き始める。シールドを装着している脚部《きゃくぶ》が外に向かって押し出され、複数ある関節が伸び上がって胴体部を持ち上げた。

　全体としての印象がひと回り膨《ふく》れあがったが、視覚的に巨大化《きょだいか》したのとは対照的に、直前までの重々しい機械的な気配は消えていた。それどころか、まるで生物のような滑《なめ》らかな躍動《やくどう》感があった。

　四つの機体は危なげない動きで四本の脚《あし》を動かし、トレーラーから路上に降り立った。それに合わせて、機体を積載していたトレーラーが大きく上下に揺れ動く。かなりの重量があるのだ。しかし、その自重を物ともしない軽快で機敏《きびん》な動作だった。滋岳の背後で、部下が息を呑《の》むのがわかった。

　公道にその姿を見せたのは、曲線で構成された胴体とシールドを装備した直線的な四脚《よつあし》を有する多脚歩行のロボットだった。富士川重工《ふじかわじゅうこう》と陰陽《おんみょう》庁開発研究部の共同製作による、多脚歩行型汎用機甲《はんようきこう》式『モデルＦＡＲ・Ｖｅｒ７』だ。昨日深夜まで八王子の開発研究部でテスト運用に向けての最終調整が行われていた、全八機のうち四機である。

　滋岳がストップウォッチを止める。起動までの時間を確認し、軽く右の眉《まゆ》を持ち上げた。

「……悪くない」

　そう言って、トラクターの助手席に乗っていた男性――『ＦＡＲ』開発のチーフエンジニアに向かい、頷いて見せた。チーフはニヤリと得意げに笑って、滋岳に親指を立てた。

滋岳は続けて『FAR』四機を操作。脚部先端《きゃくぶせんたん》に収納されている小型タイヤを出し、車輪走行に切り替《か》えた。

四機を有機的に連動させつつ、正門を通して車庫に向かわせる。部下が慌《あわ》てて脇《わき》に下がったが、その視線は『FAR』に釘付《くぎづ》けだった。

「……ま、まるでSFの光景ですね……」

「仕様がわかれば、そう身構えるほどの物でもない。要は、高価な形代《かたしろ》の機甲《きこう》式だ」

己の新たな式神を操りつつ、滋岳は淡々と言った。

いま操作している『FAR』は、シールド部に「01」から「04」というステンシルナンバーがプリントされていた。全部で八機用意したうちの、一号機から四号機なのだ。残り四機も午後一で搬入《はんにゅう》する予定だったが、支局がこの状態では、夜までずれ込むかもしれない。厳しいスケジュールだった。何しろ、明日《あした》はXデー当日である。

「あとの整備は富士川のエンジニアに任せる。可能な限り彼らの便宜《べんぎ》を図るように。支局がこれでは、稼働《かどう》までの手間も増えるはずだ。スケジュールの見直しも早急にな」

「ハッ」

部下は背筋を伸ばして一礼すると、ただちにチーフの方に駆け寄っていった。

滋岳はそれを横目で見送りつつ、自らは局舎に入った。

「誰か、中の案内を頼《たの》む。被害状況《ひがいじょうきょう》を詳《くわ》しく知りたい」

そう言って、昨夜支局に詰《つ》めていた祓魔官一名を連れると、局舎内を手早く見て回る。

幸い、人的被害は軽微《けいび》らしく、死者はもちろん重傷者も出ていない。ただ、これは襲撃者が意図して加減した結果と見るべきだ。それだけ、両者の戦力差があったということだろう。霊災修祓《しゅうふつ》で多くの部隊が出払《ではら》っていたとはいえ、一体の式神を引き連れただけの一人の陰陽師《おんみょうじ》が、祓魔局の一支局をひと晩で攻略《こうりゃく》してのけたのである。土御門春虎の高い実力が証明されている。

そして、人的被害が軽微な一方、施設《しせつ》の被害は大きかった。特に内外に設置されていた結界は壊滅的だ。

「……かなり徹底《てってい》しているな。こんな資料室の結界まで破っていったのか」

「はい。死角を作らないためか、外部の結界だけでなく、局舎内の結界もほとんど破られた模様です」

新宿支局はつい先日も、敵性陰陽師の侵入を許していた。呪捜部《じゅそうぶ》が『D』と呼んでいた陰陽師――蘆屋道満《あしやどうまん》だ。ただ、あのときは宮地《みやち》が遠隔呪術《えんかくじゅじゅつ》を行う関係で、支局の敷地《しきち》全体を覆《おお》う常設結界を一時的に解除していた。おかげで結界そのものに被害はなかったのだが、それを今回、土御門春虎が突破《とっぱ》したのだ。

しかも彼は、外部結界のみならず局舎内部の結界——呪具の保管室や資料室に部屋単位で設置されていた結界まで、ほとんど解呪、もしくは破壊している。

「敵の狙《ねら》いは呪具や装備品だったのでしょうか？」

「……支局を急襲《きゅうしゅう》しながら呪具や装備品のみ狙うのは、作戦として割に合わないな」

「ひょっとすると、『ＦＡＲ』が目的だったのでは？　土御門春虎は『装甲鬼兵《そうこうきへい》』を三体保有しているとのことです。『ＦＡＲ』の存在を知って、テロの妨《さまた》げになると考えたのかもしれません」

「だとすれば、内部の結界をいちいち潰《つぶ》して回る必要はない」

滋岳はそう言って部下の意見を退けたが、では敵の真の狙いがなんだったかまでは推測することができずにいた。

——確かに、大胆で鮮やかな奇襲だ。しかし……「意味」がない。

新宿支局はかなりの損害を出したが、壊滅するには至っていない。むろん機能は低下しているが、支局としての肝心《かんじん》な部分——霊災修祓業務などには、ほぼダメージが及んでいないのだ。だが、それも当然で、祓魔局の最大の財産は祓魔官たちである。彼らが動ける状態なら、新宿支局は支局として最低限の役割を果たすことができる。

土御門春虎の奇襲は、戦術的に見れば見事な手並みだ。だが、戦略的「価値」が見出せない。そして、戦略的価値がないとすれば、戦術的にどんな成果を挙げようと無意味だ。とはいえ、彼がなんの意味もなく支局を襲撃するとは考えられなかった。とすると、彼が定めていた戦略的価値は、なんだったのか。

——報告によると、土御門春虎は局舎内をくまなく移動している。加えて、内部結界の徹底した破壊《はかい》。とすると、あるいは……。

彼は何かを探していたのだろうか？

何か、もしくは、誰かを？

——……所詮《しょせん》、推測の域は出ないな。

土御門春虎が陰陽庁側の何者かを捜していると仮定するなら、すぐに考えられる候補としては、吉祥寺《きちじょうじ》で捕縛《ほばく》した土御門一門の者たちが挙がるだろう。彼らの処遇《しょぐう》は倉橋長官の預かりとなっており、いま現在どうしているのかは、滋岳も知らされていない。そして、知らされていないことに関してあれこれ憶測《おくそく》を巡《めぐ》らせたところで仕方がない。

土御門春虎の真意に関しても同様だ。戦略上の方向性、ひいては戦術面における対策の指針としてなら、敵の意図を知っておくに越《こ》したことはないだろう。しかし、彼の真意を「探る」のは、滋岳の仕事ではなく呪捜部の仕事である。

いま滋岳が集中すべきは、支局の復旧と明日への備え。祓魔官たちが無事だというなら作戦計画に大きな修正は必要ない。

——私はあくまでも、一祓魔官に過ぎない。

与《あた》えられた権限、任じられた立場において、職分を全うする。それが『十二神将《じゅうにしんしょう》』たる——いや、一人の陰陽師としての、滋岳の「仕事」だ。その信念は揺《ゆ》るぎない。

揺るぎない——はずだった。

が、

「——し、滋岳独立官っ！」

局舎の被害状況をあらかた見終えたときだった。滋岳の元に、何人かの局員が駆《か》け寄って来た。

反射的に、滋岳の表情が厳しさを増す。

「何事だ」

と問いかけつつ、意識は車庫の『FAR』に飛んでいた。この時間帯に霊災が発生することは極めて少ない。しかし、情勢が情勢である。いつ何が起きてもおかしくはないし、いかなる不測の事態にも、即座《そくざ》に対応する義務が滋岳にはある。

だが、このとき滋岳を揺るがしたのは、まったく予期せぬ衝撃《しょうげき》だった。

局員たちは、息せき切って廊下《ろうか》を走ってきたにもかかわらず、いざ滋岳の前で立ち止まると、なんと切り出すべきか迷うように視線を交わし合った。

それから声を潜《ひそ》め、

「じ、実は……」

と近寄って、滋岳に耳打ちした。

滋岳は怪訝《けげん》な表情で、局員の話に耳を傾《かたむ》ける。そして、聞き終えたときには、さらに怪訝な、苛立《いらだ》ちの滲《にじ》む表情になっていた。

「……なんだ、その世迷《よま》い言は……いかにネット上とはいえ、現在の緊迫《きんぱく》した情勢がわかっていないのか？　しかも、大手の出版社だと？」

「は、はい。『月刊陰陽師』のウェブサイトです」

「本庁から何か連絡《れんらく》は？」

「まだです。つい先ほど更新《こうしん》されたばかりですし」

「そうか。……まあ、いちいち対応するより、頭から黙殺《もくさつ》する方が賢明《けんめい》かもしれんな。そんな馬鹿《ばか》馬鹿しいことにリソースを割いている場合ではない」

ほとんど吐《は》き捨《す》てるように言って、滋岳は眉をひそめる。ただでさえ狷介《けんかい》そうな容貌《ようぼう》が、さらに凶相《きょうそう》になった。

滋岳は自らの仕事に誇《ほこ》りを持っているし、与えられた任務をより完璧《かんぺき》に遂行《すいこう》することを生き甲斐《がい》としている男だ。それだけに、誹謗《ひぼう》中傷の類《たぐい》で無責任に他人の足を引っ張る輩《やから》を、心から唾棄《だき》している。それで自分の仕事がわずかでも阻害《そがい》されるなら、なおさらだ。

——話題作りのつもりか？　非常識にも程がある。

出版社に対し厳しい対応を取るのは当然だが、まずは目前のXデーに集中すべきである。祓魔局の業務的にも、また各人の精神面でも。

他のことに気を取られている余裕《よゆう》はない。

「そもそも、そのような流言飛語など、わざわざ報告するまでもあるまい。しかも勤務中だぞ。全員すぐ持ち場に戻《もど》れ」

滋岳は荒《あら》っぽい語調で命令する。ところが、局員たちは退《ひ》かなかった。

「それが……完全に流言飛語とは言い切れないんです。実は……」

局員は、まるで辺りを憚《はばか》るように、もう一度滋岳に耳打ちする。

滋岳の表情が変わった。

「な、なんだと？」

思わずもらし、ハッとした顔になる。そして、自分が動揺《どうよう》している事実に狼狽《うろた》え、意味もなくベレー帽《ぼう》を被《かぶ》り直した。冷静沈着《ちんちゃく》を旨《むね》とする滋岳には、希有《けう》な反応だろう。

滋岳はしばらく無言で奥歯を嚙《か》み締《し》める。独立官の様子を、局員たちは息を呑《の》んで見守っている。

「……わかった。まず、そのサイトを見せてくれ」

滋岳は局員たちに言った。そして、彼らのあとに続いて廊下を歩き出した。

☆

まだ電話は繫《つな》がらなかった。

携帯《けいたい》から聞こえる留守番電話のメッセージ。とはいえ、すでに伝言は吹《ふ》き込んである。

弓削麻里《ゆげまり》は仕方なく通話を切った。

「……もうっ。あのひげは、いつもいつも肝心なときに……！」

祓魔局本部。弓削が居るのは、無人の会議室だった。ようやく手が空いたタイミングで仕事を抜《ぬ》け出して、空いていた部屋を見つけ飛び込んだのだ。

時刻は午前十一時。霊災発生率が高い時間帯は、夕方から深夜、いわゆる逢魔《おうま》が時から丑三《うしみ》つ時《どき》までで、夜明け以降は激減する。そのため、祓魔官にとってこの時間は、比較《ひかく》的気を休められる時間帯だ。現在弓削は霊災テロに備えた特殊《とくしゅ》シフトで連日本部に泊《と》まり込んでいるが、それでも普段《ふだん》なら仮眠《かみん》を取っているころである。

しかし、今日は部下に起こされた。そして、あるニュースを目にし、仮眠どころではなくなった。

雑誌『月刊陰陽師』編集部が、公式サイトに陰陽《おんみよう》庁の告発記事を掲載《けいさい》したのだ。

しかもその内容は、過去二回の霊災テロを起こし、さらには明日霊災テロを予告している双角会《そうかくかい》の真の黒幕が、現陰陽庁長官の倉橋源司《げんじ》その人だというものなのである。

さらに記事では、倉橋長官と現与党《よとう》議員佐竹益観《さたけますみ》との関係についても執拗《しつよう》に報じていた。かつての、宮内庁御霊《ごりよう》部の設立にまつわる過去から、秘密結社双角会の設立、さらには今日に至るまで両者が互《たが》いを利用しながらいかに権力を獲得《かくとく》していったかなど、まるで見てきたかのように詳細《しようさい》に綴《つづ》っている。

普通《ふつう》に考えれば、およそまともに取り合う気にもなれない、はっきり言って、正気を疑うレベルの話だろう。

『月刊陰陽師《おんみようじ》』と言えば、この手の専門誌の中では一番の古株であり、誠実な誌面作りに定評があった雑誌である。業界の中にも愛読者が多く、弓削自身、これまでに何度も購《こう》入《にゆう》した覚えがあった。その『月刊陰陽師』が、いかにネット上とはいえ、これほど荒唐無《こうとうむ》稽《けい》な、しかも確実に問題となる――「大問題」となるだろう記事を掲載するとは、俄《にわか》には信じられないほどだった。ネットに詳《くわ》しい部下が調べたところによると、一般《いつぱん》の読者の間ではサイトがハッキングを受けて乗っ取られたのではないかという説さえ出ているらしい。

しかし、このニュースによって、現在祓魔局の——いや、陰陽庁のすべての職員は、大いに動揺していた。その最大の原因は、記事の内容以上に、サイトにアップされた、ある動画にあった。

カメラに向かって陰陽庁の罪を暴く、車椅子《くるまいす》に座った一人の老人。

長らく行方《ゆくえ》不明となっていた、前呪術《じゅじゅつ》犯罪捜査《そうさ》部部長だ。

国家一級陰陽師である、『神扇《しんせん》』天海《あまみ》大善《だいぜん》その人である。

初めて動画を見たときの動揺、混乱は、いまもまだ消えていない。言葉を失うとは、あのことだろう。足下がガラガラと崩《くず》れていくような気がした。あれが乙種《おつしゅ》だとすれば、これまで弓削が経験した中で、最大の乙種呪術《おつしゅじゅじゅつ》だ。

——とても合成とは思えなかった……でも……どうしてっ⁉

天海が行方不明になったのは、一昨年《おととし》の双角会掃討《そうとう》作戦の際——正確には、その日の「夜」である。あの日は、双角会残党との呪術戦を始め、目黒支局で発生したフェーズ4の修祓など、波乱尽《づ》くしの一日だった。夕方にはほぼほぼ収束していたとはいえ、陰陽庁も祓魔局も事後の対応に追われ大混乱に陥《おちい》っていた。その混乱の中で、天海は「失踪《しっそう》」を遂《と》げたのだった。

実質的ナンバー2の突然《とつぜん》の失踪は、陰陽庁にさらなる衝撃を与えた。あの動揺を乗り越えることができたのは、倉橋長官自らが現場に立ち、直接指揮を執《と》ったからだろう。以来、倉橋は陰陽庁長官と祓魔局局長のみならず、呪捜部部長をも兼《か》ねるようになったのだ。

――確かに、天海部長の失踪後、陰陽庁の権力は完全に長官に集中する形になった。しかし、だからと言って……！

動画の天海は、弓削の記憶《きおく》よりずっと痩《や》せていた。車椅子姿が、いかにも痛々しい。しかし、一番注目すべきは額にある×印の傷跡《きずあと》――呪印《じゅいん》だろう。

あれは、同僚《どうりょう》の鏡伶路《かがみれいじ》、また、先日陰陽庁から逃《に》げ出した大連寺《だいれんじ》鈴鹿《すずか》の額にある呪印と同じものだ。呪力を封《ふう》じる呪印。呪術者の力を制限、もしくは完全に奪《うば》い去るための、封印の呪術である。

そして、その鏡と大連寺の二人に呪印を刻んだのは、他ならぬ倉橋長官だ。封印を施《ほどこ》された者が呪印を消せないよう――それこそ、たとえ国家一級陰陽師だろうと自力では解呪できないよう、極めて高度且《か》つ複雑な術式が用いられている。弓削が知る限り、あの呪印を扱《あつか》える陰陽師は、倉橋長官ただ一人だった。

むろん、より安易な術式でなら、似たような術は他の陰陽師にも施術《せじゅつ》可能だろう。そもそもネット上の動画を見ただけでは、額の印が本物の呪印かも判別できない。動画が合成だとは思いづらいが、たとえば簡易式で天海の姿をした式神を作って撮影《さつえい》した、ということなら考えられるのである。

——しかし……あれが簡易式で動画が捏造《ねつぞう》だとしても、作成した人間は、わざわざ額にあの呪印を施すだろうか？

天海の額の呪印には「リアリティ」がある。呪術界に——というより、陰陽庁の上層部に近しい者ほど、そのリアリティを実感できる。あの痩せた姿や車椅子もだ。これが、失踪前と何ひとつ変わらぬ姿なら、逆に簡易式であることをより強く疑っただろう。

他に、動画の天海は本物だが、彼が何者か——この場合は土御門春虎である線が濃厚《のうこう》だが——に操られているという可能性もある。

ただ、この可能性にはひとつ矛盾《むじゅん》があった。というのも、土御門春虎が夜光の生まれ変わりとして覚醒《かくせい》したのは、天海が失踪した「あと」なのだ。もちろん、天海が自らの意思で行方をくらませ、そののち土御門春虎と接触《せっしょく》したとすれば矛盾はなくなるが、些《いささ》か無理がある考え方だった。

——それに、あの天海さんは、暗示をかけられているようには見えなかった……。

痛々しい車椅子姿の天海は、明らかに衰《おとろ》えていた。

しかし、カメラに向けた鋭《するど》い眼光は、『十二神将』の重鎮《じゅうちん》、『神扇』天海のものだった。

瞳《ひとみ》に宿る苛烈《かれつ》な意識と鋭い知性は、暗示によるものだとは思えない。実のところ、簡易式で再現できるものだとも思えなかった。それが、動画を見た弓削の、正直な感想だ。

とすると、残る可能性はふたつ。

ひとつは、天海が以前から双角会の一員であり、陰陽庁の裏切り者だった可能性。

あるいは……天海が真実を口にしているという可能性だ。

「…………」

弓削の視線が縋《すが》るように右手に握《にぎ》る携帯に伸《の》びた。

部下に対しては、狼狽えるな、真に受けるな、目の前の職務に集中しろと、頭ごなしに命令している。幸い――と言っていいのかわからないが、現時点で告発を裏付けるものは、天海の証言しかないようだ。仮にあの天海が本物だとしても、倉橋長官の犯罪を証明することは不可能である。

しかし、だからと言って無視できるようなことではない。上層部が明確な反論を用意しない限り、現場の動揺は収まらないだろう。そして、それは一刻でも早い方がいい。霊災テロが予告されているのは、もう明日《あした》なのだ。

「だから、お願いだから、電話に出て下さい、室長……！」

さっきから電話をかけている相手は、上司である宮地だった。一度も応答がないまま、発信履歴《りれき》に並ぶ「ひげ」の二文字は、そろそろ十列に達しようとしていた。

——すでに動画への対応をしている最中なの？　だとしても、あんな記事が出てるのに、部下を放置した上、着信も無視するってどうなのよ……っ!?

宮地のズボラに腹を立てている内は、まだ、いい。

だが、あの天海を見たあとでは、弓削にも限界がある。そうでなくともテロに備えて神経が張《は》り詰《つ》めているし、仕事は山積している状態だ。何しろ、昨夜は新宿支局が、霊災テロを予告している土御門春虎から襲撃《しゅうげき》を受けている。午後には、襲撃で破壊《はかい》された常設結界の応急処理に向かう予定も入っていた。

「……そうよ。少なくとも、土御門春虎の行動は見過ごせない……」

天海は倉橋長官を弾劾《だんがい》しているが、土御門春虎と行動を共にしているわけではないようだった。土御門春虎の真意は、謎《なぞ》のままである。ならば、彼が支局を襲撃したという事実にのみ目を向け、彼の捕縛《ほばく》に専念するのが正しい在り方のはずだった。

だが、そうやって割り切れるような話ではない。もし、万が一、天海の言っていることが正しければ、このまま上層部の指示に従い続けると、取り返しの付かないことになる。

「せめて木暮先輩《こぐれせんぱい》と連絡《れんらく》が取れれば……」

この件に関して誰《だれ》かと話をするだけでも、少しは冷静さを取り戻せるかもしれない。少なくとも、こうして疑惑《ぎわく》を育てるだけの状態よりは気が紛《まぎ》れるはずだ。特に、こういうとき、木暮は極めて頼《たよ》りになる先輩と言える。

しかし、呪捜部に配属されて以降、木暮とは連絡が取れなくなっていた。木暮は弓削などより余程天海と親しかったはずだが、あの動画を見てどう思っているのだろう。

——一昨日の呪術戦、木暮先輩が関わってたって噂《うわさ》もあるみたいだけど……。

わからない。自分の知らない場所で、自分が見えていないところで、様々なことが蠢《うごめ》いている気がする。自分一人が取り残されているような、得体の知れない不安。弓削は、ほとんど意識しないまま、もう一度携帯でリコールしようとした。

が、そのときだ。弓削が携帯を操作するより先に、着信が入った。

——室長っ⁉

思わず顔が輝《かがや》いたが、表示された着信相手を見て、失望と疑問を同時に浮《う》かべた。予想外の相手からだ。

幸徳井白蘭《かでいびゃくらん》。現在二人しかいない特別霊視官《れいしかん》の内の一人である。陰陽道《おんみょうどう》の名門幸徳井家の、双子《ふたご》の姉だった。

弓削はつい顔をしかめた。共に祓魔局《ふつまきょく》に勤務する弓削と双子は、当然顔見知りである。それどころか、親しい間柄《あいだがら》だった。どういうわけか——こちらが年下なのだが——妙《みょう》に懐《なつ》かれているようで、向こうの気まぐれでランチに誘《さそ》われることも多い。とはいえ、いまこのタイミングで弓削に電話をかけてきたからには、ランチの誘いとは思いづらかった。

……いや、あの双子ならあり得なくはないのだが、まず間違《まちが》いなくあの動画を見て、電話をかけてきたのだろう。

――どうしよう。

弓削は双子が嫌《きら》いではない。図抜《ずぬ》けた見鬼の才には感服しているし、浮き世離《ばな》れした性格も、慣れてしまったいまとなっては、その素直さを好ましく感じている。そして、なんだかんだで弓削以上の激務をこなし、愚痴《ぐち》や文句も言わず真面目《まじめ》に業務に従事する姿勢には、尊敬の念すら抱《いだ》いていた。二人は、良くも悪くも本物の「お嬢様《じょうさま》」であり、さらに言えば「ガッツのあるお嬢様」なのだ。

ただ、あの動画の説明を求められた場合、どう答えればいいか、まるでわからない。他の者ならまだしも、あの双子を納得させることは到底《とうてい》できないと思われた。

「…………」

弓削は携帯《けいたい》を見つめる。

いまは避《さ》けたい。その気持ちはあった。

しかしそれ以上に、立場を同じくする誰かと、話したい思いが強かった。そしてそれは、双子も同じなのかもしれない。彼女たちもあの動画を見て不安になり、誰かと話したいのかもしれない。

弓削は葛藤《かっとう》を振《ふ》り捨《す》て、一度深呼吸した。

通話ボタンを押した。「もしもし」と携帯《けいたい》越《ご》しに話しかける。

たちまち、

『麻里ちゃん？　大変なの。本当に大変なのよ。いまよろしくて？　あ、わたくしよ。白蘭です』

慌《あわ》てているのかいないのかわからない、聞き慣れた白蘭の声が聞こえた。こんなときでも、彼女は相変わらずだ。そのことが、いまは嬉《うれ》しい。

「大丈夫《だいじょうぶ》です、白蘭さん。例の動画のことですか？」

『え？　動画？　例のって、なんのことですの？』

さすがに目を丸くした。

数秒の空白ののち頭が再起動したが、「……え、あの……え、え？」と弓削は二の句が継《つ》げない。

『麻里ちゃん？　もしもし？　動画ってなんのことなの？』

「いや、ですから、いま白蘭さん、『大変』って——」

『え？　ああ、そうっ。そうなの。大変なのよ。それで、なんとか麻里ちゃんとお話できないかって』

「ですから、それはあの動画のことなのでは？」

『動画？　さっきから何を言ってるの、麻里ちゃん？』

まるで会話にならない。いや、しかしこれは、自分も悪い。頭から決めつけてしまっていたが、要するに彼女たちは――

「あの……白蘭さん？　ひょっとして、あの動画はまだご覧になってないんですね？」

念のため確認すると、白蘭は少し怒《おこ》った様子で、『もうっ』と膨《ふく》れたような声を出した。

『ですから、麻里ちゃんが言ってる動画が、なんのことかわからないって言ってるでしょう？　わからないものを見たか見てないかなんて、それこそわかりませんわ』

「ええと……わかりました。やっぱり私の早とちりでした。ごめんなさい」

弓削は呆《あき》れつつ謝罪した。

まったく、こちらの気持ちを振り回してくれる。だが、おかげでさっきまで感じていた不安も、一緒《いっしょ》に振り飛ばされたようだ。動画を目にして以来強張《こわば》っていた表情が、柔《やわ》らかさを取り戻《もど》した。根本的には何ひとつ解決していなくとも、少し、心に余裕《よゆう》ができた。

やはり電話に出て良かった。そう思いながら、

「それで——白蘭さん？　大変なことって、何かあったんですか？　私に話があるんですよね？」

　さっきの嚙《か》み合わないやり取りを思い出しつつ、弓削が改めて尋《たず》ねた。すぐに、『ええ、そうっ』と白蘭が、最初のテンションに戻って興奮気味に答える。

『そうなんです。大変なの。実はさっき——』

　と何か言いかけたのだが、白蘭の声の背後で『お姉様っ』と、もう一人のそっくりな声が台詞《せりふ》を遮《さえぎ》った。

　双子の妹の玄菊《くろぎく》だろう。白蘭の声がわずかに遠くなり、『そうでした』と妹に応《こた》えるのが聞こえる。

　そして、

『麻里ちゃん。直接会って話したいのですけど、構いませんかしら？』

「電話じゃ駄目《だめ》なんですか？」

『ええ。電話じゃ駄目なのです』

　白蘭はキッパリと告げた。

　弓削は一瞬《いっしゅん》悩《なや》んだが、すぐに「わかりました」と答えた。弓削にしても、動画のことを話した上で、彼女たちの意見を聞きたい。電話より直接会った方が都合が良かった。

ただ、とにかく現在、弓削は多忙《たぼう》だ。このあとは新宿支局にも行かねばならないし、すぐにというわけにはいかないだろう。

――そうか。確か滋岳先輩《せんぱい》が八王子から戻ってくるのが今日だったはず……新宿に行けば、少なくとも滋岳先輩とは相談できる。

双子と話すなら、そのあとの方が望ましいかもしれない。

「すぐには無理ですが、時間ができ次第、連絡します。それで大丈夫ですか？」

『ええ、構いませんわ。こちらもその方が都合が良いですし。では、連絡を待ってますね？　忘れたら嫌《いや》ですよ？』

子供っぽい言い様に、弓削は苦笑しつつ「はい」と頷《うなず》く。それから、通話を切り、大きく息を吐《は》いた。

――よし。これ以上独りで悩《なや》むのは止めよ。いまは、目の前の仕事に集中しよう。

パチッ、と両手のひらで、頬《ほお》を叩《たた》く。

気合いを入れ直し、弓削は会議室を出て自らの業務に戻っていった。

3

『世間の反応は、予想以上です』

開口一番、古林《こばやし》は言った。携帯はスピーカーモードにしてある。リビングに響《ひび》く報告に、夏目《なつめ》たちは耳を澄《す》ませた。

『情報の拡散も早い。ただ、真剣《しんけん》な議論にまでは発展していませんね。やはり、呪術《じゅじゅつ》界の閉鎖性《へいさ》が祟《たた》ってるようです。半信半疑。面白半分。逆に、ヒステリックな反応をする者も一部いますが、大半はなんのことなのかよくわかってないんでしょう。不安を抱きつつ様子を見ている感触《かんしょく》です。まあ、概《おおむ》ね想定通りですが』

「世間の反応が鈍《にぶ》いってのは覚悟《かくご》の上だ。他のマスコミもほとんど動いてねえしな。予想より広く知られてるってんなら、それだけでもありがてえ」

と天海が携帯に向かって応える。

「それに、陰陽《おんみよう》庁内部の動揺《どうよう》が、思った以上にでかそうだな」

『ええ。さすが『神扇』天海のご威光《いこう》ですね。他の人間じゃ、こうはいかない。裏付けは取れてませんが、色んな筋から聞く限りでも、現場は相当揺《ゆ》れてますよ』

携帯のスピーカーから、やや興奮混じりの古林の声が響く。

陰陽庁内において、倉橋長官はどちらかと言えば官僚《かんりよう》としてのイメージが強かった。祓魔局における現場のトップが宮地室長であるように、陰陽庁における現場のトップ——実質的な指揮官として長く活躍《かつやく》してきたのは、呪捜部の部長だった天海の方だ。その天海の告発だからこそ、庁員たちは動揺しているのである。

『ただし、現状では、あくまで揺れてるってだけです』

「ああ。揺れはしても、崩《くず》れはしないだろう。そんなに脆《もろ》い組織じゃねえ。それより、向こうから直接リアクションはあったかい？」

『いえ。まだです』

「わかった。そっちは引き続き頼《たの》む。呪捜部には充分《じゅうぶん》に気を付けてくれ」

『――と言われても、いざとなれば抵抗《ていこう》しようがありませんけどね。そちらもお気を付けて。若宮《わかみや》のこと、何かわかったら連絡《れんらく》下さい』

古林はそう言って通話を切った。

――始まった。

夏目は、そう思わずにいられなかった。

現在『月刊陰陽師《おんみようじ》』は、告発記事への問い合わせで回線がパンクしているらしい。古林は、今回の件で期待以上に力になってくれた。なんでも、直前に若宮記者から倉橋らの陰《いん》謀《ぼう》に関するレポートが届けられていたそうだ。ただ、レポートがあったのだとしても、陰陽庁に楯突《たてつ》いて天海に協力するという選択《せんたく》は、編集部にとっても、また彼個人としても、極めて困難な決断だったはずである。

「幾《いく》つになっても借りってのはできちまうもんだな。返すまでは、死ねそうにねえぜ」

天海は不敵に言って扇《おうぎ》を鳴らし、夏目たちに向き直った。

六本木のマンションだ。いまいるのは夏目と天海の他に、冬児《とうじ》と天馬《てんま》、鈴鹿。京子《きょうこ》と水《すい》仙《せん》は隣室《りんしつ》にいる。

「……とりあえず、注目はされてるようですね」

夏目が確認すると、天海は「ああ」と頷いた。

天馬が続けて、

「具体的な動きは、まだ起こりそうにないですか？」

「はっきり言って、荒唐無稽《こうとうむけい》な告発だからな。担保は、喋《しゃべ》ってるのが俺だって点だけだ。この段階でそこまで期待するのは、虫が良すぎるだろうな」

「……中にいるとわかりづらいですけど、やっぱり呪術界って、一般《いっぱん》社会から見ると、仕組みが見えづらいんですね。あの告発を知っても、危機感が持てないなんて」

「正確に言やあ、『リアルな』危機感が持てないってとこだろうな。よくわかんねえ災害を、よくわかんねえ呪文《じゅもん》唱えて有耶無耶《うやむや》にしてるような連中のことだ。そりゃあよくわかんねえのも無理はねえさ」

今回天海は倉橋長官を告発しつつ、相馬《そうま》の存在に関しては触《ふ》れなかった。告発内容を一本化して、他の理解を得やすくするためだ。敵はこれまでも、相馬一族に関する痕跡《こんせき》は、かなり徹底《てってい》して抹消《まっしょう》してきている。いずれは彼らに関しても言及《げんきゅう》することになるだろうが、現時点では「悪者は倉橋長官」という図式に集中させた方がいいと判断したのである。

今回の告発は、あくまで世論を――ひいては直田《なおた》を動かすための状況《じょうきょう》作りが目的だ。そのためには、弾劾《だんがい》内容はシンプルな方がいい。

ただ、

「……やっぱ納得いかないわ。あたしも一緒に映ってれば、もっとニュースとして大きく取り上げられたはずよ。あたしの方が世間的な知名度は、ずっと高いんだから」

鈴鹿が不服そうに顔をしかめると、天海は、またか、と苦い顔になる。

「だから言ったろ、鈴鹿。その世間様の手前、下手に未成年を矢面に立たせてちゃ、かえって胡乱《うろん》な目で見られちまうってよ」

これまでに何度か繰《く》り返した説得の台詞を、天海はまた、口にした。

自分も告発に加わりたがった鈴鹿を、押し止《とど》めたのは天海だ。鈴鹿の言うとおり、陰陽庁のアイドルとして認知されていた鈴鹿は、一般の知名度で言うなら、天海などより遥《はる》かに高い。広報活動を止《や》めて何年か経ったいまでも、鈴鹿のファンは少なからず存在しているし、その顔と名前を覚えている者も多いだろう。

天海の告発はニュース等でも小さく取り上げられつつあるが、果たして世間がどの程度注目するかは、まだ読めない状況だ。これが、もし鈴鹿も同じように顔を出していれば、呪術界に無関心な者たちの興味を引く効果は、間違《まちが》いなくあったはずである。

ただ、鈴鹿が世間に向かって訴《うった》えたとしても、それで世論の形成になるかと言えば、難しいのだ。

マスコミは注目するかもしれないが、その場合の取り上げ方は、どうしても面白半分の、興味本位な形になりがちだろう。未成年のアイドルを全面に押し出して陰陽庁の不正を弾劾したところで、真面目《まじめ》に取られる可能性は少ない――どころか、かえって夏目たちが取り込みたい層からまともに扱《あつか》われなくなることまで考えられてしまう。

もちろん、天海の中で、鈴鹿のような少女を「政治」の道具にすることに対して抵抗があったということはあり得る。だが、そうした個人的な感情からなる判断でないことは確かだった。鈴鹿を子供扱《こどもあつか》いしているのでも、ましてや彼女の価値を軽んじているのでもなく、単に今回の狙《ねら》いには「向かない」ということだ。

「秋乃《あきの》のときの失点を取り戻《もど》したいって気持ちはわかるし、その機会はこれから充分作ってやる。だから、いまは備えて待ってな」

天海が言うと、鈴鹿はムッと口をつぐみつつ、わずかに頬《ほほ》を赤らめた。どうやら図星だったらしい。

この告発は「始まり」だ。長い長い潜伏《せんぷく》の果てに、ついに夏目たちが繰り出した「攻《こう》撃《げき》」なのである。気が逸《はや》るのは当然だった。

だが、焦《あせ》ってはならない。リスクを冒《おか》す窮地《きゅうち》こそ、「どのリスク」を選ぶかは慎重《しんちょう》になれ、とは天海の言だ。もはや時間はまったくないが、だからこそ、残された時間は可能な限り有意義に使わねばならない。そしてまた、リカバリーする余裕《よゆう》がないからこそ、下手な手は打てないのである。

「さて、出だしはいいが、ここからは判断が難しい局面だ。……冬児。親父《おやじ》さんからは、まだ何もないんだな？」

「……はい」

天海の確認に、冬児は重苦しく答える。

冬児と直田議員の交渉《こうしょう》の一部始終は、すでに全員が聞かされている。残念ながら、決して良好な結果とは言いがたかったようだ。

ただ、かといって絶望的かと言うと、そうではないらしい。最後に感じた「手応《てごた》え」を、冬児は冷静に、客観的に仲間たちに伝えていた。

もっとも、

「最後の手応えなんてのは、あくまで俺個人の感触だ。言質すら取れてないしな。……自分がしくじっておいて悪いが、正直、あの男だけを頼《たよ》りにするのは危険過ぎると思う」

報告を終えたあと、冬児は表情を殺しながら、そう言った。

もちろん、冬児に言われるまでもなく、天海は現在、様々な手を打っている。かつての人脈をフル稼働《かどう》して、陰陽庁に対する「決起」を促《うなが》しているのだ。たとえば、いまこの場にいない京子も、水仙に付き添《そ》ってもらい、隣室で星を読んでいる最中である。『十二神将』の誰《だれ》かに接触《せっしょく》できないか、模索《もさく》しているところなのだ。

陰陽庁に仕える『十二神将』たちも、告発記事と天海の動画――行方《ゆくえ》不明だった前呪捜部部長の姿を見れば、思うところはあるはずだった。彼ら、彼女らに接触し、説得して味方にすることができれば、形勢をひっくり返すことも不可能ではない。むろん、のこのこと出て行けば拘束《こうそく》されるだろうし、そもそもなんの証拠《しょうこ》もない状態では、決して容易にはいかないだろうが……。

「ここで一気に畳《たた》み掛《か》けられねえ辺りが、なんとも歯がゆいところだが――愚痴《ぐち》ってたって仕方ねえ。元より、俺たちだけでどうこうできる状況じゃあ、とっくにねえんだ」

天海の台詞《せりふ》には苦いものがあるが、事実、夏目たちが迂闊《うかつ》に動けない理由も、ここにある。すでに、どう足掻《あが》いたところで、夏目たちだけで事態を打破することは不可能だ。敵の陰謀を食い止めるには、周りの人々や組織の力が必要になる。だから、どうしても周囲の反応を待たねばならないのである。

そして、待っている反応は、何も直田のものだけではなかった。

——春虎君……。

ぎゅっ、と夏目は拳《こぶし》を握《にぎ》る。

「……あの動画、春虎君や大友《おおとも》先生も見てくれてるはずだよね」

つぶやいたのは天馬だ。

夏目が反射的に身構える隣《となり》で、冬児が「だろうな」と頷《うなず》いた。

「あの二人がどれだけネットにアクセスしてるかはわからないが、二人とも、陰陽庁の様子には目を光らせてるはずだ。庁内の動揺《どうよう》に気付かないはずはないし、気付いたなら当然、原因も調べるだろう」

「……つーかあのバカ、間が悪すぎでしょ？　こっちがあいつの無罪を訴えようってタイミングで、なに襲撃《しゅうげき》なんかしてくれちゃってるのよ」

「仕方ない。春虎が新宿支局に現れたのは、昨日の深夜……サイトが更新《こうしん》される前だ。あいつはあいつで、もう時間がない状況だしな」

「にしても印象悪すぎじゃん？　下手すると、こっちの告発まで嘘《うそ》っぽくなっちゃうし」

鈴鹿は忌々《いまいま》しそうに言ったが、彼女の苛立《いらだ》ちは、不安の裏返しだろう。実際、春虎が新宿支局を襲撃したと知ったときは、夏目たち全員が歯嚙《はが》みしたものだ。

春虎はこれまでも陰陽《おんみょう》庁に対し敵対行為《こうい》を取っていたが、支局襲撃となるとインパクトが違《ちが》ってくる。幸い人死は出ていないらしいが、攻撃を受けた側は、告発記事に対する印象も胡乱《うろん》なものになるに違いなかった。少しでも味方を増やす必要がある夏目たちにすれば、それだけでも痛手である。

──私たちの告発が、あともう数時間早ければ……。

春虎も、祓魔局《ふつまきょく》の支局を襲撃するような真似《まね》は、しなかったかもしれない。いや、それとも変わらなかっただろうか？　結局のところ、春虎の真意は、いまも謎《なぞ》のままなのだ。

「春虎君が新宿支局を襲《おそ》ったのって、何が狙《さが》いだったのかな？」

「……すぐに思いつくのは、相馬多軌子《たきこ》を捜してた可能性だな。というより、他に理由が思いつかない」

天馬の疑問に、冬児が答える。相馬多軌子がキーであることは、敵味方双方《そうほう》にとって周知のことだ。夏目たちは戦力的に彼女を直接叩《たた》くことは断念したが、春虎なら話は別だろう。現に春虎は、単身で新宿支局を攻略《こうりゃく》してのけているのだ。

「何よ。じゃあ昨日の夜、多軌子は新宿支局にいたわけ？」

鈴鹿が眉根《まゆね》を寄せて言うと、「いや」と天海がすぐに否定した。

「もし相馬多軌子がいたなら、側には八瀬童子《やせどうじ》たちもいたはずだ。当然、相当派手な呪術《じゆじゆつ》戦になったはずだが、昨晩の襲撃じゃあ、そんな形跡《けいせき》はねえ」

「空振《からぶ》りだったってこと？　だったらあいつ、いるかいないかもわからないまま、支局に押し入ったわけ？」

「それだけ坊主《ぼうず》も切羽詰《せつぱつ》まってる証拠かもな」

呆《あき》れる鈴鹿に、天海は渋面《じゆうめん》で答えた。

焦って動いた結果こちらの告発とぶつかったのだとしたら歯がゆい話だが、互《たが》いに連携《れんけい》が取れていない以上、仕方ないとしか言い様がない。おそらく、今回の告発は、春虎としても予想外だったのだろう。

問題は、このあとである。

「……天海さん。春虎君が多軌子さんを捜しているとして、あの動画を見たあと、どう動くと思いますか？」

夏目の発言に、冬児や天馬、鈴鹿も注目した。声が硬《かた》かった――思い詰めたニュアンスが含《ふく》まれていたからだ。質問された天海はしばし口をつぐみ、夏目の表情を見つめながらパチンと手元で扇《おうぎ》を鳴らした。

そして、

「それがわかりゃあ苦労しねえよ」

と、苦笑し、肩《かた》を竦《すく》めて見せた。

「敵の敵は味方――ってな具合に転がって欲しいとこだが、あいつが最終的に何を目指してるのかは、まったく見当がついてねえ。第一、共闘《きょうとう》しようにも、互いの居場所だって知らねえんだ。まあ、勘《かん》でいいなら、これまでのあいつの動きを見てると、いまさらこっちの都合に合わせて大人しく鳴りを潜《ひそ》めるとは思いづらい――ってとこか」

「……はい」

「ただ、まあ――」

「え？」

天海の所感に思わずうつむきかけた夏目が、思わせぶりな言い様に、顔を上げ直した。

天海はその様子を眺《なが》めつつ、

「なんとなく似た状況《じょうきょう》だよな」

「な、何にですか？」

「お前さんたちが合流したときに、さ。あのときもお前さんたちは、互いに連絡《れんらく》を取り合ってたわけでもねえのに、土御門が捕《つか》まったってニュースが流れた瞬間《しゅんかん》、全員が一斉《いっせい》に立ち上がった。それも、他の連中も全員動くって確信しながらな。いまだから言うが……ありゃあ見事なもんだったぜ？」

と天海は夏目を、そして冬児と天馬、鈴鹿を見回して言う。

「あのとき動いたのは、お前さんたちだけじゃねえ。春虎だって、そうだった。抜群《ばつぐん》のタイミングでな。……だからよ？　むしろ俺は、期待したい。今度も、あのときみてえな、お前たち全員の連携をな」

「………」

夏目は返事ができないまま、目を見開いて天海を見つめた。

天海が向ける眼差《まなざ》しには、本物の信頼《しんらい》と期待が込められている。あの、天海がだ。思わず胸が熱くなった。

夏目は誇《ほこ》らしさを噛《か》み締《し》め、

「光栄です」

と、感じたままに、素直に言った。

信頼し、尊敬する人物から認められる嬉《うれ》しさ。その思いは、困難に挫《くじ》けず立ち向かう勇気と直結しているはずだ。

そして、

——本当に、天海さんの言う通りです……。

春虎だって、そう。

あのとき、春虎は真っ先に駆《か》けつけてくれたではないか。春虎が夏目たちのことを気にかけていないはずはないのだ。当然あの告発記事も読んだだろうし、いまも夏目たちの動きには注目しているに決まっている。

春虎に、どんな事情や思惑《おもわく》があるかはわからない。その行動が、結果としてどんな影《えい》響《きょう》をもたらすかも予測は付かない。

しかし、春虎が夏目たちの仲間で、彼もまた夏目たちのことを思っている。そのことは、信じていいはずだ。

「さすがは言霊《ことだま》の名手。人をたらし込むのがお上手だ」

「言ってろ。こちとら藁《わら》にだって縋《すが》りてえ気分なんだ。欲しけりゃ、いくらでもおだててやるぜ？」

茶化す冬児に、天海が口元を歪《ゆが》める。冬児の台詞も、おそらく半分は照れ隠《かく》しだ。二人の気が置けないやり取りに、天馬がクスリとし、鈴鹿が呆れた顔をした。

ずっと緊迫《きんぱく》し続けていた空気が、少しだけ緩《ゆる》んだようだった。強張《こわば》った筋肉を解《ほぐ》すような感覚だ。柔軟《じゅうなん》に動くときにはストレッチが不可欠なように、最高のコンディションのためには、わずかばかりの「余裕《よゆう》」がいる。時間がなく、緊迫した状況だろうと、こうして軽口を叩けることは、夏目たちの強さに違いなかった。

が、そのときだ。

「夏目ちゃん！　気をしっかりもって！」

突然《とつぜん》、隣室《りんしつ》で星を読んでいたはずの京子が、リビングに飛び込んで来た。慌《あわ》てた様子であとに続くのは、和装の女性、式神の水仙だ。

なんだ、と全員が瞬時《しゅんじ》に意識を切り替《か》えて京子に注目する。

次の瞬間、

——……あっ、
夏目の視界がぶれた。

コードが断線するように、思考と感覚が空白化する。世界が夏目の前から消える。さらに、そのまくずおれそうになる夏目を、駆けつけた京子がとっさに抱《だ》きかかえた。そのまま二人して倒《たお》れ込みそうになったところを、側にいた冬児が素早く支える。

「夏目ちゃんっ！」

京子が叫《さけ》んだ。

その声が届いた。

心の底で夏目が命じる。ほとんど同時に、夏目に憑依《ひょうい》する北斗の霊気《れいき》がうねり——

夏目の視界が戻《もど》った。

——くっ⁉ 北斗《ほくと》！

「——ッハ⁉」

大きく息を吐《は》き出す。そのまま、全身で息をする。その様子に、夏目の変調が鎮《しず》まったことを悟《さと》ったのだろう。京子がほっとして腕《うで》から力を抜《ぬ》いた。

「ちょっ、ちょっと、夏目っち⁉」

「夏目ちゃん、まさかまた発作がっ？」

青ざめる鈴鹿と天馬に、夏目は手を上げて応える。息を整え、「……収まりました」と言った。

「京子さん、あ、ありがとうございました」

「星を読んでたら、あなたの霊気が『視《み》』えたの。ほんとなら生成《なまな》りになってる夏目ちゃんの星は読めないはずなのに……だから、まさかと思って。間に合ってよかったわ」

「どういうことだ。夏目。お前、反魂香《はんごんこう》は焚《た》いてるんだろ？」

「はい……今朝も……」

厳しい面持ちで確認する冬児に、夏目は呆然《ぼうぜん》としながら返事する。

しかし、一方で理解もしていた。

――もう、応急処置の効果も薄《うす》くなってるんだ……。

元々一時凌《しの》ぎのつもりだったが、その一時さえ短くなっているのかもしれない。夏目の魂《たましい》を繋《つな》ぎ止めている春虎の術式が、いよいよ崩壊《ほうかい》しかけているのだ。

――なんてこと。

何もしていない状態でこれでは、いざ呪術を行使した場合、春虎の術式にどんな影響がでるかわかったものではない。かといって、呪術を使わないわけにはいかなかった。冬児が多軌子に対して鬼《おに》の力を使えない以上、前線戦力としての夏目の比重は高くならざるを得ない。夏目の不安定さは、チームの力を大きく削《そ》いでしまうのだ。そして夏目は、そのことを誰《だれ》よりもよくわかっていた。

血の気の失《う》せた夏目を見て、仲間たちは黙《だま》りこくる。

だから、

「大丈夫《だいじょうぶ》……もう一度、調整します。もう、大丈夫です」

自分だけで立ちながら、夏目は繰《く》り返す。その言葉の虚《むな》しい響《ひび》きに、しかし誰も気休めは言えない。

そんな中、

「……いまお前らは、備えて待つときだ」

淡々《たんたん》と、あえて感情を排《はい》した口振《くちぶ》りで、天海が言った。

「念入りに調整しておくんだ。いまのうちにな」

ごく義務的に告げる気遣《きづか》いがありがたかった。夏目は、「はい」と静かに頷《うなず》き、反魂香の準備に取りかかった。

上巳の日没《にちぼつ》まで、残り時間はすでに三十時間を切っている。どうかもって――と夏目は胸中で祈《いの》った。

☆

「正直、いきなりこう来るとは予想外だった。インターネットで告発とはね。天海さんらしからぬ飛び道具だ」

そう言って、夜叉丸《やしゃまる》は両腕《りょううで》を大きく広げて見せた。秋乃はソファーの端《はし》に座ったまま、息を潜めて周りの様子を見つめていた。

秋乃が連れて来られているのは、建物一階にあるロビーのような場所だった。同席しているのは、多軌子と夜叉丸、蜘蛛丸《くもまる》。また、その他に、初めて会う人物が二人いた。

一人は束帯姿に身を固めた、巌《いわお》のような初老の男。ニュースで見たことがある人物だ。

陰陽庁《おんみょう》長官の倉橋源司である。もう一人は、スーツを着た中年男性。こちらは知らなかったが、政治家らしい。佐竹《さたけ》益観。彼もまた相馬の一族ということだ。

つまり、いま秋乃の目の前では、敵方の黒幕たちが一堂に会しているのである。息を潜めるのも当然というものだ。

——どうしてわたし、ここにいるんだろ……。

そう思っているのは倉橋や佐竹も同様らしい。すでに秋乃のことは知っているようで、素性を尋《たず》ねる素振《そぶ》りはない代わりに、二人とも秋乃に訝《いぶか》しげな視線を投げてくる。しかし、秋乃の隣《となり》——これでもなるべく離《はな》れているのだが——に座る多軌子を見て、納得、もしくは諦《あきら》めたような表情をのぞかせた。

秋乃がこの建物に来てすでに丸一日以上経つが、その間、彼女の側には、ほとんどずっと多軌子がいた。まさか秋乃の見張りだとも思えなかったし、時折会話があるぐらいで、何か用事がある風でもない。ただ側にいるのだ。そして、多軌子が建物内を移動するときは、必ず秋乃に同行を求めるのである。

あまりに気になったので、秋乃は思い切って本人に直接理由を尋ねてみた。

しかし、多軌子は笑って、

「いいじゃないか」

と言うだけで、まともには答えてくれなかった。

多分拒否《きょひ》することもできたのだろうが、秋乃は断らなかった。多軌子は約束通り秋乃に危害を加える気配を見せないし、抵抗《ていこう》したとしても意味がない。むしろ、捕《と》らわれの身の自分にできることといえば、せめて敵陣営《じんえい》の中で情報を集めることぐらいだ。そのためには、多軌子の側にいた方が都合が良いのである。もちろん、いまのところ有益な情報は、何ひとつ得られていないのだが。

ただ、ひとつだけわかったことは、この一日、多軌子は何もしていないということだ。その一方で、彼女の式神である夜叉丸は、護衛を蜘蛛丸に任せきりにして、ほとんど主《あるじ》の側を離れていた。数時間置きには戻っていたが、報告だけして、すぐまた姿を消している。明日《あした》に予定されている霊災テロ――大規模な呪術儀式《じゅじゅつぎしき》の準備に奔走《ほんそう》しているらしい。

多軌子が呪術儀式の中心人物だということは聞いている。その彼女が、儀式の決行を明日に控《ひか》えて何もしていないということは、もう彼女の準備は完全に整っているという証拠《しょうこ》だろう。同時に、本来主の側にいるべき夜叉丸が奔走しているのは、儀式の準備が大詰《おおづ》めに入ったからではないか。つまり、敵はすでに、勝利の目前まで迫《せま》っているのだ。

ただ、夏目たちもついに行動を開始したようだ。

「まず、相馬の姫《ひめ》にはお詫《わ》びせねばなるまい。『月刊陰陽師《おんみょうじ》』には配下の者を付けていたのだが、まんまと出し抜かれてしまった。こちらの不手際だ。申し訳ない」

倉橋はおもむろに言うと、多軌子に向かって頭を下げた。ちなみに、座っているのはソファーの秋乃と多軌子だけで、大人たちは全員立っている。そんな細かいことも、居心地《いごこち》が悪い要因のひとつだ。

「それを言うなら、編集部への対策優先度を下げた私たちにも、責任の一端《いったん》はある。けど、ここは天海さんの抜け目なさを評価すべきだろうね。告発に『月刊陰陽師』を選んだのが偶然《ぐうぜん》だとは思えない」

「……話にあった失踪《しっそう》中の記者というのが、天海と接触《せっしょく》したということか」

「天海さんと直接接触したかはわからないけど、どんな形であろうと、二つのラインは繋がったと見るべきだ」

夜叉丸は淡々と述べた。実体化した式神は靴底《くつぞこ》を鳴らしながらフロアをゆっくりと行き来しているが、片眼鏡越《ご》しの視線は何も捉《とら》えていない。周りと会話すると同時に、様々な思考が脳裏を駆《か》け巡《めぐ》っているのだろう。

佐竹が、ふむ、と肩《かた》を竦《すく》める仕草を見せる。

「まあ、済んだことは仕方がない。それより今後の対応ですよ。こっちは、すでにマスコミから問い合わせが来ている上に、党のお偉方《えらがた》からも呼び出しがかかっているんだ。正直、ここに来るのも、だいぶ気を遣《つか》いましたよ？　……ああ、その点は倉橋長官も同様でしょうが——むしろ私より不味《まず》いでしょう？　この状況《じようきよう》で庁を空けて大丈夫なのですか？」

「この状況だからこそだ。こういうときこそ、互《たが》いの意思は詳細《しようさい》に、正確に、補強しておく必要がある」

「ハハ。仰《おつしや》る通り。この手の対応は、下手な手を打つと火に油を注ぎかねない。大切なのは余裕《よゆう》ある態度です。動じず、適切な手を打つ。それに尽《つ》きます」

右手を伸《の》ばし、左手を胸もとに当てながら、佐竹はにこやかに微笑《ほほえ》む。

立ち居振《いふ》る舞《ま》いはスマートながら、秋乃の目から見てさえ、とにかく大仰《おおぎよう》で芝居《しばい》がかった男だ。ただ、いま彼が置かれている窮地《きゆうち》を考えると、この「軽さ」が逆に不気味である。事態を甘く見ているというより、場合によっては破滅《はめつ》をも、それはそれで楽しんでしまうかのような雰囲気《ふんいき》があった。

「差し当たって証拠はないのでしょう？　なら最終的にも押し勝てるし、当面はそれこそ、のらりくらりとした対応で十分です。この手の火消しは慣れっこですので」

そう言って、佐竹は、ぱちんと両手のひらを軽く打ち合わせる。

「第一、何がどうなろうと、儀式は明日ですよ？　叔父《おじ》さんは抜け目ないと言いますが、今回の天海部長の手は、あまりに迂遠《うえん》でしょう。正攻法《せいこうほう》に拘《こだわ》り過ぎているし、『世間』というものがいかに政治に無関心かをわかってない。お話になりませんよ」

「……いや」

薄笑《うすわら》いのまま佐竹が言うと、彼の叔父——かつて大連寺至道《しどう》と名乗っていた式神は、カツ、と足を止めてあご先に手を当てた。

「長らく潜伏《せんぷく》していた天海さんが表立って動いた以上、『これで終わり』とは考えにくい。残念ながら予測はできないが、次の動きが、きっとある」

まるで決定事項《じこう》を伝えるような口振りで、夜叉丸は断言した。「次、ですか」と佐竹が楽しげに、また皮肉っぽく繰り返す。

「ではそれは、どのような？」

「予測はできないと言っただろ、益観？　しかし、倉橋も同じ意見じゃないか？　あの動画で言及《げんきゅう》していない以上、天海さんはこちらの証拠はつかんでない。にもかかわらず、あんな手法を取ったからには、次の筋書きが用意されていると見るべきだ。違《ちが》うか？」

「……同感だ。そう考えておくべきだろう」

少し苛立《いらだ》たしげな旧友の問いに、倉橋は表情を変えず、重々しく答えた。陰陽庁長官の即答《そくとう》に、佐竹は無言で首を竦めて見せた。

すると、

「……時間的に追《つ》い詰められて、最後の賭《か》けに出た……とは考えられないでしょうか？」

発言したのは、多軌子の背後――ソファーの後ろに控えていた蜘蛛丸だった。

すかさず、

「もちろん、そういう一面もあるだろうね」

と夜叉丸が意見を返す。

「けど、あの老人は、それがどれだけ低い確率だろうと、『勝ちの目』がある方を選ぶ。どれだけ追い詰められようと、勝算がゼロなら、動きはしない。最後の最後まで、どの選《せん》択《たく》がベターか考え続けるだろう。いわゆる『自暴自棄《じぼうじき》』から、もっとも遠い人物だ。とすると、やはりまだ何か……しかし、どうやって……」

夜叉丸は蜘蛛丸に答えたあとも、何事かぶつぶつと独り言のようにつぶやき続けた。夜叉丸――大連寺至道にとっても、権謀術数《けんぼうじゅつすう》で言えば天海大善に一日の長がある。現にこうして、想定外の策を打ってきているのだ。

秋乃は、大人たちのやり取りを、固唾《かたず》を呑《の》んで見守った。

ただ、胸中に自然と湧《わ》くのは、少し意外な感想だった。

――こんななんだ……。

秋乃は、悪い大人たちというのは、もっと余裕綽々《よゆうしゃくしゃく》に構えているものだと思っていた。

ろうと。

陰謀《いんぼう》を張《は》り巡らせ、万全の態勢で悪事を進め――だからこそ、その油断が隙《すき》に繋《つな》がるのだ

しかし、目の前の大人たちは、佐竹を除けば、至って真剣《しんけん》だ。すごい権力を握《にぎ》っていて、勝利の目前まで迫っていながら、それでも気を抜《ぬ》こうとしない。

みんな「本気」だ。だから、簡単には勝つことができないのだ。その事実――勝つということの大変さが、どんな詳《くわ》しい説明よりもはっきりと実感できた。

呪術戦《じゅじゅつ》とは異なるが、これもまた「戦い」なのだ。

「……倉橋。庁内の様子は？」

「やはり、かなり波紋《はもん》が広がっているようだ」

「そう……とすると、向こうは当然、陰陽庁の切り崩《くず》しにかかるはずだ。庁内の引き締《し》めを頼《たの》むよ。特に『十二神将』」

「おっと、待って下さい。引き締めと言っても、あの告発を黙殺《もくさつ》したままでは効果がないでしょう？　上層部として、どのような説明を？」

「庁内に対しては、根も葉もない中傷、また、呪術絡《がら》みの情報操作もあり得ると、逆に警《けい》戒《かい》を促《うなが》すしかあるまいな。対外的には、公式声明を準備していると応じつつ、その旨《むね》を適度にリークすればいい。時間稼《かせ》ぎには充分《じゅうぶん》なはずだ」

「ふむ……まあ、あとで相手の身柄《みがら》を押さえてさえしまえば、形はどうとでもなるでしょうし、無難な線ですね。マスコミ関係には、私からも根回ししておきます」

佐竹が同意して頷《うなず》いた。ただ、夜叉丸はまだ何か考えている様子で、真剣な面持ちのまま空中をにらんでいる。「叔父さん？」と佐竹が声をかけても、まるで反応しなかった。

やれやれと言いたげに、佐竹が倉橋に苦笑を向ける。倉橋が夜叉丸に向かって、何か言おうと口を開けたとき、

「そ、そんなことより、い、」

多軌子が言った。

秋乃がビクリと身を竦めた。

いや、秋乃だけではない。倉橋や佐竹、そして夜叉丸と蜘蛛丸も、一斉《いっせい》に多軌子に注目した。この会合で、多軌子が発言したのは初めてなのだ。

「春虎だ。ようやくこっちを向いてくれたよ」

艶然《えんぜん》と微笑みながら、それまでの大人たちのやり取りを投げ出すかのように、多軌子は言った。ちらりと横目に秋乃を見やって、「ね」と親しげに話しかける。むろん、秋乃は返事をするどころではない。油断していたところに突然《とつぜん》同意を――それも、よくわからない同意を求められて、「えっ？　あ、そ、そのっ、あのっ⁉」としどろもどろになった。

「……姫？」

佐竹が反応を探るように声をかける。が、案の定、多軌子はまるで反応を示さない。

代わりに、

「……うん」

と夜叉丸が頷いた。

「そうだな。すべては明日……あれこれ惜《お》しんでる場合じゃない」

そして、夜叉丸は倉橋と佐竹、蜘蛛丸を順番に見やった。

「万全を期そう。私たちは、しくじるわけにはいかないんだ」

4

結局夜になってしまった。

新宿支局の常設結界仮修復と、その報告のまとめ。明日の霊災テロに備えた諸々《もろもろ》の確認事項と通達。その後時間ができたかと思った矢先に、断続的に霊災が発生し、その修祓に追われることになってしまったのだ。

——やっぱり、霊災の発生件数もここ数日でどんどん増えてるわ。

正確なデータがあるわけではないが、弓削の感触《かんしょく》では、荻窪《おぎくぼ》でフェーズ4が発生したときからだ。一部で噂《うわさ》されている通り、あのフェーズ4は霊災テロの前兆だったのかもしれない。だが、だとするなら、「本番」の規模は過去二回の霊災テロを上回ると考えるべきだろう。下手をすると冗談抜《じょうだんぬ》きで、かの大霊災——終戦間際に土御門夜光が起こした大霊災レベルのテロなのかもしれない。空恐《そらおそ》ろしいことだ。

なんとしても阻止《そし》せねばならない。その思いは強まるばかりだが、危機感が募《つの》るほど、あの動画の存在が比重を増していく。

腹立たしいのはこの期に及《およ》んで、いまだに宮地と連絡《れんらく》がつかないことだった。

午後になって陰陽《おんみょう》庁上層部からは、『月刊陰陽師』の告発記事が事実無根であるとの見解が庁員たちに通達された。まあ当然の反応だろう。あまりに荒唐無稽《こうとうむけい》な主張のため当面は公的に取り合わないが、場合によっては陰陽庁としての公式声明を発表するらしく、その準備も進めているとのことである。ただ、とにかくいまは明日《あした》の霊災テロ警戒に全力を傾注《けいちゅう》せよ——というのが、主な指示内容だった。

しかし、その指示も、上司である宮地を介《かい》さず伝えられている。

聞けば、長官に呼び出されて庁舎に詰めているらしいが、半日以上携帯《けいたい》にすら出ないというのは理解できなかった。意図して連絡を絶っているのかと勘《かん》ぐりたくなってしまう。

——長官の呼び出しってことは、あの告発に関することだと思うけど……。

　残念ながら新宿支局では、滋岳と話す時間が作れなかった。祓魔局《ふつまきょく》本部に戻《もど》ってきた弓削は、ようやく取れた食事休憩《きゅうけい》を利用して、双子《ふたご》にメールを送った。すでに午後九時を回っているが、双子は現在、二十四時間本部で待機している。実際、返信はすぐに来た。向こうも弓削を待っていたのだろう。弓削は直ちに双子の執務《しつむ》室に向かった。

　双子の執務室は、祓魔局本部の最上階――正確には、屋上にあるペントハウスだ。もっとも、執務室とはいえ、双子のそれは「家」に近い。特別霊視官として都内全域の霊気《れいき》を警戒する双子は、祓魔局に半ば住んでいる状態なのだ。

　弓削はエレベーターで最上階にあがった。

　出てすぐは廊下《ろうか》で、手前には屋上に出るガラスのドア、奥に双子の執務室の入り口がある。弓削は廊下を進み、執務室のドアをノックした。

「白蘭さん。玄菊さん。弓削です」

　たちまち、ドアの奥でバタバタと足音が聞こえた。

　ドアが内側から開き、ひょこりと女性が顔を出す。とっさにどちらかわからなかったが、フリルを多用した彼女たち好みの服、それにカールした髪《かみ》を飾《かざ》る花の髪飾りは、どちらも白だ。姉の白蘭である。

「麻里ちゃん！　遅《おそ》いじゃないですか。ずっとお待ちしてましたのよ？」

「すみません。どうしても外せなくて。玄菊さんは——」

「いますわ。今晩は、麻里ちゃん」

姉の背後から、ひょこりともう一人の女性が顔を出した。姉と見分けが付かない顔立ちで、着ている服もほとんど同じだが、色が違う。こちらは服と髪飾りの色が黒。双子の妹、玄菊だ。

「さあさあ、入って下さいな」

「本当にお待ちしていましたのよ？」

「でも良かったわ。まだ紅茶が残ってますから」

「もうっ、お姉様。それどころではありませんでしょう？」

双子はわいわい言いながら、弓削の手を引いて部屋の奥へと誘導《ゆうどう》した。これでも、日頃《ひごろ》おっとりとしている双子にすれば、かなり急いでいるのだろう。

執務室は双子の趣味《しゅみ》丸出しで、華《はな》やかな西洋風にしつらえられている。花柄《はながら》の壁紙《かべがみ》に深い絨毯《じゅうたん》。アンティークのテーブルや椅子《いす》が置かれ、一見リゾートホテルの一室だ。完全に私物化しているわけだが、一応許可は取っているし、自費で揃《そろ》えているらしい。にしてもやり過ぎだとは思うのだが、指摘《してき》する局員はいまのところいなかった。

双子の執務室には何度も来ているので、弓削にとってはお馴染《なじ》みの部屋だ。

ただ、このときは入って驚《おどろ》いた。先客がいたのである。

「み、三善《みよし》特視官？　山城《やましろ》も？」

「……ご無沙汰《ぶさた》してます、独立官」

「弓削氏。わたくしはもうとっくに特視官ではありませんよ。いまは呪捜官《じゆそうかん》です。まあ、いまのところは」

弓削は思わず目を丸くした。双子の執務室にいたのは、三善十悟《とおご》と山城隼人《はやと》だった。三善は椅子に座って優雅《ゆうが》に紅茶を飲んでおり、山城は立ったまま酷《ひど》く鋭《するど》い顔つきをしている。部屋に入るまで気付かなかったのは、山城が三善も含《ふく》めて隠形《おんぎよう》していたためらしい。弓削が入ったとき隠形を弛《ゆる》めはしたが、いまも外部からは気付かれない程度に、霊気を慎《しん》重《ちよう》に抑えていた。

奇《く》しくも、共に星宿寺《せいしゆくじ》を訪れた三人だ。もっとも、三人が顔を合わせるのは、あのとき以来だった。

そしてまた、部屋にはもう一人、見知らぬ女性がいた。弓削を見ると慌《あわ》てて椅子から立ち上がり、お辞儀《じぎ》する。弓削もとっさに目礼を返したが、困惑《こんわく》は拡大するばかりだ。

「お、お二人がどうしてここに……それに、そちらの方は？　初対面……ですよね？」

「あ、いえ。実は以前、一度取材を。私一人ではありませんでしたが」

「え？」

女性が恐縮《きようしゆく》して応じると、弓削は一瞬怪訝《いっしゅんけげん》な顔をしたのち、ハッと気付いた。

――まさか『月刊陰陽師』のっ⁉

説明を求めて鋭く振《ふ》り向くと、

「三善様から連絡を頂きましたの」

と白蘭はあっけらかんと答えた。

「麻里ちゃんに電話したのも、三善様のお話を聞いたからですのよ？　とにかく座って下さいな。いま麻里ちゃんの分の紅茶を用意しますから……ああでも、少し冷えてしまいましたし、淹れ直した方が……」

「そんなことより、この状況《じようきよう》を説明して下さい！」

「え？　でも、とても良い茶葉ですのよ？　贔屓《ひいき》にしてるお店の特製ブレンドで――」

「お姉様、やはり紅茶はあとにしましょう。ほら。きっと麻里ちゃんも、お話を聞かないことには、気持ちが落ち着きませんわ」

渋《しぶ》る白蘭を玄菊が宥《なだ》めるが、そのスローモーなテンポ感は姉とさして変わらない。弓削はこの際二人を無視して、三善の真向かいから、テーブルに両手を突《つ》いた。

「どういうことです、三善さんっ。なぜあなたと山城がここに？　その方はまさか、『月刊陰陽師』の記者ですか？　そもそもあなたたちは、いま土御門春虎の捜索《そうさく》を――」

と、そこまで立て続けに喋《しゃべ》ってから、弓削はもうひとつ、肝心《かんじん》なことを思い出した。

「待って下さい！　木暮先輩《せんぱい》は⁉　確かいま三善さんと山城は、木暮先輩とチームを組んでいましたよねっ？　先輩はここにいないんですか⁉」

勢い込んで尋《たず》ねると、身を乗り出す弓削の前で、三善は右手で持っていたティーカップをゆっくり持ち上げて、口を付け、ゆっくり飲んで、左手に持っていたソーサーに戻した。

反射的にテーブルをひっくり返しそうになる。そういえば、こういう男だった。というより、特別霊視官という人種は、どうしてこう揃いも揃ってマイペースなのだろうか。

弓削が我慢《がまん》できずに怒鳴《どな》り声を上げる寸前、

「木暮氏は倉橋長官の手に落ちました」

三善は淡々《たんたん》と言った。

短いひと言だ。が、そのひと言は、実に様々な示唆《しさ》を含んでいた。

直前の激昂《げきこう》を忘れて、弓削は凍《こお》り付いた。

「ただ、幸い、命は無事らしい。そうですね？」

と三善は首を捻《ひね》って、同席している女性の方に尋ねた。

ただし、返事をしたのは、彼女ではない。

「カア！　ゼンジロー死んだら、獺祭《だっさい》にはわかる！　ゼンジロー、生きてる！　絶対に死んでナイ！」

女性の頭上に実体化したのは、一体の式神、烏天狗《からすてんぐ》だった。その式神を、弓削はよく知っていた。木暮の使役していた四体の烏天狗——その内の一体だ。

「…………」

頭の中が真っ白になる。理性と直感では、これがどういうことか、概《おおむ》ね理解していた。だが、感情がまるで追いついて来ない。

絶句して棒立ちになる弓削を、双子が心配そうに、山城が何かを見極めようとする鋭い眼差《まなざ》しで見つめている。

そんな中、三善は紅茶をもう一度口にしてから、

「さて……弓削氏。あなたがお疲《つか》れなのは重々承知していますが、少々お付き合いいただきたい。ただし、これから先のお話は、決して短くありませんし、何より相当ハードです。幸徳井氏のご厚意に甘えて、紅茶を頂いた方が良いかと思いますよ？」

「…………」

「弓削氏？」

沈黙《ちんもく》のあと、弓削は意識的に肩《かた》の力を抜《ぬ》き、大きく息を吐《は》き出した。それから、手を伸《の》

ばし——情けないことに微《かす》かに震《ふる》えている——手近な椅子を引いて、腰《こし》を下ろした。

「……いただきましょう」

三善が頷《うなず》き、白蘭に目で合図を送る。「では」と白蘭が紅茶を淹れに部屋を出る。

「若宮氏。お願いします」

三善に促《うなが》され、女性——若宮が改めて自己紹介《しょうかい》をした。予想通り、彼女は『月刊陰陽師』の記者だった。木暮が彼女につけた護衛——式神の獺祭のおかげで、三善たちと接《せっ》触《しょく》することができたのだそうだ。

そして……。

三善の言った通り、そこからの話は、長く、ハードだった。

若宮がひと通り話したあと、今度は山城が彼らの得た情報を説明した。弓削は途中《とちゅう》何度か口を挟《はさ》んで質問したが、やがてその気力も失われていった。話が終わったのは、出された紅茶が手つかずのまま冷め、さらに淹れ直した紅茶が冷め始めたころだ。

「…………」

茫然自失《ぼうぜんじしつ》とはこのことだろう。若宮の話だけなら、ろくに取り合わなかったに違《ちが》いない。三善と山城の話ですら、半信半疑だっただろう。この場に獺祭がいるという事実を鑑《かんが》みてさえ、彼らの話を受け容《い》れるには抵抗《ていこう》を感じたはずだ。

しかし、それらの証言がすべて合わさり、さらにあの天海の動画を見たあとでは、もはや弓削には反論の言葉が出てこなかった。

三善たちも認めているが、確かに証拠《しょうこ》はない。

だが、「それ以外はすべてである」状況と言っても過言ではないだろう。

——なんてこと……。

本当に、言葉が出ない。

ただ——

弓削は、自分がこの期に及《およ》んでまだ、「ある事実」から目を逸《そ》らしていることに気がついていなかった。

「わかりますわ、麻里ちゃん。ショックですよね」

「わたくしたちも、初めてお話を伺《うかが》ったときは、大慌てしてしまいました。だって、大変なことですもの」

顔色をなくす弓削を、双子《ふたご》が左右から慰《なぐさ》める。その声にある同情と共感は紛《まぎ》れもない本心だとわかったが、弓削の胸には届かなかった。山城は相変わらず鋭い目つきで弓削の反応を見守っている。三善はポーカーフェイスのまま、しかし、彼には珍《めずら》しく言葉を選んでいるようだった。

「……弓削氏。時間がありません。正直、あなたを説《と》き伏《ふ》せるために想定していた以上の時間を費やしてしまった。ただ、おそらく滋岳氏はいまの話を聞いても、確たる証拠なしに軽々とは動いてくれないでしょう。鏡氏に至っては、どんな行動にでるかわからない。ですから『戦力』として、どうしてもあなただけは確保しておきたかったのです」

三善の台詞《せりふ》は冷静ながら、言葉の節々に常ならぬ苛《か》烈《れつ》さが滲《にじ》んでいる。その静かな熱を浴びる度に、弓削は少しずつ気力を取り戻《もど》していく。

ただ——

「わたくしたちはすぐ行動に移らねばならない。誠に申し訳ありませんが、どうか協力していただけませんか」

三善は真っ直ぐに弓削を見つめながら要請《ようせい》した。

——……確かに……。

滋岳が味方に付いてくれるかどうかは微妙《びみょう》だろう。下手をするとその場で拘束《こうそく》される可能性すらある。非を咎《とが》めるとしても正面から。そう言いかねないのが滋岳だ。

一方鏡は、仮に味方になったとしても、この状況下《じょうきょうか》ではこちらの指示を受け付けないと思われた。おそらく自分の判断で好きに動く。そして、彼の動きは事態を混乱させこそすれ、収束に向かわせることはないに違いなかった。

ただ——

「ま、待って下さいっ」

弓削は思わず言った。我知らず顔が引きつり、なぜか笑いそうになっていた。

「その前に……室長は？　宮地室長はどうするんです？　倉橋長官の計画を止めるなら、室長の力は絶対必要です。そもそも、私を説得するより先に、まず室長に相談するべきではありませんか。室長ならきっと……だって……」

とっさに思い出すのは、陰陽《おんみよう》庁庁舎が襲撃《しゆうげき》を受けた夜のことだ。弓削が、対峙《たいじ》した蘆屋道満に絶望で押し潰《つぶ》されかけたとき、遅《おく》れに遅れて現れた宮地は、その絶望をなんでもないように押し返してくれた。ズボラでだらしない昼行灯《ひるあんどん》。秘密主義の過ぎる食えない上司。だが、彼の下にいるだけで、どれほどの霊災に挑《いど》もうと、どんな呪術《じゆじゆつ》戦に巻き込まれたとしても、弓削は、勇気を掲《かか》げることができた。

当たり前過ぎて普段《ふだん》は意識などしていない事実。

しかし、宮地が背後に控《ひか》えて居てくれることの絶対的な安心感は、弓削のみならず、あらゆる祓魔官の骨身に刻まれている。宮地がいてくれるから大丈夫《だいじようぶ》だという圧倒的《あつとうてき》な頼《たの》もしさは、祓魔局の人間にとって、ある意味信仰《しんこう》ですらあるのだ。

弓削はいつも、「彼の手を煩《わずら》わせない」ことを目標として働いているのである。

絶対に本人には言ってなどやらないが、自分が「彼に認められる」独立官であること、「彼から仕事を任される」だけの一人前の部下であることが、密かな誇《ほこ》りなのだ。

しかし、

「弓削氏。残念ですが――」

「宮地室長は倉橋長官とツーカーです」

あくまで淡々と言おうとした三善を遮《さえぎ》り、彼の後方に立っていた山城が口を開けた。その口振《くちぶ》りは、まるでナイフで斬《き》りつけるかのようだ。

「これまでの状況《じょうきょう》から考えても、彼が長官の裏の顔を知らないとは考えづらい――というより、そんな可能性はゼロでしょう。彼は長官サイドです」

山城が断言する。

弓削は、唇《くちびる》を噛《か》んだ。

「…………」

無言のまま、弓削は携帯《けいたい》を取り出した。たちまち山城が表情を険しくし、とっさに一歩前に出る。が、三善が手を上げて、呪術を行使しようとした山城を制止した。

双子と若宮が固唾《かたず》を呑《の》む前で、弓削は断固たる手つきで携帯を操作。宮地の番号にリコールする。烏天狗の獺祭まで、緊張《きんちょう》の面持ちで天井《てんじょう》付近を旋回《せんかい》している。

張《は》り詰《つ》めた静寂《せいじゃく》の中に、場違《ばち》がいに日常的なコール音が響《ひび》き渡《わた》る。

電話は繋《つな》がらなかった。

留守番電話のメッセージを虚《むな》しく耳にしながら、弓削はのろのろと携帯を持つ腕《うで》を降ろした。その表情はまるで死人のよう。そして、その瞳《ひとみ》は迷子の幼子さながらだ。双子が友人に労るような眼差しを向けている。

すると、

「……宮地室長は、先ほど本部に戻られたようですよ」

霊気《れいき》を感知していたのだろう。「三善さんっ⁉」と山城が目を剝《む》いた。しかし、三善はポーカーフェイスを崩《くず》すことなく、驚《おどろ》く弓削を真っ直ぐに見つめていた。

弓削の中で、理性と感情が激しくぶつかり合う。

そこに、

「麻里ちゃん」

と白蘭が優しく話しかけた。

「わたくしたちのことはいいわ。それに、祓魔局のことや世の中のことも、この際少しだけ後回しにしましょう。それで、あなたは、どうしたいの？」

「……私は……」

ぐっ、と弓削は奥歯を噛《し》み締める。

葛藤《かっとう》の末、弓削は背筋を伸ばして椅子《いす》から立ち上がった。一同に深く頭を下げ、そして、振《ふ》り返ることなく執務室《しつむしつ》をあとにした。

☆

「三善さんっ！　止めるべきです！」

もう一度、山城が三善の隣《となり》に回って、食ってかかった。三善は息を吐《つ》いて、背中を椅子の背もたれに寄りかからせた。

「仕方ありません。あの状態の弓削氏では、どのみち戦力として期待できない」

「しかし⁉」

「わかっています。わたくしたちも参りましょう。……幸徳井氏。申し訳ないが――」

「大丈夫ですわ、三善様」

「わたくしたち、とっくに準備はできていますもの」

双子は鼻息も荒《あら》く、両手をグーにしながら同じタイミングで頷いた。勇ましい――というよりは運動会で意気込む少女のような微笑《ほほえ》ましさだが、彼女たちの覚悟《かくご》は本物だ。頭上の獺祭が、カアッ、とやる気に充《み》ちた鳴き声を上げる。山城は不服そうに舌打ちしたが、それ以上は何も言わなかった。

「若宮氏もです。もう一度確認しますが、本当にわたくしたちに同行するつもりなのですね？　客観的に言って、もうあなたはご自身の役割を果たされたと思いますよ？　これ以上は、危険なだけです」

「いえ。足手まといなのは承知していますし、私のことは一切気にしなくて構いませんから、どうか付き合わせて下さい」

再度確認する三善に、若宮は即答《そくとう》して席を立った。こちらも鼻息が荒い。三善がやれやれと首を振った。山城はもはや苛立《いらだ》つ素振《そぶ》りすら見せなかった。

「乗り気じゃないのは、わたくしだけですか。わたくしなど、代われるものなら誰《だれ》かに代わってもらいたいぐらいですが……皆《みな》さん情熱的でいらっしゃる」

辟易《へきえき》として愚痴《ぐち》りながら、三善は自らも椅子から重《おも》い腰《こし》を上げる。

そして、

「……おっと。情熱的な方が、もう一人……」

と、遠くに視線を投げた。山城が気付いて、「なんです？」と同じ方向に首を捻《ひね》った。

「あ、あら？　これってまさか……」

「いえ、そうよ、お姉様。昨日の夜の！」

三善に続いて双子も彼方《かなた》に視線を向けた。若宮が一人きょとんとしているが、一般人《いっぱん》の彼女では無理もない。また、国家一級陰陽師《おんみょうじ》である山城でさえ、それを自力で「視《み》」ることはできなかった。

しかし、日本でもっとも優秀《ゆうしゅう》な見鬼――三人の特別霊視官たちは、その霊気と、激しい呪力《じゅりょく》を、しっかりと「視」て取っていた。

三善がふうと息を落とし、

「さしずめ前夜祭ですね。まったく、明日《あした》のいまごろはどうなっていることやら」

☆

さすがに局舎の警戒《けいかい》態勢は、昨夜を上回っていた。それを予想して昨夜より早い時間に仕《し》掛《か》けたのだが、その効果があったかは微妙なところだ。

「どうせやることは同じだ」

「ああ。早く済ませよう」

黒衣の陰陽師はそう言うと、隻腕《せきわん》の鬼を従え、廊下《ろうか》を塞《ふさ》ぐ祓魔官たちを一斉《いっせい》に金縛《かなしば》りで昏倒《こんとう》させた。

すぐさま式神が先行して駆《か》け出し、主《あるじ》がそのあとに続く。内部に侵入《しんにゅう》して、すでに二十分近く経過していた。激しかった呪術戦の騒音《そうおん》も次第に静まり、支局側の抵抗《ていこう》も少なくなっている。ただし、これ以上時間が経てば、霊災修祓に出動していた部隊が帰還《きかん》するだろう。祓魔官を叩《たた》くことが目的ではない。余計な戦闘《せんとう》を避《さ》けるためにも、その前には離脱《りだつ》せねばならない。

たとえ警戒態勢にあろうと、通常業務を疎《おろそ》かにできないところは祓魔局の弱みだ。今回も昨夜に続き、その弱みを最大限に衝《つ》いている。だからこその、短時間での蹂躙《じゅうりん》だった。

「しかし、考えてみれば皮肉だな」

「何が？」

「お前が覚醒《かくせい》した最初のきっかけは、この目黒支局での乱戦だ。それが、覚醒したあとになって、今度は襲撃する立場になるとは」

「…………」

楽しげな式神の指摘《してき》に、陰陽師は無言のまま黒衣の裾《すそ》を翻《ひるがえ》す。低空を飛行するような走法は、『鴉羽《からすば》』の力を借りた高速移動だ。そして、廊下を駆け抜《ぬ》けながら、またひとつトレーニングルームの結界を破壊《はかい》した。

「そろそろか」

「そうだな。充分《じゅうぶん》だろう」

目黒支局には一時期通っていただけに、内部の構造もよく覚えている。二人は足を止めることなく、廊下の窓を壁《かべ》ごと吹《ふ》き飛ばし、局舎の中庭に飛び降りた。

攪乱《かくらん》のため、敷地《しきち》内には侵入直後に呪術の霧《きり》を放っている。その霧も、すでに半ば以上晴れていた。薄霧《うすぎり》の向こうに見えるのは、懐《なつ》かしい中庭の光景だ。あのときと同じように、戦場と化した中庭は、破壊の跡《あと》が生々しい。あのときと違《ちが》うのは、破壊を為《な》したのが霊災ではなく、他でもない自分自身だということだった。式神の言う通り、皮肉な話である。

陰陽師は唇に自嘲《じちょう》を、隻眼《せきがん》に微《かす》かな哀《かな》しみを過《よ》ぎらせた。

「……行くぞ」

式神に命じつつ呪力を練り上げる。身に纏《まと》う黒衣が、風もないままふわりと裾を広げた。

そのとき、

「よお。見違《みちが》えたぜ、春虎」

霧の奥から声がした。直後には式神が主の前に回り、声の主と対峙している。陰陽師は変化の術を中断し、霧の奥に視線を投げた。

霧を押しのけ、一人の男が歩み出る。

ひと目で「禍々《まがまが》しい」と感じる男だった。長身瘦軀《そうく》にファーの付いたジャケットを纏い、足に張り付くようなジーンズを穿《は》いている。身に着ける幾《いく》つものシルバーアクセが、薄闇《うすやみ》の中鈍《にぶ》い光を放っていた。

口元には酷薄《こくはく》な冷笑が張り付いているが、目元はミラーコーティングされたサングラスに覆《おお》われて隠《かく》されている。ただ、熱く粘《ねば》つく視線がレンズ越《ご》しに、じっとこちらに注がれているのがわかった。

陰陽師——土御門春虎は、苦い顔をのぞかせた。

「……鏡」

現れたのは独立祓魔官、『鬼喰い《オーガ・イーター》』鏡伶路だった。

いまこのタイミングで現れるというのが、いかにも鏡らしい。霊災修祓に出動していて、襲撃《しゅうげき》に気付きとって返した——その可能性はもちろんあるが、だとしても禹歩《うほ》を操る鏡なら、もっと早く登場できたはずである。結界を破壊し、祓魔官たちを無力化し、支局を陥《かん》落《らく》させて、いざ撤退《てったい》するというその直前まで「待って」いたのだろう。呪力が消耗《しょうもう》し、また時間が惜《お》しいという、こちらの一番嫌《いや》なタイミングを衝いた形だ。

「まさか、昨日に続いてのこのこ姿を見せるとは思わなかったぜ。例の告発の件は知ってんだろ？　いいのか？　仲間が画策してるときに、二晩続けてやらかしてもよ？」

「…………」

挑発的《ちょうはつ》な台詞《せりふ》を、春虎は黙殺《もくさつ》した。嫌なタイミングとはいえ、こちらの用は、もう済んでいる。あとはこの場を離脱しさえすればいいのだ。

「……角行鬼《かくぎょうき》」

命じると、式神が霊力《れいりょく》を解放した。たちまち中庭に濃密《のうみつ》な鬼気《きき》が立ち籠《こ》め、残っていた呪力の霧が、鬼を中心にしておどろおどろしく渦《うず》を巻いた。

鬼――『タイプ・オーガ』は、フェーズ3にあたる動的霊災だ。ただし、角行鬼はただの『タイプ・オーガ』ではない。千年の長い時間を生きた、古い、本物の鬼である。並のフェーズ3とはわけが違うし、たとえ独立祓魔官だろうと、容易《たやす》く祓《はら》える相手ではない。辺りを覆わんとする濃密な鬼気は、彼の周囲だけを魔《ま》界《かい》に還《かえ》すかのようだ。

その間に、春虎も一枚の符を抜くと、口元を隠すように構えて、呪文《じゅもん》を吹き付け始めた。呪術《じゅじゅつ》の用意をしつつ、呪力はほとんど検知できない。必要最小限の呪力のみ練り上げて、そのまま呪符に注いでいるからだ。式を組み上げ呪を唱える間も、眼帯に覆われていない右目は、油断なく鏡の動きを注視している。

鏡はニヤリと笑って、

「隻眼が箔付《はくづ》けになりやがったな。『前』とは別人みてえだぜ？」

しかし、またしても春虎は反応しない。冷めた視線で鏡を見据《みす》えつつ、符に呪力を注ぎ続ける。鏡はもう一度太々《ふてぶて》しく笑った。

鏡は、鞘《さや》に納まったままの、ひと振《ふ》りの日本刀を右肩《みぎかた》に担いでいた。彼の式神シェイバの形代《かたしろ》である『髭切《ひげきり》』だ。鬼気に触《ふ》れた『髭切』は、主の肩の上でカタカタと震動《しんどう》していた。血気に逸《はや》る餓狼《がろう》が牙《きば》を鳴らすかのようだ。

シェイバは戦いを好む狂気《きょうき》の式神だ。ただ、今回は単に鬼の気配を察知して昂《たか》ぶっているのではない。「隻腕の鬼」の気配に興奮しているのだ。二体の式神の間には、古い因縁《いんねん》があるのである。

鏡は角行鬼に目をやると、

「そういや、あんたと最初に会ったのも目黒支局《こ》だったたな。次は比べてやるって話だったっけ？　『前』はこいつが本調子じゃなかったが、今度は約束を守ってくれるのか？」

「……構わないぞ？」

主と違い、式神は鏡の挑発に平然と応じた。

口元から牙をのぞかせ、太く、低い声で、

「すぐに、済む」

ゾクリと、夜気まで強張《こわば》ったかと思われた。そのただならぬ迫力《はくりょく》に、クックと鏡が肩を揺《ゆ》する。

と、呪符に呪文を吹き込んでいた春虎が、

「唸急如律令《オーダー》」

と最後にひと言呪文を加え、持っていた呪符――土行符《どぎょうふ》を、長さ三十センチほどの金釘《かなくぎ》に変化させた。

足下に投げつけ、大地に突き立てる。すると、地下に向かって呪力が流れ込み、呪術が霊脈に吸い込まれた。鏡の禹歩を封《ふう》じるため、付近の霊脈に呪的トラップを仕掛けたのだ。効果は短いが、即座《そくざ》に解呪することは難しい。追跡《ついせき》させないための用心だった。

「――鏡」

春虎は、鏡に向かって告げた。

「いまあんたとやり合う気はない。邪魔《じゃま》をするな」

「ケッ。支局に殴《なぐ》り込んだ奴《やつ》の台詞かよ」

「無駄口《むだぐち》を叩くつもりもない」

「言うようになったじゃねえか。さすがは夜光様だ」

鏡は楽しげだ。いかにも彼らしい、凶暴《きょうぼう》な陽気さがにじみ出ている。

仕方がない。春虎は頭の中に複数の術式を展開し、呪力を練った。

時間が惜しかった。一気に叩いて守勢に追いやり、隙《すき》を衝いて全力で離脱する。鏡が相手では楽には行かないだろうが、困難を避けていい立場ではない。鏡に言われるまでもなく、祓魔局に襲撃を仕掛けるということの意味は、わかっているつもりだ。

津波《つなみ》のような式神の鬼気に、峻烈《しゅんれつ》な主の霊気《れいき》。戦闘態勢に入る主従を前に、鏡はしばし無言になり、真剣《しんけん》な面持ちで春虎たちを「視」ていた。その唇《くちびる》が声にしないまま、さすがだな、と小さく動いた。

そして、

「……いいぜ。行って」

突然《とつぜん》言い放った。ぴくっ、と春虎が目元を動かした。

むろん一切気は許さない。次の瞬間《しゅんかん》にでも、攻撃《こうげき》に出られる。それは鏡にもわかっているのだろう。鏡は肩を竦《すく》めてみせた。

「本番は、明日だろ？　そのためにお前だって、準備を進めてきたはずだ。明日にピークを持ってくるように」

「…………」

「いまやるのは、惜しい」

ガタタッと鏡が肩に担ぐ『髭切』が手の中で激しく跳《は》ねた。主の台詞に憤激《ふんげき》している。

しかし、鏡は白けた様子で舌打ちすると、鞘に納まったままの『髭切』を無造作に振《ふ》り回し、切っ先を地面に叩《たた》きつけた。

それから、あらためて春虎に向かい、

「どうなんだ、春虎？」

正直腑《ふ》に落ちなかった。鏡は自らの力を揮《ふる》う機会を、みすみす見逃《みのが》すようなタイプではない。いつもの彼なら、たとえ想定外の遭遇戦《そうぐうせん》だろうと、喜々として牙を剝《む》くだろう。

しかし、鏡は自らの台詞の通り、いつまでも戦意を見せない。『髭切』はいまだに激しく揺れ動いて抗議《こうぎ》しているが、主はまるで気にかけなかった。

不審《ふしん》は晴れない。だが、いまはそれ以上に時間が惜しい。春虎は、スッと右腕《みぎうで》を静かに真横に上げた。受けて、角行鬼が戦闘《せんとう》態勢を解き、主の隣《となり》に後退する。

「明日《あした》は楽しもうぜ」

春虎は応《こた》えなかった。

そして、横に上げた腕《うで》をひと振りした瞬間、新たな呪術の霧が噴《ふ》き出し、主従の姿を呑《の》み込んだ。

霧が膨《ふく》らみ、放射状に広がる。鏡がとっさに腕を上げて庇《かば》いつつ、霧の奥に目を凝《こ》らす。

力強い羽ばたきが響《ひび》いた。

膨れあがる霧を裂《さ》き、突き抜《ぬ》けて、漆黒《しっこく》のカラスが夜空に飛翔《ひしょう》した。

優雅《ゆうが》なカラスの羽ばたきに合わせて、霧の中、光の粉が舞《ま》い踊《おど》る。三本足のカラスは、地上の鏡を警戒《けいかい》するように一度鋭《するど》く旋回《せんかい》した。それから、大きく翼《つばさ》を広げると、彼方《かなた》の空、高層ビル群が光り輝《かがや》く、東京の夜空へと去って行く。

天空に飛び去るカラスを、地上に残された鏡は、鋭い視線で追い続けた。その姿が完全に視界から消えるまで追い続け——そして、彼もまた行動を開始した。

5

本当だ。嘘《うそ》ではない。自分ではどうしようもなかったのだ。

あのとき初めて、知った。

己の「才」は、「自分」にもどうしようもないものなのだ、と。

主人《マスター》なのは、実は己の「才」の方であり、「自分」などというものは「才」の僕《スレイブ》——ただの「器」に過ぎなかったのだ、と。

そう。あまりに巨大《きょだい》な「現象」が、「才」という形でたまたま彼を使っているのが、真実だったのだ。彼という存在は、「才」が扱《あつか》う単なる「道具」なのである。

さすがに、それは気づけなかった。

その真実を理解したとき、理解した真実は、彼から実に様々なものを奪《うば》い去っていった。まずは自負を。次に夢を。野心や本願を。そして、喜びや悲しみ、あるいは怒《いか》りを。もっと言えば、生きる意味や気力などを、次々に奪っていった。最後には、自分がどうすればいいのかという答えすらも。

ひょっとすると自分は、あのとき悟《さと》りを開《ひら》いていたのかもしれない。もしくは、あの瞬間、「自分」というものを消失させたのかもしれない。

灼熱《しゃくねつ》の、真っ赤な光景の中で。

ゲラゲラと狂《くる》ったように燃え盛る、辺り一面の炎《ほのお》の海で。

☆

「……ん」

椅子《いす》の上で身動《みじろ》ぎし、宮地磐夫《いわお》は目を覚ました。

のろのろとデスクに腕を伸《の》ばし、アラームを響かせる携帯《けいたい》を止める。時間を確認。およそ二十分の仮眠《かみん》だったが、頭は多少軽くなった——気がした。ん、と宮地は椅子の上で身体《からだ》を伸ばし、もれ出るあくびを噛《か》み殺した。

土台、段取り通りになどいくはずもないことではあるが、案の定、厄介《やっかい》な問題は次から次に降ってくるものだった。立ち現れる難題にひとつひとつ対応するだけで頭が痛い。まともに寝《ね》られたのは何日前だろうか。もはや若くもない身には、なかなか酷《こく》なものである。まあ、考えたところで、どうにもならないことだ。

――そういや、腹が減ったな……。

確か、夕食がまだだ。いまのうちに補給しておくことにする。祓魔局《ふつまきょく》の食堂は、夕方から明け方まで営業している。あまり胃に来ない物……蕎麦《そば》かうどんでも。そう思いながら、億劫《おっくう》そうに椅子から腰《こし》を上げた。

ドアがノックされたのは、その瞬間だった。

とっさに「視《み》」て、つい唸《うな》りそうになった。弓削だ。宮地の執務《しつむ》室には結界がない。もっとちゃんと「視」ていれば、近づく前に気付いて退散していたところである。当然向こうも「視」ているはずで、いまからでは居留守も使えなかった。寝たふりをしようか、と子供じみたことをかなり真剣に考えたが、まあ、止《や》めておくことにした。

今日一日の弓削からの着信回数を思い起こすまでもなく、彼女の用件はわかりきっていた。また嫌《いや》な役を演じねばならない。だが、仕方がない。もう一度椅子に座り直し、「入れ」とドアの向こうに告げた。

「……失礼します」

ドアを開け、弓削が室内に入って来た。

その表情を目にした瞬間、宮地は、まだ自分が寝惚《ねぼ》けていたことを痛感した。

——やれやれ。俺もだいぶ、焼きが回ってるな。

さっき「視」た際に、なぜ気付かなかったのか。弓削が——『陰陽《おんみょう》I種』をクリアした国家一級陰陽師《おんみょうじ》が、自分の霊気を完璧《かんぺき》に制御《せいぎょ》できていない。必死に整えようとしているのに、震《ふる》えて、乱れている。

あの告発を知り、あの動画を見たというだけでは、こうはならないだろう。弓削の性格を鑑《かんが》みると、単にあの件に関してだけなら、「何か自分が理解できていない事情があるはずだ」と、もしくは「複雑な経緯《けいい》があって不幸な齟齬《そご》が生じているのでは」と考えるに違《ちが》いなかった。少なくとも、そう「信じたがる」はずだった。

だが、いま弓削は、さらに一歩踏《ふ》み込んだ位置にいる。

とすれば、彼女は何かを「知った」に違いない。彼女にとっておぞましく、到底《とうてい》許容できないが、否定することが難しい何かを。

「……室長」

弓削は硬い声で切り出した。これ以上ないほど思い詰《つ》めた顔をしており、それを隠《かく》そうともしていない。

「お……お聞きしたいことが、あります」

「ふむ。……ああ、その前に――」

柔《やわ》らかく遮《さえぎ》って、宮地は穏《おだ》やかに笑う。

「昼間は、悪かった。だいぶ電話をもらってたみたいだが、なかなかかけ直す時間がなくてな。どうせ、あれだろ？　『月刊陰陽師』と天海さんの件じゃないのか？」

普段《ふだん》と何ひとつ変わらない態度、声音、表情で、宮地は悠然《ゆうぜん》と話した。対して、「……はい」と頷《うなず》く弓削は、限界まで張《は》り詰め、あと少し押すだけで切れてしまう糸のようだ。

「いや、実は俺も、だいぶ参っててな？　いったい、何がどうなって、あんなことになってるんだか……長官もかなり困惑《こんわく》していたよ。しかし、何しろ、予告されてる霊災テロは、明日だ。それどころじゃないってのが、本音でな」

「…………」

「もちろん、あの動画が本物かどうかも、現時点では判別が難しい。ただ、どうにも、作り物には見えなくてな。だから余計に困惑している」

「…………」

「どういう『事情』で、あんな告発が出て来たのか……しかも天海さんが噛んでるっていうのに、どうして『ああ』なったのか、まるで見当が付かない。いや、天海さんが無事だった——少なくとも、そう見えるのは喜ばしいことではあるんだが」

宮地は戸惑《とまど》いを浮《う》かべつつ、苦く笑って、頬《ほお》を掻《か》いた。どうしたものかと、悩《なや》み、疲《つか》れているような仕草で。実際、嫌に疲れていた。全身の細胞《さいぼう》に詰まった疲労《ひろう》は、間違《まちが》いなく本物だった。

弓削を見やる。

こちらを見つめる弓削の瞳《ひとみ》が、か弱く揺《ゆ》れているのがわかった。自らの思考を放棄《ほうき》してでも、楽になりたいと、よろめきかけているのが見えた。

だから、
だから——


「……と、言えば、お前は納得できるのか？」


それは、我ながら感情に乏《とぼ》しい、乾《かわ》いた声だった。

弓削が、ひ、と泣きそうになった。

斬《き》りつける胸の痛みは、想像を上回って鋭い。ハハ、いや、悪かった。冗談《じょうだん》だ、マリリン。そう続けたい欲求《よっきゅう》は、自分でも驚《おどろ》くほど強かった。どれほど欺瞞《ぎまん》に充《み》ち、目も眩《くら》むほどの虚飾《きょしょく》に彩《いろど》られようと、そう自分が告げれば、彼女は——一瞬《いっしゅん》でも——救われたような、ほっとした笑みを浮かべてくれるかもしれない。事実、彼女の中にはそんな言葉を渇望《かつぼう》する心情が残っている。卑劣《ひれつ》で、歪《いびつ》で、醜《みにく》いまでに喜劇的だとしても、そんな一瞬の安堵《あんど》を与《あた》えてやりたい。

だが、

——ま、そうもいかんか……。

「未熟者」

宮地は続けた。

独立祓魔官の中でも、弓削と鏡の二人は、特に宮地が指導する機会が多かった。祓魔官としての技量や心得を、折に触《ふ》れては説き、導いてきた。二人は対照的な部下であり弟子であったが、鏡が技量面で多くを吸収したのに対し、弓削は心得の面でさらに多くを学び取ってくれた。

だが、ここから先は祓魔官ではない、一人の「陰陽師」としての心得を説いておく必要がある。それが自分の、せめてもの責任だ。

宮地はおもむろに椅子から立ち上がった。

「滋岳なら、俺が言えば、納得はできずとも『割り切った』だろう。これが自分の仕事だってな……。木暮なら、こんな風にのこのこと『答え』を尋《たず》ねに来たりはしない。だからああして、頑《かたく》なに沈黙《ちんもく》したまま、自力で『納得できるかどうか』を試した。一年半以上の時間をかけて。そして……そうだな。鏡なら、そもそも『納得』なんか求めやしない。そんな価値基準で、あいつは動いていない」

デスクに片手を突き、ぎろっ、と宮地は上目遣《うわめづか》いに、立ち尽《つ》くす弓削をねめつける。

「なぜ来た？　考えなかったはずはないだろ？　俺が敵だって可能性を？　もし、万が一にでも、お前が抱《いだ》いた可能性が『事実』だったとすれば、お前、どうするつもりだったんだ？　なあ？　勝ち目があるとでも、思ったか？」

宮地は厳しく吐《は》き捨《す》てる。

それから息を吸って――

こっそりと小さく息を吐いた。

――まったく……。

そこが弓削麻里という彼の部下の、美点であることはわかっている。祓魔官として、その在り方は必ずしも誤っていない。

だが、陰陽師としては落第だ。だからこそ、宮地はあえて言った。

「お前だけだよ。そんな風に、『誰か』に納得させてもらいたがるのは」

「――っ⁉」

弓削の双眸《そうぼう》が、涙《なみだ》でにじんだ。

弓削の最大の欠点だ。彼女は真面目《まじめ》過ぎるのである。それも、低いレベルで——という より、「狭《せま》い」レベルで真面目過ぎる。

彼女が一般の職員なら構わない。一祓魔官としても、問題はない。

だが、生憎《あいにく》彼女は一般の職員ではないし、一祓魔官でもなかった。『十二神将』の一人。国家一級陰陽師、『結び姫《ひめ》』なのである。陰陽師にとって——そしてまた、力と、それに伴《ともな》う責任がある者にとって、狭いレベルでの真面目さは、時に有害ですらあるのだ。

——……いや。

違うな、と宮地は内心自嘲《じちょう》する。

そんな高尚《こうしょう》な話ではなく、単に宮地が「物足りない」のだ。真正直なだけの陰陽師などつまらない。少なくとも弓削には、もっと奥深い所を目指して欲しいと思うのだ。

「どうして」

弓削が呻《うめ》いた。

「なんで、そんな」

泣きそうな声だ。宮地は苦笑した。予想はしたが、まったくもって予想通りである。

「弓削。それが乙種《おつしゅ》なら悪くないが、馬鹿《ばか》正直に狼狽《うろた》えてる場合か」

次の瞬間《しゅんかん》、宮地の不動金縛《かなしば》りの術が、無防備な弓削に襲《おそ》いかかった。「あっ!?」と弓削が息を呑《の》み硬直《こうちょく》する。思い切り手加減してこれだ。まったく、お話にならない。

「他人に正解を求めるから……自分で考えて動いていないから、いざというときそんな風に、みっともなく取り乱すんだ。解呪しろ。お前なら、ものの数秒だ」

「室長！」

「なんだ」

「あ、あなたは……!?」

「だから、なんだ？」

もう一度、苦笑。

さて、どういうやり方が良いだろうか。たとえば、このまま悪役に徹《てっ》するもひとつの方法だ。裏切られた怒《いか》りは、いままでにない角度から弓削を鍛《きた》えてくれるだろう。ただ、その手法は諸刃《もろは》の剣《つるぎ》だ。彼女の性格を考慮《こうりょ》した場合、反動で「陰《いん》」に傾《かたむ》きすぎる可能性がある。それでは彼女が本来持っている「陽」の良さが損なわれる。

「弓削」

甲種言霊《こうしゅことだま》の要領で、声に呪を込め、叩《たた》きつけた。ハッ、と弓削が衝撃《しょうげき》に震え、反射的に身体《からだ》が「現場」の状態、臨戦態勢に入った。優れた祓魔官の性《さが》だ。感情がシャットアウトされ、精神が目の前の事態に集中した。

「解呪してみろ」

もう一度告げつつ、さらに不動金縛りの術を次々と重ね掛《が》けし始める。

弓削が両目をつり上げ、術に縛《しば》られたまま、必死に呪力《じゅりょく》を練り上げた。金縛り系の呪術に関してなら、弓削は宮地よりもセンスがある。猛烈《もうれつ》な勢いで、かけられた呪術を解呪し始めた。宮地は、さて、ともう一度考えをまとめながら、デスクの前にゆっくりと回り込んだ。

「俺は長官の式神みたいなもんだ。昔、そう決めてな。以来、主《あるじ》の命には絶対服従――ってほど律儀《りちぎ》にやってるわけでもないんだが、まあ、なんだかんだと長いつき合いになっちまった。ここまで来たからには、最後までつき合うつもりさ」

「………」

「お前はどうする？」

と、宮地は悪戯《いたずら》っぽく言う。

「いいんだぜ？　こっちに来ても」

弓削が大きく目を見開いた。宮地はじっと、部下を観察する。

大丈夫《だいじょうぶ》だ。いま弓削は、正常な判断力を取り戻《もど》している。

「……でかい勝負だ。どう転ぶかはわからん。が、客観的に見て、順当に行けば俺たちが勝つだろう。まあ、この話の肝《きも》は、俺たちの勝利が何を意味するか……もしくは、そこにどんな意味を見出すかなんだがな」

宮地はそう言って、腕《うで》を広げ、肩《かた》を竦《すく》めた。これぐらい率直に話をするのは、ずいぶんと久しぶりだ。勝手なことだが、こうして話すだけで、少し気が楽になる。隠し事は苦にならないタイプだと思っていたが、さすがに長かったのだろう。

「とりあえず俺は意味なんか要らないし、実を言うと勝ち負けにもあまり執着《しゅうちゃく》はない。ただ、俺の居場所がそっちに流れてるなら、逆らう気はないってだけのことなんだ。……といっても、正直ピンと来ないよな？」

「――はい」

きっぱりと弓削が答えた。よしよし、と宮地はあごひげを撫《な》でる。そうする間も、宮地は徐々《じょじょ》に出力を上げつつ、不動金縛りを上掛けし続ける。弓削もまた折れることなく、それを全力で解呪し続けている。

「どうだ、弓削？　俺たちに付くなら、歓迎《かんげい》するぞ？」

「……テロリストになれと仰《おつしや》るんですか」

こちらに向ける視線は、まだ信じられないと言いたげだ。

——テロリスト、か。

宮地は言い返さない。夜光の遺志に、相馬の悲願。言い様は幾《いく》らでもあるかもしれない。しかし、少なくとも祓魔官にとって、宮地たちがしようとしていることはテロ行為《こうい》だ。それ以外のものではあり得ない。

「手を貸せとは言わんさ」

「お断りします」

「悪い話じゃないが」

「お断りします、います」

「ん」

回り込んだデスクに軽く腰《こし》をかけながら、宮地は弓削に頷《うなず》いた。

「だからな？　俺のところに顔出してる時点で木暮に比べると甘ちゃん過ぎるが、来るなら来るで、せめてそれぐらいの気構えを持ってこい。みっともなく取り乱してるんじゃない。失望しちまうだろ、弓削麻里独立官」

「……失礼しました、宮地室長」

澄《す》んだ双眸に瑞々《みずみず》しい闘志《とうし》を浮《う》かべて、弓削は堂々と答えた。よしよし、と宮地は胸中でほくそ笑む。

こんな自分でも、「ちゃんとしてやれる」のは嬉《うれ》しいことだ。あとは……では、こんな筋書きはどうだろう。

「では、弓削。悪いがこのまま拘束《こうそく》させてもらうぞ。長官の手前、俺にも立場があるからな。それに、聞き出したいことも、色々とある。たとえば、お前が『何』を、『誰』から聞いたかだ」

「…………」

「な？　お前の軽挙はお前だけじゃなく、お前を信頼《しんらい》した連中にだって、害になるんだ。弁えろ。もっと俯瞰《ふかん》的に物事を捉《とら》える癖《くせ》を付けるんだ」

険しい面持ちの弓削に、宮地はニヤリと笑う。それから、一気に出力を上げた不動金縛りを――ただ、意識は奪《うば》ってしまわぬように調整して――叩きつけた。弓削が電流を流されたように痙攣《けいれん》し、たまらず床《ゆか》に横倒《よこだお》しになる。宮地はそれを見て大きく頷くと、悠々《ゆうゆう》と背中を向け、デスクの携帯《けいたい》に、ゆっくり、ゆっくりと手を伸《の》ばす。

その瞬間、

「唸急如律令《オーダー》！」

　隠形を解いて執務室《しつむ》のドアを蹴《け》り開けた山城が、複数の呪符と、室内を埋《う》め尽くさんばかりの蠱毒《こどく》を解き放った。へえ、と宮地は感心する。思ったより圧力のある、骨太な攻撃《こうげき》だ。思わず焼き払《はら》いそうになったが、それは不味《まず》い。まずはとっさに、結界を張って防御《ぼうぎょ》の構えをしてみせた。

「山城⁉」

「動かないで！」

　蠱毒が部屋を蹂躙《じゅうりん》し、符術が火気を剋する水気を充満《じゅうまん》させる。

　宮地は頭の中で三つ数えた。

　それから、室内の呪術を、まとめて、焼き払った。

　制御《せいぎょ》された炎《ほのお》が執務室を呑み込み、熱気が迸《ほとばし》って……消失する。一蹴《いっしゅう》だ。ぶすぶすと焦《こ》げ臭《くさ》いにおいが充満し、ぼろっ、と黒く焦げた壁《かべ》が崩《くず》れた。

　弓削と山城の姿は、視界から消え失《う》せていた。

　――やれやれ。

　直前の霊気《れいき》の漏《も》れ――隠形して近づき、外から室内の様子をうかがった際にうっかりとこぼしたわずかな霊気が、弓削の仲間のものだとは想像が付いた。彼女を救出に来たのだろうということも。しかし、それが山城とは予想外だ。何しろ彼は倉橋の門人である。こんな形で倉橋に弓を引くとは思わなかった。

――そうか。案外、一昨日《おととい》の木暮の件が……。

直前に隠形を乱すなど、呪捜官としては、ましてや国家一級陰陽師《おんみようじ》としてはあるまじき失態だ。『炎魔《えんま》』の宮地に奇襲《きしゆう》を仕掛《しか》けるというプレッシャーを差し引いたとしても、到底《とうてい》感心できない。これはつまり、山城もまた、迷い、心を乱しながら行動しているということなのかもしれない。

――まあ、それでも自分の意思で踏《ふ》み出してる分、弓削よりは見込みがあるか。

なんにせよ、これですぐに局員が駆《か》けつけるだろう。なんと言い訳して切り抜《ぬ》けるか。済まん寝惚《ねぼ》けた――では、残念ながら通用しないに違《ちが》いない。宮地は苦笑し、しかしそこはかとない満足感を覚えながら――

「まったく、呆《あき》れたものですね」

ギクリとした。

「……三善」

吹《ふ》き飛ばされたドアから現れたのは、ハンカチで鼻と口元を押さえた三善だった。室内の様子に眉《まゆ》をひそめつつ、焼けたカーペットの上に踏み入って来た。

ちらりと宮地に視線をくれる。

宮地は、嘆息《たんそく》した。

「まさか、お前はこっちに付く、なんて言わないだろうな」

「まさか」

「だったらなんだ。すぐに人が来るぞ」

何しろ元特別霊視官だ。宮地の芝居《しばい》など、すべて「視《み》」られていたに違いない。宮地はばつが悪い思いで乱暴に、失せろ、と手を振《ふ》った。

対して、

「……屈折《くっせつ》している方だとは思っていましたが」

と三善は宮地の態度などどこ吹く風《かぜ》と、至ってマイペースに告げる。

「想像以上でしたね。しかも、失礼ながら、やり方が、幼い」

「余計なお世話だ」

「甘ちゃん過ぎるとの指摘《してき》でしたが、ご自身を鏡に映して見てから言うべきでしょう」

「勘弁《かんべん》しろよ。いいだろ、もう」

ふて腐《くさ》れるように言って頭を掻《か》くと、三善はハンカチをポケットに戻し、冷ややかに微笑《ほほえ》んだ。

「よろしいのですか？　これは長官たちへの背信行為かと存じますが」

「長官は別に、俺の忠義になんか期待しちゃいないさ」

「ふむ……祓魔局を裏切りながら、非情に徹するのも嫌《いや》――というところですか。倉橋長官も大変ですな。こんな、味方なのか敵なのかわからない輩《やから》を、それでも手元に置かざるを得ないとは。巨大《きょだい》過ぎる才能というのは、実に厄介《やっかい》なものです」

「他人のことが言えた義理か？」

「わたくしはわたくしなりの、スタンスとノウハウを身に付けましたよ？　……確かに、今回はそのせいで、色々と苦労しそうですが」

三善はごく淡々《たんたん》と告げているが、彼の決断は決して軽々しいものではない。お前だって充分青臭《じゅうぶんあおくさ》いじゃないか――と告げようとしたが、止《や》めた。

三善は彼なりに正しく責任を取ろうとしているのだ。矛盾《むじゅん》だらけの自分に比べ、遥《はる》かに潔く、筋が通っている。

「どうするつもりなんだ？」

「お教えできるほどの方針も策もありゃしません」

「そうか。お互《たが》い、難儀《なんぎ》なことだな」

「『お互い』と仰るぐらいなら、あなたこそこちらに来ればよろしい」

「そうもいかんよ。……ああ、双子《ふたご》も連れて行くのか？」

「幸い、お二人にはわたくしに心酔《しんすい》していただけていますので」

「天海さんは？」

「残念ながらまだ。そうですね。とりあえず、彼を捜すところからでしょうか」

「会えたら、よろしく伝えてくれ。あと……申し訳ない、と」

「畏《かしこ》まりました。では――」

と、三善は姿勢を正すと、宮地に向かって頭《こうべ》を垂れる。

「お世話になりました、宮地室長。お見逃《みのが》し頂き、ありがとうございます」

「皮肉か？　まあいい。これまで済まなかったな」

そう、言葉を交わし合うと、『炎魔』と『天眼《てんがん》』は互いに苦笑をのぞかせた。それから三善は踵《きびす》を返して、いつもの足取りで執務室をあとにした。宮地は無言のまま、その背中を見送った。頭を掻き、やがて目蓋《まぶた》を閉ざして天を仰《あお》いだ。

局員が駆けつけたのは、その三十秒後だった。

☆

そこは、閉鎖《へいさ》された訓練場だった。

旧陰陽塾《おんみようじゆく》塾舎跡《あと》に隣接《りんせつ》する、甲種呪術《こうしゆじゆじゆつ》の訓練場。田舎《いなか》の公民館や体育館のようなその建物のアリーナで、鏡は一人、胡座《あぐら》をくんでいた。

照明はついておらず、屋内を照らすのは窓から差し込む仄《ほの》かな街明かりのみ。まだ夜明け前のため、辺りは静寂《せいじやく》に充《み》ちている。その中に溶《と》け込むように、鏡は目を閉じ、両腕《りようで》を脱力《だつりよく》させて膝《ひざ》に乗せながら、真っ直ぐに背筋を伸ばしている。

すると、

「……ねえ、伶路。なんなの、さっきの」

薄闇《うすやみ》の中に声がした。

シェイバだ。ありきたりなシャツにスラックス姿の、異様に背の高い、ひょろりとした優男である。だが、いまその瞳《ひとみ》は狂気《きようき》に充ちている。怒《いか》りに打ち震《ふる》えるあまり感情が滑《すべ》り落ちた平淡《へいたん》な表情を浮かべ、だらりと垂れた右腕《みぎうで》には長大な日本刀――彼の形代《かたしろ》たる『髭切』を提げていた。

「なんで？　さっき、やれたよね？　行けたじゃん。意味わかんないよ。せっかく『あいつ』までいたのに。『いまやるのは、惜《お》しい』とかさ。マジに、なんなの」

シェイバはぶるぶると声を震わせて、主《あるじ》たる鏡を詰問《きつもん》した。視線の焦点《しようてん》が合っていない。

はっきり言って暴発寸前だった。ざわりざわりと揺《ゆ》れ動く長髪《ちょうはつ》は、火花を飛ばして刻々と短くなる、火の点いた導火線のようだ。

シェイバは「刀」を形代とする式神であり、その性《さが》は敵を斬《き》ることに他ならない。強さを求める鏡にすれば打って付けの相棒と言えるが、気弱そうな外観に反し、シェイバの戦いに対する「飢《う》え」は主である鏡以上だ。強力な式神である分、その制御は容易《たやす》くない。

しかし、

「……うるせえ」

鏡はまったく、取り合わなかった。

「あいつらやっぱ、大したもんだ。悔《く》いは残したくねえ。やるからには、ガチに行く」

「けど――」

「黙《だま》れっ！」

容赦《ようしゃ》なく、甲種言霊をぶつける。ジッ、とラグが走り、シェイバは床に尻餅《しりもち》をついた。驚《おどろ》いて目を丸くし、それから怒りに顔を歪《ゆが》ませた。

声が出せないまま、長い手足を振り回し、ジタバタと地団駄《じだんだ》を踏む。やっていることは利かぬ気の強い子供そのものだが、常人が巻き込まれれば即死《そくし》するだろう。アリーナに張られた結界が、ギシギシと悲鳴を上げた。誇張《こちょう》ではなく、まるで霊災だ。

しかし、それでも鏡は動じることなく、

「言っただろ。本番は明日……それとも、いまここで封印《ふういん》されたいか」

それを聞いて、ピタッ、とシェイバが暴れるのを止めた。お預けを食らった上に、次も留守番というのは、いくらなんでも避《さ》けたいらしい。つまり、機嫌《きげん》を損ねてはいるが、その程度の計算ができる程度には冷静なのだ。

もっとも、いまは冷静になってもらわねば困る。

「――それにな、シェイバ。さっき言った、いまやるのは惜しいってのは、あいつらのことじゃねえ。俺たちのことだ」

主の台詞《せりふ》に、シェイバがぽかんとした。鏡は気にせずに続ける。

「いざ事が始まれば、誰《だれ》もが一斉《いっせい》に動き出すはずだ。とすると、余計な邪魔《じゃま》が入らない、さっきのシチュエーションは悪くなかった。悪くは、なかったが……」

満足は、できなかっただろう。

鏡は己の力でのし上がってきた。持って生まれた才能と、それを活かすべく鍛《きた》え上げた技術。あとは、それらを駆使《くし》する戦術の妙《みょう》とクレバーさ――センスの部分。たとえば、自分は最後の部分で大友に劣《おと》る。ずっとそう考えていた。だから可能な限り「実戦」の経験を積むことを心がけた。強くなりたいから。気にくわない連中に、負けたくないからだ。

ただ——これまでの呪術戦《じゅじゅつ》で、敗北、もしくは不本意な決着を経験するたびに、鏡は上手く説明できない違和感《いわかん》を覚えるようになっていた。

きっかけは、実は冬児だ。鏡は、冬児がおそらく「潰《つぶ》れる」だろうと思っていた。その限界を、常に一歩だけ超《こ》える「圧」を課し続けた。それが相手の成長を促《うなが》すもっとも適切なレベルで鍛えていた。塾生《じゅくせい》だろうがプロだろうが関係ない。単純に、目の前の呪術者の限界を、常に一歩だけ超《こ》える「圧」を課し続けた。

手法であることは確かだが、冬児の場合は求める成長の度合いが極端《きょくたん》だった。「まず潰れる」という乱暴さでなければ、達成することは不可能だったのだ。実際鏡は、冬児がどの瞬間《しゅんかん》に「折れた」としても、まったく驚かなかっただろう。

しかし、冬児はついに耐《た》えきった。いつ折れてもおかしくなかったのに、最後まで潰れなかった。

要は鏡が冬児の限界点を見損なっていたということだが……では、なぜ自分は、冬児の限界を見誤ったのか。自分には、冬児の何が見えていなかったのか。

戦闘《せんとう》を決する要素は、才能、技術、センス。突《つ》き詰《つ》めればそれだけで、他のものは関係がない。その理解は正しいと思っている。

ただ、それらすべてを貫《つらぬ》き、支えるものがあるのだということを——才能や技術やセンスを底上げするものの存在を、足掻《あが》き、藻掻《もが》きながらも折れずに踏《ふ》み止《とど》まる冬児を見ながら、鏡はようやく意識した。

それはたとえば、意地であり、信念であり、思い込みであり、愚直《ぐちょく》さでもある「何か」。言葉では上手く表現することができないが、退路を断ってでも殉《じゅん》じる覚悟《かくご》、捨て身の意志とでも言うべきものだ。他の一切を顧《かえり》みず、ただいまこのときに「我」を丸ごと捧《ささ》げてのける献身《けんしん》だ。

思いの強さ。そんなものは、戦闘時に目を曇《くも》らせる邪魔な要素でしかない。そう考えていたし、実際、戦いの最中にそんなものを前面に押し出したところで、枷《かせ》にしかならないだろう。単なる思いの強さなどで、真の実力者の勝敗は揺るがない。こと呪術戦において、気合いで勝てる戦いなどありはしないのだ。

しかし……もっと長いスパンで見たときは？　戦闘時に限定せず、戦いに臨む態度——もっと言えば、己の「生き方」においてならどうだ？

そうした本気の一途《いちず》さ、ひたむきで一心不乱な有り様は、戦闘における心的基盤《きばん》として、「力」となるのではないか？　「強さ」となり得るのではないか？　才能や技術やセンスを包括《ほうかつ》して、それらすべてをさらに高みに上げる要因となるのではないだろうか？

冬児にはそれがあった。また、思い返せば大友にも、そしてさっき対峙《たいじ》した春虎にも、同じ類《たぐい》の強さを感じた。

真剣《しんけん》に、すべてをなげうってでも、戦う決意。

その有無が、戦いに至るまでの過程で様々な蓄積《ちくせき》の差を生み、戦闘のあらゆる場面、特に窮地《きゅうち》においてほんの少しずつでも作用し、結果として勝敗にすら少なからぬ影響《えいきょう》を与《あた》える。考えてみれば大友にしても、自分や、あるいは木暮のような、生まれついての圧倒的《あっとう》才能など持ってはいないのだ。その彼が見せる無類の勝負強さは、彼が戦うとき常にその底流を成《な》す、捨て身の気構えを根としてはいなかっただろうか？

鏡は先天的に強大な才能を有し、それに見合う技術を身に付け、戦闘におけるセンスを磨《みが》いてきた。

しかし、それ以前の問題で……言ってしまえば「心構え」の強固さにおいて、彼らに後れを取ってはいなかっただろうか。なまじ強い力を誇《ほこ》るが故に、「必死さ」で彼らに及《およ》ばず、結果敗北を喫《きっ》したのだとすれば……これほどむかつくことはない。万が一にでもその可能性があるとすれば、鏡は到底《とうてい》自分を許せない。

たとえ勝とうが負けようが、そんな状態で戦いに臨むわけにはいかないのだ。

だから、

「……シェイバ」

鏡は落ち着き払《はら》って告げる。

「俺の封印を斬れ」

主の命に、式神は顔をしかめた。意味が理解できなかったらしい。

鏡はもう一度、

「倉橋源司が俺に施《ほどこ》した、呪力を制限する封印を、お前が、斬れ」

ようやく、シェイバは目を丸くした。

鏡の額には、刀で斬りつけられたような、大きな×印の傷跡《きずあと》がある。これは、ただの傷跡ではない。倉橋が鏡に施した呪印である。鏡は、極めて優秀《ゆうしゅう》な祓魔官である一方、際だって問題の多いトラブルメーカーでもあった。本来ならとっくに庁を追いやられているところだが、その能力を惜しまれ、懲罰《ちょうばつ》としてこの呪印を施されたのだった。いまこのときも、呪印は鏡を縛《しば》り続けている。もはや、自分の一部と化した感覚さえあった。

倉橋源司オリジナルの難解な術式は、本人以外に解呪は不可能とされている。かつて大友は鈴鹿に施された呪印を「騙《だま》した」そうだが、それもあくまで一時的な処置だ。この封印ばかりは仕方がない。そう諦《あきら》めて——思い込んでいた。

甘い。

解呪できないなら、破壊《はかい》すればいいのだ。たったそれだけのことではないか。

「な……何……」

と、ようやく甲種言霊の影響が薄《うす》れたのか、シェイバは両手を床《ゆか》に突いて身を乗り出しながら、主に向かって話しかける。

「……何言ってんのさ、伶路。あの封印は、伶路と混じって、癒着《ゆちやく》してるんでしょ？　封印だけを斬るなんて無理――」

「誰が、封印『だけ』斬れと言った」

「え？」

「俺は、封印を斬れ、と言ってるんだ。構わないから、俺ごと斬れ」

あのシェイバがぎょっとして竦《すく》んだ。しかし、鏡は怯《ひる》まない。

脳裏に焼きついているのは、一昨年《おととし》の夏。春虎の式神、飛車丸《ひしやまる》が、鏡の前で顕現《けんげん》したときの光景だ。

あのとき飛車丸は、自らを縛る封印を破るために、己の霊体を「解体」した。そして、こじ開けた術式の隙間《すきま》から封印の外に出て、自らを再構成したのである。式神だからこその荒技《あらわざ》だが、一方で、霊的《れいてき》存在であるからこそ、あんなやり方は自らの根幹を破壊するに等しい行為《こうい》でもある。あれ以降も、春虎と共に行動する飛車丸の目撃《もくげき》情報は入ってきている。だが、おそらく強引に封印を破った後遺症《こういしよう》は、色濃《いろこ》く残っているはずだ。昨日今日と春虎が角行鬼だけを連れ、飛車丸を従えていなかったのも、案外その辺りに理由があるのかもしれない。

自分が取り返しの付かない状態になることを、飛車丸が理解していなかったはずはない。なのにあのとき、飛車丸は一瞬《いっしゅん》たりとも躊躇《ちゅうちょ》せずに封印破りを断行し、結果として主を死守してのけた。あのときの彼女は、「必死さ」を体現していたと言えるだろう。彼女だけではない。春虎もだ。あのときはまだ夜光として覚醒《かくせい》していなかったにもかかわらず、自分の式神を救うため身を投げだした。そして、左目と引き替《か》えに式神を──飛車丸を守っている。

自分が求めるものは、強さだ。誰にも負けない力だ。

そのためになら、殉じられる。あいつらにできたことが、どうしてできないものか。

「……シェイバ」

鏡は式神に、呪力を送り込み始めた。同時に自身の霊気《れいき》を均一に整え、施されている封印の術式を浮《う》かび上がらせていく。

シェイバが口にした通り、この封印の厄介《やっかい》な点は、術式が対象者の霊気と半ば一体化している点だ。封印を破るには、鏡の霊気──霊体ごと術式を破壊し、抉《えぐ》り、除去せねばならない。少なくとも、術が作用しなくなるまで。

その繊細《せんさい》な作業は、シェイバだけでは無理だ。主《あるじ》がある程度操作してやらねばならない。

つまり鏡は、自分で自分の霊体を斬《き》らねばならないのだ。それも、術式を無効化するまで、何度も。いわばこれは、自らの手で行う呪的外科手術だった。

一歩間違《まちが》えば自殺になる。最適な手順で行ってなお、地獄《じごく》の苦しみだろう。

それでも——

「斬れ」

「……そ、そんなことしたら、伶路もただじゃ済まなくない？」

「構わん」

「でも……」

「斬れ」

強く命じる。

シェイバはなお、躊躇した。

そして……ゆっくりと舌なめずりをした。

柄《つか》に手をやり、『髭切』を鞘《さや》から抜《ぬ》き放つ。鏡の呪力が流れ込む刀身は、物理的な白刃《はくじん》を覆《おお》うように、霊的刃《やいば》を形成していた。この刃が手術のメスだ。

「いいんだね」

「くどいぞ」

「やっちゃうよ」

「さっさとしろ」

シェイバは大きく息を吸うと、『髭切』を水平に構える。一度刀を構えてからは、その切っ先は微塵《みじん》もぶれない。鏡は式神の視覚を介《かい》しつつ、自らの霊気と封印《ふういん》の術式を、氷の眼差《まなざ》しで「視《み》」つめた。

飛車丸と違《ちが》い、鏡は生身だ。わずかな躊躇《ためら》いがミスを呼び、少しのミスが命取りになる。術式の反応を確認しながらの、精密な操作と、冷静な判断が要求されるはずだ。霊体を自ら傷つけながら、そうした作業を進めねばならない。そして……それらを完璧《かんぺき》に近い形でこなしても、自分に何らかの霊的後遺症が残る可能性は否定できない。

それでも、鏡はやると決めたのだ。

「……行くよ……？」

シェイバの最後の確認に、鏡はもはや返事をしなかった。

シェイバが『髭切』の切っ先を突き出し——形成された刃が主を貫いた。

三章☆祭儀の日

1

白ばみ始めた東の空が、刻々と空を明るく染めていく。遠くに聳《そび》える高層ビルの先端《せんたん》が、朝日を浴びて白銀色に輝《かがや》きだしていた。

夜明けを迎《むか》える霊園《れいえん》には、薄《うす》く朝靄《あさもや》がかかっていた。死者たちの静謐《せいひつ》な世界だ。しかし、気の早い鳥の鳴き声が時折まじり、眠《ねむ》っていた木々も徐々《じょじょ》に目を覚まし始めている。

ここを訪《おとず》れるのは久しぶりだが、つい先日と勘違《かんちが》いしそうなほど、何も変わっていなかった。初めて訪れたときのまま、時間が止まっているかのようだ。以前と同じ角で違う方向に折れ、以前と同じく少し歩いてから道を間違えたことに気付く。苦笑《くしょう》しながら角に戻《もど》って、別の方向に足を進めた。

そして、大友陣《おおともじん》は彼女の墓の前に辿《たど》り着いた。

「……ご無沙汰《ぶさた》してます、センセ……」

カツ、と小さく杖《つえ》と義足を鳴らし、大友はゆっくりと墓前に歩み寄る。

陰陽塾《おんみようじゆく》時代の担当講師、若宮恵理《わかみやえり》の墓だ。

「前に言いましたやろ？　ちょっと前まで、僕、センセみたいに陰陽塾の講師やってたんですわ。それで、この前担当してた塾生の口から、センセの名前聞きましてね」

大友は穏《おだ》やかな面持《おもも》ちで、かつての恩師に話しかけた。

「センセがおらんようになって何年も経《た》ついうのに、他人の口から……それも自分の生徒の口から聞かされるやなんて。さすがにびっくりしましたわ。それでまあ、正直合わせる顔がないんですけど、最後にちょっとだけと思いまして……」

そう言うと、大友は墓の前にしゃがみ込み、杖を傍《かたわ》らに横たえた。

線香《せんこう》を取り出して火を点《つ》け、香炉《こうろ》に供える。それから、両手を合わせて黙禱《もくとう》した。

ここに来るとどうしても、思いは過去に——塾生時代に向かってしまうようだ。まだ何者でもなかったころの自分。そのくせ、周囲の同級生と比べ、自分が一番大人だと勝手に思い込んでいた。己《おのれ》の技術に対して、密《ひそ》かな、けれど強い自信を秘《ひ》めていたし、大抵《たいてい》のことは他人よりよく弁《わきま》えていると自負していた。そのことを鼻にかけるほど愚《おろ》かではなかったが、プライドと責任感の源にする程度には、無邪気《むじゃき》で馬鹿《ばか》だった。

そして、そんな大友の側《そば》には、常に二人のクラスメイトがいた。

木暮《こぐれ》禅次朗《ぜんじろう》と、早乙女《さおとめ》涼《すず》。

木暮は、そのずば抜《ぬ》けた資質で、大友の慢心《まんしん》を打ち砕《くだ》いた。その一方、生来の正義感と実直さは、大友に新たな視点を与《あた》えてくれた。脇《わき》の甘さやいい加減で大ざっぱな欠点すら、それをフォローする立場の大友にとっては、抜け目なさや用心深さを鍛《きた》える遠因となったはずだ。

一方早乙女は、上には上がいるのだということを痛感させてくれた。理不尽《りふじん》に振《ふ》り回されることへの耐性《たいせい》と、そんな関係性が生み出す心地よさに気付かせてくれたのも彼女だ。何より、誰《だれ》かを外見や立場、表向きの言動だけで判断してはならないということを、骨身に刻んでくれた。本当の深慮遠謀《しんりょえんぼう》というものは、相手と同レベルに達さねばわからないものなのである。

ただ、そんなものは全部、あとから振り返って思うことだ。

あのころ、自分の側に二人がいることは、当たり前のことだった。その意味を考えたり、価値を思うようなことはなかった。

当たり前で。日常で。

この先どうなるかなんてことは、想像しようとも思わなかった。

子供だったのだ。自分も。木暮も。早乙女でさえも。

「……ほんま。ついこないだのことみたいやのに……」

目を開けた大友は、恩師の前で苦笑を浮《う》かべる。

大友たちは陰陽塾卒業後、共に陰陽庁に入庁した。卒業したあとになっても、若宮講師とのつき合いは続いていた。『三六《さぶろく》の三羽烏《さんばがらす》』は、講師にとってもあまりに特別な塾生だったらしい。今度は社会人の先輩後輩《せんぱいこうはい》として——と言いながらも、結局その関係は、最後まで講師と塾生のそれだった。

教師らしく小うるさく振る舞《ま》う若宮は、時として大友の頭痛の種になった。ただ、木暮はそれとは異なる意味で、いつまでも生徒扱《あつか》いする彼女に、内心不満を持っていたようだ。どうなることかとコソコソ早乙女と噂《うわさ》し合い、いくらかの余計なお節介《せっかい》を焼いたことも覚えている。あとで真っ赤になった木暮からこっぴどく怒鳴《どな》られたが——その後も二人の余計なお節介は続いた。若宮は何も気付かないまま、いつも楽しげに三人を眺《なが》めていた。

彼女が、三人の決裂《けつれつ》を促《うなが》すきっかけになるとは、夢にも思っていなかった。

いまになって冷静に振り返れば、別れの萌芽《ほうが》はあったのだろう。早乙女は夜光《やこう》研究に不《ふ》吉《きつ》なほどのめり込んでいたし、木暮は祓魔官《ふつまかん》としての業務に日々忙殺《ぼうさつ》されていた。そして大友は呪捜部《じゅそうぶ》にあり、陰陽庁の暗部を担《にな》う仕事に着々と手を染めていたのだ。気がつけば以前のように親密なつき合いは難しくなり、何日も、何週間も、電話やメールすらしない日が続くようになっていた。逆に、だからこそ若宮の存在が、三人を結ぶ最後の要《かなめ》だったとも言えるだろう。

その、若宮が死んだ。

若宮が死んだとき、早乙女は何も言わずに姿をくらませ、木暮は彼女に心を閉《と》ざした。そして、大友は一人取り残された。そう。いまならわかる。あのとき自分は——自分だけが、あの時間に取り残されたのだ。……いや、無意識のうちに、自ら足を止めたのだ。早乙女が自身の目的のため闇《やみ》に降り、木暮が己の本分を全うすべく霊災修祓に没頭《ぼっとう》するのを傍目《はため》に、大友は、あのとき何が起きたのかを知ろうと、静止した時間の中に潜《もぐ》り続けた。ついには片足を失い、呪捜部を去るまで、ずっと。

それで終わりかと思っていた。だが、幸か不幸か、続きがあった。

そして、気がつけば、とうとうこの様《ざま》だ。合わせる顔がないというのは、偽《いつわ》らざる大友の本心だった。

「それから……すんません。禅次朗のやつ下手打ちよったみたいで……けど、その場で殺さんかったいうことは、希望はあると思うてます。こんなこと頼《たの》めた義理やないですけど、もしあの阿呆《あほう》がまだ生きとったら、どうか守ってやって下さい。それに、すずのやつも……いや、あいつは構へんか。殺したかて、死ぬようなタマやあらへんし……」

乾《かわ》いた、寂《さみ》しげな笑い声をもらして、大友はじっと墓石を見つめる。

自分のことは口にしなかった。そんな資格がないことは、重々承知している。それに、自分がこれから重ねる罪を、許してもらおうとも思っていなかった。

悪魔《あくま》との契約《けいやく》は、一昨年《おととし》の夏に済ませている。

あとはその契約が切れる前に、すべてに片を付けるだけだ。

「……いまじゃ、センセより年上やいうのに、結局僕は、センセみたいな講師にはなれませんでしたわ。けど、生徒には、恵《めぐ》まれました。センセの生徒は、どいつもこいつも出来が悪いですから」

最後にもう一度笑ってから、大友は杖を手に取り、立ち上がった。

「——ほな」

と言い置き、墓を後にする。

カツ、カツ、と早朝の霊園に、乾いた音が響《ひび》いた。

若宮の墓から離《はな》れ、さっきの角を過ぎたところで、

「……で？」

と大友の傍らから、姿なき声がした。

「主殿の未練は、これで済んだか？」

「……ご冗談《じょうだん》を。僕の未練が残るかどうかは、今日の出来次第《しだい》ですわ」

己の式神、憑依《ひょうい》する悪魔に応《こた》えながら、大友は霊園の出口を目指す。目指しながら少しずつ、自分の中身を入れ替《か》えていく。

古い思い出の中から、緊迫《きんぱく》する現在へ。

飄然《ひょうぜん》とした元講師から、凄腕《すごうで》の元呪捜官へ。

大友陣から『黒子《シャドウ》』へと、全身の細胞《さいぼう》を、思考の形を、身に纏《まと》う霊気を、塗《ぬ》り替えていく。

今日一日が勝負だ。失敗は許されない。

「果たして上手《うま》く行くかのう」

ほっほっと笑う声に、大友は淡々《たんたん》と応える。

「ええ。得意分野ですんで」

☆

その小柄《こがら》な女性は、人気のない霊園を音も立てず歩いていた。手には小振りな花束を持っている。白い菊《きく》の花束、仏花だ。

訪れるのは久しぶりなのか、彼女は幾度《いくど》か位置を確認《かくにん》するように、視線を左右に投げていた。そして目当ての墓を見つけたが、墓前に進む手前で、ハッと凍《こお》り付いたように足を止めた。

墓の香炉に、線香が供えられていた。

すでに半分以下の長さになっている。しかし、細い煙《けむり》を上げる線香は、まだ燃え尽《つ》きてはいなかった。

彼女は、とっさに辺りに首を巡《めぐ》らせ、

「……陣くん」

と呼びかける。

むろん、どこからも返事はなかった。彼女は花束を胸に抱《だ》いたまま、もうしばらく辺りに耳を澄《す》ませていた。どこかであの、カツン、という足音が響いていないかと。

やがて、彼女は息を吐《は》き、首を振ると、改めて墓に向き直った。前まで進んでしゃがみ込み、花を供えてから、手を合わせた。

黙《だま》って頭《こうべ》を垂れる。

彼女は長い間、頭を垂れ続けた。先の訪問者よりも、ずっとずっと長く。

2

運命の日の朝は、昨日までと同じように、なんの変哲《へんてつ》もなく訪《おとず》れた。

昨夜、日付が変わって一時間後、大きな変化が見られないことを確認した夏目《なつめ》たちは、思い切って休息を取ることにした。正念場だ。体力のみならず霊力《れいりょく》の回復を図《はか》る意味でも、休息は必要だった。特に夏目は霊気が安定し切っていない。可能な限り、体調を整えておく必要があった。

起床《きしょう》したのは、翌三月三日、午前九時。

夜明けにかけてまで霊災は多発したようだが、大規模な呪術儀式《じゅじゅつぎしき》が行われた形跡《けいせき》はない。何か動きがあればすぐに皆《みな》を起こすよう水仙《すいせん》に頼《たの》んでいたのだが、やはり天海《あまみ》が予想した通り、儀式が行われるのは日没《にちぼつ》前後という線が濃厚《のうこう》と思われた。

夏目たちが休んでいる間にも、古林《こばやし》からは定期的に連絡《れんらく》が入っていた。どうやら向こうはろくに寝《ね》ていないらしい。『月刊陰陽師《おんみょうじ》』編集部は相変わらず蜂《はち》の巣を突《つ》いた——どころか粉々に粉砕《ふんさい》したような騒《さわ》ぎが続いているようで、編集部のみならず全社を巻き込んでの大問題に発展しているようだ。おかげで身動きが取れないそうだが、仮に取れたとしても、これ以上古林にしてもらえることはないだろう。

いまのところ、陰陽庁や政府筋からの介入《かいにゅう》はなく、若宮からも連絡はなし。告発記事の方は、ウェブ上ではほぼ拡散され尽くしたらしい。ようやくニュース等で取り上げるマスコミも出て来ている。ただし、これも夏目たちが恐《おそ》れていた通り、具体的な世論の高まりという意味では、ようやく始まったところだった。

「だが、直田《なおた》が動くきっかけにはなってるはずだ。くそっ。あいつ……！」

冬児《とうじ》の憤《いきどお》りを余所《よそ》に、直田からはまだ、なんの連絡もなかった。

直田自身が言っていたことだが、組織を——いわんや行政組織を動かすには、それなりの段取りが不可欠になる。「すでに動いている」という状況《じょうきょう》でなければ、もはや日没《にちぼつ》には間に合わないに違《ちが》いない。

また、悪い報《しら》せは他《ほか》にもあった。一昨日《おととい》に続き、昨夜も春虎《はるとら》が祓魔《ふつま》局の支局を襲撃《しゅうげき》したらしいのだ。

今度は目黒《めぐろ》支局。前回同様、死者や重傷者はいないようだが、今度の襲撃は、天海の告発が発表された「あと」のことだ。印象は最悪だろう。春虎がまた現れたと聞かされたとき、夏目たちは思わず唸《うな》り声を上げたものだ。

「マジ信じらんない！　何考えてんのよ、あのバカ虎！」

という鈴鹿《すずか》の台詞《せりふ》が、全員の気持ちを代弁していた。

特に、一般《いっぱん》社会に対してという以上に、陰陽庁内部に対しての心証が悪化しているはずだ。天海の発言で揺《ゆ》れていただろう庁員たちに対し、春虎自ら敵対行為《こうい》を取った形である。中でも襲撃を受けた祓魔局の祓魔官たちは、春虎が敵だという認識を強くしているに違いなかった。

ただ……。

「……祓魔局内の動きがおかしい。こいつは何か臭《にお》うぜ」

各方面からの情報を収集しつつ、そう所感を述べたのは天海だ。夏目たちと違って、天海はわずかな仮眠《かみん》しか取っていない。さすがに疲労《ひろう》の色は隠《かく》せないが、瞳《ひとみ》の精気は枯《か》れていないようだ。

どういうことかと、説明を求める夏目たちに、

「一部に箝口令《かんこうれい》が敷《し》かれてるみてえだ。このタイミングで組織内の情報伝達を規制するとなると、中で何かトラブルがあったと見るべきだろうな。それも、上の人間にとって、不味《まず》いトラブルが」

あるいはそれが突破口《とっぱこう》に――もしくは、せめてもの足がかりになるかもしれない。

天海は全員に食事を済ませるよう告げ、また夏目には反魂香《はんごんこう》を焚《た》いておくよう言ってから、自らはさらなる情報を掻《か》き集めた。

が——

☆

「陰陽庁《おんみょうちょう》に乗り込むべきだ！　天海さんを先頭に立てて。なんならマスコミも引き連れて！　こうなった以上、少しでも早い方がいい！」

冬児は真剣《しんけん》な面持《おもも》ちで、車椅子《くるまいす》の天海に詰《つ》め寄った。その背後では鈴鹿も頷《うなず》き、冬児の意見に同意している。

「あたしもそう思うわ。——てかもう、ただ待機して、時間無駄《むだ》にしてる場合じゃないでしょ。一か八《ばち》か勝負に出ないと、『天曺地府祭《てんちゅうちふさい》』に間に合わないわ」

と、忌々《いまいま》しげに吐き捨《す》てた。

二人とも焦燥《しょうそう》を露《あら》わにしている。その原因は、昼前に流れたニュースにあった。

陰陽庁が佐竹益観《さたけますみ》議員事務所と連名で、『月刊陰陽師』の告発記事に対する公式声明を発表したのだ。

その内容は——当然だが——告発内容の完全否定。陰陽庁は『月刊陰陽師』に対し法的処置を検討しているが、一方でこの告発の裏にはテロリストが呪術《じゅじゅつ》で関与《かんよ》した疑いもあるため、合わせて捜査《そうさ》すると宣言した。ただし、本日がテロ予告当日であり、当面はテロ行為の阻止《そし》に全力を注ぐ——ということらしい。

夏目たちの主張を、真正面から潰《つぶ》しに来た形だ。

また、陰陽庁は以上の声明に合わせ、二夜連続で祓魔局の支局が、何者かから襲撃を受けたことを現場の映像と共に発表した。断言こそ避《さ》けていたが、目撃情報によると襲撃犯はテロを予告している土御門《つちみかど》春虎である可能性が高いとも伝えている。

「天海さん。僕も冬児君や鈴鹿ちゃんに賛成です。天海さんが直接出て行けば、話を聞いてくれる人は、陰陽庁にだって大勢いますよ！」

仲間内では一番慎重《しんちょう》な天馬《てんま》でさえ、じっとしてはいられないようだった。だが、それも無理はないだろう。これで春虎は、いよいよ完全にテロリストに仕立て上げられる。春虎が支局を襲撃したことは事実だが、このままでは敵のいいように利用されるだけだ。

もちろん、夏目も思いは同じだった。

真実の告発を真っ向から否定され、大切な幼馴染《おさななじ》みにあらぬ汚名《おめい》を着せられて、怒《いか》りを覚えないはずがない。悔《くや》しさで言えば、この場にいる誰《だれ》にも負けないだろう。

だが、怒りや悔しさで行動できるような状況ではない。失敗は許されないのだ。むろん、その自覚は冬児や鈴鹿、天馬にもあるはずだが、タイムリミットが迫《せま》る焦《あせ》りが、待機ではなく行動へと気持ちを駆《か》り立てている。

何しろ、すでに正午を過ぎているのだ。

――でも、仮にいますぐ天海さんを立てて、陰陽庁に乗り込んだとしても……。

「落ち着け。いまこの状態で俺たちが出て行くなんざ、鴨《かも》が葱《ねぎ》を背負《しょ》って、厨房《ちゅうぼう》に入ってくようなもんだ」

夏目の考えを先回りするように、天海が仲間たちを制した。

しかし、そう言って待機させられたまま、もう一時間近く経《た》とうとしている。

「そんなこと言ったって、形振《なりふ》り構ってる場合じゃないじゃん！」

「形振り構ってねえのは、向こうも一緒《いっしょ》だ。のこのこ顔見せて糾弾《きゅうだん》しようったって、有無《うむ》を言わさず抑《おさ》え込まれて終わりだろうが。あっちにしてみりゃ、多少不自然だろうと、疑《ぎ》惑《わく》の目を向けられようと、身柄《みがら》さえ押さえちまえば、あとはどうとでもできるんだぞ」

「そうならないよう抵抗《ていこう》すればいい。真っ昼間の庁舎なら、八瀬童子《やせどうじ》を大っぴらには使えないはずだ。呪捜官《じゅそうかん》や祓魔官が相手なら、そう易々《やすやす》と捕《つか》まったりしません！」

「馬鹿《ばか》も休み休み言え、冬児。信頼《しんらい》を得て味方に付けたい職員たちを相手に、大立ち回りでも演じるつもりか？　それに、向こうの戦力は八瀬童子に限らねえし、しかも庁舎は敵の本拠地《ほんきょち》だ。俺たちの捕縛《ほばく》なんざ、その気になりゃあわけねえよ」

しびれを切らす鈴鹿と冬児を、天海は我慢《がまん》強く押し止めた。実際、天海の言っていることは、いちいちもっともなことではあった。

――結局、私たちだけじゃ、どうしたって勝ち目はない……。

夏目だけでなく、冬児も、鈴鹿も、そんなことは頭ではわかっているのだ。だからこそ、どれだけ遠回りに見えようと木暮との接触《せっしょく》を試みたのだし、出版社を頼《たよ》って告発記事を公表したのである。

――私たちだけじゃ勝てない……でも……。

「このままじっとしてるのも、正解じゃあないですよね？」

血の気の失《う》せた硬《かた》い表情で、天馬が重たく言った。これには、天海もすぐには言い返せない。なぜなら、天馬の言う通りだからだ。

リビングに重苦しい沈黙《ちんもく》が立ち籠《こ》めた。夏目はその空気から逃《のが》れるように、ベランダの外に視線を向けた。

マンションの外は皮肉なほどの晴天だ。ただ、都内はいま、各地で厳戒《げんかい》態勢が敷かれているはずである。交通もかなり規制がかかっているらしく、自動車の往来が少ない。心なしか普段より静かな気がした。嵐《あらし》の前の静けさかもしれない。

ベランダから差し込む陽光は、すでに天頂を過ぎて、刻々と傾《かたむ》きつつあった。この傾きはどんどん大きくなり、ついには地平の彼方《かなた》に没するだろう。誰がどんなことをしようと、その流れだけは止められない。

――もう、時間がない。

真綿で締《し》めるようだったタイムリミットの恐怖《きょうふ》は、いまはもう、切っ先鋭《するど》い鉄の手触《てざわ》りになって、胸に押し当てられていた。ここから先は、肌《はだ》を破り、肉を割《さ》き、臓器に達するまでずぶずぶと埋《う》められていくだろう。「時間」がときとしてこれほど「痛い」ものだと、夏目は初めて知った。

と、そのときリビングに、京子《きょうこ》と水仙が入って来た。仲間たちが一斉《いっせい》に振り向いて注目する。天海もだ。というより、一番素早《すばや》く反応したのが、彼だった。

しかし、京子の報告を待つまでもなく、彼女の沈《しず》んだ表情を見れば、首尾《しゅび》が上手《うま》く行かなかったことは明らかだ。

「すみません、天海さん。やっぱり、無理でした」

「……そうか。……いや、こっちこそ、京子ちゃんには無茶をさせっぱなしだ。勘弁《かんべん》してくれ」

天海は平静に言ったが、声にはいつもの張りがない。

天海が京子に頼《たの》んで読んでもらっていたのは、『十二神将《じゅうにしんしょう》』たちの星だ。昨夜から見られる祓魔局内の小さな異変――発生したであろうトラブルには、『十二神将』の誰かが関わっているのではないかと予想したのである。陰陽庁のキーマンたる『十二神将』の面々も、あの動画には動揺《どうよう》しているはずだった。その結果として、昨日祓魔局内で何らかのトラブルが起きたということは、充分《じゅうぶん》に考えられた。

現在祓魔局に在籍《ざいせき》している『十二神将』は、宮地《みやち》、滋岳《しげおか》、弓削《ゆげ》、鏡《かがみ》、そこに幸徳井《かでい》の双子《ふたご》を含《ふく》めた、計六名。ただし、宮地が倉橋側であることがわかっている以上、実際には五名である。このうち、もっともトラブルを起こす可能性が高いのは、もちろん鏡だろう。だが、彼はそもそも、倉橋たちの陰謀《いんぼう》を天海と冬児から聞いて知っている。いまさら天海の動画や告発で、態度を揺るがせるわけがない。

とすると、残る者たちの中で、一番行動を起こす可能性が高いのは……。

「弓削だ」

というのが、天海の出した結論だった。

ただ一方で、その結論は嫌《いや》な結果をも予感させる。弓削が行動に出る「前」なら、彼女が上層部に疑惑を持つのは、大いに歓迎《かんげい》する事態だ。しかし、トラブルはすでに発生している——つまり、弓削はすでに行動に出ているのだ。そして、疑惑を持った弓削がどんな行動に出るかと言えば、まず間違《まちが》いなく、直接の上司である宮地に相談を持ちかけたはずだった。

「告発対象を長官一人に絞《しぼ》ったのが裏目に出たかもしれねえ……」

もちろん、何ひとつ確証がない推論だ。こちらに出来ることと言えば、祓魔局内のささやかな異変が告発によって生じた組織内の不協和音——それも、願わくば『十二神将』の間に芽生えた不審《ふしん》の芽だと信じて、協力を要請《ようせい》すべく尽力《じんりょく》することだけである。

だが、それもやはり、難しいようだ。

星を読む力は極《きわ》めて特殊《とくしゅ》な才能であり、『星読み』ごとに流儀《りゅうぎ》が異なる。京子が星を読むには相手の霊気《れいき》をよく知っている必要があるらしく、親しくしたことのない者の星を読むのは、かなり運頼みになってしまうのだ。そして、いま祓魔局に残っている『十二神将』は、面識がある者もいるとはいえ、親しいと言えるような者たちではなかった。

「……これで完全にアウトね。キョーコの星読みでも駄目《だめ》ってなると、いまから誰かに接触して、説き伏《ふ》せて、一緒に陰陽庁に乗り込む——なんて、ちんたらやってる暇《ひま》はないわ。あたしたちだけで、やるしかない」

「だから、落ち着けって言ってんだろ、鈴鹿よ」

「だって、そうでしょ？　違うっ？」

鈴鹿はもう苛々《いらいら》を隠《かく》そうともしない。

冬児が割り切った口振《くちぶ》りで、

「天海さん。こうなったらいっそ、鏡に協力を要請しましょう。あいつがこのまま大人しくしてるはずがない。だったらこっちに巻き込んだ方が良い。ひと筋縄《すじなわ》じゃ行かないとしても、何か取り引きの条件を出して——」

「……生憎《あいにく》、繋《つな》がらねえんだ」

「え？」

「実は、お前らが寝《ね》てる間に、何度か連絡《れんらく》を取ろうとした。だが、応答がねえ」

天海は苦々しげに白状した。冬児は絶句し、それから顔を背《そむ》けて「くそっ」と力なく吐《は》き捨てた。

全員が誰とも目を合わせずに黙《だま》り込んだ。いよいよ万策《ばんさく》尽きた感がある。

なら、

「——京子さん。もう一度、星を読んでもらえませんか」

それまで黙っていた夏目の発言に、一同が顔を向けた。

ただ、夏目の台詞《せりふ》に、京子は弱った顔をする。

「ごめん、夏目ちゃん。多分、何度やっても……」

「いいえ。今度は、春虎君と大友先生の星を読んでみて下さい」

京子は虚《きょ》を突《つ》かれた顔になった。他《ほか》の面々も、思わず顔を見合わせた。

夏目は続けて、

「今日あの二人が動くのは間違いありません。残念ながら、私たちの方針に従って動いてくれる可能性は低いでしょう。けど、こちらが合わせることならできます」

「で、でも……」

「待って、夏目ちゃん。あまり言いたくないけど、春虎君や大友先生は、多分世間の反応なんか考えずに動くはずだ。その二人と一緒に行動したら、告発の正当性が疑われるよ」

言いづらそうな京子に代わって天馬が反論すると、夏目はあっさり「はい」と応《こた》えた。

「その危険はあると思います。でも、私たちだけで勝ち目がないなら、二人の動きに乗じる形で行動を起こした方が、まだしも上手く行く可能性が出てくると思うんです。天海さんは、勝つためには『荒《あら》っぽく引っかき回す』必要があると仰《おつしや》いました。少なくともあの二人は、間違いなく『荒っぽく引っかき回す』はずです」

春虎にしても大友にしても、敵を――倉橋と相馬《そうま》を打倒《だとう》するという最終目的は同じなのだ。全面的な連携《れんけい》は難しくとも、協力、あるいは互《たが》いに利用し合える場面は、必ずある。何より、二人が動き出すのは確実なのだから、それを事前に――わずかでも――予測できるなら、それに越したことはない。

「春虎君も大友先生も、側《そば》に強力な式神がいて、星が読みづらいことはわかってます。無理は承知です。でも、何か少しでもわかることがあれば——」

いや、たとえ具体的なことが何もわからなかったとしても、二人が『居る』ことだけでも確認できれば意味はある。仲間たちの心理的な焦《あせ》りが、多少は軽減されるに違《ちが》いない。

自分たちだけではないということは、それだけで力と——勇気となる事実なのだ。

「なるほどな」

と天海が納得《なっとく》して頷《うなず》いた。続けて、「しかし……」と横目に京子を見やったのは、連続して星を読み続けている彼女の体調を案じたのだろう。京子はすぐに察して、「大丈夫《だいじょうぶ》です」と力強く笑い返した。

「わかったわ。やってみる。でも、期待はしないで。これまでもできなかったし——」

京子は念のため、夏目に断りを入れた。すると、「京子様」と後ろから水仙が優《やさ》しく声をかけた。

「一度、皆《みな》さんの前で星を読んでみてはいかがでしょう？」

「え？　でも……」

わざわざ別室を使っていたのは、星を読む際の雑念を払《はら》うためだ。星を読むには時間もかかるし、その間他の者たちにも霊気を静めていてもらわねばならない。

しかし、

「『十二神将』の方々はともかく、そのお二人はここにいらっしゃる方全員と親しかったのでしょう？　以前美代《みよ》様から、星と星は繋がりがあるとお聞きしたことがあります。あるいは、ここにいる皆様の星を俯瞰《ふかん》しながら読むことで、そのお二人の星を探し出せるかもしれません」

水仙の穏《おだ》やかな物言いに、ピリピリしていた部屋の空気が、少し緩和《かんわ》された気がした。

京子が「そういえば……」とつぶやく。おそらく、似たようなことは美代から聞いていたのだろう。

京子は『星読み』としての技術を美代から教わったが、京子と美代ですら、そのやり方にはかなりの差がある。

それでも、

「わかった。やってみるわ」

前向きに言って、京子は別室から六壬式盤《りくじんちょくばん》を取ってきた。リビングのテーブルに置き、その前に正座する。

「あの、京子ちゃん？　僕たちは、何をすれば」

「何もしなくて大丈夫よ。ただ、しばらく集中させて」

天馬の質問に答えながら、京子は式盤に視線を落とした。そのまま、そっと式盤に手をかけて、直視し続ける。が、ただ見ているのではないことは、彼女の霊気の動きからもわかった。一度落ち着いた霊気が、ゆらゆらと動き始めたのだ。徐々《じょじょ》に大きくなるその動きは、まるで舞《まい》を舞っているようだ。その舞いに合わせるように、京子が式盤をゆるゆると操作し始めた。

式盤を用いた占術《せんじゅつ》は、陰陽《おんみょう》術の基礎《きそ》だ。『汎式《はんしき》』ではあまり重視されないが、陰陽塾《じゅく》の塾生なら、ひと通り習わされる。

ただ、京子のそれは、塾で習うような占術とは明らかに勝手が違っていた。京子が星を読むところを「視《み》」るのは初めてだが、甲種呪術《こうしゅじゅじゅつ》を行使するときとは違う不思議な霊気の動きに、夏目は目を奪《うば》われた。だが、それはあくまで前段階に過ぎなかった。

唐突《とうとつ》に、京子の霊気が大きく開いた。蕾《つぼみ》が綻《ほころ》んで大輪が咲《さ》くように広がり、そのまま上空に浮《う》き上がった。ゴオッ、とどこからか強風が吹《ふ》き付けるような感覚がした。え、と夏目が目を見開いた瞬間《しゅんかん》だ。

ガタッ、と京子が大きく痙攣《けいれん》した。

一同がギクリとする中、水仙が素早く背後から京子の肩《かた》を支える。京子は、「っは！」と大きく息を吐き、そのまま激しい呼吸を繰《く》り返した。

「きょ、京子ちゃんっ!?」

「おいっ、京子⁉」

鈴鹿が息を吞《の》む隣《となり》で、天馬と冬児が声を上げる。

しかし京子はそちらには見向きもせず、

「……なんで……」

と、呆然《ぼうぜん》とした様子でつぶやいた。水仙に身体《からだ》を預けるようにして、夏目を——京子の反応に絶句して立ち尽くす、夏目を見上げた。

そして、

「……な、夏目ちゃんの星が読めた」

「え？　わ、私の？」

水仙のアドバイスに従って、まず夏目の星を読んだということだろうか。いや、しかし、夏目はいま北斗《ほくと》に憑依《ひょうい》されている状態だ。生成《なまな》りの星は読みづらいはずである。

困惑《こんわく》しているのは夏目だけではないようで、天海も車椅子《くるまいす》に座ったまま、前のめりに身を乗り出した。

「京子、どうした？　春虎と大友はどうなった？」

「ご、ごめんなさい。あたしにもよくわからないんですけど……は、春虎の星を探そうとしたら、夏目ちゃんの星が……」

「……さっき言ってた、星の繫がりってやつか？」

「いえ。あ、いや、そのおかげで見つけられたのかもしれませんけど……」

京子の息づかいが落ち着きを取り戻《もど》しはじめた。しかし、混乱は収まらないようだ。彼女自身、自分が読んだものがどういうことなのかわかっていないのだ。

ただ、

「夏目ちゃんの星は、憑依している竜《りゅう》の影響《えいきょう》で読めません。……ああ、これだけ側にいれば、存在ぐらいなら感じ取れますが……で、でも、いまのはそうじゃないんです。あたし……夏目ちゃんの星が、もうひとつあったような……」

「な、なに？　そりゃつまり、どういうこった？」

「わかりません。でも、確かに……」

京子は夏目を見つめながら言った。夏目は絶句したまま京子を見つめ返す。と、再び京子の視線が、夏目を貫《つらぬ》き、通り越《こ》して、どこか違う場所へと焦点《しょうてん》を移動させた。京子の霊気が伸《の》び上がりながら渦《うず》を巻き、またさっきと同じ、どこからともなく風が吹き抜《ぬ》けていく不思議な感覚が夏目を襲《おそ》った。

京子はほとんど自失しながら、

「……そうだ。そうだったんだ。夏目ちゃんは待って……ずっと、待って……」

そうつぶやいた直後、ハッと京子が我《われ》に返った。

「え？　あ、あたし、いま……」

思わずと言った様子で、京子が自分の口を押さえる。「おいおい」と天海が苦笑いを
――それこそ、苦笑《くしよう》するしかないと言った様子で笑い、半ば自分を落ち着けるかのように、手にしていた扇《おうぎ》を鳴らした。

「相馬だけじゃなくて、『倉橋の姫《ひめ》』まで神懸《が》かってきやがったな。まったく旧家名門の血ってやつは……」

「あ、天海さんっ。あたし⁉」

「いや、いいんだ、京子ちゃん。それ以上、考えるな。頭で考えたところで埒《らち》が明かねえのはわかってるし、これ以上の無茶はさせられねえ」

「でも、これだけじゃ何も」

「ダメ元ってやつだったろ？　別に、京子ちゃんの星読みを疑ってるわけじゃねえし、失敗したとも思ってねえ。星読みってのは、『そういうもん』なんだ。とにかく、一度休め。いいな？」

今度ばかりは天海もきっぱりと告げた。京子は苦しげな顔でもう一度夏目を見る。しかし、夏目もどう反応すればいいかわからない。

──私の星が、もうひとつ？

せめてみんなを力づけられればと思った上での提案だった。しかし、仲間たちは自分がいまこの場で何をすればいいのかわからずに、途方《とほう》に暮れたようになっていた。むろん夏目も例外ではない。何か言わねばと思いつつ、何も言葉が浮かばない。

しかし──

全員が途方に暮れたまさにそのとき、運命は動き出した。

それは、振動《しんどう》音として現れた。携帯《けいたい》の着信だ。冬児だった。ディスプレイを見て、顔色を変える。

すぐに出て、

「親父っ」

と叫《さけ》んだ。

反応は劇的だった。全員が一斉《いっせい》に身構え、息を呑んで冬児に注目したのだ。直田からの電話に間違《まちが》いない。それはつまり、夏目たちの命運を左右する連絡《れんらく》ということである。

「どうなってるんだ？　あんた結局──な、なに？　連れて来いって、どこに──いま？　だから、どういう──!?」

電話越《ご》しに声を荒らげていた冬児が、振《ふ》り返って、「天馬！　テレビっ。ニュースだ！」

と叫んだ。天馬が慌《あわ》ててリビングの端《はし》に置いていたノートパソコンを開けた。他の者たちも全員、天馬の側に駆《か》け寄った。

天馬がパソコンを操作し、ディスプレイに表示されたウィンドウのひとつに、テレビの映像を映し出す。天馬は次々にチャンネルを変えていたが、その手がピタリと止まった。

夏目の心臓が跳《は》ねた。

映っていたのは、陰陽庁庁舎だ。速報。ライブ映像。大勢のスーツ姿の男たちが、続々と庁舎に入っている。そして、画面下方に表示されているテロップ。ニュースを読み上げるアナウンサーの声。

「なんてこった」

天海が言った。その声は、驚《おどろ》きと興奮に満ちている。

「公安の強制捜査だと？　そんな……昨日今日で公安を動かしちまったのか！」

「な、なに？　これ、そんなに凄《すご》いことなの？」

「当たりめえだ！　これで陰陽庁の動きを止められる……そうか。どうしても呪術界《こっち》の頭で考えてたが、テロ予告まで発表してたんだ。公安が動いてないはずはなかったな。だが、いきなり強制捜査《そうさ》に踏《ふ》み込むとは……ありがてえ！」

鈴鹿の問いかけに返事をしながら、天海は両目を爛々《らんらん》と輝《かがや》かせてテレビ中継《ちゅうけい》を凝視《ぎょうし》した。

天海の昂揚《こうよう》は周囲にも伝播《でんぱ》し、夏目たちの鼓動《こどう》を早くした。

「親父《おやじ》、これは――」

と冬児が電話越しに尋《たず》ねたが、すぐに何かに気付いて舌打ちした。通話が切れたらしい。

冬児は天海に振り返り、

「天海さん！　直田は、天海さんを連れて陰陽庁に行けって――」

「もちろんだ。出るぞ、お前等。長官の手の者がどれだけいようが、公安の前で大っぴらに手出しはできねえ。これで長官の首根っこを押さえるんだ」

☆

「……ええ。公安を動かすのに手間取りまして、ずいぶんと遅《おそ》くなりました。しかし、どうにか間に合ったようです」

『本当に、なんと感謝すれば良いのか』

「さて。どうやら向こうは、相当周到《しゅうとう》に準備を進めてきたようだ。感謝に値するかどうかは、これから数時間で決まるでしょうね」

大型セダンの後部座席。規制され、交通量の激減した都内の車道を、直田は自主党本部に向かって走っていた。

公安を動かすのに手間取ったと言う台詞《せりふ》は嘘《うそ》ではない。所詮《しょせん》、直田は野党議員だ。複数の強いパイプがあったとはいえ、かなりのゴリ押しになったのは否《いな》めない。ただ、直田が冬児から話を聞いてすぐに目を付けたのは、佐竹が新国防族――防衛省との繋《つな》がりが強いという点だった。

甲種呪術や陰陽師《おんみょうじ》に対するアプローチに関して、これまで警察庁と防衛省は、水面下で牽制《けんせい》し合っていた。陰陽庁は基本的に他省庁から独立した中立的な立場を取っていたのだが、唯一《ゆいいつ》の例外が呪術犯罪や霊災修祓《れいさいしゅうふう》の対応で連携《れんけい》することの多い警察庁だった。ところが、佐竹の出現と新民党の政権奪取《だっしゅ》以降、陰陽庁は急速に防衛省に接近しつつあった。そのことに、警察庁側は若干の焦《あせ》りを覚えていたのだ。

この辺りの事情を刺激《しげき》すれば、警察庁を介《かい》して公安を動かせる。直田はそう読んだのである。むろん、それを実際に実現させたのは、長年政治の世界で生きてきた直田だからこそ可能な豪腕《ごうわん》ぶりと言えるだろう。

とはいえ、時間がなかったため、今回の件は直田個人のスタンドプレーである。もしなんの成果も上がらないようなら、幹事長辞任はもちろん、最悪、党を追われることも考えられた。それでもなお実行に踏み切るかどうか。直田が決断できたのは、彼女と相談してからだった。

ただ、彼女と連絡を取ることは、当初の予想より遥《はる》かに——それこそ、公安を動かすこと以上に手間取った。何しろ彼女は、敵の黒幕と思《おぼ》しき人物の家で、軟禁《なんきん》状態になっていたのだ。その状況《じょうきょう》を正確に把握《はあく》するまでも大変だったし、軟禁状態の彼女と秘密《ひみつ》裏に連絡を取るためには、さらに思わぬ骨を折った。

それでも甲斐《かい》はあっただろう、

『それにしても驚いたわ。突然《とつぜん》黒猫《くろねこ》堂さんから『新店開店のお知らせ』なんて菓子《かし》折《おり》が届いて……しかも、中身が懐《なつ》かしい特製最中だと思ったら、底に携帯電話が入ってるんですもの。すぐにあなただと、ピンと来たわ』

電話の向こうで、彼女がクスクスと上品に笑うのが聞こえた。

実は直田は、こう見えてかなりの甘党だ。黒猫堂は昔から贔屓《ひいき》の店で、中でも、馴染《なじ》み客専用の裏メニューである特製最中は、特別なときだけ注文していた、彼の大好物だった。

あれは、議員になって間もないころだ。当時、首相や大臣クラスの大物にしか目通りが叶《かな》わないと評判だった彼女に、新人議員だった直田は、運良く相談を持ちかける機会があった。その際に手土産《てみやげ》で持参したのが、その黒猫堂の特製最中なのである。謎《なぞ》に包まれた呪術界の重鎮《じゅうちん》であり、その言葉ひとつで政財界に激震《げきしん》が走るとまでいわれた彼女は、直田の持参した最中をことのほか喜び、以後彼のアポイントメントは優先的に対応してくれるようになった。

実を言えば、直田の狙《ねら》いは彼女の「占い《うらな》」などではなく、その周辺のコミュニティに所属することだったのだが——そのあまりの的中率と、何より彼女のアドバイスの的確さ、公正さに感心し、以来重大な局面ではその意見を参考にするようになった。直田が彼女に相談を持ちかけるのは数年に一度の割合ではあったが、二人のつき合いは、もう、かれこれ三十年に及《およ》ぶ。そして、いつしか二人の間でだけ通じる符合《ふごう》となったのが、黒猫堂の特製最中。「最中案件」なのだ。

「……正直に申し上げて、今回ばかりは躊躇《ちゅうちょ》しました。何しろ、陰陽庁の長官は、他《ほか》ならぬ、あなたの御《ご》子息だ。その不正を——それも凶悪《きょうあく》な犯罪行為《こうい》を尋ねるというのは……」

『本当に、不徳の致《いた》すところだわ。でも、あなたのことだもの。私がこんな状況に置かれていた時点で、ある程度察したのではなくて？』

「…………」

『特製最中が届いたのは、昨日の夜ですもの。いくらあなたでも、私と話してから動いたのでは、間に合わなかったはずよ』

「……恐《おそ》れ入ります」

昔からそうだったが——というより、昔を知られているからこそかもしれないが、どうも彼女と話していると、自分のペースを崩《くず》される。しかも、それがあまり悪い気分ではない辺りは、彼女の人徳の賜《たまもの》だろう。権謀術数《けんぼうじゅつすう》のみならず、様々な愛憎《あいぞう》や恨《うら》み妬《ねた》みが充満《じゅうまん》する政界にあって、彼女と交友を結べたことは、単に意思決定の材料が増えたという以上に、心の洗浄《せんじょう》という面でも大きな意味があったのかもしれない。

『でも、一番驚いたのは、あなたが冬児君のお父様だったことだわ。まさかそんなことがあるなんて。ほんと、「星読み」失格ね』

普段冬児は直田のことなど、おくびにも出していないのだろう。息子《むすこ》が自分にどんな感情を抱《いだ》いているか。それほど興味があったわけではないが、気付いていないわけではない。

その冬児が頭を下げてきた。それも、もったいぶらず、躊躇もなく、それでいて甘えは微塵《みじん》も見せずに。あの態度は悪くなかった。だから本気で手を回す気になったのだ。

『冬児君はおそらく、私の孫娘《まごむすめ》とも行動してるはずだわ。とても良い友達なの。ねえ、直田さん。ご家庭の事情に口を挟《はさ》むような真似《まね》はしませんが、どうか今回だけは、彼の力になってあげて下さいね。これは、「倉橋の星読み」から「直田議員」へではなく、私からあなたへの、お願いよ』

彼女からそんな風に何かを頼《たの》まれる日が来るとは、若いころの自分では想像できなかった。いや、先日までの自分でもそうだろう。

彼女には、到底《とうてい》返しきれない恩がある。国会議員直田公蔵《こうぞう》なら、そのような過去の恩など一顧《いっこ》だにしないし、それで良いと考える。しかし、私人として、古い知人からの頼みとなると少し話が違《ちが》ってきた。

「……あれは、塾《じゅく》ではどうでしたか？」

つい、気が緩んでしまった。電話の向こうの彼女は、少し驚いた様子で沈黙《ちんもく》したあと、

『とても頼《たよ》りになる子ですよ。その分、何もかも自分で抱《かか》え込みがちだったけど、いまはもう大丈夫《だいじょうぶ》。あの子、あなたに似てる部分もあるけど、あなたより友達に恵《めぐ》まれたわ』

どこかからかうような口振《くちぶ》りに、そういえばこういう人だったと、直田が薄く苦笑する。

それから通話を切り、目前に迫《せま》る自らの戦場に意識を切り替《か》えた。

3

「羽馬《はま》！　行くよ！」

『了解《りょうかい》しました、マスター』

バッ、と外したブルーシートが、晴天の下《もと》、舞《ま》い上がる。隠《かく》されていた鋼鉄の巨体《きょたい》は、装甲車《そうこう》の如《ごと》き重厚感《じゅうこうかん》を誇《ほこ》るハマーH１。天馬の機甲式、羽馬だ。続いて、鈴鹿が複数の簡易式――ウィッチクラフト社製の輸送式『モデルWT２・シーガルフライ』を生成。三ト

ン以上の車重をものともせず、屋上からハマーを吊《つ》り上げてマンションの前へ降ろした。

水仙は一度実体化を解き、冬児は折り畳《たた》んだ車椅子《くるまいす》とリアカーゴへ。天馬が運転席で、天海が助手席、他の者は後部座席だ。全員が乗り込むと、羽馬はただちに轟然《ごうぜん》とエンジンを回し、猛《もう》スピードで車道を疾走《しっそう》した。本来都内ではその巨体が徒《あだ》となるのだが、規制の影響《えいきょう》で現在交通量は少ない。遠慮《えんりょ》なくスピードを出し、一路陰陽《おんみょう》庁庁舎を目指した。

「もっと急ぎなさいよ、眼鏡《めがね》！」

「運転してるのは僕じゃなくて羽馬だよ！」

『マスター。目的地到達《とうたつ》時間の短縮を、安全性よりも優先しますか？』

「え、え？　つまり、どういうこと？」

「……そうしろ、天馬。事故らねえ範囲《はんい》で、最速で頼む」

「じゃ、じゃあ、羽馬。お願い！」

『了解』

たちまち羽馬が速度を引き上げ、ぐっ、と身体《からだ》がシートに押しつけられた。交通量が少ないのをいいことに、車線変更《へんこう》はもちろん信号すら無視して疾駆《しっく》する。天馬が悲鳴を上げ、「ちょっと!?」と京子が青ざめ、鈴鹿は快哉《かいさい》を叫《さけ》んだ。そして、夏目はただひたすら、フロントガラスの向こうを見据《みす》え続けた。

こんな風に人目を気にせず堂々と往来を走るなど、いったいいつ以来だろう。一昨年《おととし》の夏、あの夜以降、夏目は常に息を潜《ひそ》めて隠れ、あるいは必死に逃《に》げてきた。しかし、いまは違う。いま夏目は、戦うために——勝って未来に進むために、前に進んでいるのだ。

——ここで……ここで多軌子《たきこ》さんたちの儀式《ぎしき》を止められれば……！

流れは変わる。変わるはずだ。もちろん、いざ呪術《じゆじゆつ》戦となれば、多軌子たちが恐ろしい強敵であることはわかっている。だが、公安が現場に立ち会っている以上、彼女たちにとっても、呪術戦は最後の手段になるだろう。また、仮に彼女たちが最後の手段に頼ったとすれば、それは天海の告発を事実上認めることになる。そうなれば、他の『十二神将』たちが共に戦ってくれるはずだ。陰陽庁が、彼女たちの敵に——夏目たちの味方になる。

——すべては、これから決まる。

当然、春虎や大友も、公安が強制捜査《そうさ》に踏《ふ》み込んだニュースは見ているはずだ。これから、誰《だれ》が、いつ、どのタイミングで動くのか。そして、多軌子たちはどう反応するのか。多軌子たちの側には、秋乃《あきの》もいるのだ。それに、泰純《やすずみ》や鷹寛《たかひろ》、千鶴《ちづる》たちも。みんなのことも、救い出さねばならない。

——どうか、無事でいて……！

充分睡眠《じゆうぶんすいみん》を取ったおかげか、夏目の霊気《れいき》も安定している。夏目は祈《いの》るように拳《こぶし》を握《にぎ》り締《し》め、前方を見つめた。

　そこへ、

『マスター、ご報告します。ただいま上空に簡易式一体が飛来しました。「モデルWI2・アウルアイ」。呪捜部《じゆそうぶ》の検知式と推測されます』

「呪捜部の⁉」

「ふっ。さすがに早えな」

　慌《あわ》てる天馬の隣《となり》で、天海が太々《ふてぶて》しく頭上を仰《あお》いだ。同時に、後ろの幌《ほろ》がめくり上げられ、

「客ですよ！」とリアカーゴの冬児が車内に叫んだ。冬児も上空の青いフクロウに気付いたのだ。

　鈴鹿が楽しげに後部座席から身を乗り出し、

「落とす？」

「バカ言え。これからあいつらを味方にしに行くんだぞ？」

「でも、倉橋門下の式神かもしれないわ！」

　京子の意見を聞いた夏目は、「天海さん」と助手席に話しかけた。

「幌を開けましょう。この車は、呪捜部の捜索《そうさく》対象になってるはずです。堂々と乗り込むのなら、いまのうちに天海さんが乗っているのを知らせた方がいいと思います」

「ま、実際こいつは、『出頭』みたいなもんだからな。よし、それで行くぜ、天馬」

「は、はいっ。羽馬！　幌を開けて！」

羽馬が即座《そくざ》に『了解。フルオープンに移行します』と応《こた》え、バタバタバタとキャンバス地のルーフがめくられた。二本のロールゲージを残し、ハマーの車内が剝《む》き出しになる。

真上から陽光が差し込み、高速走行で起こる風が一斉《いっせい》に吹《ふ》き込んできた。

天海がシートベルトを外し、腕《うで》で身体を支えながら助手席で立ち上がった。髪《かみ》を風になびかせながら、上空の『アウルアイ』をニヤリとにらみつける。

「天海さん、せっかくだから、笑って手を振《ふ》ってみましょうよ！」

「うるせえぞ、冬児！　黙《だま》って荷台に積まれてやがれ！」

天海が上空に顔を向けた瞬間《しゅんかん》、『アウルアイ』がわずかに挙動を乱したように見えた。慌てて低空に降りてくる。夏目は式神の動きを注視しつつ、呪符《じゅふ》ケースに手をかけた。

しかし、『アウルアイ』は距離《きょり》を詰《つ》めて天海の姿を確認《かくにん》したあと、また元の高さに戻《もど》った。そのまま、速度を落としハマーを追尾《ついび》する。

「……て、手を出してきませんね」

ハンドルを握りながら視線を向ける天馬に、「ハッ」と天海は助手席に座り直す。

「こりゃまあ、ずいぶんと人気じゃねえか」

見れば、最初の一体以外に、さらに一体の『アウルアイ』が姿を見せ、しばらくするともう二体、計四体の『アウルアイ』がハマー上空で併走《へいそう》し出した。しかも、まだ増えそうな勢いだ。

「ハアっ？　車一台にこんな数の検知式をマークさせる意味あるわけ？」

「ねえな。それだけ、現場が混乱してる証拠《しょうこ》だ」

検知式には攻撃する能力はもちろん、意思の疎《そ》通《つう》を図《はか》る能力もない。その名の通り、検知することに特化した、索敵、偵察《ていさつ》用の特殊《とくしゅ》な式神である。つまり、一体張り付いていれば充分《じゅうぶん》なのだ。それが、これだけ集まっているということは、操作する術者が各自の判断でハマーを追っている――つまりは、術者たちの指揮系統が働いていない証明と言える。公安の強制捜査で、陰陽庁の機能が麻《ま》痺《ひ》状態にあるのだ。

庁舎が見えたとき、ハマーの上空で併走する『アウルアイ』は、十体以上に増えていた。青いフクロウたちを引き連れ、ハマーは庁舎前のロータリーに飛び込んだ。

テレビで見たことなら何度もある。しかし、夏目が直接陰陽庁の庁舎を間近に見たのは初めてだ。古い建物のはずだが、印象より大きく重厚に見えた。一昨年、この庁舎で仲間たちが繰《く》り広げた戦いは、これまでに何度も話を聞いている。いまそのかつての戦場に、いよいよ夏目も足を踏み入れるのだ。

すると、運転席の天馬が「えっ？」と驚《おどろ》きの声をもらした。

庁舎前のロータリーに、何台もの車、そして何台もの輸送車が停車していたのだ。また、庁舎の正面入り口は、ヘルメットを被《かぶ》り、盾《たて》を装備した警官たちによって封鎖《ふうさ》されている。

天海が笑いながら、

「機動隊も出張ってんのか？」

官公庁に強制捜査が入るだけでも大事だが、ろくな準備期間もない上、その対象が陰陽庁となれば、何もかもが異例ずくめで当然だろう。おそらく現場は、相当ごたついているに違いない。

庁舎を封鎖していた警官隊は、猛スピードで突《つ》っ込んでくるハマーにぎょっとした様子で身構え、

『止まりなさい！』

と、拡声器越《ご》しに命令した。

『マスター？』

「羽馬！　緊急停車！」

ハマーの巨体が急制動に横滑《よこすべ》りし、耳障《ざわ》りな音を響《ひび》かせてアスファルトにブレーキ痕《あと》を刻む。夏目たちが慌てて踏ん張り、停車後改めて警官隊に視線を向けた。

ハマーが動きを止めたのを確認したのか、庁舎前にいた警官たちが詰め寄ってきた。冬児がリアカーゴから飛び降り、続いて夏目たちも、ほとんど反射的に車外に飛び出す。「手を出すなよ！」と天海。ハマーの側に水仙が実体化し、冬児から車椅子を受け取りつつ、助手席に回ってドアを開けた。

警官たちが盾を構えながら左右に広がって、ハマーと夏目たちを取り囲む動きを見せた。

これに対し、冬児は一歩前に進み出ると、

「こちらは、元陰陽庁呪術犯罪捜査部部長、天海大善《だいぜん》とその協力者だ！　先日『月刊陰《おん》陽師《みょうじ》』を介《かい》して発表した告発の件で出頭した！　責任者に会わせてくれ！」

警官隊の間に戸惑《とまど》うような反応が広がったのは、冬児の台詞《せりふ》以上に、その若さ故《ゆえ》だろう。仲間内では大人びている方とはいえ、冬児もまだ未成年だ。

そして、警官隊が足踏《あしぶ》みする間に、閉鎖されていた庁舎から、先に反応が返った。

「部長！」

「あ、天海部長ですか!?」

大勢の職員たちが、正面入り口から雪崩《なだ》れ出て来た。ハマーに気を取られて封鎖が緩《ゆる》んでいた警官隊が、勢いに押されて後ろにさがる。「も、戻りなさい！」と大声で制止するも、ほとんど効果が出なかった。また、職員の中には鈴鹿までいることに気付いて、「『神童』だ！」と声を上げる者もいた。

おそらく『アウルアイ』を操作していた術者たちが、天海たちが向かっていることをアナウンスしていたのだろう。夏目たちが唖然《あぜん》とする後ろで、水仙の手を借りて車椅子に座った天海が、「おいおい」と呆《あき》れた顔をした。

「これじゃ出頭じゃなくて凱旋《がいせん》だぜ」

あらためて天海の人望の厚さを目の当たりにした気分だが、事はそう簡単な話でもない。天海を慕《した》っていた職員だけでなく、途方《とほう》に暮れていた職員たちが、彼を頼《たよ》りに押し寄せているのだ。つまり、それほど庁内は混乱状態にあるということだ。

となると……。

――まさか、倉橋長官は――

「天海大善だな！」

夏目が嫌《いや》な予感を抱《いだ》いたとき、庁舎から複数の警官を引き連れ、スーツ姿の男性が駆《か》け出してきた。職員たちを掻《か》き分けるように近づくと、警官隊が慌てて脇《わき》に避《よ》ける。

「警視庁公安部の者だ。陰陽庁告発の件で、事情を聴取《ちょうしゅ》したい」

「了解《りょうかい》した。聴取に応じる。ただ、その前にひとつ聞かせてくんな。倉橋長官は、いまどこにいる？」

どうやら公安側の責任者らしい。天海の質問に、「不明だ」と厳しい面持《おもも》ちで応えた。

「庁舎内にはいなかった。現在、所在の確認を急いでいるところだ」

男の返答を聞いて、やはり、と夏目は顔をしかめる。天海も険しい顔で、「いないだと」と唸《うな》るようにつぶやいた。

「しかし、待ってくれ。公式声明が発表されたのは、ほんの一時間前だろ？」

「それに関しては、電話で指示があったらしい。倉橋は今日、登庁していない」

「………………」

思わぬ情報に、天海は唇《くちびる》を結んだ。

すると、京子が前に出て、

「あのっ、屋敷《やしき》の方はどうなんですかっ？」

「君は？」

「倉橋源司《げんじ》の娘《むすめ》です！」

男が目を丸くする。しかし、「いや」とすぐに質問に答えてくれた。

「実家の屋敷にも捜査員が向かったが、不在とのことだ。祓魔《ふつま》局の各支局にも確認中だが、まだ所在確認はできていない」

「それでこの様《ざま》か……長官に指揮系統を集中させすぎた弊害《へいがい》だな」

天海が皮肉っぽく言った。

倉橋は現体制において、陰陽庁長官だけでなく、祓魔局局長、呪捜部部長という重要なポストを兼任《けんにん》している。これによって、倉橋の意思が陰陽庁全体に反映される反面、彼の不在時に不測の事態が起きた際、組織として適切に対応することができない。なまじ倉橋のリーダーシップが強い分、余計に命令なしでは動けないのだ。

ましてや、一般《いっぱん》の職員たちは、昨日『月刊陰陽師』の告発と天海の動画が流れたことで、動揺《どうよう》していた。そして、日が変わって上層部が告発を否定する旨《むね》の公式声明を発表したと思えば、それから一時間と経《た》たないタイミングで、公安による強制捜査《そうさ》が断行されたのである。現場の人間が浮《う》き足《あし》立ち、指揮が混乱するのは、ある意味当然だった。

とはいえ、ここに集まっている職員など、陰陽庁で働く者の内、ごく一部に過ぎないはずだ。大多数の者は、いまごろそれぞれの持ち場で、息を呑《の》んで事態の成り行きを見守っているはずである。重要なのは、彼らを――大勢をいかに決するかだ。

「……とにかくだ、大将。聴取には応じるから、ひとまず中に入らせてもらえるか」

「元よりそのつもりだ。――君たちも付いてきなさい」

男は夏目たちに告げると、「おい。職員たちを、中に戻せ！」と部下に命じつつ、踵《きびす》を返して庁舎に向かった。天海の車椅子を水仙が押し、夏目たちもすぐあとに続く。そうする間も、職員たちの天海への呼びかけは途切れない。中には「お願いします！」と声をかける者までいた。当初から天海が目論《もくろ》んでいた通り、もしここに木暮が――いや、彼でなくとも、現役の『十二神将』が誰《だれ》か一人でも加わっていれば、天海の帰還《きかん》はそれだけで決定打になっていたかもしれない。

一向は早足で正面入り口から一階ロビーに入る。夏目と冬児は素早《すばや》く天海の両脇《りょうわき》を固め、移動しながら辺りを警戒《けいかい》した。

庁内は大勢の捜査員が行き交《か》い、外よりも騒然《そうぜん》としている。だが、夏目たちが入ると、一斉《いっせい》に振《ふ》り向き、視線を浴びせた。念のため結界を張ることも考えたが、「視《み》」る限り呪《じゅ》力《りょく》を練る者はいない。油断はできないが、切迫《せっぱく》した危険は感じられない。

と、鈴鹿が小さく駆けて、「ねえっ」と男の隣《となり》に並んだ。

「――他《ほか》の『十二神将』はどうなの？」

「君は……確か、大連寺《だいれんじ》鈴鹿だな。本来君たちは聴取対象であって、情報を公開する必要はないが……」

「いや、聞かせてくんねえか。まだ気は抜《ぬ》けねえ……というより、本番はこれからだ」

天海の台詞に、男は一瞬《いっしゅん》返事を渋《しぶ》った。が、それほど時間はかけず、「いいだろう」と応じた。

「こちらも、ある程度状況《じょうきょう》は理解しているつもりだ。いま現在、所在が確認できているのは、新宿支局にいた滋岳俊輔《しゅんすけ》のみ。他の者は全員、連絡が取れずにいる」

「全員だと？」

思わずといった様子で、天海が仰天《ぎょうてん》し、聞き返した。夏目たちも衝撃《しょうげき》に打たれて、互《たが》いの顔を見合わせる。

「ど、どういうこと？」

「内部で何かあったって、天海さんの勘《かん》が当たったたわね」

天馬がつぶやき、京子が応えて首を振った。冬児と鈴鹿は言葉もない。

そんな会話が耳に入ったのか、男が憎々《にくにく》しげに、

「滋岳俊輔は確保している。彼にも現在、任意で事情を聞いているところだ」

「呪捜部や宮地はともかく、弓削や鏡……幸徳井の双子《ふたご》まで、行方《ゆくえ》がわからないってのか？　いったいどうなってやがるんだ」

「それはこちらの台詞だ。陰陽庁が伏魔殿《ふくまでん》なのは先刻承知していたし、今回の捜査が相当難航することも予想していたが……にしてもだっ。まさに庁を上げてテロを警戒している最中ではなかったのか？　いま陰陽庁《ここ》は、いったい何がどうなっている？」

吐《は》き捨てた男の声には、憤《いきどお》りだけでなく、困惑《こんわく》と焦燥《しょうそう》も入り交じっていた。

直田に後押しされたとはいえ、このタイミングで強制捜査に踏《ふ》み込む最終的な判断を下したのは公安である。間違《まちが》いでしたで済まされることではないのだ。当然、ここまで不可解な状況となれば、窮《きゅう》するのも無理はないだろう。誰でもいいから詳《くわ》しい人間――それこそ、天海のような――に話を聞きたいという気持ちはよくわかった。おそらく、彼が取っている天海や夏目たちへの対応にしても、事情聴取の対象にしては異例の対応なのだろう。

――でも、本当に、どうして？

残る『十二神将』全員に倉橋の息が掛《か》かっていたはずはない。少なくとも鏡は、夏目たちに与《くみ》しなかったとはいえ、倉橋と手を組んではいなかった。夏目たちの知らない場所で、いったい何が起きているというのか。

「……クソ。考えてても仕方ねえ。こっちはこっちで、この状況を活用させてもらうしかねえ」

天海は太々《ふてぶて》しく言うと、気持ちを入れ替《か》えるようにパチンッと小気味よく扇《おうぎ》を鳴らし、傍《かたわ》らの男を見上げた。

「で？　俺は現時点で、どれぐらい信用されてるんだ？」

「……少なくとも、告発内容が看過できないものだったから、こうして捜査に乗り出している。ただし、結果が出るまで予断を持つ気はない」

「上等だ。なら捜査材料をひとつ提供するぜ。庁舎《ここ》の地下を調べてみてくれ。エレベーターじゃ行けねえようになってるが、地下四階がある。大っぴらにゃあできねえ牢獄《ろうごく》がな」

「な、なんだと？」

目を剝《む》く男に、天海はかつて自らも放《ほう》り込まれていた、地下四階への行き方を告げた。男が直ちに部下に命じ、調査に向かわせる。これも夏目は仲間から聞いていたが、陰陽庁《おんみょう》の庁舎は、恐《おそ》ろしく入り組んだ構造をしているのだそうだ。外部の者にとっては迷宮さながらで、呪術者《じゅじゅつ》でなければわからない結界の類《たぐい》もあちこちに設置されている。庁内の事情に通じた呪術者の協力なしには、捜査など実質的に不可能なのである。だからこそ天海は、押っ取り刀で駆けつけたのだ。

「そんなわけで、どんどん頼ってくれて構わないぜ。とにかく、長官を押さえない間は、気が抜けねえしな。あと、告発内容に関しては、伏《ふ》せていたことも多い」

公安は庁舎内の大会議室を一時的な捜査《そうさ》拠点《きょてん》として使用しているらしい。その会議室に向かいながら、天海は手早く倉橋と結託《けったく》する相馬一族のことを説明した。また、所在が知れない『十二神将』のうち、修祓司令室室長の宮地が、倉橋側だということも。話を聞くほどに、男の表情は硬くなっていく。

大会議室は広く、大勢の警官、また職員たちが入れ替わり立ち替わり出入りしていた。

交渉《こうしょう》は天海に任せ、夏目たちは引き続き辺りの警戒に集中した。何しろここは、敵地のド真ん中だ。倉橋が不在とはいえ、いつどこで彼の手の者が直接的手段に訴《うった》えてくるか知れたものではない。

ただ、ロビーに入ったときもそうだったが、相変わらず庁舎内には、攻撃《こうげき》を受けるような気配は感じられなかった。ピリピリと殺気立っているのは公安の人間ばかりで、大多数の職員からは、不安しか感じない。

そして、もうひとつ。おそらく、庁舎には倉橋だけでなく、多軌子もいないに違《ちが》いない。夏目の直感に過ぎないが、先日彼女と対峙《たいじ》した冬児や鈴鹿も同意してくれるだろう。あのとき感じた多軌子の霊気《れいき》を、庁舎からは微塵《みじん》も感じないのだ。もちろん、結界内に潜《ひそ》んでいるか、あるいは隠形《おんぎょう》している可能性もあるが、とてもそんな風には思えなかった。

——なんだろう……嫌な予感がする。

倉橋がいないと聞いたときに生じた不吉《ふきつ》な胸騒《むなさわ》ぎが、不可解な状況と相まって次第に膨《ふく》らんでいく。また、こうしている間にも、時間は過ぎている。夏目たちはまだ「間に合って」はいないのだ。またしても、鋭利《えいり》な時間の痛みが意識され始めようとしていた。

そのとき、会議室に男の部下が一人飛び込んで来た。男に近寄り、何事か耳打ちする。報告を聞いた男は、ハッとした様子で天海を振り返った。

「地下四階の一室から、意識不明の男性が一人見つかった。どうやら、『十二神将』の『神通剣《じんつうけん》』のようだ」

「木暮さんが⁉」

京子が叫《さけ》び、天海が斬《き》りつけるように、

「生きてるのかっ？」

と確認《かくにん》する。男はすぐに首肯《しゆこう》した。

「衰弱《すいじやく》は見られるが、命に別状はないとのことだ」

天馬が「やった！」と歓声《かんせい》を上げ、冬児も、よしっ、と拳《こぶし》を握《にぎ》る。

天海も満面に会心の笑《え》みを浮かべて、

「ありがてえ。これで形勢をひっくり返せるぜ！」

「ちょ、待ってよ、ジイさん！　いくら結界内に監禁《かんきん》するとしても、あいつらが独立官を、そのままにしてくわけないじゃん！　暗示がかけられてたらどうするのよ」

「いや。木暮に暗示をかけるとすりゃあ並大抵《なみたいてい》の術じゃ追っつかねえし、それでも暗示をかける余裕《よゆう》があったなら、監禁したままにするはずがねえ」

慌《あわ》てて懸念《けねん》を口にする鈴鹿を、天海は強気で退けた。老人の瞳《ひとみ》には、確信をつかんだ自信が見える。

「あの告発だって、木暮に暗示をかけて真っ向から否定させとけば、庁内の動揺はぐっと抑《おさ》えられたはずなんだ。記憶《きおく》がブロックされてる可能性はあるが、そっちは手間さえかけりゃ外すことができる。あとは、木暮が証言さえしてくれれば、長官の足下《あしもと》をすくってやれる！」

天海が鼻息も荒《あら》く、車椅子《くるまいす》のアームレストに握った拳を叩《たた》き下ろした。彼がこれほど興奮を露《あら》わにするのは珍《めずら》しいが、木暮の無事がわかり、しかも身柄《みがら》を確保できたのだ。また、木暮を前面に立てて倉橋らの犯罪を暴《あば》くというのは、天海が当初から理想としていた形である。いま天海の目には、倉橋に「勝つ」道筋が、はっきりと見えているのだろう。

ここまで夏目たちを引っ張ってきてくれた天海の興奮は、当然仲間たちにも伝播《でんぱ》した。全員瞳を輝《かがや》かせ、満面に喜色を浮かべている。

しかし、夏目の胸騒ぎは消えなかった。

「……なぜですか？」

誰にともなく口にした台詞《せりふ》に、誰もが口を閉ざし振り向いた。

「どうして倉橋長官は、ここにいないんですか？　木暮さんを残してるのに。発見されたら負けるって、わかってたはずですよね？　なのに、なぜ？」

多軌子たちの戦いが『天曺地府祭』の成否にあるとすれば、陰陽庁《ここ》は倉橋が任された戦場である。権力という最大の武器を活《い》かして多軌子たちをサポートするには、陰陽庁という戦場を支配下に起き続けねばならないはずだ。いわんや、木暮という弱点《ウイークポイント》を置いたまま、放棄《ほうき》していいはずがない。

と、夏目が不安を口にした瞬間《しゅんかん》だった。

「えっ、な、なにっ⁉」

天馬が悲鳴を上げた。庁舎の外——しかしすぐ近くで、突然凄《とつぜんすさ》まじい呪力が迸《ほとばし》ったのだ。

呪力は大地に吸い込まれると、そこに隠形されていた術式に流れ込み、その形に従って一気に地面を這《は》い進む。まるで、撒《ま》かれたガソリンの上を、炎《ほのお》が走るようだ。そして、術式は庁舎をぐるりと囲んで配置されていた。「不味《まず》いっ⁉」と鈴鹿が叫んだが、その次の瞬間には、巨大《きょだい》な術式が完成し、呪術が立ち上がっていた。

巨大でぶ厚い異形の結界が、庁舎をすっぽり覆《おお》い尽《つ》くす。大会議室の外からも、悲鳴や叫び声が聞こえてきた。見鬼《けんき》の才を封《ふう》じられている天海が、夏目たちの反応に「どうしたっ」と鋭《するど》く尋《たず》ねた。

京子が震《ふる》える声で、

「きゅ、急に庁舎が結界に覆われて……」

「マズった！　庁舎の常設結界は『視』てたけど、その外は警戒《けいかい》してなかった。てかこれ、ほとんど八陣《じん》結界じゃん！」

鈴鹿が舌打ちして青ざめる。「なに」と天海が絶句。庁舎の陰陽師《おんみようじ》たちも騒然《そうぜん》としている。

「クソッ。こいつはまさか……！」

冬児が唸《うな》るように毒づいた。夏目は庁舎を覆う結界を「視」上げ、両目を見開いた。

──なんてこと……。

「閉じ込められた……!?」

☆

結界が起動するのを確認して、蜘蛛丸《くもまる》はアスファルトにかざしていた手を上げ、立ち上がった。

路地から顔を出すと、ロータリーに待機していた警官隊が騒《さわ》がしくなっているのが視認できた。倉橋が設計した結界は、物理的な行き来をも遮断《しやだん》する。庁舎を完全に「封鎖《ふうさ》」するためのものだ。いま警官隊たちは、見えない壁《かべ》で庁舎に入れなくなったことに驚《おどろ》いているのだろう。

結界の強度は八陣結界に近く、しかも八陣結界が「内」向けなのに対し、これを反転させた「外」向けの結界をも二重に展開している。絶対に破れないという類の呪術ではないが、内側からだろうと外側からだろうと、まともに突破することは極《きわ》めて困難だ。

唯一《ゆいいつ》の欠点は、どれほど呪力を注ぎ込んだところで数時間しか保たない点である。だが、今回はその数時間が、以後の数年分以上に貴重だった。

本来は、土御門春虎や蘆屋《あしや》道満《どうまん》を想定して用意していた罠《わな》である。

「……まさか、こんな形で使うことになるとは……」

相馬や倉橋にしてみれば、切り札のひとつだ。しかし、惜《お》しんでいる場合ではない。彼らとて、無傷で勝利をつかめるなどと楽観はしていないのだ。

「見事な手腕《しゅわん》でした、天海部長。しかし、勝つのは俺たちだ」

蜘蛛丸はぼそりとつぶやくと、すぐに庁舎をあとにした。

4

日が落ちようとしていた。

空が茜色《あかねいろ》に染まっている。その色合いを「禍々《まがまが》しい」と感じるのは、秋乃の置かれた立場のせいだろうか。天空が見せる様々な表情の中でも、人間の深い部分にある情感を、もっとも強く揺《ゆ》り動かす空だ。

秋乃は多軌子と共に、蜘蛛丸が運転する車で移動していた。鷹寛と千鶴は、例の建物に残されたままだ。車中は会話もなく、静かな緊張感《きんちょうかん》に支配されていた。秋乃は都内の地理に詳《くわ》しくないが、自分たちがどこに向かっているかはともかく、何をしに向かっているかは理解していた。

いくら秋乃が相馬の一族とはいえ、まさかこんなときまで多軌子が自分を連れて行くとは思わなかった。秋乃を信頼《しんらい》している――というわけでは、ないはずだ。

出発前に理由を尋ねると、多軌子はひと言、

「見て欲しい」

とだけ応《こた》えた。

秋乃が多軌子と共に連れて来られたのは、都内中心部にある神社だった。

車から降ろされたのは鳥居の手前。見上げると「神田神社《かんだじんじゃ》」と書かれた扁額《へんがく》がかかっている。有名な神社らしいが、辺り一帯に人払《ひとばら》いの結界が張られているせいで参拝者の姿はなかった。

運転していた蜘蛛丸が車を降り、「こちらへ」と二人を先導する。

鳥居の先の参道は坂になっており、頂上に二層建ての神門が見えた。青銅色の瓦屋根《かわらやね》と朱塗《しゅぬ》りの柱が、夕焼けに染まっている。二層部には四神の彫刻《ちょうこく》、一層の左右には随神像《ずいしん》

——豊磐間戸神《とよいわまどのかみ》と豊磐間戸神《くしいわまどのかみ》を従える、荘厳《そうごん》な佇《たたず》まいの随神門だ。周りに人気がないためだろうか。神域の霊威《れいい》が際立《きわだ》つようで、ぞわっと秋乃は鳥肌《とりはだ》を立てた。

蜘蛛丸を先頭に、多軌子が坂を上り、秋乃が続く。逃《に》げようとはしなかった。蜘蛛丸がいる以上、秋乃の逃げ足でも逃げ切れるとは思えない。また、そもそも逃げ出す気になれなかった。いま自分は多軌子の側《そば》にいるべきだと感じるのである。あるいは自分は、神威《しんい》を仄《ほの》かに漂《ただよ》わせる多軌子に、「魅入《みい》られ」つつあるのかもしれない。

いま多軌子は、普段《ふだん》着ている陰陽塾《おんみょうじゅく》の制服とは違《ちが》う格好をしていた。巫女装束《みこしょうぞく》に身を包んでいる。それも、黒い巫女装束だ。その姿は、普段の白い制服姿と、ガラリと印象を変えていた。多軌子が備える皇子《みこ》のような高貴な凜々《りり》しさが、黒い巫女装束によって、妖《あや》しい優美さを醸《かも》している。

死にゆく太陽が世界を溶《と》かす中、黒い巫女が参道を上る。

秋乃たちは随神門を潜《くぐ》り、境内に入った。気のせいか、夕日の赤がさらに色濃《いろこ》くなった気がする。広い境内《けいだい》にも、やはり参拝客はいない。ただ、正面に聳《そび》える拝殿《はいでん》の前で、束帯姿の男が一人と袈裟《けさ》姿の男が一人、共に多軌子を待っていた。

倉橋だ。もう一人の小柄《こがら》な男は初めて見るが、あごと口元にたくわえたひげを見て、誰《だれ》だか見当が付いた。法衣《ほうえ》を着ているが、おそらく宮地という陰陽師だろう。多軌子たちが時折口にしていたのを耳にしたことがある。

多軌子が歩み出ると、二人は恭《うやうや》しく頭《こうべ》を垂れた。

「お待ちしていた。こちらへ」

そこからは倉橋が先導を引き継《つ》ぎ、蜘蛛丸は多軌子の脇《わき》に下がった。宮地はその場に残り、秋乃たちを見送った。

拝殿は随神門と同じく、銅板瓦棒葺《かわらぼうぶき》に総朱漆塗《しゅうるしぬ》りの荘厳華麗《かれい》な社殿である。倉橋はその拝殿の脇に回ると、鳳凰《ほうおう》殿との間を抜《ぬ》けて、祭祀《さいし》殿の裏に向かった。そして、一見なんの変哲《へんてつ》もない外壁《がいへき》に向かい、手印を切って「開門」と唱えた。

次の瞬間、目の前の壁に鉄製の扉《とびら》が現れる。普段は呪的に封印《ふういん》し、隠《かく》しているのだ。驚く秋乃を余所《よそ》に、倉橋は平然と扉を開け、中に入った。

扉の奥は地下に下りる階段になっていた。明かりはない。しかし、階段を下りきった先から、微《かす》かに光がもれていた。

陰陽師に導かれ、黒巫女が地中に潜《もぐ》る。ウサギの生成《なまな》りが、恐る恐る後に続く。階段を下りると、奥からパチパチと薪《まき》の爆《は》ぜる音が届いてきた。下り切ったあとは横道が伸《の》び、広い空間に繋《つな》がっている。中に入った瞬間、秋乃は息を呑《の》んだ。

地下室だ。篝火《かがりび》が焚《た》かれていた。その明かりが、地下室全体を照らしている。境内に匹《ひっ》敵《てき》しそうなほどの広さがあり、天上までの高さも、下手をすると外にあった鳳凰殿程度の高さがあるかもしれない。壁には等間隔《とうかんかく》で柱が伸び、中程《なかほど》の高さまでは漆喰《しっくい》が塗られているが、それより上は土や岩が剝《む》き出しになっていた。天井《てんじょう》もわずかな梁《はり》が渡《わた》されているだけで、ほとんど洞窟《どうくつ》のような造りになっている。

そして、地下室の中央には祭壇《さいだん》が設けられていた。

四方を鳥居に囲まれた石の舞台《ぶたい》。

鳥居は、北が黒く、東が青く、南が朱色で、西が白い。

祭壇には複数の台座が組まれ、多くの神饌《しんせん》が祀《まつ》られていた。また、太鼓《たいこ》や法螺貝《ほらがい》、幣《へい》や日鐸、月鐸といった、祭具、呪具も並んでいる。石舞台の四隅《よすみ》に置かれた篝火が、それらを揺らめく炎で照らしていた。

祭壇の中央に座していた青年が、

「……姫《ひめ》」

と腰《こし》を上げ、振《ふ》り返る。夜叉丸《やしゃまる》だ。

「お待たせしました。ようやく準備が整いました」

夜叉丸はここで、ずっと術式の最終確認を行っていたのだ。多軌子は感情を表に見せないまま、護法に頷《うなず》き、祭壇に上がった。四方から照らされる祭壇にあって、黒い巫女装束の多軌子は、まるで形のある闇《やみ》に見える。ただその赤毛だけは、篝火の炎より、なお鮮《あざ》やかに視界に映《は》えた。

　また、多軌子が祭壇に上がった途端《とたん》に、地下室の霊気《れいき》が変質し始めた気がした。秋乃には上手《うま》く説明できないが、眠《ねむ》っていた気配が目を覚ましたような感覚。地下室に充《み》ちる――いや、これだけ広い地下室にも収まりきっていない巨大な気配が、ゆっくりと目蓋《まぶた》をもたげるような……。

　ぎゅっ、と秋乃は我《われ》知らず、両手で自らを抱《だ》きしめた。

　夜叉丸が脇に下がると、多軌子は粛々《しゆくしゆく》とした足取りで祭壇中央に移動した。台座の前に立つ。夜叉丸が彼女の霊気を「視《み》」て満足そうに微笑《ほほえ》んだ。もっとも、彼の笑みは炎《ほのお》に白く光る片眼鏡《モノクル》のせいで、中央が丸く欠けて見える。

　夜叉丸は蜘蛛丸に顔を向け、

「庁舎の様子はどうだい？」

「結界はまだ健在です。とはいえ、そろそろ時間切れでしょう」

「まあ、日没《にちぼつ》までと期限を区切って、その分強度を上げた仕様だからね。弓削さんや三善《みよし》さんは現れたかい？」

「いえ。どうやら」

「そうか。北辰王《ほくしんおう》や『黒子《シャドウ》』はともかく、離反《りはん》組はあの騒ぎで釣《つ》れるかと期待したんだが……そうそう上手くはいかないようだ」

夜叉丸はぬけぬけと言って微笑《びしょう》を浮《う》かべた。

陰陽庁を切り捨てる。その判断を下したのは、昨夜《さくや》、宮地からの報告で弓削たちの離反を知らされたときだった。

その報を受けたとき、倉橋はひと言、

「山城《やましろ》もか？」

と確認《かくにん》し、宮地が肯定《こうてい》すると、それっきり口をつぐんでいた。例によって、厳しく引き締《し》まった表情からは、倉橋の内面は誰にも読み取れなかった。他方、夜叉丸は宮地からの報告を極めて重く受け止めた。ある程度「堅《かた》い」と想定していた自分たちの地盤《じばん》が、看過すべきでないレベルで揺らいだのを感じ取っていた。

だからこそ、陰陽庁を去るという決断を下したのだ。

実を言うと、佐竹は反対していた。いくらなんでも思い切りが良すぎる。そう佐竹は主張した。確かに、『十二神将』にこぞって離反されたのは痛いが、陰陽庁の「価値」は、何も彼らの存在だけではない。陰陽庁の持つ、権威《けんい》、権力も強力な武器なのである。

陰陽庁の持つ社会的な力は、かなり特殊《とくしゅ》なものだ。極端《きょくたん》な話、陰陽庁が白を黒と言えば

――無論、細かい工作は必要となるが――最終的に、それを通すことができるのである。他の省庁では不可能なことですら、陰陽庁なら――呪術界なら可能なのだ。なぜなら、呪術界のことは、呪術者にしかわかり得ないからである。そして、わからない者たちにこそ、陰陽庁の権威、権力は、絶対的に作用するのだった。

従って、天海の告発はもちろん、離反した弓削たちが何を訴《うった》えようと、陰陽庁を掌握《しょうあく》してさえいれば――不信《ふしん》や疑惑《ぎわく》、敵意を抱《いだ》かれることはあるとしても、最後は力業《ちからわざ》で封殺《ふうさつ》できる。陰陽庁という存在は、事が終わったあとにこそ大いに役立つはずだった。

佐竹の意見を聞いたとき、夜叉丸は、

「益観の言うことにも一理ある」

と甥《おい》の発言を認めていた。

「僕も、これがあの告発の前なら、同じ判断を下しただろう」

「待って下さい。叔父《おじ》さんはあの告発を、それほど気にしてるんですか？　そりゃあ、一部のマスコミは騒《さわ》いでいますが、はっきり言って直接的な障害にはなり得ませんよ。いまはその暇《ひま》がありませんが、後々情報操作でどうとでもできます」

「甘いよ。言ったろ？　天海部長が表立って動いた以上、必ず『次』がある。『直接的な障害』にならない手を、あの人が打つわけがない。そして、もしその『次』に弓削たちの離反が上手く塡《は》まれば、かなり面倒《めんどう》なことになりかねない」

万全を期す。昨日の昼もそう言ったが、夜叉丸はこの時点で、陰陽庁の掌握に固執《こしゅう》しないという方針を固め、倉橋の同意を得た。そして、公安が動いたという情報を得た瞬間《しゅんかん》、用意していた庁舎の結界を、庁舎封鎖《ふうさ》に転用することを思いついたのである。

実際、天海や鈴鹿のみならず、弓削等『十二神将』の離反を許した現状で司法の手が入ったからには、こちらの立場は極めて危うくなったと言える。夜叉丸の危惧《きぐ》は正しかったと言えるだろう。

理想を言うなら、陰陽庁に強制捜査《そうさ》が入ったことを知り、天海たちだけでなく離反した弓削たちも庁舎に駆《か》けつけたところを、まとめて閉じ込めることだった。また、それが不《ふ》首尾《しゅび》に終わっても、土御門夏目たちを閉じ込めることで、以前のように春虎を誘《おび》き出す効果も期待していた。ただ、こちらも空振《からぶ》りに終わったようだ。

「この期《ご》に及《およ》んで息を潜《ひそ》めてるってのは気にくわないが、こっちもいよいよ大詰《おおづ》めだ。さすがにこれ以上警戒《けいかい》してるわけにもいかない」

夜叉丸が言うと、倉橋が重々しく頷いた。

「間もなく、日が没《ぼっ》する」

「わかった。……姫？」

祭壇に上がった多軌子は、台座の供物《くもつ》を眺《なが》めたまま、静かに佇《たたず》んでいた。護法の呼びかけに、悠然《ゆうぜん》と横目を向ける。

「始めよう。祭壇を上に」

気負いのない声で、淡々《たんたん》と告げた。

夜叉丸が胸に手を当て、優雅《ゆうが》に身を折って一礼する。蜘蛛丸が素早く石舞台の祭壇に飛び上がる。

倉橋も祭壇に上りながら、

「相馬秋乃。君も乗りなさい」

突然《とつぜん》声をかけられた秋乃が、びくっと身体《からだ》を竦《すく》ませた。しかし、多軌子が「秋乃」と名を呼ぶと、たちまち緊張《きんちょう》が解けた。慌《あわ》てて祭壇の上にあがった。

全員が祭壇に乗ったのを確認して、倉橋が懐《ふところ》から丸鏡を取り出した。「それで大丈夫《だいじょうぶ》かい?」と尋《たず》ねる夜叉丸に、「強化してある」と倉橋。

「そう。ならいいか。派手に行こう」

と夜叉丸は呪符《じゅふ》を一枚取り出すと、天井目がけ真っ直《す》ぐに放《ほう》り上げた。呪符は天井に張り付き、込めた呪力が地面を通り抜けた。

続いて、倉橋が丸鏡を掲《かか》げ、呪文を口にする。

「いま一度、古の聖域を閉ざす。然《しか》る後、世に放たん。――天壇封印《てんだんふういん》」

するど、鏡面より霊気が生じた。祭壇を囲む四つの鳥居が、鏡の霊気に呼応する。それぞれ、黒、青、朱《しゅ》、白の光を放ち、最後に鏡から黄色の光が放射された。秋乃が息を呑む前で、祭壇が鮮やかな五彩《ごさい》に包まれる。

五彩の光は結界となって、祭壇を強固に封印した。

その数秒後だった。爆発的《ばくはつてき》な衝撃《しょうげき》が走り、地下室が激しく震動《しんどう》した。秋乃は「きゃあっ!?」と悲鳴を上げた。

轟音《ごうおん》と共に天井が裂《さ》け、地上からマグマの如《ごと》き炎が流れ込む。祭壇を包む結界が、降り注ぐ炎にビリビリとラグを走らせた。ただ、炎の多くは床《ゆか》に落下せず、天上を這《は》って荒《あ》れ狂《くる》いながら、破壊《はかい》し、崩落《ほうらく》させていった。岩や土砂《どしゃ》が次々に落下してきたが、祭壇の結界は、それを悉《ことごと》く退けた。

頭上で繰《く》り広げられる凄《すさ》まじい光景に、秋乃は震《ふる》え上がり、しかし目が離《はな》せない。

そして、今度は足下が揺《ゆ》れた。

石舞台がガクンッと突《つ》き上がり、下からの衝撃に、秋乃が堪《たま》らず尻餅《しりもち》をつく。床が隆起《りゅうき》し始めた。一度動き出したあとは、ぐんぐんと高く盛り上がって行く。降り注ぐ炎と土砂を、結界が逆に押し返し、上へ上へ――長く眠り続けた地下から、地上へと昇《のぼ》っていく。

もう限界だった。秋乃は絶叫《ぜっきょう》を上げながら、身体を丸めて俯《うつぶ》せになった。天変地異のような周りの光景から目を逸《そ》らし、頭を空っぽにして、ただただ窮地《きゅうち》をやり過ごした。

そして――

気がついたとき、通り抜《ぬ》ける風が秋乃の耳を撫でた。あまりの事態に意識する間もなくウサギの耳を出していたらしい。秋乃はぴこぴこと耳を動かし、恐《おそ》る恐る顔を上げた。

外に出ていた。

さっき通った境内《けいだい》だ。目の前に二層建ての随神《ずいしん》門が見える。慌てて背後を振り向くと、拝殿《はいでん》が聳《そび》えていた。随神門と拝殿の間の境内が陥没《かんぼつ》し、代わりに地下の祭壇が石舞台とそれを囲む四つの鳥居ごと地上に迫《せ》り上がったのだ。秋乃はあんぐりと口を開けた。

夜叉丸が叫《さけ》ぶと、拝殿前にいた袈裟《けさ》姿の男――宮地が頷き、祭壇へと歩き出した。

「宮地君、ご苦労！」

「本殿の方、準備はオーケーだろうね」

「ええ、終わってます。いつでも行けますよ」

「よろしい」

いつになく上機嫌《じょうきげん》で、夜叉丸はニッと笑う。他方、倉橋は結界を張る際に使った丸鏡を、足下《あしもと》に叩《たた》きつけて割った。ジッ、と崩落に耐《た》え抜いた結界が、最後にラグを走らせて消失する。同時に、結界内に留まっていた霊気が、ゆらりと外に漂《ただよ》った。

地下で熟した古い霊気が、地上の霊気と混じり合って渦《うず》を巻く。

その中心に立ちながら、黒い巫女《みこ》は静かに夕空を見上げた。

「……とうとう……」

唇《くちびる》が、小さく、つぶやく。

しかしその小さなつぶやきに、夜叉丸と蜘蛛丸、そして倉橋もまた、一時動きを止めて、多軌子の方を振《ふ》り向いた。

巫女を見つめる彼らの眼差《まなざ》しには、それぞれの感慨《かんがい》が含《ふく》まれている。彼女の言う通りなのだ。彼らは、とうとう、ここまで来た。

むろん、これは相馬一族千年の悲願であり、倉橋家の果たすべき本分である。その達成が目前に迫る高揚感《こうようかん》はある。

ただ、同時にこれは彼らにとって、極《きわ》めて私的な——人生を賭《か》けた計画の到達《とうたつ》点でもあるのだ。巫女の小さなひと言は、その事実を改めて、彼らの胸の奥に想起させた。

様々なことがあり、長い時間が流れた。

多くのものを失い、あるいは積み重ね、少しずつ進んできた。

そして、ここまで辿《たど》り着いた。地下に秘され続けた彼らの祭壇《さいだん》は、いま、天の下にある。

多軌子が長い裾《すそ》を翻《ひるがえ》し、供物を祀《まつ》る台座に近づいた。あれほどの震動にもかかわらず、台座も、その上の神饌《しんせん》や祭具にも、乱れた様子はない。多軌子は台座の中程《なかほど》に置かれた竹製の円い筥《はこ》を手に取ると、蓋《ふた》を開け、中に収められていた折り畳《たた》まれた和紙を取り出した。祭文が記された都状だ。

夜叉丸が倉橋に目配せをした。倉橋が承知して、祭壇を降り、鳥居の外に出る。「君も」と声をかけられた秋乃が飛び上がり、転がるように石舞台《いしぶたい》を降りた。

宮地が倉橋の傍《かたわ》らに並ぶ。蜘蛛丸が法螺貝《ほらがい》を手にし、夜叉丸が太鼓《たいこ》の前に移動して、桴《ばち》を手に取った。秋乃は鳥居の外に出たあと、振り返《かえ》ってピンと耳を伸《の》ばし、食い入るように祭壇の多軌子を見つめた。

☆

「これより、『天曺地府祭』の儀《ぎ》を執《と》り行う」

多軌子が宣言する。夜叉丸が太鼓を鳴らした。

トーン、と空気を割るような音が、赤く染まる空に、真っ直ぐに突き抜けていった。

「もう少しよっ！　術式が綻《ほころ》びた！」

鈴鹿の声に励《はげ》まされ、夏目たちはさらに呪力を練り上げた。

庁舎一階ロビー。正面入り口の前には、大勢の――庁舎にいた陰陽師《おんみようじ》のほとんどが集結していた。全員が総力を結集し、自分たちを閉じ込めた結界を破ろうと足掻《あが》いている。もちろんその中には、夏目や冬児、京子、天馬の姿もあった。

「大丈夫！　この結界、時間切れっぽい。術の結びが急速に緩《ゆる》んでる。いまなら呪力の総量で押し破れるわ！」

指揮を執っているのは鈴鹿だ。見鬼《けんき》の才すら封《ふう》じられて霊気《れいき》が「視《み》」られない天海では、庁舎を囲む結界に対応することができない。とすると、彼の次に「有力者」となるのは、『十二神将』の『神童』、大連寺鈴鹿なのだ。

鈴鹿も天海と同じ封印を課せられているが、彼と違《ちが》って呪力を完全に封じられているわけではなく、制限されているに過ぎない。しかも、鈴鹿の専門は『帝国式《ていこく》陰陽術』の研究。術式の解明は、言ってしまえば「本職」である。

とはいえ、その鈴鹿をもってしても、庁舎を封鎖《ふうさ》した結界の解呪は、極めて困難な作業になった。敵が仕《し》掛《か》けたであろう結界は、庁舎に元々備えられていた常設結界とも複雑に絡《から》み合っていたのだ。さらには、解呪を困難にすべく、術式を読みづらくするためだけに意味のない術まで複数組み込まれていた。当然即席《そくせき》で形成されたものではあり得ない。事前に——それもかなり以前から用意されていたトラップである。

ようやく光明が見えたのは、時間の経過と共に結界の強度が弱まっていることに気付いてからだった。ただ、その発見は、敵がこのトラップを仕掛けた狙《ねら》いをも明らかにした。

つまり、時間稼《じかんかせ》ぎだ。

——早く！　早くしないと……！

ずっと待機を余儀なくされたため、霊力《れいりょく》は有り余っているが、どうしても気が逸《はや》る。いっそ封印を解放して北斗の竜気《りゅうき》を使いたいが、大勢の陰陽師で力を合わせている以上、夏目が竜気を混ぜれば呪力がばらけてしまうのだ。同じ理由で、冬児も生成《なまな》りになっていなかった。とにかく、鈴鹿の提案に従い、全員の力で術式の緩みを押し広げるしかない。

「俺の『読み負け』だ」

庁舎に閉じ込められたと知ったあと、天海は痛恨《つうこん》の表情でそう言った。

「まさか連中が、あっさり陰陽庁から手を引くとは……クソッ。あいつらの『覚悟《かくご》』を甘く見た」

結界の解呪となれば、いまの天海にできることは何もない。仲間たちの奮闘《ふんとう》を、ただ祈《いの》りながら見守るしかない。

そしてそれは、公安の警官たちも同じだった。

若い少女の指示に大勢の陰陽師たちが従う様子を、公安の警官たちは複雑な面持《おもも》ちで見つめていた。彼らにしても、強制捜査《そうさ》に入った先で建物内に閉じ込められるなど初めてのことだ。外部と情報のやり取りは交《か》わしているが、とにかくこの状況《じょうきょう》を打破するには、捜査対象である陰陽師たちに頼《たよ》るしかないのである。

一階ロビーの自動ドアやガラス窓越《ご》しに、庁舎を覆《おお》う結界に、さざ波のように広がるラグが「視」える。大勢の陰陽師が呪力を出力し続けているため、ラグは途切《とぎ》れることなく発生して結界を揺さぶり続けていた。

木暮が加わってくれると力強いのだが、まだ意識が戻《もど》らない。呪力の封印こそされていないものの、かなり衰弱《すいじゃく》しているようだ。祓《ふつ》魔局なら霊力回復のエキスパートが詰《つ》めているのだが、陰陽庁の庁舎ではそうもいかない。いまは手の空いている者が、必死の治癒《ちゆ》に当たっていた。

夏目の視界の隅《すみ》に、天海が腕時《うでど》計《けい》で時間を確認するのが映った。そろそろ日没《にちぼつ》時間のはずだ。胃が締《し》め付けられる。

だが、夏目たちの尽力《じんりょく》は報われた。

「――いった！」

鈴鹿が叫んだ次の瞬間《しゅんかん》、これまでとは規模が違う、稲妻《いなずま》のようなラグが駆《か》け抜けた。術式が一斉《いっせい》に弾《はじ》け、結界が崩壊《ほうかい》する。込められていた呪力《じゅりょく》が辺りに霧散《むさん》した。

陰陽師たちが目を瞠《みは》り、続いて盛大な歓声《かんせい》を上げた。公安側の責任者である男も、「開いたのか？」と思わず声を弾《はず》ませた。

そんな中、いち早く走り出していたのは、冬児、そして夏目だった。

二人が正面入り口から外のロータリーに飛び出すと、周りを囲っていた警官隊が、大きくどよめいた。しかし二人は周りの反応に構わずに空を見上げる。夕空だ。赤く染まる空は、いつになく鮮《あざ》やかで深い。落陽はもう、ビルに隠《かく》れて見えなかった。

「どうなんだ！　まだ始まってないよなっ？」

「わかりません！　でも、大規模な霊災の気配は、まだ――!?」

結界に閉じ込められている間は、外部の霊気を確認《かくにん》できなかった。いま「視」る限りでは異変は起きていないようだし、庁舎にも霊災発生の報は入っていない。

しかし、儀式《ぎしき》は夕刻という天海の推測が正しいなら、もういつ始まってもおかしくないはずだ。

夏目と冬児に続いて、天馬と京子も庁舎から出て来た。鈴鹿もだ。さらに、水仙に押された車椅子《くるまいす》の天海が、公安の男と一緒《いっしょ》に外に出る。

男は、駆け寄る部下に急いで態勢を立て直すよう命じると、指揮を任せ、自分は天海のあとに付いてきた。

「予告されていたテロというのは、まさかこのことだったのか？」

「そんなわけゃねえってことは、あんたも胸ん中じゃわかってるだろ」

「天海さんっ。倉橋長官がいる場所に、心当たりはないんですか⁉」

「こっちに心当たりがあるような場所に、あの長官がいると思うか？　強《し》いて言うなら、相馬多軌子の側《そば》だ。いまごろは儀式に取りかかっててもおかしくねえ」

駆け寄る冬児に、天海は乱暴に応《こた》える。もっとも、男や冬児に応えつつ、頭はフル回転して今後の展開を予測しているようだ。

一方夏目は、儀式と聞いてハッと気付いた。

「天壇です」

「なに？」

「『天曺地府祭』は『泰山府君祭《たいざんふくんさい》』の流れを汲《く》む呪術儀式です。多軌子さんたちが儀式を正当に行うつもりなら、天壇のある場所で行うはずです！」

夏目が知る限り、天壇が設置されている場所は二箇所《かしょ》。ひとつは、土御門本家の近くにある『御山《みやま》』の頂上だ。かつて鈴鹿が兄を生き返らせようとし、それを夏目と春虎が阻止《そし》した場所である。だが、あの天壇では、さすがに東京から離《はな》れすぎている。

対して、もうひとつの天壇は、陰陽塾《おんみようじゆく》塾舎の屋上にあった。以前、陰陽塾を襲撃《しゆうげき》した蘆屋道満を迎《むか》え撃《う》った場所だ。そういえば、夏目が多軌子と初めて会ったのも塾の屋上だった。あのとき多軌子は、天壇を見に来たと言っていたのだ。

「陰陽塾か？　確かに可能性はあるが……」

「いや、待ってくれ。陰陽塾なら部下がマークしている。倉橋源司の姿は確認してない」

「その、マークしてる部下ってんのは、呪術者じゃないんだろ？　そんな見張りなんか、あいつらにしてみりゃ、いないも同然だ」

冬児の台詞《せりふ》に、男が鼻白む。ただ、反論はできないようだった。呪術犯罪捜査の困難さは、頭では理解しているのだろう。

しかし、

「……あそこじゃ、全然『足りない』わ」

「鈴鹿さん？」

「あいつらが目論《もくろ》んでる呪術儀式は、とんでもない規模のはずよ。何しろ、人間一人の魂《たましい》どころか、神の魂を操作しようってんだからね。『泰山府君祭』に使用する天壇程度じゃ、全然足りない。最低でもあの十二倍……仮に加法じゃなく乗法で備えるとしたら、まともに術式を組むと、百五十倍以上の規模が必要になるわ」

鈴鹿は夜叉丸の下にいたとき、彼らの研究の一端《いったん》を担《にな》っていた。核心《かくしん》部分に触《ふ》れることはできなかったが、ある程度の概要《がいよう》はつかんでいるのだ。

そして、その鈴鹿の説明に、「百五十倍って……⁉」と天馬が目を白黒させた。

「そんな規模の祭壇《さいだん》を、どこに用意したっていうの？」

「それがわかれば苦労しないでしょ、バカ眼鏡《めがね》！」

「でも、そんなの普通《ふつう》に考えれば都内じゃ難しいわよね。そんな祭壇を用意してたら、人目に付かないわけないもの」

京子はそう言ったが、「いや、違うな」と天海が否定した。

「奴《やつ》らが降ろそうとしてるのは平将門《たいらのまさかど》だ。そして、現在の将門公と言えば、東京の守護神だぜ。余所《よそ》で降ろすわけがねえ」

「どっちにしろ、いまからその祭壇を探してる余裕《よゆう》はないぜ。一か八《ばち》か、陰陽塾に向かおう！」

「だから、あの天壇じゃ足りないって言ってるじゃん！」

「闇雲《やみくも》に祭壇を探してる場合じゃねえだろ？」

言い争う冬児と鈴鹿を、「止《や》めなよ」と天馬が止めた。だが、鈴鹿の言うことが本当なら、注目を集めやすいだろう陰陽塾に、大規模な祭壇を用意するとは考えにくい。

──けど、そんな大きな祭壇じゃ、隠形《おんぎょう》したとしても限度がある。山奥ならともかく、都心部で長期間気付かれずに準備するなんて、とても……。

祭壇の規模というのは、要は霊力、呪力の許容量だ。その大きさは物理的サイズに直接比例するわけではないが、無関係なわけでもない。天壇の百五十倍ともなれば、相応のサイズにならざるを得ないはずだった。

──いったい、どこに。

そう、夏目が途方に暮れたときだ。

変化が始まった。

最初に気付いたのは羽馬だ。ロータリーに停車していた羽馬が、『マスター』と声を上げた。

『観測可能範囲《はんい》にあるすべての「モデルAR４・守人《もりと》」に異変が発生しています。交信呪力量が異常に増大中』

「え、な、なんだって？」

とっさに意味がわからず天馬が聞き返した瞬間、背後で何かが吹《ふ》き飛んだ。

爆発物《ばくはつぶつ》。とっさにそんな考えが過《よ》ぎり、夏目たちが身構えながら音のした方を振《ふ》り返る。

庁舎とはロータリーを挟《はさ》んだ反対側――車道に出る手前の舗道《ほどう》だ。地蔵堂を思わせる、高さ一メートルほどの小さな社があった。その屋根が破裂《はれつ》するように吹き飛び、音を立ててアスファルトに落下した。

そこにそんな物が設置されていたことにも、直前まで気付かなかった。社に見えるが、実は式神――物質的な形代《かたしろ》をそのまま体とする機甲《きこう》式だ。『モデルＡＲ４・守人』。陰陽庁が都内各所に設置している機甲式である。

しかし、

「これは……⁉」

「な、何よ、この呪力⁉」

夏目が唖然《あぜん》として『守人』を「視《み》」やり、京子が悲鳴のような声を上げた。天海が「どうした⁉」と鋭《するど》く問いかけたが、誰《だれ》しも答える余裕がない。

『守人』は極《きわ》めて特殊《とくしゅ》な式神だ。個体単体ではなく、全体として「早期霊災感知網《もう》」を形成している。『守人』一体一体が、感知網のネットワークに属する端末《たんまつ》であり、センサーなのだ。

いまその『守人』が、容量をオーバーする莫大《ばくだい》な呪力に充《み》たされていた。しかも、『守人』からは複数の呪力線が伸《の》びている。おそらく、隣接《りんせつ》する『守人』と繋《つな》がっているのだ。

「早期霊災感知網」は、『守人』間で呪力の交信を行い、それを伝達することで霊災の発生を知らせるシステムである。つまり、本来の作動ではあるのだが、交信する呪力が尋常《じんじょう》ではなかった。しかも、呪力はまだ増加しつつある。

『以前荻窪《おぎくぼ》方面でフェーズ4が発生したときと同じ現象と思われます。ただし、呪力量は瞬間計測で三百倍以上』

「さ――」

夏目が思わず絶句する。

「クソッ。何がどうなってんだ！　まさか、大霊災が起きたのを感知したんじゃねえだろうなっ!?」

冬児が叫《さけ》んだ可能性に、思わず背筋が寒くなった。確かに、『守人』のこの反応は、それ以外考えられない。かつて土御門夜光が呪術儀式に失敗して生じた大霊災は、以後の東京の霊相を変え、今日に至るまで霊災を発生させる大本の原因となった。相馬が行おうとしている『天曺地府祭』とは、まさにこの「夜光が失敗した儀式」なのである。

しかし、鈴鹿は、

「違《ちが》う！」

と否定した。

「これ……ただの呪力じゃない！　術式に則《のっと》ってる。呪術なんだわ！　誰かが感知網のネットワークに呪術を流して――」

不意に。

両目を切れんばかりに見開くと、鈴鹿は語尾《ごび》を途切《とぎ》れさせて、ツインテールを振り乱しながら四方をぐるりと「視」回した。まさか、と愕然《がくぜん》としたつぶやきがもれた。

「……か、感知網は都内全域をカバーしてる……充分《じゅうぶん》な規模がある……あいつら、『早期霊災感知網』を天壇にするつもりよ！　……てかっ、最初からこのための感知網だったんだ！」

鈴鹿の台詞に、夏目も息を呑《の》んだ。

感知網は、すでに都内全域をカバーしているはずだ。言うまでもなく、その規模は陰陽塾にある天壇などの比ではない。そのネットワークを丸ごと呪術儀式の祭壇として用いるなら、鈴鹿の言っていた条件など易々《やすやす》とクリアできるだろう。

しかもその感知網に、猛烈《もうれつ》な勢いで呪術が流れ込んでいる。『守人』から『守人』へと伝達しながら、東京都心を覆《おお》い尽《つ》くすほどの巨大《きょだい》な祭壇を、いままさに形成しようとしているのだ。

それは、つまり……。

「あいつら、『天曺地府祭』を始めやがったわ！」

「そんな——⁉」

夏目は絶望の余り目眩《めまい》を覚えた。為《な》す術《すべ》もないまま、ただ眼前を流れる呪力線《じゅりょく》を「視」やる。いますぐ目の前の『守人』を破壊《はかい》すれば、あるいは呪力線を断《た》つこともできるかもしれない。しかし、『守人』は都内各地に設置され、網《あみ》の目《め》状の感知網を形成している。目の前の呪力線を断ったところで、大局に影響《えいきょう》はないはずだ。

突《つ》きつけられたカウントダウンの終わりに、夏目は凍《こお》り付いて動けない。

しかし、

——……え？

呪力線を流れる呪術に、「異物」が混じったように「視」えた。

しかもその「異物」を感じた瞬間《しゅんかん》、なぜか夏目の脳裏《のうり》に走ったのは、あのときの——秋乃が禹歩《うほ》を用いた瞬間の感覚だった。

あのときは、声だった。

だが、今回は……この呪力は……。

「春虎君？」

その瞬間、第二の変化が訪れた。

☆

地上の平和な境内《けいだい》が、地下に秘められた祭壇《さいだん》と入れ替《か》わったように。

目の前の光景は、まるで「現世《うつしよ》」が「隠世《かくりよ》」に入れ替わるかのようだった。

遥《はる》かな天空と石舞《いしぶ》台《たい》の上の多軌子が、天地を結ぶ霊《れい》脈で繋がっている。朱《あか》い夕空――逢《おう》魔《ま》が時を迎《むか》える天空からは、霊脈を通して霊気が降り注いでいた。多軌子の頭上に注ぎ込まれる霊気が、溢《あふ》れ、辺りに広がる。四方を囲む鳥居の中は、すでに秋乃が知る「世界」とは別の何かだ。荘厳《そうごん》で、峻厳《しゅんげん》で、圧倒的《あっとうてき》で――神々《こうごう》しい。「神域」と呼ぶに相応《ふさわ》しい様相を呈《てい》していた。

多軌子は霊威《れいい》を纏《まと》い、朗々と都状の祭文を読み上げる。

恐《おそ》ろしいことに、祭文を読み進めるほどに、天から新たな霊脈が伸びて、巫女《みこ》に繋がっていく。他の霊脈と交わり、束ねられて、勢いを増している。

『泰山府君祭』は「泰山府君」と呼ばれる霊的存在にアクセスする呪術儀式《じゅじゅつぎしき》だが、その上位に位置する『天曺地府祭』は、「泰山府君」のみならず、十二座の神々すべてを祀《まつ》る祭儀とされていた。ひと柱の神ではなく、複数の神々が関《かか》わる複雑な呪術だ。

とはいえ、「神」の数え方など考えるだけナンセンスだろう。『帝国《ていこく》式陰陽術』の観点において、神々は遍在する。遍《あまね》く、在る。それは全にして個であり、個にして全だ。八百万《やおよろず》の神々を個別の存在の集合と見ようと、ひとつの存在の部分と見ようと、あるいは別の一面と見ようと、どれが正しく、どれが誤りだと断じることなど誰にもできない。

神々は幾《いく》つもの顔を持つものであり、時と共に変化するものであり、また、ときに集合し、ときに分離《ぶんり》し、名を変え、戻《もど》り、消えては生まれるものなのだ。観測者の視点によって千変万化し、それでいて普《ふ》遍《へん》であり続ける。どのような解釈《かいしゃく》でも、成り立つことができる。呪術がそうした事象を、事ごとに区切り、名付け、あまつさえ意味づけするのは、あくまで観測者側の都合によるものだった。

ただひとつ言えるのは、『泰山府君祭』とのスケールの差。『天曺地府祭』を執《と》り行う「場」は、『泰山府君祭』よりずっと大きく強い「場」が必要となる。しかも『帝式』にある術式では、その規模は大きければ大きいほど安定するのだ。倉橋家に残されたわずかな記録に拠《よ》れば、土御門夜光もこの点では苦心していたらしい。

そこで夜叉丸が――大連寺至道《しどう》が考案したのが、「早期霊災感知網」だった。

「――以上、相馬家当主相馬多軌子、祖霊平将門公に謹んで啓す――」

多軌子が祭文を読み終えた。

都状を頭上に掲《かか》げる。都状は独りでに彼女の手から浮《う》き上がるや否や、青い炎《ほのお》に包まれて溶《と》けるように焼失《しょうしつ》した。石舞台の霊圧は、もはや破壊的だ。境内の隅《すみ》に避難《ひなん》して縮こまっていた秋乃が、ウサギの両耳をピンと立てて、全身を震《ふる》わせている。

「倉橋！　頼《たの》む！」

と、主と同じ祭壇にあって、術式を逐次《ちくじ》修正、補強していた夜叉丸が、合図を送った。『天曺地府祭』の術式は、依《よ》り代《しろ》となる多軌子はもちろん、その護法である夜叉丸と蜘蛛丸をも術式の中に組み込んでいる。手が離《はな》せないのだ。しかし、術の段取りはこれまでに幾度となく、入念な打ち合わせを重ねていた。

すでに倉橋は、石舞台の四方を囲む鳥居のうち、北側に立つ黒い鳥居の側《そば》に待機していた。一方、東側の青い鳥居には、宮地がいる。夜叉丸の合図と共に二人は互《たが》いに正対し、二人の間の霊圧を変化させて祭壇に溢れる霊気を誘導《ゆうどう》した。

石舞台に充ちていた霊気が、黒い鳥居と青い鳥居の間――北東の鬼門《きもん》から、一気に解放され、放出される。祭壇の鬼門の先には、神田明神の拝殿《はいでん》が――さらには、拝殿奥にひっそりと佇《たたず》む本殿が位置していた。拝殿を貫通《かんつう》した霊気は、そのまま本殿に吸い込まれた。

そして、用意されていた術式に従い、一斉《いっせい》に四方八方に呪力線を放射した。

呪力線が伸びた先にあるのは、「早期霊災感知網」の端末である機甲式『モデルＡＲ４・守人』だ。呪力線を受けた瞬間容量オーバーで破裂したが、しかし、完全に破壊されるには至らず、受けた呪力線を隣接する複数の『守人』へと逃《に》がした。その次も。また、その次も。反応が連鎖《れんさ》し、呪力線による繋がりが爆発的《ばくはってき》に発生する。そして、「早期霊災感知網」の「網《ネットワーク》」の上に、強大な術式を構築していく。

都内全域に呪力線を張り巡《めぐ》らせ、それを巨大な天壇に見立てる。陰陽庁《おんみょう》が——倉橋が進めてきた「早期霊災感知網」とは、いまこの瞬間のための下地だったのだ。『守人』は社の形をしているが、それが神田明神の本殿を模したものだとは、誰《だれ》一人気付いていなかっただろう。

そして、構築された巨大な天壇は、東京の地中を走る霊脈と、共鳴を開始する。過去二回、大連寺至道と六人部《むとべ》千尋《ちひろ》が、掘《ほ》り起《お》こし、活性化させた霊脈だ。各地の霊脈は呪力線に流れる呪術に引き寄せられ、天壇の中心地——神田明神に現れた石舞台へと流れ始める。ドクン、ドクンと脈打ちながら、呪力線と共に循環《じゅんかん》し始める。

天から多軌子へ。多軌子から感知網へ。感知網から霊脈に潜《もぐ》り、再び多軌子の元へ。それはまるで、都内全域を巡る血管だ。

そして、天壇を血管とするなら、石舞台とその上に立つ多軌子は、「神」を受肉させるための心臓だった。

すでに巫女は、幾重《いくえ》もの淡《あわ》い光の層に包まれていた。天地を繋ぐ霊脈は、いまでは天を支える柱の如《ごと》く屹立《きつりつ》している。流れ落ちる霊気で辺りの様相を変える様は、国産みの神話にある一シーン、伊弉諾尊《いざなぎのみこと》と伊弉冉尊《いざなみのみこと》が渾沌《こんとん》たる下界をかき混ぜた、天沼矛《あめのぬぼこ》をも連想させた。

順調だ。祭儀《さいぎ》を進めながら、夜叉丸はそう評価した。

死してなお現世《うつしよ》に留《とど》まる業《ごう》深き式神は、神秘の光景を前にして興奮の極みにあった。だが、だからといって冷静さを失っているわけではない。術式はいまにも弾《はじ》け飛びそうだし、天壇はいつ過負荷《かふか》に耐《た》えかねて崩壊《ほうかい》してもおかしくない。

だが、それでも儀式は回っている。研究室で重ねた理論などではなく、現実に。

世界に遍在する巨大な「存在」が、いくつも、あるいは何面も、感知できた。その中のひとつが多軌子の中に、徐々《じょじょ》に実体化しようとしているのがわかった。多軌子の呼びかけに応《こた》える「存在」。多軌子の血が導く「存在」だ。ゾクゾクする。目眩すら感じる。過去、大望の果てに霊的存在へと昇華《しょうか》した——神々のひと柱、あるいは神の一部となった、その「存在」を、夜叉丸は、大連寺至道は、相馬の一族は、千年の長きにわたって崇《あが》め奉《たてまつ》り、待ち続けたのだ。

多軌子の中で、その「存在」が現世に現れようとしていた。千年の眠《ねむ》りから覚めようとしていた。夜叉丸は息を呑んで、その瞬間を見守った。

それが、油断になったのだろう。

「っ⁉　夜叉丸！」

倉橋が大声を上げた。ハッと夢から覚めたように、夜叉丸が我《われ》に返った。

すぐには変化に気付かなかった。何も変わっていない——いや、循環が鈍《にぶ》っている。一度気付いてからは、呪力の流れの停滞《ていたい》は、急激に悪化した。「蜘蛛丸！」と、共に呪力を流し込み循環を促《うなが》してみたが、焼け石に水だ。

「馬鹿《ばか》な」

夜叉丸は必死で、停滞を破る呪術を放った。だが、まるで効果がない。頭の中が真っ白になる。原因と対策が思い浮かばない。夢の結晶《けっしょう》が崩《くず》れようとしているのに、どうすることもできない。それは、夜叉丸が長らく忘れていた感情を取り戻した瞬間だった。

恐怖《きょうふ》。

だが、

「夜叉丸！」

倉橋の怒号《どごう》に、夜叉丸は再度正気付く。

「戻ってくる霊脈の中に、別の術式が紛《まぎ》れている！　何かのトラップだ！」

すぐさまそちらに注意を向けた。霊脈を介《かい》してフィードバックしてくる呪力の流れ。その呪力は術式に従って呪術を形成しているが、都内全域から戻ってくる流れの一部が、術式を書き換《か》えられていた。そして、書き換えられた術式――異なる呪術が、水流に毒を混ぜたように、全体の循環を汚染《おせん》しているのだ。いったい、どこから？　その源を探《さぐ》るべく、夜叉丸は神経を集中させて、霊脈の流れを追った。そして事の真相に気付き、ギリッ、と奥歯を嚙《か》み締《し》めた。

天壇に流れ込む「異物」。それらはすべて、祓魔《ふつま》局新宿支局と目黒支局を介して戻って来た流れの中に混じっていた。

「おのれっ」

と喉《のど》の奥で唸《うな》る。

「姫《ひめ》！　姫っ！　聞こえますか？」

夜叉丸が主に呼びかけたが、多軌子から返事はない。瞳《ひとみ》は閉ざされ、まるで体重を感じさせない姿で、ふわりと佇んでいる。もう半ば神懸《かみか》かりに――トランス状態に入っているのだ。夜叉丸は歯嚙みしてから、「蜘蛛丸！」と声を荒《あら》らげた。

「儀式を一時中断する！　お前は一度術から抜《ぬ》けろ！」

命じて、夜叉丸は実行していた『天曺地府祭』の術式に、新たな術式を追加する。力の循環が完全に止まり、霊気のうねりが鎮《しず》まった。だが、霧散《むさん》はさせない。天と地を繋《つな》ぐ霊脈も維持《いじ》したままだ。これを途切《とぎ》れさせてしまっては、儀式は完全に崩壊する。むろん、途中《とちゅう》で停止させること自体かなり無茶な作業だったが、夜叉丸はやり遂《と》げた。

「部長!?　いったい、何がっ？」

術式から外された蜘蛛丸が、混乱しながら夜叉丸の許《もと》に駆《か》け寄る。倉橋も宮地も、深刻な面持《おもも》ちで近寄った。一人秋乃だけが、何が起きたのかわからないまま、遠巻きに祭壇を見ている。

他方、多軌子と同じく、夜叉丸自身はまだ『天曺地府祭』の術式の中だ。

その状態のまま、

「土御門春虎だ」

と夜叉丸は忌々《いまいま》しげに吐《は》き捨てた。

「してやられた。一昨日《おととい》の夜と、昨夜。土御門春虎は、ただ支局を襲撃《しゅうげき》したんじゃなく、感知網《もう》に――支局の『守人』に呪術を仕込んでいったんだ！」

網目《あみめ》状に繋がる「早期霊災感知網」の中でも、祓魔局本部と各支局の『守人』は、重要な結節点《ハブ》に当たる。春虎はその内の二箇所《かしょ》に、『天曺地府祭』に反応して起動する呪術を仕込んでいたのだ。おそらく、形成した天壇の半分以上が、すでに感染したはずだった。

怒《いか》りを嚙み締める相棒と対照的に、倉橋はあくまで冷静に頷《うなず》いた。

ただ表情を引《ひ》き締めながら、

「対応は？」

「厄介《やっかい》だが、正攻法《せいこうほう》しかない。向こうの術式を解明して、解呪《かいじゅ》のための呪術を循環させる。もちろん、天壇は維持したままだ」

「お待ち下さい。姫は一度安全な場所に移すべきではないですか？」

蜘蛛丸が言ったが、夜叉丸は「無理だ」と一蹴《いっしゅう》する。

「すでに天壇は霊的《れいてき》に固定している。消さない限り動かせないが、消してしまえばそれまでだ。この状態のまま進めるしかない」

春虎も、この一撃《いちげき》でけりが付くとは考えていないだろう。現に、夜叉丸は天壇の汚染を許したが、食い止めもした。ここまでは向こうも読んでいるはずだ。というより、この膠《こう》着《ちゃく》状態を作り出すために、春虎は罠《わな》を仕《し》掛《か》けて来たのだ。

つまり、

「倉橋。敵の狙《ねら》いは姫だ。姫をこの場に釘付《くぎづ》けにすることだ。来るぞ。僕は動けない。すぐに解呪に取りかかる。その間、防ぎ切ってくれ。蜘蛛丸と宮地君で、襲撃に備えろ」

☆

東京、新宿。

本来は出入りできない高層ビルの屋上に、東方を遠望する、三つの人影《ひとかげ》があった。

黒衣を纏《まと》う、隻眼《せきがん》の陰陽師《おんみょうじ》。

スーツの左袖《そで》をなびかせる、隻腕《せきわん》の鬼《おに》。

そして、獣《けもの》の耳と尾《お》を持つ、幼い狐憑《きつねつ》き。

五つの瞳が見つめる先は、彼方《かなた》の地で夕空に向かって真っ直《す》ぐに伸《の》びる霊脈。天と地を繋ぐ柱であり、隠世と現世を繋ぐ架《か》け橋《はし》だ。『天曺地府祭』を催《もよお》すにあたり、感知網を利用するつもりだということは、比較的《ひかくてき》初期の段階から見当は付けていた。問題は多軌子をどこに置くか。幾《いく》つか候補は考えていたのだが、相馬はその中のひとつを選んだらしい。

あの位置は、神田明神だ。

「塡《は》まったな」

と鬼が笑った。

「当然だ」

と陰陽師が応える。

「あいつらの野望の息の根を止めるには、結局、巫女《みこ》を除くしかない。そこがアキレス腱《けん》だってことは、あいつらだって重々承知している」

「だから、ギリギリまで泳がせ、表に引っ張り出して、いざってところで待ったをかけた……」

鬼の台詞《せりふ》に、陰陽師はいちいち首肯《しゅこう》を返さなかった。

いくら陰陽庁を自由にできようと、肝心《かんじん》の儀式の準備は、自分の手で進めるしかない。当然、他《ほか》のことまでは手が回らなくなるし、隙《すき》もできる。その結果が、天海の告発であり、春虎の罠になった。「時間」に追い詰《つ》められていたのは、何も攻め手《せ》だけではないのだ。

ただし、

「勝負は、ここ、からだ」

言って、陰陽師は黒衣の裾《すそ》を翻《ひるがえ》す。ガッと足下を踏《ふ》みしめる。

「こっちが流した術の影響《えいきょう》で、霊脈は使えない。つまり、禹歩《うほ》は封《ふう》じられた。それに……向こうも当然、襲撃に備えるはずだ」

淡々《たんたん》とつぶやいて、陰陽師は傍《かたわ》らに首を向けた。

「……コン」

「ハッ」

呼びかけに応えた狐憑きは、まだ幼い少女だ。

陰陽師は一瞬《いっしゅん》迷った末、行けるか、と確認するのではなく、

「頼《たの》む」

と命じる。

だが、それこそが少女の望んでいた態度だった。遠慮《えんりょ》や気遣《きづか》いなど、かえって矜持《きょうじ》が傷つく。主から下された命を胸に、少女は誇《ほこ》りと決意を露《あら》わにして手印を結んだ。

ジジジッと全身にラグが走る。凍結《とうけつ》していた力が解放されて、彼女の本来の姿へと変化《へんげ》する。

現れたのは、色香《いろか》の匂《にお》い立つ妙齢《みょうれい》の美女だった。

霊気《れいき》の安定を著《いちじる》しく欠いた彼女は、力を凍結した少女の姿となって、ここ数日、回復に努めていたのだ。護法として主を守るべき立場が、まるで役に立たないばかりか、主の足を引っ張ってしまった。彼女にすればあまりに不甲斐《ふがい》ない時間だったが――その悔《くや》しさを返上する機会が、ようやく訪《おとず》れたのである。

彼女の主も、事ここに至っては腹をくくっていた。不安定な護法に危険を冒《おか》させることには、いまもって忸怩《じくじ》たる思いがある。しかし、それとは別に、もし戦いに敗れれば、彼女がもう「もたない」ことも事実なのである。なんとしても勝たねばならないし、そのた

めにできることは、すべてやる必要があった。

総力戦。

それは、倉橋と相馬にしても同じ事だろう。

「——行くぞ」

素っ気ない宣言。

だが、聞く者が聞けば、ゾクリとしただろう。声に、物腰《ものごし》に、そして霊気に、底冷えのする迫力《はくりょく》が込められている。

鬼がニンマリと牙《きば》を剥《む》き、狐憑きがぶるりと武者震《むしゃぶる》いを走らせた。陰陽師は黒衣を翻し、二体の護法を連れて戦場を目指した。

四章☆激突

1

「ああ、くそっ。どこで何が起きてるんだよ！」

引きつったように笑う――笑うしかない様子で、冬児《とうじ》が毒づいた。彼が口にした毒づきは、仲間たち全員の思いを簡潔にまとめたものだったに違《ちが》いない。

突然《とつぜん》発生した異変は、またしても唐突《とうとつ》に、動きを鈍《にぶ》らせていた。『守人《もりと》』同士を繋ぐ呪《じゅ》力《りょく》線は、消失こそしないまでも、明らかに停滞《ていたい》している。

実際、

『「守人」間の呪力量が安定しました。依然《いぜん》、値《あたい》は高いままですが、観測した瞬間《しゅんかん》最大値よりは大幅《おおはば》に減少しています。現在も微量《びりょう》ですが減少し続けているようです』

羽馬《はま》が報告したが、それを聞いても仲間たちは戸惑《とまど》うばかりだ。

そんな中、夏目《なつめ》だけは、

「……春虎君《はるとらくん》」

「なに？」

「春虎君です。きっと。春虎君が『天曺地府祭《てんちゅうちふさい》』を止めたんだ」

不思議な確信を感じさせる夏目の台詞に、冬児が言葉を詰まらせる。しかし、反論はしなかった。京子《きょうこ》や天馬《てんま》、鈴鹿《すずか》もだ。

タイミングこそ予想できなかったが、春虎がこのまま座視するとは、誰《だれ》も思っていなかった。なら、「これ」が春虎の仕業《しわざ》だと想定するのは、決して的外れな考えではない。

「……確かに」

と天海《あまみ》も口を挟《はさ》み、

「敵さん以外で『天曺地府祭』に詳《くわ》しいってことなら、なんと言ってもあいつだろうしな。だが、儀式《ぎしき》を――術を『破る』んじゃなく『止めた』ってことは、まだ終わっちゃいねえってことだ」

「はい」

天海の指摘《してき》に、夏目は即答《そくとう》した。

春虎が動いた。その目的は、『天曺地府祭』の阻止《そし》、相馬《そうま》と倉橋《くらはし》の打倒《だとう》以外にあり得ない。夏目たちと同じだ。つまり、いまこそ、夏目たちは春虎と共闘《きょうとう》するときだと言える。

夏目の思いが伝わったのか、冬児たちも俄然《がぜん》戦意を漲《みなぎ》らせた。冬児が手のひらと拳《こぶし》を打合せ、京子が背筋を伸《の》ばし、鈴鹿が太々《ふてぶて》しい笑《え》みを浮《う》かべる。

しかし、

「ま、待って下さい。止めたって言っても、『天曺地府祭』はもう始まっちゃったんですよね？ なら、下手に妨害《ぼうがい》なんかしたら、それこそ儀式《ぎしき》が失敗して、大霊《れい》災が起きるなんてことになるんじゃ……」

天馬が恐《おそ》る恐る言ったが、その懸《け》念《ねん》はもっともだ。かつて土御《つちみ》門《かど》夜《や》光《こう》は『天曺地府祭』を失敗し、その結果後々まで東京の霊相を変えてしまうほどの大霊災を引き起こした。そう言われているし、実際に当時を知る蘆《あし》屋道満も、同じことを口にしていたはずだ。

ただ、

「そのことなら、春虎君自身が誰《だれ》よりもよくわかっているはずです。それでも、春虎君は止めた。だとすれば、何か理由があるはずです」

蘆屋道満は「儀式の失敗が大霊災を招いた」と説明する一方で、「あまり側には近づけなかった」とも言っていった。肝心《かんじん》なところの真相は、彼も知らないのだ。

一方春虎は——土御門夜光は、まさに当事者であり、事件の中心にいた人物である。そしてまた、春虎が大霊災が発生する危険を冒《おか》すはずがない。逆に、悲劇を回避《かいひ》すべく動いているはずだ。

「私は、春虎君を信じます」

「……だな。夏目が言うといまいち説得力がないが、妥当《だとう》な判断だと思うぜ」

茶化す冬児に、夏目がむっと不服そうな表情を見せたが、反論はせず、微《かす》かに目元を赤らめた。これでも、春虎のことになると冷静さを欠いている自覚はあるのだ。夏目の結論を聞いて、天馬も真面目《まじめ》な面持ちで頷《うなず》いた。

そこに、

「行方《ゆくえ》不明だった三善十悟から電話が入りました！　天海大善《たいぜん》に繋《つな》げと！」

庁舎から、コードレスの子機を手にした警官が、ロータリーにかけ出してきた。

夏目たちが色めき立つ前で、現場を指揮していた男が、部下から子機を受け取る。そして、ちらりと天海を見、何も言わず差し出した。部下が驚《おどろ》いた顔をしている。形式的には、不味《まず》いことなのだろう。

「――ありがとよ」

と天海が心の底から言って、子機を受け取った。スピーカーモードにしたのは、男の気《き》遣《づか》いに対する礼でもあるのだろう。夏目たちは慌《あわ》てて天海を囲み、会話に耳を澄《す》ませる。

するると、

『ご無沙汰《ぶさた》しています、天海前部長。三善《みよし》です。そちらに被害《ひがい》は？』

落ち着いた、マイペースな声音《こわね》だった。「久しぶりだな、三善」と天海も泰然《たいぜん》と、ただし手早く応じた。

「幸い、こっちに被害はねえよ。一応聞くが、お前、もうわかってるんだろうな」

『あらかたのところは』

「てことは、庁舎の結界は、様子見してやがったのか」

『申し訳ありません。あからさまに罠だとわかる場所に、のこのこ出て行くのは主義に反しまして』

「いや。お前らしいよ」

『おかげで、弓削《ゆげ》氏を引き留めるのに、ずいぶんと苦労しました』

「弓削はお前と一緒《いっしょ》か。なら双子《ふたご》もいるな？　山城《やましろ》は？」

『山城氏も同行しています』

「倉橋とは――」

『切れた、と、わたくしの責任において断定しましょう』

何気ない断定だったが、天海は、へえ、と興味深げにつぶやいた。

「お前さんがね。チームを組んで、情が移ったか？」

『否定はしません』

「ハッ。そうかい。この際、戦力が増えるのは大歓迎《だいかんげい》だ。あと、鏡《かがみ》は？　居場所がわからねえんだが」

『こちらもです。手を尽《つ》くしましたが、連絡《れんらく》が付きませんでした。こちらとしても彼を味方に付けた上で行動に出たかったのですが、徒《いたずら》に時間を無駄《むだ》にしてしまいましたよ。ですが、いまは目の前の事態を優先しましょう』

「だな」

会話の語調には、焦《あせ》りや急ぐ様子はない。なのに、話の展開は早かった。二人とも、無駄なことを一切口にしない。

天海と三善は、共に陰陽《おんみよう》庁の重鎮《じゆうちん》だった。片や組織の頭脳として、片や組織の目として、様々なトラブルに対応してきた実績の持ち主だ。互《たが》いに互いをよく知っており、緊急《きんきゆう》時における阿吽《あうん》の呼吸が、自然と出来上がっていた。

「それで、いま『どうなってる』か『視《み》』えてるか」

『はい。都内全域に──これは、長官たちが率先《そつせん》して進めてきた、「早期霊災《れいさい》感知網《もう》」ですね。その呪的ネットワーク上に、なんらかの呪術が流されました。その影響《えいきよう》で、霊脈が活発化しています。ただ、その後、何者かがネットワークに、異なる呪術を混入させた模様です』

「ああ。都内に展開されてるのは、『祭壇《さいだん》』だ。長官たちが用意した、えらく大規模な呪術儀式のな。それを止めたのは、おそらく土御門春虎だろう。そこで、両方の居場所が知りたい。この祭壇の中心地、それと、違う術を祭壇に流した位置を特定できるか」

『前者に関してでしたら、イエスです。このネットワークの中心は神田明神ですよ。庁舎からは「視」えませんか？　はっきり言って、直視するのを躊躇《ためら》われるような事態になっています。局所的天変地異と言ってよいかと』

淡々《たんたん》と言っているが、それがかえって恐《おそ》ろしかった。会話を漏《も》れ聞いているだけでもわかるが、おそらくこの三善という人物は、決して誇張《こちょう》して表現していない。ごく率直に「天変地異」と表現しているのだ。その表現に相応《ふさわ》しい事態が、その場で発生しているということだった。

それに、

――神田明神《かんだみょうじん》！

神田明神――正式な社号は神田神社《じんじゃ》だが、その名はもちろん、夏目も知っている。平《たいらの》将門《まさかど》を祭神と祀《まつ》る、江戸《えど》の総鎮守《ちんじゅ》たる神社である。そういえば、先日多軌子《たきこ》と遭遇《そうぐう》した場所も、神田明神の近くだった。

庁舎からなら、遠くはない。

「羽馬！」

夏目が何か言うよりも早く、天馬が式神を呼び寄せた。ハマーが、出番を待っていたと言わんばかりにエンジン音を高らかに鳴らして、主《あるじ》の側《そば》に駆《か》け寄った。

しかし、

「春虎の方は、特定できないのか？」

『呪術の流入元ということでしたら、新宿支局と目黒《めぐろ》支局です。とすると、直接術を流したのではなく、連夜の襲撃《しゅうげき》で罠《わな》を仕《し》掛けていたとみるべきでしょう』

「じゃあ、いまどこにいるかはわからねえってことか」

『はい。……あ、いや。お待ち下さい』

突然会話が途《と》切《ぎ》れ、三善の声が受話器から遠ざかった。代わりに彼の周囲の音が拾えたようで、女性がわいわいと騒《さわ》ぐ音が小さく伝わってくる。

数秒後、

『失礼。たったいま、新宿方面――もっと西ですが、「装甲鬼兵《そうこうきへい》」三体の稼働《かどう》を確認しました。闇《やみ》寺で「視」た個体と同じ物に間違いありません』

天海が応《こた》えながら夏目を横目に見た。夏目は勢い込んで頷《うなず》いた。その『装甲鬼兵』なら、夏目も闇寺で目撃している。春虎が闇寺を陥落《かんらく》させる際に使用した、三体の『装甲鬼兵』と見て間違いないだろう。

「どうする」

と冬児が夏目に尋《たず》ねる。

「多軌子と春虎――『装甲鬼兵』の方は陽動ってことも考えられるぜ」

聞いているのは、「どちら」に向かうかだ。

庁舎がある秋葉原《あきはばら》から向かうなら、神田明神の方が圧倒的《あっとうてき》に近い。自分たちだけで多軌子の陣営《じんえい》に勝てる見込みは薄《うす》かったが、儀式を妨害《ぼうがい》する程度ならできるはずだ。一方、新宿で春虎に合流することができれば、より的確な連携《れんけい》が可能になるかもしれない。むろん、逆に春虎の作戦を妨害してしまう可能性も考えられる。

誰も意見を口にしないのは、判断を夏目に預けているからだ。夏目が天海を見やると、彼はニヤッと笑って、しかし、何も言わなかった。

なら、

「……春虎君との合流を優先します。新宿に向かいましょう！」

2

滋岳《しげおか》がその報告を受けたのは、公安から事情聴取《ちょうしゅ》を受けている最中だった。

はっきり言って、混乱している。こういうときこそ自分のような立場の人間が、率先して下の者に指針を示さねばならない——と、頭ではわかっているのだ。しかし、今回ばかりは、さすがに自分のキャパシティーを超《こ》えていた。そう、実感せざるを得なかった。

昨日の天海元部長による倉橋長官の告発だけでも、本来なら考えられない事態だ。その上、テロ予告当日になって、公安警察による強制捜査《そうさ》である。事情聴取を受けている間も、これが現実とは思えないほどだった。

もちろん、何かの間違いだと、滋岳は信じている。だがそれは、滋岳が信じているというだけのことであり、確たる根拠《こんきょ》があるわけではない。部下に対し、自分が信じているからお前たちも信じろなどと、感情論で命令できるはずがなかった。そもそも、いまは陰陽庁の総力を結集してテロの阻止に努めねばならないときである。それが、どうしてこんなことになっているのか。

止《とど》めは、「早期霊災感知網」に突然《とつぜん》発生した異常だ。滋岳はこの感知網を、霊災修祓《しゅうふつ》業務の効率化において画期的な試みと考え、高く評価していた。それだけに、この異常事態には目を疑った。

感知網を形成する『守人』間のネットワークに、なんらかの呪術が施《ほどこ》されたのだ、ということはわかる。おそらく、感知網を不正に利用して、法陣《ほうじん》の類《たぐい》を都内に展開したのだろう。だが、誰《だれ》が、なんのために行っているのかは、判断できない。本来それを調査すべき呪捜部《じゅそうぶ》は、公安の強制捜査で完全に活動を停止している。

あるいはこれこそが、予告されていたテロなのか。これから都内で霊災テロが発生するのか。滋岳は、怒《いか》りと焦燥《しょうそう》、それに不安で、頭がおかしくなりそうだった。

だから、その報告を受けたとき、滋岳は内心安堵《あんど》した。彼が為《な》すべき事が明確に提示された——少なくとも、そう思えたからだ。

「独立官！『装甲鬼兵』三体が、首都高に出現しました！　四号新宿線を、こちらに向かっています！」

土御門春虎と見て間違いない報告だった。

彼の捕縛《ほばく》は、滋岳が最後に受け取っていた公式な命令だ。何より、彼が新宿支局と目黒支局を襲撃したことは揺《ゆ》るぎない事実である。天海の告発内容がどうあれ、彼は「罪」を犯《おか》している。そして、いままた軍用式である『装甲鬼兵』を持ち出していた。

ならば、

――彼を止めることは、私の任務だ。

滋岳は現時点で身柄《みがら》を拘束《こうそく》されているわけではなかった。何より、これからテロが起きるかもしれず、それを阻止《そし》するのだと言われれば、公安側も強く留《とど》めることは難しい。滋岳は現場の責任者を説《と》き伏《ふ》せ、富士川重工《ふじかわじゅうこう》のエンジニアたちの許《もと》に向かった。

『装甲鬼兵』出現の連絡は、彼らの元にも届けられていたらしい。駆けつけた滋岳の姿を見ると、『ＦＡＲ』開発のチーフエンジニアが、ガタッと音を鳴らして椅子《いす》から立ち上がった。

「滋岳独立官っ!?　さっき、例の軍用式が現れたって――」

「わかっている！　出るぞ。『ＦＡＲ』の初陣《ういじん》だ！」

立て続けに起きる予想外の事態に、チーフはもちろん、出向していた富士川のエンジニアたちは、重苦しい雰囲気《ふんいき》に沈《しず》んでいた。しかし、滋岳の宣言は、彼らの鬱屈《うっくつ》を吹《ふ》き飛ばした。全員瞳《ひとみ》を輝《かがや》かせ、それぞれの持ち場に飛びついた。

ただ一人、滋岳の立場を知るチーフだけが、

「あの……滋岳さん？　私がこんなこと言うのもなんですが……本当によろしいんで？」

「構わない。我々は、与《あた》えられた職域において、最高のパフォーマンスを果たすだけだ。

――違《ちが》うか？」

滋岳は斬《き》りつけるように問う。チーフは言葉を詰《つ》まらせた末、「いえ」と強く同意して頷いた。そして、滋岳を全力でサポートすべく、部下たちに檄《げき》を飛ばした。

「術式解放！『FAR01』、『02』、『03』、『04』、『05』、『06』、『07』、『08』、起動っ！」

スタンバイしていた『モデルFAR・Ver7』全機を直ちに起動。滋岳が呪的コントロール下に置き、自らは霊災修祓部隊の輸送車に乗車して支局を出る。チーフも同行した。

疾走《しっそう》する輸送車の背後に、車輪走行する『FAR』八機が、数珠《じゅず》つなぎに付き従った。

すでに日は落ちている。空はまだ明るいが、その色合いは赤から紫《むらさき》、群青色《ぐんじょう》へと変わりつつあった。夜を迎《むか》えんとする大都市新宿を、古の技術で動く最新の機体が、練達の術者の指揮で一糸乱れぬ行進を続ける。

『FAR』は問題ない。そう判断した滋岳は、輸送車の中で彼専用の汎用《はんよう》式『モデルML28・迦楼羅《かるら》』を生成。空に飛ばすと、己《おのれ》の意識を式神に乗せて、報告にあった地点へと先行させた。

『迦楼羅』と『FAR』。どちらも特別仕様の、操作にセンスと練度を求められる式神だ。しかし、滋岳はこれらを有機的に連動させるべく、ここ数日訓練を重ねていた。まずは『迦楼羅』を高速で現場に飛ばし、目標《ターゲット》の位置を確認《かくにん》する。

すぐに見つけた。

規制によって交通量の激減した首都高速。その上を、西から新宿方面に向かって移動する異形の物体がいた。

鎧武者《よろいむしゃ》を掲《かか》げる、鋼鉄の土蜘蛛《つちぐも》が三体。縦一列に並び、八本の脚《あし》を高速で蠢《うごめ》かせて、高《こう》架《か》道路を移動していた。何年か前、八王子《はちおうじ》の呪物保管倉庫で、その外観は見たことがある。しかし、稼働中の姿を目にするのは、これが初めてだった。生物のような滑《なめ》らかな動きと躍動感《やくどうかん》は、とても戦中に造られた形代《かたしろ》とは思えない。

――帝国《ていこく》陸軍の……土御門夜光の遺産か。

太平洋戦争の亡霊《ぼうれい》が、現代に甦《よみがえ》り、首都高速を駆ける。冷静に考えるとシュールな光景だが、『FAR』を率いる自分に言えたことではないだろう。ある意味で、これは土御門夜光と旧帝国陸軍に対する、滋岳とエンジニアたちの挑戦《ちょうせん》なのだ。

見たところ、『装甲鬼兵』の移動速度は、恐《おそ》れるほどのものではなかった。一般的《いっぱんてき》な機《き》甲《こう》式の基準で考えれば、むしろ速い方だろう。だが、車輪走行の可能な『FAR』とは、比べものにならない。これなら、一度接敵すれば、逃《に》がす心配はなかった。

「目標を確認した。あと数分で初台《はつだい》に到達《とうたつ》する。こちらは新宿から高速に入り、迎え撃《う》つ！」

『装甲鬼兵』が現れたと報告があった時点で、首都高は完全に封鎖《ふうさ》するよう指示を出している。いま現在、残っている一般車輛《しゃりょう》も存在はするだろうが、ごく少数のはずだ。全力でアタックできる。滋岳は『迦楼羅』で『装甲鬼兵』をマークしたまま、自分の乗る輸送車より先に、『FAR』を現場に急行させる。それまで輸送車の速度に合わせていた八機の『FAR』が、一斉《いっせい》に全速で走り出した。

高速に入った時点で、『FAR』の操作を『迦楼羅』経由に切り替《か》える。プロの目にもシームレスに映っただろう呪力伝達の切り替えは、滋岳が本気で訓練に臨《のぞ》んだ成果だ。『迦楼羅』を経由しての操作も、以前『仁王《におう》・改』、『夜叉《やしゃ》・改』を操作していたときと変わらないレベルで使役《しえき》できていた。

「……『FAR』から、データ来てます……オールグリーン……コンディションは完璧《かんぺき》です……！」

チーフが、持ち込んだノートパソコンに目を走らせる。彼の報告を聞きながら、滋岳は精神を集中させた。高速上に一般車輛はない。ならばとばかりに、滋岳は『FAR』を逆走させる。左右に展開し、二列縦隊に。そして……。

『迦楼羅』の視界に、マークしていた『装甲鬼兵』三体と、『FAR』部隊の両方が入った。気のせいか――当然、気のせいのはずだが――先頭を走っていた『装甲鬼兵』が、『FAR』に気付いて、なんだこいつ、とばかりに足並みを乱した気がした。

滋岳の鼓動《こどう》が早まる。

「――接敵」

滋岳はそう口にした瞬間《しゅんかん》、先頭を走っていた『装甲鬼兵』を、『FAR』二機――『01』と『02』で強襲《きょうしゅう》させた。

機体の大きさで言えば、『FAR』は『装甲鬼兵』よりおよそ二回り小さい。重量差はさらに大きいはずだ。だから、正面からぶつからず、機動性を活かして回り込むように左右から攻撃《こうげき》する。

狙《ねら》いは、脚。

が、『装甲鬼兵』はとっさに脚を掲げ、体を傾《かたむ》かせて『FAR』の攻撃を躱《かわ》した。そのまま、速度を落とさずに前進する。続いて、『FAR』の『03』と『04』、『05』と『06』と、立て続けに仕《し》掛《か》けた攻撃を、しかし、『装甲鬼兵』は悉《ことごと》く回避《かいひ》した。先頭の一体も。そして、続く二体目と三体目もだ。

――上手《うま》い。

小回りで言えば『FAR』が上のはずだ。が、『装甲鬼兵』の動きは『FAR』を瞬間的に上回っていた。スペックの差を経験で補うベテラン兵のようだ。『迦楼羅』からの観測でもわかるが、三体の『装甲鬼兵』は、あらゆる動作が最適化され、「熟《う》れ」ていた。

八本の脚でアスファルトを揺らし、『装甲鬼兵』が高架道路を疾走する。強襲に加えなかった『07』と『08』は、急停止ののち高速でバック走行。一列になって進む『装甲鬼兵』三体の前面に陣取《じんど》り、距離《きょり》を保ちつつ敵の速度を削《そ》ぎ落とそうと牽制《けんせい》した。他の『FAR』六機は、ただちに急旋回《きゅうせんかい》し、今度は後ろから『装甲鬼兵』を追いかけた。スピードはこちらが上だ。なら、重量で勝《まさ》る相手には、正面からより後方から攻撃を仕掛けた方がいい。

ただ……。

──土御門春虎はどこだ？

三体の『装甲鬼兵』は、ほぼ自律運動をしている。しかし、全体としての指揮は、土御門春虎が執《と》っているはずだ。遠隔《えんかく》操作だとしても、滋岳の『迦楼羅』のような式神がいるはずである。いまのところ、周辺に怪《あや》しい式神は見当たらない。

──いや、まずは『装甲鬼兵』を止める。

最後尾《さいこうび》の『装甲鬼兵』一体に対し、追尾する『FAR』六機で一斉に攻撃を仕掛けた。ところが、攻撃を仕掛けた瞬間、列の真ん中にいた『装甲鬼兵』が、素早《すばや》く速度を落として最後尾の一体と並んだ。仲間の死角をカバーし、逆に接近した『FAR』目がけて、次々と脚を振《ふ》り下ろした。

アスファルトが砕《くだ》け、破片が飛び散る中、『FAR』は小刻みにモーターを唸《うな》らせ、左右に揺れるように攻撃を躱す。

そこに、最後尾にいた『装甲鬼兵』が、脚を伸《の》ばして横薙《よこな》ぎの一撃。

「チッ！」

急後退では間に合わない。一番端《はし》にいた『01』を、とっさにフル出力でジャンプさせる。地を這《は》うような一撃を、飛び上がって回避した。が、次の『02』は間に合わない。脚部《きゃくぶ》にマウントしたシールドで、『装甲鬼兵』の一撃を受ける。

重い。

軽量硬質《こうしつ》、そして弾力性《だんりょくせい》をも備える特殊《とくしゅ》素材のシールドは、陥没《かんぼつ》し、亀裂《きれつ》を走らせながらも、その一撃を受け止めた。しかし、威力《いりょく》は止められず、機体が横滑《よこすべ》りして『04』に衝《しょう》突《とつ》する。滋岳はすぐさま、やや後方に控《ひか》えていた『03』と『06』を前面に出して敵を牽制。着地した『01』、攻撃態勢にあった『05』を入れ替わりに後退させて、衝突した二体をサポートした。

「データはっ⁉」

「まだ……来ました！『02』、左前脚部損傷。シールド破損。内部シリンダー系に一部ダメージが見られるので、該当箇所《がいとうかしょ》を停止します。『04』、左前脚部、左後脚部のレスポンス低下。えー……他は良しっ。両機とも、まだ行けます！」

チーフが報告。滋岳はすぐに意識を『迦楼羅』に戻《もど》す。ベレー帽《ぼう》の下の双眸《そうぼう》が、ギラギラと熱を持っていた。

――……素晴らしい……！

不謹慎《ふきんしん》なことを承知で、滋岳は感心した。

あの巨体《きよたい》で、この機動性。何より、『装甲鬼兵』はほぼ自律的に動いている。一術者――機甲式の主《あるじ》として、『装甲鬼兵』の動きには学ぶべきところが山ほどあった。そのすべてを己の糧《かて》として吸収しつつ、滋岳は『ＦＡＲ』の隊列を組み直す。『装甲鬼兵』もまた、縦一列の隊形に戻っていた。

間もなく西新宿。ジャンクションだ。その急カーブで仕掛けようと、滋岳は『05』と『06』を後方から一気に加速させた。気付いた『装甲鬼兵』が脚を伸《の》ばして妨害《ぼうがい》したが、滋岳はそれらをかいくぐって脇《わき》を抜《ぬ》け、前方に回り込ませる。

二機は、進行方向前方で待機していた『07』、『08』と共に、ルートを塞《ふさ》いだ。四体ともバック走行で、『装甲鬼兵』と向き合った。

前に四体。後ろに四体。カーブに合わせて前後から挟《はさ》み撃《う》ちにする。全体の移動速度を考慮《こうりよ》しながら、滋岳がタイミングを計る。

「──例のネットを使用する」

「動作確認できてませんよ！」

「構わんっ」

前方の四機が『装甲鬼兵』の車線を誘導《ゆうどう》。カーブに導きつつ横に広がり、同時に後方の四機も横に展開した。三体の『装甲鬼兵』を、カーブの角に追いやるように圧力をかける。

が、カーブに差し掛かった先頭の『装甲鬼兵』は──あろうことか──そのまま、直進。

高速道路の外壁《がいへき》を己の巨体で押し潰《つぶ》し──

高架から地上へとダイブした。

「なっ⁉」

思わず絶句する滋岳を余所《よそ》に、『装甲鬼兵』の巨体が、空中に投げ出された。重量感を無視したそれは、まるでCGによる合成映像を見ているような非現実的な光景だ。

真下は車道。鋼鉄の塊《かたまり》は空中を落下し、
ズシンッ、
と凄《すさ》まじい轟音《ごうおん》を響《ひび》かせて、アスファルトに着地した。

機体にかかった衝撃《しょうげき》たるや、生半可なものではないはずだ。しかし、『装甲鬼兵』は気にした様子もなく、ぶるりと体を震《ふる》わせると、一般道を走り始める。その呆《あき》れた耐久性《たいきゅうせい》は、

『装甲鬼兵』が「軍用」式である事実を、まざまざと思い起こさせた。

最初の一体に続き、二体目、三体目と『装甲鬼兵』が首都高から飛び降りる。重量感溢《あふ》れる鋼鉄の土蜘蛛が、アスファルトを踏《ふ》み割りながら、ズンッ、ズンッ、と着地する。滋岳は『迦楼羅』を介《かい》して、そのリアリティに欠ける光景を唖然《あぜん》と見つめた。

ただ、

——待て。いま！

二体目、中央にいた『装甲鬼兵』が着地した瞬間、胴体《どうたい》部の上に、人影《ひとかげ》が見えた。ほんの一瞬だ。姿はすぐに消えた。隠形《おんぎょう》しているのだ。

何者かが『装甲鬼兵』に乗っている。順当に考えれば土御門春虎だが、少なくとも、三体の『装甲鬼兵』を指揮している術者と見て間違《まちが》いない。

——逃がすかっ。

「目標三体が高速から一般道に飛び降りた！　甲州街道《こうしゅうかいどう》を新宿駅に向かっている。各方面に伝達。封鎖を急げ。我々《われわれ》もそちらに回るぞ！」

叫《さけ》びつつ、滋岳は頭の中で『ＦＡＲ』のデータを総ざらいする。

——行ける。

判断を下すと、首都高の高架《こうか》から『ＦＡＲ』にも跡を追わせた。八機の機体が次々に落下。脚部の電圧を最大に高め、四本の脚《あし》で自重の衝撃を可能な限り吸収する。

チーフのノートパソコンが、立て続けにアラートを鳴らした。

「し、滋岳さんっ!? 何やったんですか!?」

「細かいデータはいいっ。調整は任せる。重大な損傷のみ報告しろ！」

『装甲鬼兵』は真っ直《す》ぐ新宿駅を目指していた。一般道はさすがに車輌《しゃりょう》が多い。人もだ。鋼鉄の土蜘蛛を目撃した通行人たちが、悲鳴を上げて逃げ惑《まど》った。辺りはあっという間にパニックになっていた。

滋岳は『FAR』を急行させる。

――くそっ。反応が鈍《にぶ》い！

やはり高架からのダイブは、相当機体に無理をさせたようだ。『FAR』は全機稼働《かどう》しているが、レスポンスに後《おく》れが生じている。特に、敵の一撃を受けた『02』の反応が悪い。だが、機体が不調なら、術者が補えばいいだけのこと。式神の真価は、主を含《ふく》めた総合力で決まるのだ。『FAR』とて例外ではない。実際、スピードにおいては、まだ『FAR』が勝っていた。あっという間に差を詰《つ》め、『装甲鬼兵』に追いついた。先頭は『07』と『08』。接近に気付いた最後尾の『装甲鬼兵』が、前進しつつ鎧武者《よろいむしゃ》を振り返らせて迎撃《げいげき》態勢に入った。

「ネットを射出する！」

『07』と『08』の二機が、胴体部に外部接続しているランチャーを向けた。そのランチャーから最後尾の『装甲鬼兵』に向かって、ボウリングのピンほどもある弾丸《だんがん》が、立て続けに射出された。弾丸は空中で、前方に向かって破裂《はれつ》。内包されていた捕縛《ほばく》ネットを放射状に広げた。

富士川のエンジニアたちが突貫《とっかん》で用意してくれた投網弾《とあみだん》だ。飛び道具が来るとは思っていなかったらしく、『装甲鬼兵』がぎょっとしたように一発目を緊急回避《きんきゅうかいひ》する。しかし、体勢を崩《くず》したせいで、二発目は避《よ》けきれず脚に当たった。

絡《から》まった網はさらにもう一本の脚も搦《から》め捕《と》り、『装甲鬼兵』の動きを大幅《おおはば》に鈍《にぶ》らせた。残る六本の脚が慌《あわ》ててガシャガシャと足踏みをし、バランスを取る。そこに、逆側から接近していた『06』が、三発目の投網弾を放った。

今度はまともに命中した。一挙に四本の脚を搦め捕られ、『装甲鬼兵』が派手な音を立てて車道に転倒《てんとう》する。その間に、残る五機はもう一体——常に列の真ん中にいた『装甲鬼兵』へと殺到《さっとう》させた。術者とおぼしき人影が乗っていた『装甲鬼兵』だ。

投網弾は一機に一発ずつ。残りは五発。新宿駅はもう目と鼻の先だ。外さないためには、可能な限り接近する必要がある。

と、狙《ねら》っていた『装甲鬼兵』の上に、黒衣を纏《まと》う人物が現れた。隠形を解き、迫《せま》る『FAR』を見据《みす》えている。

——奴《やつ》か⁉

滋岳は上空の『迦楼羅』を急降下させた。

しかし、滋岳が顔を確認するより先に、サッ、と黒衣の人物が右腕《みぎうで》を真横に振った。呪《じゅ》術《じゅつ》かと思ったが、違う。合図だ。先頭を走っていた『装甲鬼兵』が、八本の脚を器用に動かして、体ごと背後を振り返った。

その個体の、胴体両脇に取り付けられている部位が、軽く上下に微《び》動《どう》する。ハッと滋岳が凍《こお》り付く。

次の瞬間《しゅんかん》、『装甲鬼兵』の機《き》関砲《かんほう》が火を噴《ふ》いた。

轟音が高らかに鳴り響き、砲弾がシャワーのように『FAR』に降り注ぐ。とっさに構えたシールドが見る見る削《けず》られていく。滋岳は慌てて『FAR』を後退させたが、すでにシールドを破損していた『02』は間に合わなかった。砲弾がシールドを貫通《かんつう》し、胴体に着弾。そのまま立て続けに砲撃を浴び、あっという間に大破してアスファルトに転がった。

——くっ⁉

「エ、『FAR02』、機能停止！　何がありました⁉」

「目標が機関砲を発砲した」

「機関砲⁉　——レ、レポートにあったやつですね？　でも、こんな街中で！」

闇《やみ》寺の騒動《そうどう》で『装甲鬼兵』が機関砲を使用したことは報告されていた。しかし、チーフの言う通り、この街中で堂々発砲する場面が想像できていなかった。これは滋岳のミスだ。

『FAR』が距離《きより》を取ると、人影がもう一度手を振り、砲撃を停止させた。どうやら、砲弾が装填《そうてん》されているのは、あの『装甲鬼兵』だけらしい。だが、一体だけでも充分《じゆうぶん》過ぎる脅威《きようい》だ。

『装甲鬼兵』二体と『FAR』七機は、対峙《たいじ》しながら移動を続ける。とうとうJR新宿駅が見えた。パニックが拡大する阿鼻叫喚《あびきようかん》の中、陸橋に上がり南口前を通過する。

そのタイミングで、「見えました！」と輸送車を運転していた部下が叫んだ。滋岳は座席から立ち上がり、窓を開けて身を乗り出した。

『迦楼羅』を介して上空から見ていた光景が、同じ目線の高さの先に繰《く》り広げられていた。にらみ合いながら陸橋を渡《わた》る計九体の巨大な機甲《きこう》式群。そのあとを、距離を置いて輸送車が追走する。

このまま行けば新宿御苑《ぎよえん》トンネルだ。トンネル内で敵を足止めできれば——

――いや、狭《せま》い空間では『ＦＡＲ』のスピードを活《い》かしきれない。それに、機関砲でトンネルを潰されたら追跡《ついせき》も困難になる。

トンネルの前に仕《し》掛《か》ける。滋岳は戦場を直接にらみながら、『ＦＡＲ』の隊列を組み直した。先頭は、すでに投網弾を射出した、『06』『07』『08』。その背後に『01』と『03』が続き、最後列に『04』と『05』が並ぶ。

覚悟《かくご》を決めて、敵との距離を一気に詰めた。

黒衣の人物が再び合図を送った。発砲。機関砲の轟音が、輸送車まで届いて直接滋岳の耳朶《じだ》を打つ。初めて経験する迫力《はくりょく》に身震いを禁じ得ない。前列三機のシールドが、ピックを打ち込まれる氷塊《ひょうかい》のように、ぼろぼろと崩れていく。しかし、滋岳は怯《ひる》まず、『ＦＡＲ』を前進させた。

「しっ、滋岳さんっ⁉」

「許せ！　三機、盾《たて》にする。他《ほか》に方法が思いつかない」

青ざめるチーフを余所に、『ＦＡＲ』たちは強引に『装甲鬼兵』に迫った。

弾幕の煙《けむり》と破《は》壊《かい》音の中、銃火《ノズルフラッシュ》と火花が弾《はじ》け、跳弾《ちょうだん》がアスファルトを削る。ついにシールドが限界を超《こ》えて『07』が破壊され、『06』が脚を砕《くだ》かれて転倒した。

――いまだ！

すぐ後ろにいた『01』と『03』を、出力最大でジャンプさせる。射線から逃《に》げた空中で、ランチャーを『装甲鬼兵』に向ける。ところが、『装甲鬼兵』はこの上下運動にも反応した。砲身が二機を追って上方へ。ババババッと赤い尾《お》を曳《ひ》く砲弾が、空中の『01』を射貫《いぬ》いた。くそっ、と滋岳は、すでに半壊《はんかい》状態の『08』を、体当たりで突《つ》っ込ませる。

体を浮《う》かしていた『装甲鬼兵』が、『08』に追突《ついとつ》されて挙動を乱した。砲撃が途切《とぎ》れる。そこに、『03』が投網弾を発射した。広がった投網は、体当たりした『08』ごと鋼鉄の土《つち》蜘蛛《ぐも》を包み込んだ。

網に捕《と》らわれた『装甲鬼兵』が暴れる。強引に脚をもたげ、『08』の上に振《ふ》り下ろした。串刺《くしざ》しになった『08』が一撃《いちげき》で活動を停止。が、そこに最後列にいた『04』が突出して、二発目の投網弾を発射した。網の上に次の網が絡まり、『装甲鬼兵』が堪《たま》らずに転倒する。轟音を立てて横倒《よこだお》しになり、そのまま滑《すべ》ってガードレールを押し倒した。

先行していた『装甲鬼兵』は、仲間を置いたまま前進を続けている。着地した『03』の許《もと》に、『04』と『05』が合流して跡を追う。

「『01』、『07』、『08』、機能停止！　『06』も行動不能！」

「わかっている！」

滋岳らの乗る輸送車が、破壊された『ＦＡＲ』たち、そして網に絡まったまま暴れ続ける『装甲鬼兵』を避けながら陸橋を渡った。これで一対三。投網弾も、『05』に装備されている一発だけだ。

「ここで仕留める！　畳《たた》み掛けるぞ！」

スピードはこちらが上。ましてや、向こうは人を乗せている。滋岳は残る三機の『FAR』を全速で走らせた。最後の『装甲鬼兵』を、後方と左右から半包囲する。行く先の道路が、地下に消えているのが見えた。新宿御苑トンネルだ。その前に、けりを付ける。

「かかれっ！」

思わず声に出して命じていた。『FAR』三機が、三方向から『装甲鬼兵』に襲《おそ》いかかる。黒衣の人物が三方を見回し、『装甲鬼兵』が走りながら身構えた。

そのときだ。

闇を切り裂《さ》き、トンネルの奥から光が迸《ほとばし》った。

雷。

バリバリッと空気が焼ける音が響《ひび》き、飛来した雷《かみなり》が『03』の機体を打った。『03』が一瞬、強制的に動きを止められ、三機の連携《れんけい》が崩れる。滋岳が慌てて攻撃《こうげき》を中止すると、それを待っていたかのように、トンネルの奥からヘッドライトのハイビームが貫いて、巨大な車輌が飛び出してきた。

滋岳が目を瞠《みは》る。

「あのときの……！」

現れたのは一台のハマーだった。以前滋岳の式神部隊を壊滅《かいめつ》させ、ついに逃げ切った者たちだ。

ハマーは、トンネルを出た直後に、タイヤを擦《こす》り付《つ》けるように急旋回《きゅうせんかい》。百八十度向きを変えたところで、『装甲鬼兵』とすれ違う。

『装甲鬼兵』がトンネルに入った。ハマーがエンジン音を鳴り響かせて、出て来たトンネルにもう一度飛び込んだ。滋岳が奥歯を噛《か》み締《し》める。それから、『FAR』三機をトンネルに突入させた。

☆

状況《じょうきょう》は、鈴鹿が先行させてくれていた式神によって、ある程度わかっていた。『装甲鬼兵』を駆《か》る、黒衣の人物。『装甲鬼兵』を攻撃する、見たことのない機甲式の部隊。トンネルの先にその情景を垣間《かいま》「視《み》」た瞬間、夏目はとっさにシートベルトを外し、助手席のシートに立ち上がって、雷法《らいほう》を放っていた。

雷の轟音《ごうおん》がトンネル内に反響《はんきょう》し、同乗者たちが悲鳴を上げる。数秒後、ハマーがトンネルを抜《ぬ》け、地上に飛び出した。

ハマーの幌《ほろ》はフルオープンにしたままだ。視界が一気に開けた。すぐ目の前に、圧倒的《あっとうてき》な重量感を誇る鋼鉄の土蜘蛛が迫っていた。奥には土蜘蛛に似た——しかし二回り小型の機甲式が三体見える。そのうち一体は夏目の放った雷に打たれて動きを止めている。土蜘蛛は飛び出して来たハマーに、今度はなんだよ、と言いたげな反応を見せたが、速度は落とさず一直線にトンネルに向かっていた。

「天馬君！」

「羽馬！　Uターン！」

ハマーの巨体《きょたい》が急制動をかけ、滑《すべ》りながら車体を傾《かたむ》けた。土蜘蛛と交差する。夏目の視線が土蜘蛛の上にいる黒衣の人物に飛び、「——っ⁉」と両目を見開いたときには、ハマーがUターンを終えていた。

今度は、土蜘蛛を追っていた機甲式三体がすぐ側《そば》まで迫っている。ハマーが再びエンジンを吹かし、猛烈《もうれつ》なトルクで車体を前に押し出した。抜けたばかりのトンネルに、もう一度飛び込む。前を行く土蜘蛛を猛追する。

「春虎君じゃない！」

夏目が叫《さけ》んだ。「なんだとっ」と後部座席の冬児が怒鳴《どな》った。ハマーに乗車しているのは、運転席の天馬と助手席の夏目の他、冬児と京子、鈴鹿の計五人だ。

　夏目が後部座席を振り向きながら、

「霊気《れいき》が違いました！　それに、体格も」

「じゃあ、誰《だれ》だ!?」

「てか、その前に、あれ！　来るよ！」

　背後をにらみながら、鈴鹿が叫んだ。腰《こし》を浮かせて、ハマーの後方に大量の式符《しきふ》をばらまく。式符は鈴鹿オリジナルの折り紙の式神となってトンネルを塞《ふさ》いだ。そこに、土蜘蛛を追ってトンネルに入ってきた、機甲式たちが押し寄せた。

　機甲式たちは式神の大軍に動きを鈍《にぶ》らせた。しかし、足は止められない。式神を押しのけ、掻《か》き分け、叩《たた》き潰《つぶ》しながら、前進してくる。

「クソッ！　機甲式相手じゃ、分が悪い――つか、そもそもなんなのよ、あれ！　ほとんどロボットじゃん!?」

「『大佐《たいさ》』なのっ？」

「十中八九ね！　ったく、いつの間にあんな厄介《やっかい》な物を」

　京子の質問に、鈴鹿がやけくそな勢いで答える。その間に、ハマーは土蜘蛛の真後ろに追いついていた。

巨体の疾走《しっそう》に、トンネル全体が震動《しんどう》している。夏目は助手席に立って、リボンで結んだ長髪《ちょうはつ》をなびかせていた。フロントガラスの縁《ふち》に手を当て、暗い中じっと土蜘蛛の背中に目を凝《こ》らす。

そして、

「――第一封呪《ファースト・シール》、解除《パージ》！」

北斗《ほくと》の封印《ふういん》を解除するや、驚《おどろ》く仲間たちに「すみません、行って来ます！」と言い置き、竜気《りゅうき》を漲《みなぎ》らせて跳躍《ちょうやく》した。

一度ハマーのボンネットに着地し、もう一度、前方に大きく飛ぶ。

土蜘蛛の上に飛び移った。

不安定な足場に、しゃがみ込みながら着地する。背後で仲間たちが無謀《むぼう》を責めるのが聞こえたが、じっとしてはいられなかったのだ。

腰を落としたまま顔を上げると、土蜘蛛の上に乗っていた黒衣の人物が気付いて、夏目を振り返った。どうやら落下防止のため、鎧武者《よろいむしゃ》とロープで身体《からだ》を繋《つな》げているらしい。片手を武者の肩《かた》に置いたまま、身体を捻《ひね》って、「あら」とつぶやいた。

まったくもって、いまのこの状況が少しでも理解できているのか疑わしいほどのマイペースな口振りで、

「お久しぶりね、土御門夏目さん。と言っても、私のことは、覚えてないかしら？」

そう、夏目に向かって挨拶《あいさつ》をした。

彼女の予想に反し、夏目はその童顔を覚えていた。そして、彼女の「素性《すじょう》」も、仲間たちから聞かされている。

「早乙女涼《さおとめすず》さん――！」

「うん。……にしても、よく覚えてたわね。私と最後に会ったのって……えーと……ああ、上野《うえの》のとき以来じゃないかしら。あなたたちの担任が入院してたとき。すごい記憶《きおく》力ね」

早乙女は妙《みょう》なところに感心して言ったが、もちろん、そんな場合ではない。

「春虎君は⁉ 居ないんですかっ？」

早乙女は、春虎の覚醒《かくせい》に大きく関《かか》わっている。姿を消したのも同じタイミングで、彼女が春虎と行動を共にしている可能性が高いということは、仲間内でも度々《たびたび》口の端《は》にのぼっていたことだ。こうして、春虎の『装甲鬼兵』を指揮しているからには、夏目たちの想像は正しかったことになる。

しかし、早乙女の反応は夏目の望むものとは違《ちが》っていた。夏目の台詞《せりふ》以上に、その必死な表情に打たれたのだろう。早乙女は彼女には珍《めずら》しく、「ごめんなさい」と神妙に言った。

「私は、囮《おとり》。と言っても、一応目的地は目指してるけどね」

「神田明神ですね！」

「そう」

「なら、春虎君もそこに？」

「そのはず。ただ、私たちは朝から別行動を取ってる。いま彼がどこにいるかは、私にもわからない」

早乙女の説明に、夏目は顔を歪《ゆが》ませた。

どうしてこうもすれ違いが続くのだろうか。しかし、挫《くじ》けてなどいられない。春虎は神田明神に現れる。それがわかっただけでも収穫《しゅうかく》だ。

「先に向かいます！　あとでまた——」

「待って」

「え？」

「あなたは、行っては駄目」

「な」

あまりにストレートで不躾《ぶしつけ》な台詞に、夏目は耳を疑った。

「なぜですっ⁉」

「言えない。けど、行ったら不味《まず》いことになる」

早乙女は淡々《たんたん》と告げた。本当に、なんの感情も込めず、努めて冷静な口調で。対して、夏目は反射的に込み上げる怒り《いか》を抑《おさ》えることができないまま、ほとんどそのまま吐《は》き出していた。

「どうしてですか！　そんなことを、あなたに言われる筋合いなんかない！」

夏目の罵倒《ばとう》を、早乙女は無言で受け止める。

「……そうね」

と、小さくつぶやいた。

「私に、あなたは止められない」

「…………」

夏目がにらみつける視線を正面から見返しながら、早乙女はそう言って、ほんの微《かす》かに、微笑《びしょう》した。

「そして多分、そのことは春虎君もわかってる。運命がどう転び、どう繫がるかなんて、誰にもわからない。私にも。春虎君にも。土御門夜光ですら」

早乙女の言っていることが、夏目にはほとんど理解できなかった。ただひとつわかるのは、彼女が悪意を持って言っているのではないということだ。むしろ、夏目のことを案じて「行っては駄目《だめ》」だと告げているのである。しかし、なぜ？　理由も言えないとは、どういうことなのか。ここまで事態が動き、何もかもが切迫《せっぱく》しているというのに。

憤《いきどお》りと不安、さらには正体不明の予感めいたものがない交ぜになって胸をざわつかせる。夏目は質問できず、かといって目を逸《そ》らすこともできないまま、こちらを見る早乙女の眼《まな》差《ざ》しを見返していた。

そして、土蜘蛛がトンネルを抜けた。続いてハマーも。すると、ハマーの後部座席から、鈴鹿が夏目に向かって、大声を上げた。

「夏目っち、前！」

ハッと首を巡《めぐ》らせる。前方。空中に人影《ひとかげ》があった。躍《おど》りかかる人影を、土蜘蛛がとっさに避《よ》ける。躱《かわ》された人影は、アスファルトを踏《ふ》み割りながら、土蜘蛛を振《ふ》り返った。

「――別人。やはり、陽動か」

若い男だ。その姿も見覚えがある。というより、つい先日対峙《たいじ》した相手の一人だ。多軌子の護法である。

「蜘蛛丸《くもまる》⁉」

「土御門夏目か。なら、あながち空振りでもなかったな」

蜘蛛丸はすぐに土蜘蛛を追尾《ついび》。ハマーと並んだ。「チッ！」と冬児がヘアバンドを取り、自らの封印を一段階解除。鈴鹿が素早く、京子が慌《あわ》てながら、呪符《じゅふ》を抜く。

そこに、鈴鹿の式神を押し切って、『大佐』の機甲式《きこう》三体が、トンネルを抜けて来た。

謎《なぞ》の参戦者に戸惑《とまど》いをのぞかせつつも、土蜘蛛を捕縛《ほばく》すべく追いすがる。

四谷《よつや》四丁目の交差点。夏目たちのハマーと、早乙女の『装甲鬼兵』。蜘蛛丸と、三体の機甲式。誰が誰の仲間かを見極《みきわ》めるように、それぞれがそれぞれに視線を投げた。

一瞬《いっしゅん》の交錯《こうさく》に、無数の思惑《おもわく》が飛び交《か》う。

最初に動いたのは、

「いいだろう。どのみち、放置はできん」

蜘蛛丸が言って、夏目に襲《おそ》いかかった。アスファルトを蹴《け》り、走行する土蜘蛛の頭上へ。

雷法《らいほう》の呪力を練る夏目の身体を、黄色いスパークが這《は》う。第一封呪《ファースト・シール》を解除した冬児が、ハマーから飛び出すべくロールゲージに手をかける。

ところが、そこに、

「させないわよ！」

結界がぶつかってきた。蜘蛛丸が、飛来した呪的防壁《ぼうへき》に押されて跳躍の軌道《きどう》を逸らせる。

「クッ⁉」と歯嚙《はが》みしながら、態勢を立て直す。

脇道《わきみち》から飛び込んで来たのは、一台のバイクだ。ひと組の男女が二人乗《タンデム》りしたバイクが、緊迫《きんぱく》する戦場に飛び込んで来た。

弓削麻里《まり》。

それに、山城隼人《はやと》。

驚くべきことに、二人が乗るバイクにも見覚えがあった。木暮のバイクだ。「貴様等っ!?」と蜘蛛丸が両目をつり上げる。出遅《でおく》れた蜘蛛丸を残し、ハマーと『装甲鬼兵』が交差点を抜《ぬ》ける。そこに、山城の運転するバイクが続き、さらに三体の機甲式が跡《あと》を追う。

ただ、機甲式は弓削と山城を確認したあと、明らかに動きを萎縮《いしゅく》させた。

一方、弓削たちはバイクをハマーの側《そば》に寄せると、

「加勢に来たわ！」

と、後ろに座る弓削が身を乗り出し、声を張り上げた。

「遅《おそ》いじゃん！」

「大連寺鈴鹿《だいれんじ》！　それに生成《なまな》りのあなたも——やっぱり天海部長と行動してたのね！　さっきの式神は、相馬の使役式《しえき》で間違いないっ？」

「わからないで吹《ふ》っ飛ばしたのか。ああ、その通りだ。言っとくが相当手強《てごわ》いぞ！」

冬児の台詞を証明するように、背後で壮絶《そうぜつ》な破壊《はかい》音が響《ひび》いた。見れば、三体いた機甲式

の一体が、蜘蛛丸によって蹴り潰されている。振り向いた弓削が、絶句した。

物理的な身体を持たない一般《いっぱん》の式神にとって、機甲式は極めて相性の悪い相手だ。それを、苦もなく破壊するなど、およそ尋常《じんじょう》ではない。ハンドルを握《にぎ》る山城も、ミラーで確認《かくにん》しながら、「クソッ⁉」と息を呑《の》んでいた。

「なんて霊力《れいりょく》だ……あれが、木暮《こぐれ》さんと戦った式神か！」

「こっちに来てるのは、奴《やつ》だけらしいな。どうする？　迎《むか》え撃《う》つか？」

冬児が闘志《とうし》を剥《む》き出しにした瞬間、

「いえ」

ガッ、とハマーのロールゲージの上に、土蜘蛛から跳躍した夏目が降り立った。

全身に竜気を纏《まと》うその姿に、弓削と山城が目を瞠《みは》る。特に、以前夏目と戦ったことのある山城は、我が目を疑うように髪《かみ》をなびかせる夏目を見上げていた。

「私たちは神田明神に向かいます！　――弓削独立官。それに……山城呪捜官。『装甲鬼兵』は味方です。あの機甲式も、二人には手出ししないでしょう。ここは、お任せしていいですね？」

年長の『十二神将《じゅうにしんしょう》』相手に、有無《うむ》を言わせぬ口振りだった。天馬と京子がぽかんとし、鈴鹿が我が意を得たように鼻を鳴らして、冬児がさも楽しげにニヤリと笑う。

直後、

「オン・牛頭《ごず》・デイバ・誓願《せいがん》・随喜《ずいき》・延命・ソワカ！」

蜘蛛丸が真言《マントラ》を唱え、車道に両手をついた。陰《いん》の気が爆発的《ばくはつてき》に地面に注がれ、超《ちょう》高熱に晒《さら》されたようにアスファルトが溶《と》けて泡立《あわだ》った。

瘴気《しょうき》が弾《はじ》けた。まるで簡易式でも生成するかのように、次々と動的霊災が発生。フェーズ３、『タイプ・キマイラ』だ。蜘蛛丸が木暮と対戦した際にも見せた力だった。だが、霊脈が祭壇《さいだん》の影響《えいきょう》下にあるせいか、その数がさらに多い。あっという間にフェーズ４になろうとしている。

怖気《おぞけ》を震《ふる》う光景だ。

しかしそれは、逆に『十二神将』たちの闘志を、一気に燃え上がらせた。特に、独立祓《ふっ》魔《ま》官《かん》の弓削。そして、滋岳《しげおか》もだ。およそ、祓魔局に属する祓魔官にとって、霊災の修祓こそは骨身に刻まれた「使命」なのである。徒《いたずら》に霊災を弄《もてあそ》ぶ者など、問答無用で「敵」だ。

残る二体の機甲式が、追撃《ついげき》を止めて向きを変え、霊災に対峙した。それを見た弓削も、眼差しを鋭《するど》くする。

「――わかったわ」

そう応《こた》えた瞬間、『タイプ・キマイラ』一体が、機甲式を飛び越《こ》えてハマーの頭上に襲いかかった。だが、弓削が呪文《じゅもん》も唱えず剣印《けんいん》を結んで斬《き》りつけるや、空中で結界に捕《と》らわれ、そのまま落下した。

　山城がブレーキを踏み、バイクを滑《すべ》らせながらターンさせる。

「行きなさい！」

弓削が叫《さけ》び、バイクが霊災の群れを目がけて走り出した。

早乙女も夏目に向かって頷《うなず》き、同じく土蜘蛛を『タイプ・キマイラ』へ向ける。

「――天馬君！」

「うんっ！」

ハマーが速度を上げた。加速するのを感じながら、夏目は唇《くちびる》を結ぶ。

行っては駄目。だが、そればかりは聞けない。

戦場に背を向け、夏目たちは次の戦場へ針路を取った。

3

都内上空を、三本足のカラスが飛ぶ。

都心部は「視《み》」渡《わた》す限り、呪力線と霊脈に彩《いろど》られていた。『天曺地府祭』の祭壇が形作る、巨大《きょだい》で複雑な、また有機的な模様は、まるで呪《のろい》の曼荼羅《まんだら》のようだ。

神域を拡大し、隠世《かくりよ》を現世《うつしよ》に合わせた、「神」を招く呪術の舞台《ぶたい》。東京はいま、霊的に半ば異界と言って良かった。

それは、ある意味懐《なつ》かしい感覚だ。呪術の神髄《しんずい》。神秘の領域に迫《せま》る広大な実験場。懐かしく、そして苦い。だが、いまは感傷に浸《ひた》っているときではなかった。

金烏《きんう》は慎重《しんちょう》に時間をかけて、空を飛んでいた。展開された祭壇は、辺り一帯の霊相を変えている。それは当然呪術にも影響を与《あた》える。しかも、流し込んだ異なる術のせいで、歪《いびつ》な霊気のまま固定されている箇所《かしょ》もあった。付近の変化を――そして「戦局」を、可能な限り把握《はあく》しておきたかったのだ。

しかし、それもおおよそは済んだ。

空は微かに赤らむ西の彼方《かなた》を残し、夜の色に染まっていた。月も見える。冴《さ》え冴《ざ》えとした白い月が、静寂《せいじゃく》を纏って月下を見守っている。

御茶ノ水《おちゃのみず》。

金烏は、己《おのれ》の翼《つばさ》で月光を切り裂《さ》くかのように、一度鋭く旋回《せんかい》する。そして、ある一点を目指し、真っ直《す》ぐに滑空《かっくう》した。

聖橋《ひじりばし》を斜《なな》めに横切るように神田川上空を通過。この祭壇の中心地――神田明神に迫る。すぐに、参道に入る鳥居が見えた。と、突然《とつぜん》金烏は両翼《りょうよく》を広げ、三本の足を前に突《つ》きだして、空中で勢いを殺した。

ひらりと身を翻《ひるがえ》し、鳥居より手前——質実な佇《たたず》まいをした、入母屋造《いりもやづく》りの瓦屋根《かわらやね》に降り立つ。湯島聖堂《ゆしませいどう》の大成殿《たいせいでん》だ。棟《むね》の両端《りょうたん》には龍頭魚尾の鬼犾頭《きぎんとう》、四方には狛犬《こまいぬ》に似た鬼龍子《きりゅうし》という霊獣《れいじゅう》の像が祀《まつ》られている。

霊獣たちの佇む屋根の棟に降り立った金烏は、次の瞬間すっくと立ち上がって黒衣の陰《おん》陽師《みょうじ》に姿を変えた。その位置から神田明神の鳥居までは、間に本郷《ほんごう》通りの車道を挟《はさ》むだけで、遮《さえぎ》る物が何もない。また、強力な人払《ひとばら》いの結界のせいで、人や車が行き交うこともなかった。鳥居の側《そば》に、乗り捨てられたかのように停車する車が一台あるだけだ。

ただ、人気のない鳥居の下には、小柄《こがら》な僧衣《そうい》の男がいた。

男は、大成殿の屋根に立つ陰陽師を眺《なが》め、一歩、前に歩み出る。

「久しぶりだな、土御門春虎君。……と言っても、俺のことは覚えちゃいないかな。何しろ、あのとき君は、大変だった」

「……宮地独立官。ああ。残念ながら、覚えてないよ。でも、あんたのことは知ってる。『炎魔《えんま》』の名は、何度も聞いた」

二人が話しているのは、一昨年《おととし》の夏、夏目が命を落としたときのことだ。あのとき、祓魔局に拘束《こうそく》された春虎は、呪捜部に引き渡された。その際、宮地も同席していたのである。

土御門春虎と宮地磐夫《みやちいわお》。幼馴染《おさななじ》みを失い、式神に憑依《ひょうい》されて暴走していた塾生《じゅくせい》と、霊災修祓の最高責任者であり、祓魔局の支柱たる最強の『十二神将』。その二人が、まさかこんな形で相対するなどと、あのとき誰《だれ》が想像できただろう。

——確かに、これは半端ないな……。

あらためて宮地と対面し、春虎は隻眼《せきがん》を半眼に細めた。

はばかりながら、霊力の強さなら、春虎も自信があった。何しろ、封印《ふういん》されていた塾生時代から、霊的なタフさだけは認められていたぐらいだ。見鬼《けんき》の才を得、前世の記憶《きおく》を取り戻《もど》したいまは、自らの霊力を本当の意味で引き出す方法や、最適な操り方も熟知できている。単純明快な「力」比べだろうと、他の陰陽師たちに引けを取ることは、まずないと言えるだろう。

しかし、目の前の男に敵《かな》うと思うほど、自惚《うぬぼ》れることはできなかった。

ぼさつく髪にひげを伸《の》ばした、春虎より背の低い、小柄な中年男性。仰々《ぎょうぎょう》しく袈裟《けさ》を身に纏《まと》ってすら、その風貌《ふうぼう》はいまいち冴えない。

だが、腕《うで》の立つ呪術者ほど、その小兵が裡《うち》に秘める、豊潤《ほうじゅん》で莫大《ばくだい》な霊力を知ることができる。計れども計れども、なお計り知れない「底のなさ」に愕然《がくぜん》とするのだ。

名だたる陰陽師たちが口を揃《そろ》えて「当代最強」と畏怖《いふ》する、「『炎魔』の宮地」。

　ただ、春虎が一番知りたいのは、彼の真の実力ではない。

「……宮地独立官。あんたには前から聞きたいことがあった」

「ほう？　何かな」

「どうして、倉橋に与《くみ》するんだ」

　春虎はそう言って、宮地に鋭い眼差《まなざ》しを据《す》える。

「あんたは、相馬の一族とも、倉橋家とも、なんの因縁《いんねん》も持っていない。何か弱みがあるようにも見えないし、騙《だま》されているようにも思えない。かと言って、あいつらに心酔《しんすい》している風でもない。それどころか、あんたは酷《ひど》く冷静だ。相馬や倉橋、それに自分自身がしていることを、一番客観的に見てる気がする」

「……これはどうも。君に言われると、面映《おもは》ゆいな」

「なのに――なぜ？」

　韜晦《とうかい》する宮地に、春虎は率直《そっちょく》に切り込む。

「あんたほどの力があれば、相馬にも倉橋にも、堂々と歯向かえたはずだ。祓魔官としても、祓魔官の『長』としても、あんたは理想的な仕事を積んで来ている。祓魔官の多くが、あんたを目標にしてるんだろ？　部下のほとんどは、あんたを頼《たよ》りにして、慕《した》ってたんじゃないのか？　それを、どうして裏切る」

語調こそ静かなものの、春虎の詰問《きつもん》はひと言ひと言が高密度だった。その場凌《しの》ぎや誤魔《ごま》化《か》しを許さない実直さがある。宮地は弱った風に指先でひげを掻《か》き、しばし言葉を選んで沈黙《ちんもく》した。

それから、

「昔……力を暴走させたことがある」

ピクリ、と春虎が隻眼をすぼめた。

「いや、正直、応《こた》えた。死ぬ気だったが死に切れず、だいぶ頭もおかしくなった。そんなとき、長官に救われてな？　……でもまあ、それも所詮《しょせん》は言い訳のひとつに過ぎないな。いま俺がここにこうしてるのは、結局俺自身が『どうでもいい』からなんだろう。死に切れはしなかったが、半分は死んだんだ。あのころに、俺は。あとは……流されるまま、ってところさ」

宮地はそう言った。ざっくばらんな、率直な口振《くちぶ》りだった。

彫《ほ》りの深い、渋《しぶ》い顔立ちに浮《う》かぶどこか人懐《ひとなつ》っこい表情には、伊達男《だておとこ》風の容姿に反し、枯《か》れた喜劇役者のような雰囲気《ふんいき》がつきまとっている。身に染みついた韜晦の奥に見える、悲哀《ひあい》と達観。それらの根底にある、常人では量れないドライさ。あるいはそれは、一種の悟《さと》りであるのかもしれない。

しかし、春虎は、

「だったら――」

と語気を強める。

「あんたが一番、最悪だな……。でも、同情はするよ。強すぎる力ってのは、大抵《たいてい》ろくなもんじゃない」

最後はほとんど独り言のように言うと、春虎はおもむろに右腕《みぎうで》を横に払《はら》った。

春虎を間に挟み、左右に護法が実体化した。瓦屋根に踵《きびす》を鳴らす軍服姿の飛車丸《ひしやまる》と、片足を棟にかけ、左袖《そで》を風になびかせる角行鬼《かくぎようき》。美貌《びぼう》の狐憑《きつね》きと隻腕《せきわん》の鬼《おに》は、双眸《そうぼう》を怪《あや》しく光らせ、瓦屋根から宮地を見下ろした。

「『炎魔』の宮地――相手に取って不足はない」

「……ま、お手並み拝見だな」

宮地が軽く息を吐《は》き、ジャラリと手元の数珠《じゆず》を鳴らした。

元より立場の違《ちが》う同士だ。これ以上話すこともなく、ならばやることは決まっている。

春虎は一度、参道の奥、坂道の上に建つ神田明神の随神門へと視線をやった。門の入り口は薄闇の模に覆われて、中が見えなくなっていた。祭壇のために結界が張れないため、せめてもの目隠しといったところらしい。だが、ならば直接出向くだけのこと。そのための障害は、取り除く。

「飛車丸。角行鬼！」

主《あるじ》の号令を受けて、二体の護法が、華麗《かれい》に、悠然《ゆうぜん》と、跳躍《ちょうやく》する。飛車丸は高く、頭上へ。角行鬼は低く、車道に降りて、二手に分かれながら宮地に仕《し》掛《か》けた。

宮地は手印を結び、ジャッと数珠を振るう。

「――ノウマク・サラバ・タタギャテイビャク・サラバ・ボッケイビャク・サラバタ・タラタ・センダ・マカロシャダ・ケン・ギャキギャキ・サラバ・ビギンナン・ウンタラタ・カンマン――」

唱えたのは、金剛手最勝根本大陀羅尼《こんごうしゆさいしようこんぽんだいだらに》。不動明王の火界咒《かかいしゆ》だ。

火界咒は、『汎式陰陽術《はんしき》』において、動的霊災の修祓《しゆうふつ》に際し、もっとも多用される代表的な攻撃性呪術《こうげきじゆじゆつ》である。

ただし、宮地のそれは、「格」が違った。

宮地の全身から莫大な呪力が迸《ほとばし》り、彼を中心として、呪術の炎《ほのお》が吹《ふ》き荒《あ》れた。炎は瞬《また》く間に車道を埋《う》め、建物を焼き、辺り一帯を火の海に沈《しず》める。

その火を見るのは、あの夏の夜以来。蘆屋道満《あしやどうまん》を迎《むか》え撃《う》ち、陰陽庁庁舎を覆《おお》い尽《つ》くした、あの炎だ。あのときは窓越《まどご》しに垣間見《かいまみ》たに過ぎないが、いざ眼前にする『炎魔』の炎は、

「凄《すさ》まじい」というより他《ほか》に形容しようがない。

「チッ！」

と角行鬼が右腕で顔を庇《かば》いながら、炎に呑《の》まれて足を止めた。全身にラグが走り、髪《かみ》が逆立っている。頭上に飛んだ飛車丸も、下から噴《ふ》き上げる熱波に煽《あお》られ、「くっ⁉」と尾を揺《ゆ》らしていた。

目映《まばゆ》い光と音。そして、圧倒的《あっとうてき》な、熱。春虎もただちに結界を張ったが、距離《きょり》が離《はな》れていてもなお、並の結界では耐《た》えきれないのがわかった。『汎式』の火界咒が生み出す呪術の火は、本来、対霊的燃焼《れいてきねんしょう》力を高め、対物的な力を極力抑《おさ》える術式になっている。にもかかわらず、早くもアスファルトが融解《ゆうかい》し出していた。辺りの建物も次々に燃え上がり、延焼がさらなる火気を生んでいる。

炎に青白く浮かび上がる鳥居の前で、宮地は半眼となり、呪文を唱え続けた。

「……なるほど、本陣《ほんじん》から出て戦うわけだ」

これほど強大な呪術の使い手となると、複雑な術式を伴《ともな》う祭壇《さいだん》の中心には置いておけない。強すぎる炎が、祭壇の術式をも焼き払ってしまうからだ。それどころか、参道の外まで出ているいまも、宮地は意識して「範囲《はんい》」を絞《しぼ》っているはずである。その気になれば、見渡《みわた》す限《かぎ》りを焦土《しょうど》に変えることぐらいは、やってのけるに違いない。

──修行でどうこうできるレベルの力じゃない。天が授《さず》ける──文字通り、天性の力ってやつだ。

これに似た男なら、過去に一人知っていた。個人としての「才」に留《とど》まらない──というより、ほとんど無関係に、この世に存在する霊的な力の源泉と直接繋がってしまった人間。そういう呪術者は、ごくわずかだが一定数存在するのである。以前の星宿寺《せいしゅくじ》の管長がそうだったし、言ってしまえば、かつての自分もそれに近い類《たぐい》の術者だった。

ただ、宮地はそんな呪術者たちと比べてさえ、極端《きょくたん》な例と言えるだろう。繋《つな》がっている──どころか、力の源泉そのものだ。そこに宮地自身の意思がないとは言わない。ただ、ある日突然《とつぜん》、力の源泉が身内に湧いたような感覚なのではないだろうか。

その気になれば、焦土にできる力。否、それどころか下手をすると「そうならぬよう抑えねば、焦土にしてしまう力」なのかもしれない。

力を暴走させたことがある。

その台詞《せりふ》の重みが、改めてのしかかるようだ。

しかし、

「……こっちも、ここで大人しく炙《あぶ》られてるわけにはいかないんだ……」

暴走させた痛みなら、こちらにも覚えがある。それも、他《ほか》の誰も経験したことがないだ

ろう、巨大《きょだい》な暴走と痛みだ。せめてもの償《つぐな》いは、同じ過《あやま》ちを繰《く》り返さぬこと。人の手で
——ましてや我執《がしゅう》で、世の理をねじ曲げさせぬことしかなかった。

いまならまだ止められる。これは、自分に課せられた贖罪《しょくざい》であり責務で——

——いいや。

と春虎は頭を振る。

——違う。そうじゃないだろ、土御門春虎！

己《おのれ》を騙し、誤魔化すかのような大義名分を、春虎はキッパリとかなぐり捨てた。

相馬を止めねばならないことはわかっている。倉橋を倒《たお》さねばならないことはわかって
いる。この時代に『天曺地府祭』など行ってはならないし、陰陽庁を私物化し、春虎たち
を巻き込んだことを許すつもりは全くない。

だが、自分の中で絶対に譲《ゆず》れないことは、もっと単純で、シンプルで、ひとつだけだ。

——夏目を……！

儀式《ぎしき》が成って神が降りれば、東京の霊相が変わる。いまの夏目の状態では耐えられない。

だから阻止《そし》する。

夏目を救うため、もう一度祖霊と交信する。そのために『月輪《つきのわ》』がいる。だから、秋乃《あきの》
を取り戻す。

夏目たちは相馬と倉橋を打倒《だとう》すべく動いている。しかし、彼女たちだけで勝てる見込みはない。だから、先に自分が潰《つぶ》す。

自分の中にある、戦う理由。その核《かく》となる思いをぶれさせてはならない。言ってしまえば、これも我執。だが、己にとっての真実だ。そしてその真実は、たったひと言に集約できている。

いいよ。ぼく、なつめちゃんのシキガミになる。

かつて、自分はそう約束した。

主を守るのは、式神の使命。

夏目を守るために、春虎は戦う。

だから自分は、「土御門夜光」ではなく、「春虎」を名乗っている。

負けられないのだ。

「飛車丸は回り込め！　角行鬼、押し返せ！」

檄《げき》を飛ばし、春虎は自らの呪力を一気に練り上げた。

近接する建物が次々に炎上《えんじょう》している。飛車丸は燃え上がる屋根や屋上を足場に、移動を開始。一方角行鬼は、主の無慈悲《むじひ》な命令に思わず苦笑《くしょう》を浮かべていた。

「また気軽に言ってくれる……そういうところは、生まれ変わっても変わらないな」

角行鬼はぼやき、しかし、グッと炎の海で踏《ふ》ん張ると、己の鬼気を解放した。

今度は、宮地が目を瞠《みは》った。

隻腕の鬼が、牙《きば》を剝《む》く。濃密《のうみつ》な鬼気が爆発《ばくはつ》する。

鬼気は放たれる端《はし》から、炎に焼かれ、浄化《じょうか》していった。瞬時《しゅんじ》に。だが、その瞬間が、少し、また少しと、わずかずつ延びていく。炎が焼き尽くす以上の鬼気が、鬼を中心に漂《ただよ》い始める。

常は細められている双眸が、猛々《たけだけ》しく見開かれていた。短い金髪《きんぱつ》が伸《の》びて、バラバラと炎に揺らめく。二メートル近い鍛《きた》え抜《ぬ》かれた巨軀《きょく》が、さらにひと回り、もうひと回りと、内側から溢《あふ》れる力に押されるように、膨《ふく》れあがっていく。

そして、鬼の額から、双角《そうかく》が天を突《つ》いた。

火の海のただ中に屹立《きつりつ》する、千年を生きた鬼の本性《ほんしょう》。角行鬼は、ズシッ、と溶《と》けたアスファルトに、重たい一歩を踏み出した。

「どら」

牙を剝く鬼の顎《あご》から、禍々《まがまが》しい咆哮《ほうこう》が迸る。炎の陰陽師《おんみょうじ》に向かって、ズシッと二歩目を踏み出す。

そして、拳《こぶし》を叩《たた》きつけた。

宮地が反射的に手印を結印し直した。彼の前に炎が集結し——その炎を蹴散《けち》らさんばかりに、拳から放たれた鬼気が津波《つなみ》の如《ごと》く押し寄せた。

天賦《てんぷ》の火気と古《いにしえ》の鬼気の、真正面からの激突《げきとつ》。怒濤《どとう》の衝撃波《しょうげきは》が辺りに拡散し、炎上していた近隣《きんりん》の建物が、ひび割れて崩壊《ほうかい》した。

呪力が渦《うず》を巻き、唸《うな》りを上げて、辺りの霊気《れいき》を吹き飛ばす。同時にそれは、この近辺から『天曺地府祭』の祭壇をも、一部崩壊させていた。

「凄《すご》いな」

と宮地が言う。彼には珍《めずら》しい子供のような表情だ。

対して、

「こっちの台詞だぜ」

と角行鬼。

「千年この世を流離《さすら》ってきたが、このレベルの奴《やつ》は数えるほどもいなかった。こいつは気合いを入れてかかるとするか」

三歩目。

再び振るった拳が、瘴気《しょうき》の嵐《あらし》をぶつける。宮地の炎がいよいよ燃え盛《さか》り、嵐に舞《ま》いながら、熱波を踊《おど》らせる。荒《あ》れ狂《くる》う炎と瘴気の中、角行鬼はジリジリと距離を詰《つ》めた。しかし、宮地もまた、一歩も退かない。鬼が近づけばその分だけ彼我の空間の密度を高め、鬼の一歩を重くする。その呪力の出力たるや、とても人間の為《な》す技《わざ》とは思えない。

他方、春虎はまだ動かない。護法たちを信じて、ただ呪力を練り続ける。宮地のような達人を相手にするなら、これぞという「決め手」は最初の一撃《いちげき》のみ。その「瞬間」までの戦術はすでに始まっているが、過ぎていく時間は、止まらない流血のようだ。

そしてついに、角行鬼の足が止まった。

圧縮された火焔《かえん》が、鬼を責め、その肌《はだ》を焼く。

が、

「ひふみよいむね、こともちろらね、しきるゆいとは、そはたまくめか！」

凛《りん》とした声が詠《えい》じるのは、蟇目《ひきめ》神事の神言。ハッ、と宮地が背後を振《ふ》り向いたとき、回り込んだ飛車丸は、弓を引く構えを取って青い狐火《きつねび》を収斂《しゅうれん》させていた。

放つ。

宮地が手印を解き、手にする数珠《じゅず》を振り上げた。宮地の呪力をまとった数珠が、狐火の矢を、間一髪払《かんいっぱつはら》いのける。

しかし、宮地の集中が逸《そ》れた瞬間、角行鬼もまた、炎《ほのお》を撥《は》ね除《の》けた。口角をつり上げて牙を剝き、宮地に向かって躍《おど》りかかる。宮地はすぐさま炎を操《あやつ》り、飛びかかる鬼を叩き落とす。

一気に乱戦になった。

「タニヤタ・ウダカダイバナ・エンケイエンケイ・ソワカ！」

飛車丸が唱えた水天の真言《マントラ》が、呪力《じゅりょく》を水流へと変えて、宮地の纏《まと》う炎を打った。水天法だ。爆発的《ばくはつてき》に水蒸気が膨らみ、壮絶《そうぜつ》な轟音《ごうおん》が鼓膜《こまく》を震《ふる》わせた。

化け物じみた宮地と角行鬼に、飛車丸の呪力では太刀打《たちう》ちできない。しかし、両者が伯仲《はくちゅう》している戦局では、サポートのしようはいくらでもある。むしろ、飛車丸の立ち回りが、趨勢《すうせい》を決すると言ってもいい。

前後から攻《せ》める二体の護法が、宮地を翻弄《ほんろう》する。しかし、宮地は崩《くず》れない。その圧倒的な出力で、決定打を寄せ付けない。逆に二体を振り回さんばかりに、袈裟《けさ》を乱し、数珠を鳴らして、激しい大立ち回りを演じた。操る炎が主《あるじ》を守る幾《いく》人もの騎士《きし》となり、小賢《こざか》しい狐憑《きつねつ》きと凶悪《きょうあく》な鬼《おに》を焼き払《はら》わんと、輝《かがや》く剣《けん》を縦横に振るった。

気がつけば辺り一帯は、炎熱《えんねつ》の地獄《じごく》と化していた。祭壇の綻《ほころ》びが、紙の中央で広がる焼け焦げのように、次第に縁《ふち》を大きくしていく。

春虎は神経を研《と》ぎ澄《す》ませた。護法たちの奮闘《ふんとう》と、宮地の底力。多軌子が動けないことはわかっている。夜叉丸《やしゃまる》が解呪にかかり切りなことも。また、蜘蛛丸が『装甲鬼兵』の方に向かってくれていることも、上空から偵察《ていさつ》していた際につかんでいた。

戦いの肝《きも》はやはり、時間にある。春虎が仕掛《しか》けたトラップを、夜叉丸がどの時点で解呪するか。しかし、それはそれとして、「この状況《じょうきょう》」は放置できないはず……。

果たして、

「飛車丸！」

春虎が叫《さけ》んだ。飛車丸が両耳をピンと立て、尾《お》を振り回してトンボを切る。直後、飛車丸がいた位置に、水牛ほどもある、巨大な獅子《しし》が襲《おそ》いかかってきた。

見事なたてがみをなびかせる、白い獅子だ。そして、薄闇《うすやみ》に閉ざされている神田明神の境内《けいだい》から、随神《ずいしん》門を潜《くぐ》り、黒い獅子を引き連れた束帯姿の男が現れた。

倉橋源司《げんじ》。

「長官っ⁉」

「宮地、鬼を押さえろ！　――白阿《はくあ》！　黒吽《こくうん》！」

命じた直後、側《そば》にいた黒獅子が地面を蹴《け》った。瞬《また》く間に参道を駆《か》け下り、白獅子と共に飛車丸を襲う。飛車丸は舞うように身を翻《ひるがえ》し、焼ける建物の壁《かべ》を蹴って宙へ逃《のが》れるが、二体の獅子もまた空を駆けて舞い上がる。

「お前たちか！」

と飛車丸は獅子たちをにらみつけた。白阿と黒吽は、陰陽道《おんみょうどう》大家倉橋家に、代々引き継《つ》がれている護法だ。当主を守って外敵を討《う》つ忠実な式神たちは、かつて土御門夜光の下《もと》で、飛車丸と共闘《きょうとう》したこともある。味方ならば心強い、しかし敵になれば手強《てごわ》い式神である。

「飛車丸っ」

「行けます！」

主の問いかけに叫び返しながら、飛車丸は空中でステップを刻む。青い狐火が尾を曳《ひ》いて弧《こ》を描《えが》き、迫《せま》る獅子たちの鼻先を焼く。だが獅子たちは怯《ひる》まない。飛車丸はヒュッと尾を振り、呪力を操りながら、さらに上空に逃れる。

角行鬼が舌打ち。上空の獅子二体をにらみ、狙《ねら》いを定めて拳を握《にぎ》った。

しかし、

「おっと、こっちは無視か？」

宮地の炎がまともに吹《ふ》き付けた。「くっ」と角行鬼の巨体《きょたい》が後方に吹き飛ぶ。舞い上がった瘴気が、たちまち炎に焼き尽《つ》くされる。

そして、状況を見定めた倉橋が、自身の呪力を練り上げた。

「一度祓《はら》う！　タイミングを合わせろ！」

「了解《りょうかい》！」

宮地の返答を待つより早く、倉橋はヒュッと息を吸い、

「高天原天《たかまがはらあま》つ祝詞《のりと》の太《ふと》祝詞を持ち加加《かか》む呑《の》んでむ。祓え給《たま》い清め給う！」

最上祓いの祝詞を唱え、パンッと柏手《かしわで》を打つ。輝かしい霊気が弾《はじ》け、同時に宮地が、荒れ狂っていた炎を制御《せいぎょ》下に戻《もど》した。

倉橋の呪術《じゅじゅつ》が参道を駆け抜け、呪術戦の影響《えいきょう》で乱れに乱れていた霊気、瘴気、鬼気や火気を、一斉《いっせい》に浄化した。それも、力で一掃《いっそう》するのではなく、木火土金水の五気すべてのバランスを見極《みきわ》め、必要な霊気を必要なだけ補い、削《そ》ぎ、調整してのけた。

その技の見事さに、獅子たちを避《よ》けていた飛車丸が唖然《あぜん》とした。春虎も同じ思いだ。そんな芸当ができる陰陽師は、数少ない。それは、ただひたすらに鍛錬《たんれん》を積み、霊気の偏向《へんこう》を正して陰陽五気を調整するという地道な作業を、繰《く》り返し、繰り返し、繰り返して初めて、身に付けることができる技術なのである。

戦場が浄化された瞬間、倉橋はさらに呪文《じゅもん》を詠唱《えいしょう》する。呪術戦で欠けた、『天曺地府祭』の祭壇《さいだん》を補修するためのものだ。いま現在も夜叉丸が、心血を注いで祭壇の汚染《おせん》を取り除いている。空いた穴を放置するわけにはいかない。

そう。放置しない。できるはずがない。

それを待っていた。

正常化した祭壇に、呪力線が繋《つな》がり、霊《れい》脈が流れ込む。その流れには、春虎が流したトラップ——呪術も含《ふく》まれている。その中のひとつをすかさず捉《とら》え、抜き出し、一部——あらかじめ仮設定だけしておいた術式を改変《リライト》しながら、春虎は戦場に放つ。

狙うは、宮地。

春虎は、護法たちが立ち回る最中、足下《あしもと》に潜《ひそ》ませた呪物——笹の葉でくるんだ石に、サッと塩を浴びせる。

「此《こ》の竹葉《たかば》の青むが如《ごと》、此の竹葉の萎《しぼ》むが如、青み萎め！　またこの塩の盈《み》ち乾《ひ》るが如、盈ち乾よ！　また此の石の沈《しず》むが如、沈み臥《こや》せ！」

かつて大友《おおとも》が蘆屋道満に仕掛けた秘術、『八目《やつめ》の荒籠《あらこ》鎮《しず》めの呪詛《とこい》』。

修復された祭壇を形成する呪力線と霊脈が、春虎の新たな術式に導かれて、宮地を封《ふう》じる呪術の荒籠と化した。宮地が周囲の炎ごと呪的荒籠に閉じ込められ、そこに強力な呪詛《じゅそ》——春虎の呪術が霊脈を通して各地から掻《か》き集めてきた呪詛を、次々に吐《は》き出していく。

籠《かご》の中は、瞬時《しゅんじ》に炎と呪詛の坩堝《るつぼ》と化した。

「これはっ⁉」

宮地が愕然《がくぜん》としながら、炎を制御し盾《たて》にする。『炎魔《えんま》』の火は、東京中から集められた大量の呪詛をも、次々と燃やした。封印《ふういん》されたわずかな隙間《すきま》で、主に微塵《みじん》も触《ふ》れさせることなく、猛烈《もうれつ》な勢いで次々に焼き尽くしていく。だが、身動きは取れない。宮地の側で凝縮《ぎょうしゅく》し、延々と襲いかかる呪詛を焼き払うので精一杯《せいいっぱい》だ。

「宮地！」

倉橋が叫び、拳を握り締《し》めた。

だが、倉橋には手が出せない。

呪力線と霊脈から成る呪術の荒籠は、倉橋が力づくで破壊《はかい》できるような強度ではない。かといって、力を供給している呪力線と霊脈を断《た》つには、展開している『天害地府祭』の祭壇を解除するしかなかった。それは、彼らの計画が頓挫《とんざ》することを意味する。

残る方法はひとつだけ。春虎の足下にある小石——呪詛の詛戸《とこいど》を術式から外すことだが、むろん、それを許すほど春虎は甘くはない。

——よしっ！

最強の『十二神将』とされる『炎魔』が障害となることなど、戦う前からわかりきっていた。かの蘆屋道満と単身向こうを張るような桁外《けたはず》れの陰陽師《おんみょうじ》なのだ。その対策を、用意していないわけがない。

そしてこれが、『炎魔』を盤上《ばんじょう》から降ろすべく、春虎が用意した一手なのだ。

「角行鬼！」

「──ああ」

春虎が叫ぶと、吹き飛ばされた角行鬼が、戦場に復帰。動けない宮地を残し、坂になった参道に入った。その、近づく鬼気《きき》だけで倉橋に圧力をかける。倉橋が険しい面持《おもも》ちで身構えたが、イニシアティブはすでに春虎に移っている。打開策を講じる前に、まず、角行鬼の鬼気に備えるしかない。

その隙を与《あた》えず、

「飛車丸！」

「ハッ！」

飛車丸が空中から舞い降《お》り、参道を蹴って坂を駆け上がる。白阿と黒吽が跡《あと》を追おうとするも、背後から近づく角行鬼が、鬼気を叩《たた》きつけて動きを止めた。

──これで……。

いま境内には蜘蛛丸がいない。夜叉丸は祭壇に張り付いて動けず、祭壇の中心の多軌子も無防備だ。飛車丸が倉橋を突破《とっぱ》すれば、春虎の勝利はほとんど確定する。

——行ける！

そう、春虎が思ったときだった。

すべてを切り伏《ふ》せる斬撃が、飛車丸を掠《かす》めて、参道を両断した。斬撃《ざんげき》の霊圧に、飛車丸が、きゃあっ、と思わず悲鳴を上げながら後方に吹き飛ぶ。倉橋も、突風《とっぷう》に煽《あお》られたように束帯の袖《そで》をなびかせ、背後によろめいた。

「……なっ」

と春虎が呻《うめ》き声をもらした。

その凄《すさ》まじい太刀《たち》筋《すじ》は、木暮に勝《まさ》るとも劣《おと》らない。だが木暮《こぐれ》では、むろん、なかった。

長大な刀を携《たずさ》えて戦場に現れたのは、ニンマリと不吉《ふきつ》な笑みを湛《たた》えた、波乱の『十二神将』だ。

「鏡！」

春虎が唸《うな》る。

鏡は春虎をねめつけ、

「——よう」

と太々《ふてぶて》しい笑《え》みを浮《う》かべた。

☆

慌《あわ》てて体勢を整えた飛車丸は、横道から随神門の前に現れた、鏡の姿に目を疑った。

――これは……鏡なのか？

『十二神将』の一人。独立祓魔官、『鬼喰い《オーガ・イーター》』鏡伶路《れいじ》。春虎はもちろん、飛車丸とも、そして角行鬼とも因縁《いんねん》のある相手だ。特に飛車丸にすれば、主の左目を斬《き》った、許しがたい怨敵《おんてき》である。

しかし、目の前の男は、以前の鏡とはまるで別人だった。外見が変わったわけではない。だが、内面が――霊気《れいき》の質が大幅《おおはば》に変わっている。生身の人間にはあり得ないほど、乱れ、荒れ、滾《たぎ》っていた。まるで煮《に》えたぎるマグマのようだ。率直《そっちょく》に言って、生きているのが不思議なほどだった。

辛《かろ》うじて制御できているようだが、不安定さで言えば飛車丸より酷《ひど》いかもしれない。それでいて強烈《きょうれつ》な力を――それこそ、宮地に匹敵《ひってき》するかと思うほどの力を感じさせた。

箍《たが》が外れた。

まさに、そんな印象だ。

「飛車丸っ」

角行鬼が咆《ほ》えた。飛車丸は我《われ》に返り、後方——相棒の前まで、ひと息に飛び退《すさ》る。鏡は追わなかった。見れば、そんな体力はない様子で、荒々《あらあら》しく肩《かた》で息をしている。到底《とうてい》まともな状態ではないのは一目瞭然《いちもくりようぜん》だ。

にもかかわらず、対峙《たいじ》する飛車丸は全身に鳥肌《とりはだ》を立てていた。異様で病的ながら、いまの鏡には、かつてない「危険」を感じる。

一方、

「鏡……お前」

倉橋も、鏡の豹変《ひようへん》に息を呑んでいた。鏡は荒い呼吸のまま、ニヤリと倉橋を横目に見る。

「やるもんだな、長官。期待以上に派手な旗揚《はたあ》げだ。いままで騙《だま》されてた連中は、さぞぶったまげてるだろうよ」

「……封印を破ったのか。しかも、その様子は……」

唖然とする倉橋に、鏡はククッと低く笑いかける。

「マジで死ぬかと思ったぜ。おまけに禹歩《うほ》も使えねえもんで、うっかりパーティーに遅参《ちさん》しちまったが……」

そう言うと、鏡はゆらりとふらつきながら、参道の中程《なかほど》で構える飛車丸と角行鬼を——

さらに、湯島聖堂からこちらを見やる春虎に視線を投げた。

手にした『髭切《ひげきり》』の切っ先を向け、

「メインディッシュには間に合ったか。なあ、春虎？」

「………………」

春虎は無言で鏡をにらみ返していた。不味《まず》い――と飛車丸の焦燥《しょうそう》を表すように、彼女の狐《きつね》の尾《お》が揺《ゆ》れる。

春虎も鏡の存在は念頭にあったようだが、あくまでイレギュラーとしてだ。宮地のように対抗《たいこう》策を用意しているわけではない。また、仮に障害になったとしても、宮地ほど致命《ちめい》的《てき》な脅威《きょうい》にはならない。そう想定していたはずだ。

だが、目の前の鏡が容易《たやす》い相手でないことは、明白だった。以前とはまるで違《ちが》っている。主《あるじ》と角行鬼は昨夜鏡と接触《せっしょく》しているが、こんな変化のことは何も口にしていなかった。倉橋によれば「封印を破った」とのことだが、この霊気の状態を視る限り、尋常《じんじょう》な破り方ではなかったようだ。

――あと一歩のところで……！

臍《ほぞ》を嚙《か》む飛車丸の背後で、角行鬼が「おい」と鏡に声をかけた。

「一応確認《かくにん》しておくぜ。どっ、ちだ？」

その問いに、ピクッと飛車丸の耳先が揺れた。

鏡は壮絶《そうぜつ》な笑みを見せる。

「そうだな。俺は俺、勝手にやると言いたいところだが……」

そう言って、倉橋の方を振《ふ》り返る。

倉橋はすでに二体の護法を呼《よ》び戻《もど》していた。巨大《きよだい》な獅子《しし》はその体高すら、倉橋の肩に届く。ただそこにいるだけで、本能的な恐怖《きょうふ》を呼ぶほどの存在感——にもかかわらず、圧倒《あっとう》しているのは、完全に鏡の方だ。

だが、鏡はすぐに春虎たちの方に向き直ると、ビュッ、と日本刀を振り下ろした。

「……ま、せっかくだ。平将門《たいらのまさかど》は拝んどくとしよう。まずは、お前らだ」

どろりと滴《したた》るような霊気が、鏡から漂《ただよ》った。わずかに前のめりになる鏡は、歯を剝き、飛車丸たちをねめつける。「貴様っ」と飛車丸が毛を逆立てた。

しかし、

「いいだろう」

角行鬼は躊躇《ちゅうちょ》なく前に出た。

手加減なし。全力の鬼気を真正面から叩きつける。踏《ふ》み込んだ靴底《くつぞこ》が参道の舗装《ほそう》を砕《くだ》き、大出力の呪力《じゅりょく》が風を捲《ま》いて唸りを上げた。その余波を浴び、飛車丸は思わず自らを庇《かば》う。

対して、

「ハッ！」

鏡は一笑し、『髭切』を足下《あしもと》に突《つ》き立てた。うおおおっ、と腹の底から雄叫《おたけ》びを上げる。

霊力が、迸《ほとばし》った。

我が目を疑う。冗談《じょうだん》抜きで、宮地に匹敵する力だ。鏡は一気に呪力を練り上げ、突き立てた『髭切』の刀身に注ぎ込む。『髭切』が目映《まばゆ》い銀光を発し、屹立《きつりつ》する巨大な刃《は》を形成して押し寄せる鬼気を斬り裂《さ》いた。

怒濤《どとう》のようだった角行鬼の鬼気が残らず祓《はら》われるのを見て、飛車丸は息を呑《の》む。角行鬼は「チッ」と笑いながら舌打ちした。

「相変わらずの相性の悪さだ。一度霊的に相性が刻まれちまうと、これだからな」

角行鬼は牙《きば》を剝き出しにしたまま、振るった拳《こぶし》を解いて軽く上下に振った。

――そうか、奴《やつ》の刀は……！

鏡の愛刀『髭切』は、平安の世、渡辺綱《わたなべのつな》なる武将が使用していたとされる刀だ。そして『髭切』の名が現代にまで伝わっているのは、彼がその刀を用い、ある鬼《おに》と戦った逸話《いつわ》が残っているからだ。『髭切』で、その鬼の左腕を切り落としたという逸話が。

その鬼の名は、茨木童子《いばらきどうじ》。角行鬼の、かつての名のひとつである。

「前は悪かったな。完調からはほど遠くてよ」

鏡が笑いながら、突き立てた『髭切』を引き抜《ぬ》いた。

「だが、いまならこいつも絶好調だぜ。まあ、少々暴走気味だがな。ぜひ相手してやってくれ」

言って、鏡は『髭切』を振りかぶる。角行鬼がフッと鼻を鳴らす。

「飛車丸、下がれ」

「角行鬼⁉」

鏡が強大な呪力を練り上げ、刀身に流し込んで投擲《とうてき》した。

角行鬼がぶわっと鬼気を膨《ふく》れあがらせたとき、投げつけられた『髭切』が空中で舞《ま》い踊《おど》り、その柄《つか》を握《にぎ》る一人の青年が実体化した。

波打つ黒髪《くろかみ》を婆娑羅《ばさら》に乱し、歓喜《かんき》と狂気《きょうき》を露《あら》わにするその男は、『髭切』を形代《かたしろ》とする鏡の式神シェイバだ。

「イイイイィッヤァアッ！」

奇声《きせい》を張り上げ絶笑《ぜっしょう》しながら、シェイバが『髭切』を振り下ろす。角行鬼は直前まで引きつけて躱《かわ》したが、その爆発《ばくはつ》する剣圧《けん》は、巨体《きょたい》にラグを起こさせていた。飛車丸が慌てて防御《ぼうぎょ》しながら、剣圧に押されるように後退する。

「覚えてるぞ！」

シェイバが咆えた。爛々《らんらん》と輝《かがや》く瞳《ひとみ》は剝き出しの戦意に充《み》ち満ち、標的を角行鬼に絞《しぼ》って一瞬《いっしゅん》たりとも視線を外さない。

「この前はコケにしてくれたな！　斬ってやる！　祓ってやるぞ、茨木童子ぃっ！」

獣《けもの》のように笑い、ほとんど四《よ》つん這《ば》いになりそうなほど身体《からだ》を倒《たお》して、前のめりにシェイバが駆《か》ける。長大な日本刀を、目にも止まらぬ速さで、縦横に振り回す。受けて、角行鬼の巨大な体軀《たいく》が、俊敏《しゅんびん》にステップを刻んだ。高速で走る刃を躱しつつ、鬼気でシェイバを牽制《けんせい》し、隙《すき》を突いて拳を振るう。

連続して夜気を斬り裂く斬撃が、霊《れい》刀の呪力と鬼の鬼気を搔《か》き乱した。

ゴオッと鬼気が渦巻《うずま》き、横薙ぎの蹴《け》りが炸裂《さくれつ》。シェイバの全身にザッと鋭《するど》いラグが走ったが、式神はラグが解けるのを待つのももどかしげに、嬉々《きき》として切っ先を突き入れ返した。角行鬼は再び舌打ちしながら、ダメージは承知で右腕《みぎうで》を外に開き、手の甲《て》《こう》で刀身を強引に払《はら》いのける。体格差とは逆に、角行鬼とシェイバの戦いは、闘牛士《マタドール》と闘牛《とうぎゅう》のそれを思わせた。互角《ごかく》の立ち回りに見えるが、あれだけの力を誇《ほこ》る角行鬼が、まともに力でぶつかり合うのを避《さ》けている。相性が悪いというのは、本当なのだ。

――いけない！

飛車丸が援護《えんご》しようと手印を結ぶ。

しかし、

「飛車丸！」

後方から春虎が叫《さけ》んだ。直後に、鏡の火界咒が襲《おそ》ってきた。

呪文の詠唱《えいしょう》はもちろん、ほとんど溜《た》めもなく放った火界咒。だが、その火界咒には宮地に迫《せま》る呪力が込められていた。飛車丸は顔色を変えて間一髪《かんいっぱつ》頭上に飛び上がる。それが失策であることに、飛び上がった直後気がついた。

「こっちも前の決着が付いてねえだろ！　借りは返すぜっ⁉」

鏡が炎《ほのお》を操《あやつ》り、浮き上がった飛車丸に襲いかからせた。手印も結ばず真言《マントラ》もなしに操る火界咒は、いまにも術式が崩壊《ほうかい》しそうな「雑」な呪術だ。しかし、「雑」だからこそのラフさがあり、勢いがあり、スピーディーな反応がある。躱《かわ》せないと判断した飛車丸はとっさに空中で結界を張った。炎は狐憑《きつねつ》きを結界ごと呑み込み、猛然《もうぜん》と焼いた。

熱波が飛車丸を攻め、全身にラグが走る。ただでさえ霊気が不安定な状態だ。不味いと焦《あせ》ったが、小手先でどうこうできる火界咒ではない。

と、

「水剋火《すいこくか》っ、喼急如律令《オーダー》！」

結界が焼き尽《つ》くされる寸前、飛来した複数の水行符《すいぎょうふ》が、火界咒の勢いを弱めた。春虎だ。

呪術の水流がただちに蒸発して水蒸気となる。その水蒸気に紛《まぎ》れるように、飛車丸は火界咒から脱出《だっしゅつ》。まだ崩壊を免がれていたビルの屋上へ降り立った。

すぐに追撃《ついげき》に備えたが、来なかった。見ると、鏡はぜえはあと喘《あえ》ぎながら、参道の向こうの春虎をにらみつけていた。

封印《ふういん》を解いて得たでたらめな霊力は、鏡の本来の力なのだろう。だが、酷《ひど》くむらがある。強大なことは間《ま》違《ちが》いないが、その強さに波があり、唐突《とうとつ》に途切《とぎ》れることさえあるようだ。出力の制御《せいぎょ》が完璧《かんぺき》ではない――というより、やはりそもそもの霊気の状態が異常過ぎるのである。鏡の霊体はいまにもバラバラになりそうなほどダメージを負っている。呪術戦など、本来不可能な状態だ。

だが、

――あの身体で、これだけの……⁉

鏡は、霊的に瀕死《ひんし》の状態で、それでも無理矢理霊力を操り、呪術戦を展開している。そんな真似《まね》ができていること自体、彼が持つ卓越《たくえつ》したセンスの賜《たまもの》だ。

しかし、何より警戒《けいかい》すべきは、その執念《しゅうねん》だろう。勝利への――敵を打ち負かすことへの、強いこだわり。執念が鏡の芯《しん》となり、霊気と闘志《とうし》を支えているのである。

鏡は大きく息を吸い、強引に身内の霊気を安定させると、

「どうした女狐《めぎつね》！　かかって来い！」

改めて根本印を結印し、屋上の飛車丸目がけ火界咒を走らせた。飛車丸は今度は慎重《しんちょう》に身を躍《おど》らせる。攻撃《こうげき》を躱し、炎上《えんじょう》するビルの壁《かべ》を蹴りながら、参道に着地した。

すぐ側《そば》では角行鬼とシェイバが、白熱の肉弾《にくだん》戦を繰《く》り広げている。特に、角行鬼は宮地の正面で戦ったため、すでに相当消耗《しょうもう》していた。その宮地は春虎が封《ふう》じてくれているが、そのせいで春虎も動きが取れない。倉橋は白阿と黒吽を従えたまま、情勢を見定めることに徹《てっ》しているようだ。いや、この状況《じょうきょう》なら、隙あらば春虎に攻撃を仕掛《しか》けて、宮地を救出しに動くはずだった。

つまり、いまこの局面を打破するには、自分が鏡を叩《たた》くしかない。鏡も自分も万全からはほど遠いコンディション。こういう戦いを制するのは、鏡が燃やす勝利への執念のような、闘志を支える芯である。

そして、その点では、鏡如《ごと》きに一歩も劣《おと》るつもりはない。

――我が、いや、主のために。

スゥ――と重量を感じさせない立ち姿で、飛車丸が背筋を伸《の》ばした。腰《こし》に届く長い髪《かみ》が、ざわりと毛先を揺《ゆ》らめかせた。

全身に霊気を漲《みなぎ》らせ、同時に、玉琴《たまごと》の弦《げん》のように静かに張り詰《つ》めながら、はったと鏡を凝視《ぎょうし》する。妖艶《ようえん》な美貌《びぼう》から表情が滑《すべ》り落ち、両目の瞳が真円を描《えが》いた。その姿はまさに、獲物《えもの》に襲いかかる寸前の、野生の白狐を思わせた。

鏡が不敵に笑い、舌なめずりせんばかりに拳を手のひらに打ち付ける。飛車丸の覚悟《かくご》を察した春虎が、「飛車丸、待てっ！」と声を上げた。だが、飛車丸は主の声を意識的に脳《のう》裏《り》から追いやった。

いまこの時間が砂金の山より貴重なことは明らかだ。むろん、飛車丸自身よりも。ならここは、我が身を省みず、敵を討《う》つ。

「……来な」

鏡が言った。飛車丸の全身を、妖《あや》しくも美しい、青い狐火が彩《いろど》った。

しかし、完全に目の前の戦いに没頭《ぼっとう》していた飛車丸が、意識せず、ぴくっ、と頭上の耳を動かした。

すぐ側では二体の式神が壮絶《そうぜつ》な戦いを繰り広げている。近隣《きんりん》の建物は残らず炎に襲われ、赤々と燃え上がりながら黒煙《こくえん》を上げている。背後では春虎の『八目の荒籠鎮めの呪詛』が唸《うな》り、その中ではいまもなお宮地の炎が荒《あ》れ狂《くる》っている。

にもかかわらず、その「音」は、主《あるじ》の声すらシャットアウトしていた飛車丸の耳に飛び込んで来た。

遠方から高速で近づく、エンジン音と排気《はいき》音。

そして、聞こえた——


「——春虎君！」

☆

その声を耳にしたとき、春虎の胸には幾《いく》つもの感情が爆発的《ばくはつてき》に湧《わ》き上がった。

驚《おどろ》き。喜び。懐《なつ》かしさ。愛《いと》おしさ。そのどれもが大きく、強く、それらすべてが一体となった衝撃《しょうげき》は、春虎を激しく揺さぶった。

しかし、春虎を襲った衝撃の中で、もっとも大きかったのは、恐怖《きょうふ》だ。

「彼女」が到着《とうちゃく》する前に片を付けるつもりだった。最悪間に合わなかったとしても、すぐに撤退《てったい》させる——少なくとも、この場から離《はな》れているよう命令するつもりだった。荻窪《おぎくぼ》のときのように。絶対に会わせないために。だが、いまは駄目《だめ》だ。鏡は戦闘《せんとう》態勢に入っているし、角行鬼もフォローできる状態ではない。「彼女」はいま動きが取れない。

何より、すぐ側では『天曺地府祭』が行われようとしている。『泰山府君祭《たいざんふくんさい》』の上位儀《ぎ》式《しき》たる、『天曺地府祭』が。その影響《えいきょう》は、この辺りの霊相にすでに出ている。その影響は、この近くの魂《たましい》にも、わずかずつ作用している。

脳裏を過《よ》ぎるのは、二年前の夏。

あの長かった夜が終わり、夜明けを迎《むか》える塾《じゅく》舎の屋上で、静粛《せいしゅく》に行った魂呼《たまよばい》。

あのとき見つかった糸の縺れを解くために、以後、春虎は血眼《ちまなこ》になって呪術の海を彷徨《さまよ》ったのだ。どうにかしてこの縺《もつ》れを、正しい形に戻《もど》すために。なんとしても、どちらの糸も、切れてしまわないように。

しかし——

4

見えた。

その瞬間《しゅんかん》、夏目は春虎の名を叫んでいた。

都内に祭壇《さいだん》が出現して、もうどれぐらい経《た》っただろうか。アスファルトを四輪で蹴りつけ、空気を押しのけて、疾走《しっそう》するハマー。その助手席で立ち上がり、風圧に髪を真後ろへはためかせながら、夏目は目指す先の光景に目を凝《こ》らした。

詳《くわ》しい状況までは把握《はあく》し切れていない。だが、春虎たちが南側から神田明神に攻め入り、それを阻止《そし》せんと何者かが立ち塞《ふさ》がっているのだということは見て取れた。そして、ハマーが駆ける本郷通りの右手。向かう先に、湯島聖堂の緑が見え、その枝葉の奥に瓦屋根《かわらやね》が——そして、屋根の上の人影《ひとかげ》が見えた。

黒衣を纏《まと》う人影が。

「第一封呪《ファースト・シール》、解除《パージ》！」

夏目が封印を解き、竜気《りゅうき》を纏う。

続いて、

「第二封呪《セカンド・シール》、解除《パージ》！」

「式神生成、唵急如律令《オーダー》！」

「白桜《はくおう》！　黒楓《こくふう》！」

二段階封印を解いた冬児が、生成《なまな》りとなって後部座席からロールゲージに飛び乗った。同時に、鈴鹿も飛行用の式神を生成し飛び移るべくシートの上に立ち上がり、京子はハマーの両隣《りょうどなり》に、護法式『モデルG2・夜叉《やしゃ》』二体を召喚《しょうかん》する。

「あれ、ひょっとして、大友先生が道満に使ったやつか！」

「封じられてるの『炎魔《えんま》』だわ！　それでバカ虎、ずっとあそこに——」

「他《ほか》は全部参道だな！　なら、夏目は春虎っ。俺と鈴鹿は参道だ！　天馬と京子はハマーから降りるな！」

「そこは状況次第《しだい》かな！」

「天馬に賛成！」

「だったら、白桜と黒楓は防御《ぼうぎょ》に残せよ！　羽馬も不用意に突《つ》っ込《こ》ませるな！」

大声で怒鳴《どな》り合いながら、それぞれが戦場をにらむ。鼓動《こどう》が鼓膜《こまく》を圧迫《あっぱく》し、アドレナリンが駆《か》け巡《めぐ》る。いまにも吐《は》きそうな緊張感《きんちょうかん》と、目眩《めまい》がしそうな高揚感《こうようかん》。だが、それをろくに意識する間もなく、ハマーが参道前に滑り込んだ。

ブレーキ音が高らかに鳴り響《ひび》く。

夏目と冬児が車から飛び降り、鈴鹿が式神に乗って上空へ。白桜と黒楓の二体の護法式が、ハマーの左右で日本刀と薙刀《なぎなた》を構えた。

いくつもの視線が交錯《こうさく》した瞬間だった。

参道に駆け出した冬児が、斬《き》りつけるように戦場を見回し、その視線を坂の上に向けた。

「鏡っ⁉」と目を瞠《みは》る冬児に、鏡も気付いて「冬児か！」と笑う。「おせえぞ、生成り」と不敵に怒鳴ったが、冬児は鏡の変容振《ぶ》りに返す言葉を失った。

絶句したのは、戦場上空の鈴鹿もだ。まさに進行中の呪術《じゅじゅつ》戦が、どれほど壮絶で高レベルか。参道を見下ろせば、ある程度は把握できる。宮地を封じる呪術の巧妙《こうみょう》さ。隻腕《せきわん》の鬼《おに》が放つ鬼気《きき》の強大さ。が、それでも目が行くのは、鏡とシェイバの変化だろう。霊的《れいてき》な観点で言えば、以前とはほとんど別人だ。「まさか——」と鈴鹿は意識せずにつぶやき、「封印を——」と独りごちた。

他方、ハマーが完全に停車した直後、京子も後部座席から身を乗り出していた。炎《ほのお》に燃え盛《さか》る参道に息を呑《の》み、冬児の台詞《せりふ》で鏡に気付いたあと、その背後の人物を見て凍《こお》り付く。見覚えのある獅子《しし》の式神二体を従えた束帯姿。「お父様！」と叫《さけ》んでいた。「京子か」と倉橋も険しく厳しい表情で唸った。

天馬は戦場ではなく、夏目の後ろ姿を見つめていた。そして、春虎を。懐かしい友の姿を目にし、自然と笑《え》みが込み上げる。しかし、春虎の顔に浮《う》かぶ複雑な表情に気付き、形になりかけた笑顔が尻《しり》すぼみに消えていった。「春虎君？」ともれた声には、不安と疑問が混じっている。

そして、夏目は——

夏目は、車道に立って、湯島聖堂の大成殿《たいせいでん》を見上げた。大成殿の屋根の上からは、春虎が車道に立つ夏目を見下ろしていた。

やっと。

やっと、会えた。

他に色々とあったはずなのに、春虎と目が合った瞬間、夏目の胸の中は、そんな単純な思いでいっぱいになっていた。

春虎は『鴉羽《からすば》』を纏《まと》い、左目に錦《にしき》の眼帯を巻いていた。

少し背が伸びたように見える。髪も以前より伸ばしたようだ。

変わっている。でも、変わっていない。目の前にいるのは、春虎だった。ずっと探していた幼馴染《おさななじ》みだ。

良かった。

そう思った。

すると、春虎が何か叫んだ。よく聞こえない。必死に何か伝えようとしているのだが、なぜか言葉が耳に入らない。

そして――その視線に気がついた。背後から、真っ直《す》ぐ自分に向けられている、ひとつの視線。

夏目はゆっくりと、振《ふ》り向いた。春虎が何か叫んだが――自分を止めているような気がしたが――夏目は振り向くのを止められなかった。

そして……。

その視線の主もまた、こちらに背中を向けたところから、振り返るように身体《からだ》を捻《ひね》って、真っ直ぐにこちらを見つめていた。

いくつもの視線が交錯した瞬間だった。

最後に。

夏目と飛車丸の視線が、ゆっくりと交わった。

え――と「彼女」は不思議に思い――

魂の共鳴が始まった。

☆

最初に夏目の異変に気付いたのは、戦場ではなく彼女と春虎を見ていた天馬だった。

春虎が「駄目《だめ》だ！」と大声で叫《さけ》ぶ中、その必死さが伝わっていない様子で、妙《みょう》にゆっくりと夏目が背後を振り向き、神田明神の方を見やる。

そしてそのまま、動きを止めた。

身体の芯《しん》が冷えるような、嫌《いや》な胸騒《むなさわ》ぎがした。

春虎が何か叫びながら、一も二もなく屋根から飛び出す。異変があったことは明らかだ。

天馬は叩《たた》きつけるように運転席のドアを開ける。

しかし、

「待って」

ハマーから飛び出る寸前、京子の声に止められた。

とっさに振り向き、息を呑む。

京子は後部座席で立ち上がったまま、神田明神をにらんでいる。だが、その常ならぬ横顔には見覚えがあった。京子はいままさに星を読んでいる。京子の星読みは対象の霊気をよく知っていることが条件になる。そして、この場には、幾《いく》つもの業《ごう》深き星々が瞬《またた》いているはずだった。

また、星と星は繋《つな》がりがある、とさっき水仙《すいせん》が言っていた。現在この戦場では、どれだけの繋がりが複雑に絡《から》まっているだろう。星々が強く瞬き、また他の星と輝《かがや》き合って、星座を描《えが》く。京子はそれを読んでいる。

そして、

「お願い。止めて、止めて……」

言って、スッと京子は参道の坂の上、神田明神を指さした。

止める。しかし、何を？　天馬はドアを開けたまま、食い入るように京子を見つめる。

だが、京子はそれ以上何も告げない。『天曺地府祭』を止めろという意味なら、言われるまでもない。しかし、京子はわざわざ天馬を呼び止め、そして止めてと願ったのだ。神田明神を示しながら。では、その具体的な意味はなんだ？　夏目や春虎に向かおうとする天馬を止めてまで、京子はいったいどうしろと言っているのか。

天馬は奥歯を嚙《か》み締《し》める。自分には判断が付かないが、無視することはできなかった。

なら、

「――鈴鹿《すずか》ちゃん！　夏目ちゃんを！」

☆

目が合った娘《むすめ》に起きた異変に、倉橋は遠目にも気付いていた。時折多軌子が見せるのにも似た、半ば神懸《が》かった表情や、華《はな》やかな霊気の変化。それは、母である倉橋美代《みよ》や、宗家である土御門泰純《やすずみ》が見せていたものと、同じ類の異変でもあった。

「京子、お前――」

間違《まちが》いない。星読みだ。娘は星を読んでいる。

不意に込み上げる感情に、倉橋は自分でも驚《おどろ》いた。娘が、希有《けう》な――極めて貴重で得がたい才能を開花させている。その姿を目《ま》の当たりにしたとき、喜びと寂《さび》しさ、そして誇《ほこ》らしさが入り交じる、深い感慨《かんがい》が込み上げてきたのだ。「自分の子供」に過ぎなかった人格が、いつの間にか「一人の若者」として活動する様を目撃《もくげき》する感動。人の親としてありきたりな想《おも》い。しかし、倉橋がそんな想いを抱《いだ》くのは、もうずいぶんと久しぶりだった。

そんな想いを享受《きょうじゅ》する資格など、自分には欠片《かけら》もない。

しかし、そのとき感じた誇らしさは、紛《まぎ》れもなく本物だった。

倉橋の血は、あそこにちゃんと繋がっている。自分とも、死んだ父とも違う、また新しい倉橋の血だ。

精進《しょうじん》しなさい。そう、胸の中でささやきかけた。

それから倉橋は、鋼《はがね》の精神力できっぱりと未練を断《た》ち切って、その視線を春虎たちに向けた。

おそらくいまの春虎は、自分より強く優秀《ゆうしゅう》な陰陽師《おんみょうじ》だ。

しかし、倉橋にあって春虎にないものもある。どちらが尊くどちらが劣《おと》るという問題ではなく、その「違い」が行動を分けていた。いまこのとき、倉橋は娘から視線を剥《は》がし、春虎は夏目の許《もと》に駆《か》けたのだ。

倉橋はその隙《すき》を逃《のが》さない。彼は、練達の所作で、式を打った。

☆

戦場の空は噴《ふ》き上げる熱と風、壮大《そうだい》なノイズに充《み》ちていた。式神の背に乗って飛びながら、鈴鹿は必死に眼下の戦況《せんきょう》を読もうとした。いま戦場では、変容した鏡と彼の式神であるシェイバが、戦いの中心にいる。彼らは倉橋に付いたのだろうか。だとすれば、どうやって打倒《だとう》すればいいのか。

懸命《けんめい》に思考していたそのとき、急に名を呼ばれた気がした。

天馬の声。そして、夏目の名が耳に届く。言葉というより音に近かったが、そこに含《ふく》まれた緊迫《きんぱく》した響《ひび》きに、鈴鹿はすぐさま頭を巡《めぐ》らせた。

車道に立つ夏目が、突然倒《とつぜんだお》れそうになった。その反応は、昨日も起きた例の発作《ほっさ》を、すぐに鈴鹿に連想させた。夏目を生き長らえさせる呪術《じゅじゅつ》に、何か問題が起きている。ずっと体温が下がる気がした。夏目にかかる術の崩壊《ほうかい》は、即座《そくざ》に破滅《はめつ》を意味する。一度魂《たましい》が解き放たれてしまえば、もう取り返しはつかないのだ。

だが、アスファルトに倒れ込む夏目を、漆黒《しっこく》の影《かげ》が寸前で滑《すべ》り込み、両腕《りょううで》で抱《だ》き止めた。

「バカ虎！」

一瞬《いっしゅん》の極限の緊張から、急に解放され、どっと息を吐《は》く。そして、夏目のために駆けつける、変わらない春虎の態度に、胸の奥が熱くなった。

その熱は、単純な嬉《うれ》しさだけではない。もっと複雑で、鮮《あざ》やかに多彩《たさい》で、鼓動《こどう》を早くする思慕《しぼ》や、胸を締め付ける痛みもある。自分では御《ぎょ》しきれない、感情の嵐《あらし》だ。けれど、いまそれに翻弄《ほんろう》されているわけにはいかない。自分が、幼く、勝手で、精神的に未熟なことは、いまではもう、よくわかっている。しかし、そんな自分にいつまでも甘んじる気はない。鈴鹿は、成長し、強くなりたいのだ。仲間たちと一緒《いっしょ》に。

「──っ！」

察知できたのは、直前まで戦場全域を把握《はあく》しようと感覚を広げていたおかげだろう。事実、気がついたのは鈴鹿だけだった。

戦場を密《ひそ》かに駆け抜《ぬ》ける小さな気配。式神。『スワローウィップ』だ。青いツバメの捕縛《ほばく》式は、霊気と鬼気《きき》、呪力が渦巻《うずま》く戦場を、音もなくくぐり抜けていた。参道の坂の上を低空で滑るように降り、一直線に夏目たちの許へ。

そうはさせない。

「唸急如律令《オン・ア・ダーー》！」

ほとんど無意識に放ったのは、鈴鹿オリジナルの火行符だ。火球が収斂《しゅうれん》し光の矢と化して、夏目たち目がけて飛行する青いツバメの鼻先に突《つ》き立てた。

ところが『スワローウィップ』は直前になってコースを変えた。鈴鹿が驚く視線の先で、翼《つばさ》をはためかせ、するりと上昇《じょうしょう》。夏目と春虎の頭上を越《こ》えて──さっきまで春虎がいた、大成殿《たいせいでん》の屋根の棟《むね》へ。

そこには、笹《ささ》の葉にくるまれた石が、そのまま置き残されている。

あっ、と鈴鹿が声をもらしたとき、『スワローウィップ』は屋根に突っ込み、周りの瓦《かわら》ごと呪詛《じゅそ》の詛戸《とこいど》を破壊《はかい》した。

☆

冬児と鈴鹿、それに夏目も到着《とうちゃく》し、いよいよ役者が揃《そろ》ったと、鏡は愉快《ゆかい》に歯を剝《む》いた。

どくどくと脈打つ鼓動に合わせて、霊力《れいりょく》が体内を循環《じゅんかん》している。まるで安定しないその脈動は、しかし逆に鏡を楽しませた。己《おのれ》自身という荒馬《あらうま》を、強引に乗りこなす感覚。ましてや、攻守《こうしゅ》が目まぐるしく入れ替《か》わる、激動の戦場だ。いまの自分の状態は、むしろ相応《ふさわ》しいとすら思う。

ただ、解《げ》せないのは飛車丸だった。

最初は何かの罠《わな》かと疑った。まさに飛びかかろうとしていた飛車丸が、突然《とつぜん》こちらを無視したように、立ち尽《つ》くしたまま背後を振《ふ》り返ったのだ。鏡がハマーの到着に気付いたのも、無意識に式神の視線を追いかけたときだった。

それから飛車丸は、鏡から顔を背《そむ》けたまま、いかなる反応も見せていない。まったくの無防備だ。なんなんだと思ったとき、式神の全身を激しいラグが襲《おそ》った。

それも、ただ事ではない激しいラグだ。鏡がいよいよ疑惑《ぎわく》を抱いて双眸《そうぼう》を鋭《するど》くする。そのラグは、ちょうど彼女が封印《ふういん》を解いたとき——幼い少女の式神から飛車丸の姿を取り戻《もど》したときと同じほども……いや、下手をするとあのとき以上に、酷《ひど》いように「視《み》」えた。

と、

「くそっ！」

角行鬼が飛車丸の異変に気付いて、駆け寄ろうとした。しかし、そんな真似《まね》はシェイバが許さない。自分が蔑《ないがし》ろにされたと感じたのか、怒《いか》りの咆哮《ほうこう》を上げて斬《き》りかかる。しかも、その乱雑な一刀が掠《かす》った。角行鬼の動きが精細さを欠いている。やはり、飛車丸の異変は、重大な事態なのだ。

どうする。

そう、鏡が迷った瞬間だった。参道の下で巨大《きょだい》な呪力が弾《はじ》け、この世の終わりを思わせる、猛烈《もうれつ》な熱波が押し寄せた。

炎《ほのお》。

地の底から地獄《じごく》の業火が溢《あふ》れ出る如《ごと》く、封じられていた炎が燃え広がった。宮地を封じていた呪術が解呪されたのだ。自由を奪《うば》われ押し込められていた炎は、その鬱憤《うっぷん》を晴らすかのように、宮地の制御の手をも離《はな》れて、辺りに破壊を撒《ま》き散らす。側《そば》にいた春虎が夏目と共に、強固な防御の結界を張った。京子の乗るハマーも即座に結界を強化し、頭上の鈴鹿も、さらに上空へと退避《たいひ》。冬児が、「第三封呪《サード・シール》、解除《パージ》！」と、とっさに最後の封印を解除し、腕を交差して身構えた。四方に広がる炎の海は、それらすべてを呑《の》み込みながら、参道を駆け上がった。

背後の倉橋が結界を張るのがわかった。鏡も、この火勢は無視できない。手印を結んで、結界を張る。そして、この期《ご》に及《およ》んでもまだ、飛車丸が無反応でいることに気付いた。もたない。それはもう明らかだった。あの状態で暴走する宮地の炎に呑まれれば、飛車丸は容易《たやす》く消滅《しょうめつ》する。

が、

立ち尽くす飛車丸と急迫《きゅうはく》する炎の間に、角行鬼の巨体が間一髪《かんいっぱつ》割り込んだ。直後に炎が参道を埋《う》め、鏡たちを覆《おお》い尽くして随神門《ずいしん》の表面を焦《こ》がした。急造の結界が悲鳴を上げる。相変わらずの凄《すさ》まじい火力だ。しかし、ようやく宮地が制御を取り戻したらしい。辺りを埋めた呪術の火が、不意に掻《か》き消え、景色が晴れた。

まったくもって目まぐるしい、激動の戦場だ。

ただ、この瞬間、その激動を制していたのは、一念を通したシェイバだった。

飛車丸を庇《かば》うべく身を投げだした角行鬼を、ただ純粋《じゅんすい》に追い続けたシェイバが、ついに捉《とら》えていた。炎の盾《たて》にした背中――その左脇《ひだりわき》に、『髭切《ひげきり》』の刀身が埋《う》まり、切っ先が反対側へ突き抜けている。

「獲ったぞ!」

シェイバが子供じみた歓喜《かんき》を爆発《ばくはつ》させた。

傷口から噴出《ふんしゅつ》する鬼気は、激しい流血さながらだ。巨体がラグに覆われ、その勇ましいシルエットがぶれる。今度は掠り傷などではない。ほとんど致命傷《ちめいしょう》だ。角行鬼の前には、参道に倒れる飛車丸の姿も見えたが、いまではもう、角行鬼の状態の方が酷い。鬼《おに》は体勢を崩《くず》し、路面に片膝《かたひざ》を突いた。傷口に留《とど》まらず、全身がラグるたびに鬼気がもれ出て、霧《む》散《さん》し始めた。

伝説の鬼がくずおれる姿に、鏡は思わず表情を引き締《し》めた。

しかし、

「……気が早いぜ」

護法が浮《う》かべたのは、野太い、見る者の心胆《しんたん》を寒からしめる鬼神《きしん》の笑《え》みだった。

鬼を討《う》つ霊刀の刃《は》は、確実に角行鬼を貫《つらぬ》いていた。

にもかかわらず角行鬼は、そのまま後ろに下がった。

バリバリと電撃《でんげき》のようなラグを伴《ともな》いながら、『髭切』の刀身が角行鬼の身体《からだ》を通過する。

ぎょっと目を丸くするシェイバとの距離を詰める。

ついに根本近くまで刀身を我が身に押し込んだあと、角行鬼はそのまま身を捻った。刃が身体を抉《えぐ》るに任せながら、傲然《ごうぜん》と牙《きば》を剝き、シェイバの顔面に拳《こぶし》を叩《たた》きつけた。ゾクリと鏡が鳥肌《とりはだ》を立てた。インパクトの瞬間に込められた鬼気たるや、はっきりと宮地の火力をも上回っていた。

シェイバが吹《ふ》き飛び、燃え続けるビルに突っ込んで外壁《がいへき》を崩壊させた。「くっ⁉」と鏡は歯噛《はが》みした。霊力が安定しないため、シェイバには呪力だけ送り、あとは好きにさせていたのだ。油断した瞬間に至近距離《しきんきょり》から喰《く》らった一撃は、式神を戦闘《せんとう》不能にまで追い込んでいた。勝機を逃《のが》さず、初撃で決める。古強者《ふるつわもの》たる角行鬼の、貫禄《かんろく》が冴《さ》える一撃だろう。

ただし、代償《だいしょう》は大きい。

ガラン、と『髭切』が足下《あしもと》に落下した。

角行鬼の額から二本の角が消え、身体の大きさが元に戻った。戦闘態勢を解いた——というより、維持《いじ》できなくなったのだ。ラグの走る顔面からは血の気が失《う》せ、乱れた髪《かみ》が張り付いている。着ていたスーツはぼろぼろの布きれと化し、滝《たき》のように流れる鬼気が、足下で濃厚《のうこう》な溜《た》まりを作っていた。

「まったく」

と角行鬼は、鏡に向かって太々《ふてぶて》しく、唇《くちびる》の端《はし》を吊《つ》り上げた。

「どいつもこいつも、世話の焼けるガキどもだ。……で？　どうする、坊主？　次は、お前か？」

鏡の全身に武者震《むしゃぶる》いが走った。そのとき感じた戦慄《せんりつ》は、もはや感動的ですらあった。

「……ハッ。最高だ。痺《しび》れるぜ、角行鬼……！」

こうでなくてはならない。これでこそ、我が身を削《けず》り封印を破った甲斐《かい》がある。

鏡は呪力を練り上げる。手印を結印し、どくどくと脈打つ霊力を、余さず呪力に変換《へんかん》していく。急激に血を抜かれたように、頭がくらりと揺《ゆ》れた。だが、気にしなかった。楽しい。愉快だ。激しいラグで、亡霊《ぼうれい》のように見える隻腕《せきわん》の鬼を前に、鏡は激しい闘志《とうし》に身を委《ゆだ》ねる。

まずはジャブだ。

「オン・ビシビシ・カラカラ・シバリ・ソワカ！」

小細工なし。ただ全力で、不動金縛《かなしば》りを、正面からぶつける。

しかし、角行鬼が身構えるより早く、参道を駆《か》け上がった鬼が、鏡の金縛りを横から弾《はじ》きのけた。鏡が両目を大きく見開く。

鬼気の火を纏《まと》う、若き鎧武者《よろいむしゃ》。

鬼——いや、生成《なまな》りだ。

「悪いな、鏡。交代だ！」

冬児は、牙を剝く口から鬼気を吐《は》き出し、猛々《たけだけ》しく鏡を見据《みす》えた。

☆

我が身に浴びる『炎魔《えんま》』の炎は、噂《うわさ》に違《たが》わぬ壮絶《そうぜつ》な威力《いりょく》だった。

しかし、耐《た》え切った。

おそらく、展開されている『天曺地府祭』の祭壇《さいだん》が影響《えいきょう》しているのだろう。さっき接敵した蜘蛛丸も霊災を生み出す力が増していたが、同じ効果が冬児に現れている。その急激な力の伸《の》び様は、自分でも恐《おそ》ろしくなるほどだ。

荒御魂《あらみたま》、平将門の眷属《けんぞく》。

冬児に憑《つ》く鬼の力は、将門の嫡流《ちゃくりゅう》である多軌子には通用しない。しかし、それでも力は力である。使い方次第《しだい》で、いくらでも仲間のサポートはできるはずだ。

ぶんっ、と、まとわりつく炎の残滓《ざんし》を振《ふ》り払《はら》い、冬児は封印から脱出《だっしゅつ》した『炎魔』を見やる。

宮地は、さすがに息を切らしているようだった。膝《ひざ》を屈《くっ》して両手を突き、喘《あえ》ぎながら空気を貪《むさぼ》っている。とはいえ、あの道満を本気にさせた『八目の荒籠鎮めの呪詛』を生身で受けながら、まだ生きていること自体が凄まじかった。

とにかく、戦局は次々に変化している。夏目の発作に、宮地の復活。こうなっては春虎をサポートするしかない。無茶を承知で、宮地を叩く。せめて回復しきる前に。どのみち、第三封呪《サード・シール》まで解除した状態では、鬼《おに》の破壊衝動《はかいしょうどう》が激しく、全体を見回しての冷静な立ち回りは困難だ。本能の命ずるまま、我武者羅《がむしゃら》に活路を切り開くのみ。

しかし、

「冬児！」

春虎が叫《さけ》んだ。

春虎に直接名を呼ばれるのは、いったいいつ以来だろうか。懐《なつ》かしい。だが、その声の切羽詰《せっぱつ》まった様子は、冬児に感傷を許さない。振り向くと、隻眼の春虎と目が合った。春虎は真っ直《す》ぐにこちらを見て、言った。

「頼むっ。飛車丸を――！」

「っ⁉」

駆け出そうとした足が止まった。

直後に、背後で轟音《ごうおん》が鳴り響《ひび》いた。

角行鬼がシェイバを吹き飛ばしたのだ。しかし、角行鬼の方も大ダメージを――それも、実体化すら危《あや》ういほどのダメージを負っている。そして、角行鬼は背後に、倒《たお》れ伏《ふ》した飛車丸を庇っていた。次なる敵――鏡から。春虎も、そして角行鬼も、飛車丸を守ろうとしているのだ。

春虎が連れる式神とはいえ、飛車丸にも角行鬼にも、冬児はなんの縁《えん》もない。窮地《きゅうち》にある夏目と春虎に比べるなら、優先すべきは二人の親友だ。

しかし、

「――頼《たの》まれたんじゃ、仕方ねえ――」

ここは春虎を信じる。冬児は、ダンッ、と路面を蹴《け》ると、矢のように参道を駆け上がる。

鬼気の火を曳《ひ》き、角行鬼の前に。

そして、鏡の放った大出力の不動金縛りを、駆けつけた勢いのまま、一気に片手で払いのけた。

両目を見開く鏡に向かって、

「悪いな、鏡。交代だ！」

「冬児っ、テメエ！」

鏡が悪鬼《あっき》の形相になった。

鏡には長いこと、呪術《じゅじゅつ》戦の教えを受けてきた。それだけに少しは実力をわかっているつもりだったが、いま目の前にいる彼は、ほとんど別人だ。その理由はすぐに察することができた。霊体の様子が明らかにおかしい。おそらく、彼の霊力を規制していた封印《ふういん》を破ったのだろう。

「俺じゃ不満か、鏡先生」

「上等だ！　最後のレッスンをくれてやる！」

鏡は神速で手印を結ぶ。根本印。術式は火界咒。

だがこれはフェイントだ。

「下がれっ」

甲種言霊《こうしゅことだま》。訓練中にも受けたことがあるが、あのときとは呪力の強度が段違《だんちが》いだ。しかし、その強制力を、冬児は咆哮《ほうこう》で吹き飛ばす。生成りの雄叫《おたけ》びは鬼気を孕《はら》んで、言霊に込められた術式を乱した。鏡が表情を一変させる。彼もまた、冬児が以前の冬児と違うことに気がついた。

「テメエ⁉」

と飛び退《しさ》って距離を取る。対し、冬児は詰める。逃さない。

距離を開けての呪術戦では不利だ。接近戦に持ち込む。しかし、鏡も冬児の意図は察していた。詠唱《えいしょう》を抜《ぬ》き、さっき用意していた術式で呪術を放つ。火界咒。

真正面から炎《ほのお》が押し寄せた。構わず突《つ》っ込んで、突破《とっぱ》したいところだ。だが、それはできない。後ろに角行鬼と飛車丸がいる。冬児が庇わなければ、炎は二体を燃やす。だから身構え、宮地の炎を浴びたときのように、耐えた。しかも今度は、炎を押し止《とど》めた。

全身に受ける火炎の圧力は、力を増した生成りにも、相当キツかった。くっ、と奥歯を噛《か》み締め、牙を鳴らす。霊圧に足が押されるのを、必死に食い止める。

すると、

「大丈夫《だいじょうぶ》だ。やってくれ」

背後で低い声がした。ハッと肩越《かたご》しに振り返れば、飛車丸を肩《かた》に担《かつ》ぎ、後方に避難《ひなん》する角行鬼と目が合った。あれほどのダメージを負っているにも拘《かか》わらず、角行鬼は冷静だ。冬児は胸中で笑う。甘ったれの主《あるじ》より、よほど頼《たよ》りになりそうな式神だ。

冬児は受け止めていた火界咒の勢いを強引に脇《わき》に逸《そ》らした。炎をかいくぐるように身を沈《しず》めて鏡に迫《せま》る。だがそのときには鏡の次の手が襲《おそ》いかかった。指先で宙を掻《か》くように、縦に一度、横に一度。早九字の格子紋《ドーマン》。生成りの勢いを止め、したたかに打ち据《す》える。さらに叩きつけた符術《ふじゅつ》は、木行符と火行符と土行符が一枚ずつだ。瞬時《しゅんじ》に相生し、木生火、火生土と増幅《ぞうふく》された土行符が、「重み」となってズシンと肩にのしかかる。冬児はよろめき倒れそうになったが、辛《かろ》うじて持ちこたえた。

だが、鏡の連続攻撃《こうげき》はまだ終わらない。次は、五種、五枚の五行符。ばらまかれた五枚の符は、鏡の呪力を受けて、冬児の頭上に五芒星《セーマン》の呪紋《じゅもん》を描《えが》く。

そして、鏡は呪文を一気に詠唱した。

「東海の神、名は阿明《あめい》、西海の神、名は祝良《しゅくりょう》、南海の神、名は巨乗《きょじょう》、北海の神、名は禺強《ぐきょう》、四海の大神、百鬼を避《しりぞ》け、凶災《きょう》を蕩《はら》う！　急急如律令《オーダー》！」

『帝式《ていしき》』の対霊災《れいさい》用排斥呪壁《はいせきじゅへき》。不味《まず》いと思ったが、土行符で足止めされている。撥《は》ね除《の》けようとしたが、鏡の呪術が早かった。本来は霊災を回避《かいひ》するための呪壁だ。しかし、鏡はそれを頭上から、生成りの冬児に叩きつけた。今度は持ちこたえることができず、冬児は膝を折り、片手と片肘《ひじ》を地面に突く。

「くっ！」

呪壁はそのまま空間に固定された。しかも、術式上、霊災の力では太刀《たち》打ちできない。そして、冬児の力の源は鬼《おに》――動的霊災だ。完全に足止めされた。

「ハッ！　どうした、冬児。また床《ゆか》に寝《ね》そべって終わりかっ？」

やはり、強い。

あれだけ霊力に波があるというのに、そんなコンディションを物ともしないだけの「勝負強さ」が、鏡にはあった。戦術の組み方もだ。荒《あら》っぽいようで、計算されている。さすがは『十二神将』。まだまだ「格上」の相手である。しかし、冬児とて、このままむざむざとやられるわけには——

「——っ!?」

突然《とつぜん》のことだった。全身に目映い霊気が流れ込んできた。

力が飛躍《ひやく》する。冬児はその瞬間直感に従い、手を突く大地に向かって力を放出した。アスファルトを砕《くだ》き、地面を鬼気で掘《ほ》り返すようにして、下に隙間《すきま》を作る。次いで、頭上の呪壁から横に逃《に》げた。身を投げ出し、坂道を転がって、鏡の仕掛《しか》けた軛《くびき》から脱出する。

気がつけばダメージが回復していた。身体《からだ》が軽い。力が漲《みなぎ》る。

そして、突然の変化の原因は、すぐ側《そば》にあった。鏡も、冬児と同じ事に気付いていた。

冬児ではなく、坂の上の神田明神を顧《かえり》みて、

「再開したか……！」

境内《けいだい》で天と地を結ぶ霊脈が、明滅《めいめつ》して脈打っていた。中断していた『天曺地府祭』が、再び動き始めたのだ。タイムリミット。冬児は舌打ちし、随神門《ずいしんもん》をにらむ。

そして——倉橋の姿が、消えていることに気がついた。

☆

夜叉丸に課せられた作業は、大きく三つ。

支局から感染した敵性呪術の解明。

これを解呪するための術式の用意。

解呪呪術を祭壇《さいだん》に流し込み、循環《じゅんかん》させて浄化《じょうか》する。

それらの作業のほとんどを、夜叉丸はすでに終了《しゅうりょう》させていた。だが、あと一歩のところで、ストップをかけられた。

祭壇の中心付近に歪《いびつ》な結界が作られ、呪力の流れを堰《せ》き止めたのだ。

夜叉丸は作業から手が離《はな》せなかったが、外の様子を境内から「視《み》」る程度の余裕《よゆう》はあった。おそらく結界は、宮地を封《ふう》じるために、春虎が仕掛けた罠《わな》だったのだろう。祭壇の構造を流用したその呪術は、祭壇の浄化を妨《さまた》げる、大きな要因となっていた。

しかし……。

ついに、その障害も取り除かれた。倉橋が宮地を解放したのだ。

「これで――！」

夜叉丸は呪力線と霊脈の循環を速めて、祭壇を一気に浄化した。

まるで時間が止まったかのような状態だった多軌子の周囲に、再び淡《あわ》い光の層が生まれる。いまにも途《と》切《ぎ》れそうだった天地を繋《つな》ぐ霊脈が、もう一度力強く輝《かがや》き始めた。夜叉丸自身にも、力が流れ込んでくる。神域と直結する法悦《ほうえつ》が、全身を震《ふる》わせた。

止まっていた『天曺地府祭』が、正常に動き始めた。

石舞《いしぶ》台《たい》に降り注ぐ霊脈は、加速度的に神々《こうごう》しさを増していく。直視するのが目映《まばゆ》いほどで、多軌子が身に纏《まと》う黒い巫女《みこ》装束《しょうぞく》すら、光度のあまり白く浮《う》き立って見えた。

そして、その巫女の両袖《りょうそで》が、優しく風に膨《ふく》らむように、ふわりと宙に漂《ただよ》った。

光に包まれた多軌子の身体が、わずかに浮き上がる。少しずつ少しずつ重心が浮き、爪《つま》先《さき》がそっと石舞台から離れる。夜叉丸は息を呑《の》み、眼前の光景に心を奪《うば》われた。

荻窪のときの再現だ。だが、今度は途中で止まらない。最後まで行く。

そのため、自分の身に何が起きたか、すぐには理解できなかった。

気がついたとき、夜叉丸は石舞台の前から、真横に投げ飛ばされていた。視界が攪拌《かくはん》され、上下が入れ替《か》わる。「な」と彼らしからぬ声がもれた。あまりに——あまりにも突然のことに、意識が付いていかなかった。

頭が働くより先に身体が反応して、空中で身を捻《ひね》り、境内の端《はし》に着地した。「ひっ」と側で小さな悲鳴がもれた。その存在すら忘れていた、『月輪』の少女だ。しかし、夜叉丸の視線は、さっきまで自分がいた場所に注がれていた。

石舞台の側に、二体の鬼が現れていた。

この神聖な場所には不釣《ふつ》り合《あ》いな、ドレッドヘアの太った男と、半裸《はんら》のような大女。投げ飛ばしたのは、得意げな顔で手のひらを叩《たた》いている大女の方らしい。牛頭鬼《ごずき》と馬頭鬼《めずき》。蘆屋道満が手足とする、彼の、古い式神だ。

さらに、

「ほっ」


と、枯《か》れた笑い声がこぼれた。

拝殿《はいでん》の屋根。その瓦屋根《かわらやね》の縁《ふち》に座って両足をぶらつかせているのは、まだ小学生程度にしか見えない少年だ。古めかしい黒いスーツ姿で、蝶《ちょう》ネクタイまで締《し》めている。こちらを見下ろすサングラスのレンズが、まるで血のように、赤い。

「——導摩《どうま》法師」

呆然《ぼうぜん》とつぶやくと、

「いかにも」

と笑いながら返した。

「なるほど、得意分野か。言うだけのことはあるが……さすがに惜《お》しい展開じゃの。主殿《あるじどの》よ。せっかくじゃし、もう少し様子を見ぬか？」

そのときになって、夜叉丸はようやく事態を――絶望的な窮地《きゅうち》を認識《にんしき》し始めた。

春虎たちに気を取られる余り……祭壇の浄化を急ぐあまり、いつしか念頭から消えていた、もう一つの「針」の存在。

カツン、と乾《かわ》いた音が、境内に響《ひび》いた。軽く小さなその足音は、夜叉丸の耳に雷鳴《らいめい》の如《ごと》く轟《とどろ》く。

隠形《おんぎょう》を解いた『黒子《シャドウ》』は、すでに石舞台の前に立っていた。両袖を翼《つばさ》のように広げる、多軌子の真正面。式神の軽口になど見向きもせず、また邪魔だからどかされた夜叉丸にも、一瞥《いちべつ》もくれない。彼はプロだ。無駄口《むだぐち》や軽口が、千分、万分の一の隙《すき》に繋がることを熟知している。どれだけ「勝ち」を確信するような場面だろうと、何を措《お》いても、まず、仕事を終えることを優先する。

その横顔は、緊張《きんちょう》の色すらなかった。

素っ気ない、淡々《たんたん》とした面《おも》持ちのまま、コートを揺《ゆ》らし、腕《うで》を伸《の》ばした。

石舞台の多軌子は、天から降り注ぐ霊脈に覆《おお》われ、霊的《れいてき》、呪的に、守られている。その守りは強固であり、たとえ『炎魔《えんま》』の火をもってしても、容易《たやす》く打ち破れるものではない。

だから、『黒子《シャドウ》』の手には黒光りする鉄の塊《かたまり》が握《にぎ》られていた。

四五口径。時代遅れのコルトガバメント。

夜叉丸が両目を見開く。

『黒子《シャドウ》』は、まるで煙草《たばこ》の先から灰でも落とすように、なんの感慨《かんがい》もなく、引き金に指を伸ばした。

5

儀式《ぎしき》が中断されたあと、秋乃は、形だけ拘束《こうそく》されるかのように、境内の隅《すみ》に作られた結界に閉じ込められていた。また、随神門の下が薄闇《うすやみ》のヴェールに包まれ、境外の視界を遮《さえぎ》っていた。だから、外で繰《く》り広げられているらしい戦いの行方《ゆくえ》を、秋乃は知ることができなかった。

ただ、戦っている相手が、春虎や夏目たちであることは理解できた。目の前の境内で行われる儀式を止めようと、皆《みな》が必死に食い下がっているのだ。

そして、儀式を止めようとしているのは、春虎や夏目たちだけではなかった。

忽然《こつぜん》と現れた白髪《はくはつ》の男性には見覚えがあった。夏目たちの、かつての先生だ。大友陣《じん》。

一度、秋乃たちが隠《かく》れ家《が》にした倉庫を訪《おとず》れたこともあった男性だ。

しかし、境内に現れた彼は、あのときとは別人のようだった。倉庫で夏目たちに見せていた、飄々《ひょうひょう》とした親しみ易《やす》さなど微塵《みじん》もない。カラカラに乾いていて、ぞっとするほど冷たい印象だ。酷薄《こくはく》な、非人間的な雰囲気《ふんいき》しか見出《みいだ》せなかった。

太々しく夜叉丸をにらみ、対峙《たいじ》するゴズとメズ。

拝殿の屋根の上で、楽しげに眼下を眺《なが》める蘆屋道満。

三体の式神を引き連れ、大友は祭壇の前で、多軌子へ拳銃《けんじゅう》を突《つ》きつける。大友の態度は、平静そのものだった。だから、目の前の光景の意味がすぐには理解できず、ただ不吉《ふきつ》でひりつく雰囲気に呑まれて、秋乃は身を竦《すく》ませた。

凄《すさ》まじい絶叫《ぜっきょう》が上がった。

夜叉丸だ。護法、八瀬童子《やせどうじ》が、主の窮地を前にして常ならぬ力を引き出し、主を守ろうと飛び出した。その迫力《はくりょく》に、ゴズとメズが鼻白む。しかし、道満は動じない。

「悪いの」

と、ひと言告げて指を鳴らすと、なぜか急に夜叉丸が足を止め、何かを振《ふ》り払《はら》うような仕草を見せた。とっさに、ピンと来る。幻術《げんじゅつ》だ。似た光景を、星宿寺で見たことがある。

しかし、式神に幻術をかけるなど聞いたことがない。

一方、すぐ側で起きた一瞬《いっしゅん》のやり取りにも、大友は眉《まゆ》ひと筋動かさなかった。まるで彼だけが、退屈《たいくつ》な街中を、退屈な仕事に向かうべく通勤しているかのようだ。ただ、ほんの微《かす》かに窺《うかが》えるのは、あるかなきかの疲労感《ひろうかん》。様々なものに疲《つか》れ、しかしその疲労を背負ったまま、淡々と前に歩を進める意思。

大友は平然と引き金に指を掛《か》け——

平然と、引き金を引く——

しかし、

「大友先生！」

その声が響いた瞬間、氷のようだった大友の挙動が乱れた。

息せき切って随神門を潜《くぐ》ってきたのは、なんと天馬だった。天馬は大友を真っ直《す》ぐに見つめている。何かがようやく腑《ふ》に落ちたという、確信に満ちた表情で叫《さけ》ぶ。

「やっとわかりました。京子ちゃんが言ってたのは、大友先生のことだ。だから僕だったんだ。止めて下さい、大友先生！　どうか——」

天馬の必死の訴《うった》えが、大友の動きを鈍《にぶ》らせた。その顔には相変わらず、なんの表情も浮かんでいない。しかし、直前までとは印象が違《ちが》っていた。

緊迫《きんぱく》した、一瞬の静止。

そして、その後の事態は、立て続けに起きた。秋乃は、ただそれらを呆然と見つめることしかできなかった。

天馬が後ろから突き飛ばされた。驚《おどろ》いた悲鳴を上げてつんのめり、大友が反射的に、天馬の方に身体《からだ》を向けた。

飛び込んで来たのは、巨大《きょだい》な二頭の獅子《しし》。白い獅子と黒い獅子だ。ゴズとメズがすかさず反応し、それぞれ、飛びかかる獅子を迎《むか》え撃《う》った。

大友が何かを察し、急いで多軌子に銃口を向け直す。その拳銃に、隠形を解いた倉橋がしがみついた。

大友が目を瞠《みは》り、手にしていた杖《つえ》を落とす。そのまま両者がもみ合いになった。むっ、と道満が身を乗り出したが、もつれ合う二人にはとっさに手出しできず、屋根の上に立ち上がって、二人の争いを見守った。

二人の手練《てだれ》の陰陽師《おんみょうじ》は、詠唱《えいしょう》なし、手印なし、さらに互《たが》いに接触《せっしょく》した状態のまま、可能な限りの呪術《じゅじゅつ》をぶつけ合った。最小、最速の呪術の応酬《おうしゅう》。高速で切り結ぶ剣撃《けんげき》よろしく、火花のように呪力が散った。

「倉橋！」

まだ幻術を振り解けずにいる夜叉丸《やしゃ》が叫んだ。夜叉丸がそんな悲痛な声を上げるなど、秋乃は夢にも思わなかった。

「頼《たの》む！」

その直後、パンッ、と乾いた銃声《じゅうせい》が弾《はじ》け、境内に反響《はんきょう》した。

もつれ合う大友と倉橋の手元から、発砲《はっぽう》した拳銃が撥《は》ね飛んだ。石舞台の上に落ち、カララと滑《すべ》る。大友が身を投げ出して、拳銃を拾い直した。石舞台の上に転がりながら、立ち上がる間を惜しんで、銃口を多軌子に向けた。

その射線上に、倉橋が立ち塞《ふさ》がった。

倉橋の袍《ほう》は、胸もとが赤く染まっていた。その、見る見る内に広がる赤い染みを見せつけるようにしながら、倉橋は多軌子を庇《かば》い、大きく両腕《りょううで》を広げた。

唇《くちびる》の端から血の筋が流れる。

唸《うな》るように、言う。

「……この子は……」

大友が引き金を引いた。

が──その銃弾《じゅうだん》は着弾することなく、光の壁《かべ》に阻《はば》まれ、消失した。

「な」

と大友が目を剝《む》く。

石舞台《いしぶたい》が、光に包まれていた。

天地を繫《つな》いでいた霊脈《れい》が消えている。代わりに、天から注いでいた光が、すべて石舞台の上に移動していた。

それは、質量すら感じさせる、眩《まぶ》しく、神々しい光だ。現世《うつしよ》には存在しない光。本来は見鬼しか「視《み》」ることが叶《かな》わない、霊気そのものが発する光である。

己《おのれ》の身体を包む光に目を見開いていた倉橋が、「……おお……」とつぶやきながら、よろめき、傷口を押さえて振り返った。


「大儀《たいぎ》でした」


多軌子が微笑《ほほえ》んだ。

しかし、彼女が本当に多軌子なのか、もう秋乃にはわからない。

倉橋の顔から苦痛と緊張が溶《と》けた。彼は満足そうに目を閉じると、その場に膝《ひざ》を落とし、石舞台の上に倒《たお》れ伏《ふ》せた。

横たわる倉橋を、多軌子は静かな微笑みを湛《たた》えたまま見下ろす。すべてを許し抱擁《ほうよう》する菩薩《ぼさつ》のように。また、無垢《むく》で可憐《かれん》な少女のように。

そして多軌子は、天を仰《あお》ぎ、あっけらかんと笑う。

「宴《うたげ》には、良い夜だ」

事実、その夜の出来事は、呪術史に長く刻まれることとなる。

五章☆降りし者、越えし者

1

神田明神《かんだみょうじん》の境内《けいだい》から延びる、天地を結んでいた霊脈が消えた。
『天胄地府《てんちゅうちふ》祭《さい》』の祭壇《さいだん》を構成していた術式が解け、呪力線が消失する。春虎《はるとら》は、意識のない夏目《なつめ》を抱《かか》えるようにしゃがんだまま、顔を青くして唇を噛《か》んだ。

気がつけば日は完全に暮れて、天空は夜の色に染まりきっていた。しかし、呪術戦の戦場となった参道では、まだ至る所で炎《ほのお》が燃えている。そんな、揺らめく残り火に彩《いろど》られた坂の突き当たり。神田明神の随神《ずいしん》門が、境内からの明かりに照らされて宵闇《よいやみ》に浮《う》かび上がっていた。

門を閉ざしていた薄闇《うすやみ》はすでにない。門の向こうからは燦然《さんぜん》たる光がもれでているが、あれは、強い霊気の塊《かたまり》だ。時折、風に舞《ま》う粉雪のように、光の粒《つぶ》が上空に漂《ただよ》っている。境内はもう、完全に神域——隠世《かくりよ》と化していた。そして、その中心にいる「存在」のことも、離《はな》れていてもはっきりと感じ取ることができた。正確にいうなら、その「存在」が隠世の中心にいるのではなく、その「存在」を中心として隠世が拡大しつつあるのだ。

たとえば、『泰山府君祭《たいざんふくんさい》』を祀《まつ》る際、遠くに、そしてまた近くにと、あらゆる場所に遍《へん》在《ざい》している、漠然《ばくぜん》とした「存在」。いま、あれと同種の「存在」が、時空の一点——境内にいる一人の依《よ》り代《しろ》に顕現《けんげん》している。

見れば、戦いを続けていた者も、負傷して蹲《うずくま》っていた者も、全員等しく随神門の方に視線を向けて固まっていた。その「存在」が在るだけで放つ霊的威圧感《いあつかん》が、離れていてもなお、無視できないのだ。

神の威だ。

「くっ……そ……」

神の霊気は境内に留《とど》まらず、すぐに周囲の霊相を変化させて行くはずだった。

そして、

——やっぱりか……！

境内へと引き寄せられていた無数の霊脈が、不気味に脈打ち始めていた。その胎動《たいどう》の意味を、春虎は知っている。

ぐったりとした夏目の肩《かた》を、我《われ》知らず強くつかむ。

東京は、三度目の「大祓《おおはらえ》」を経験しようとしていた。

☆

——なんやと……。

目の前の少女に、神が宿っていた。

その理解は理屈《りくつ》ではなかった。まるで、頭の中に直接「事実」を叩《たた》き込まれたようだった。すぐ側《そば》に存在する神威を、大友《おおとも》の魂《たましい》が畏怖《いふ》している。それは、本能よりもさらに原始的な感覚なのかもしれなかった。

大友はまだ石舞台に転がった体勢のままだが、多軌子《たきこ》に向けた銃口も、動かしてはいなかった。銃弾はまだ弾倉に残っている。倉橋《くらはし》が倒れたいまなら、そしてこの近距離《きんきょり》なら、絶対に外さない。

しかし、撃てない。

引き金にかけた指が動かない。むろん呪術ではなかった。より深いところで、指を動かすことができないのだ。

そして——

多軌子が大友に顔を向けた。

黒い巫女《みこ》装束《しょうぞく》を着た、赤毛の少女。いま彼女は、その輪郭《りんかく》が光で縁取《ふちど》られているように見えた。霊気が光を放ち、少女の周りを漂っている。霊気の光を浴びる赤毛は燃え盛《さか》る炎のようで、大友を見やる瞳《ひとみ》は神代の宝玉を思わせた。

「大友陣《じん》」

多軌子が言った。

大友の全身にしびれが走った。

「あなたの望みは、私の破滅《はめつ》か？　それとも生徒の無事か？」

う、と大友は言葉を詰《つ》まらせる。

次の瞬間《しゅんかん》、境内の端《はし》から爆発的《ばくはってき》な霊力が立ち上り、呪力の突風《とっぷう》が吹《ふ》き荒《あ》れた。大友は結界を張ることもできず、ひと溜《た》まりもなく吹き飛ばされた。

「ッグ⁉」

祭務所の壁に叩き付けられ、そのまま地面に倒れ伏せる。歯を食いしばって顔を上げると、ゴズが「シット！」と地面にしゃがみ込み、メズは仰向《あおむ》けに転がされていた。どちらの身体にも、ラグが走っている。さっきの突風をまともに浴びた――というより、突風は二体に対する攻撃《こうげき》で、大友はその巻き添《ぞ》えになっただけなのだろう。

鬼《おに》たちがにらみつける前では、幻術《げんじゅつ》から脱《だっ》した夜叉丸《やしゃまる》が、大きく息を吐《は》いていた。

貴族然とした細身の青年は、全身に力が満たされているようだった。主《あるじ》が式神に呪力を注ぐように、夜叉丸もまた、多軌子から彼女の力を授かっている。そして、彼女の力を受ける護法は、同じ神気を帯びていた。まさに「眷属《けんぞく》」だ。

夜叉丸は道を塞いでいたゴズとメズを吹き飛ばしたあと、真っ直ぐ石舞台に近づいて上がり、主の前に歩み出た。

片膝《かたひざ》をつき、頭《こうべ》を垂れる。

「姫《ひめ》」

と、恭《うやうや》しく呼び、跪《ひざまず》いたまま多軌子を見上げた。ついさっきまでの狂乱《きょうらん》が嘘《うそ》のように、その顔は至福に満ちている。

「将門《まさかど》公のご機嫌《きげん》はいかがでございましょう」

護法の問いに、多軌子は笑って、

「まだ、ない」

「ない、とは?」

「久方ぶりの現世《うつしよ》故《ゆえ》、人の機嫌は、まだ戻《もど》られぬようだ。そもそも戻るものなのか……あるいはこれから、ぼくの機嫌が公の機嫌になっていくのかもしれないね」

「それはそれは……」

夜叉丸が楽しげに応じる。ただしそれは、決定的に逸脱《いつだつ》し、正常なバランス感覚を失った上で成り立つ愉楽《ゆらく》である。

しかし――

あるいはもう、そんな問題ではないのかもしれない。何が正常で、何が狂《くる》っているか。その基準そのものが、「ここ」では変質しているのかもしれない。人間の意識だけの問題ではなく、「世界」にとってすら。

なぜなら、神とは人と世界の間に存在するものだからだ。人は、神を通して世界を認識し、神に願うことで世界を変化させる。自然の驚異《きょうい》や恵《めぐ》み、そしてより深い概念《がいねん》的な構造を、神という存在に委託《いたく》して、コミュニケーションを取るのだ。それは何も、古代、中世の話ではない。現代でも、人は神に頼《たよ》ることで、個人がもつ「世界という認識」を変化させながら生きているのである。そしてその作法をこそ、かつて人々は「呪《しゅ》」と呼んでいたのだ。

いま、神が、世界に、降り立った。

世界が変質するのは、むしろ道理だ。

――くそっ!?

動こうとすると鋭《するど》い痛みが走った。肋《あばら》が折れるかひび割れでもしたかもしれない。また、それ以上に呪的なダメージが大きい。たった一撃《いちげき》、巻き添えになっただけとはいえ、完全に無防備なところに食らったのが痛かった。

――せやっ。天馬《てんま》クンは⁉　それに、あのウサギの子！

慌《あわ》てて確認すると、天馬は神の降臨を目にして、呆然《ぼうぜん》と立ち尽《つ》くしている。ただ、怪我《けが》はない。さっきの突風には巻き込まれずに済んだらしい。一方、夏目たちと一緒《いっしょ》にいたウサギの生成《なまな》りの少女は、同じ場所で尻餅《しりもち》をついていた。ただ、彼女を閉じ込めていた結界が、破壊《はかい》されている。どうやら、結界が盾《たて》になって、突風を防いでくれたらしい。いまは天馬と同様呆然とこちらを見つめており、頭上に伸《の》びるウサギの耳だけが、パニック状態で左右に向きを変えていた。

駆《か》けつけた天馬の台詞《せりふ》を思い起こせば、彼が大友を止めに来たのは、京子《きょうこ》が星を読み、その結果を阻止《そし》するためだと考えられた。そして、実際に大友は止められたわけだが、果たしてこの結果は、吉《きち》なのか凶《きょう》なのか。

「霊脈《れい》が騒《さわ》いでいるようですが、では、将門公がお怒《いか》りというわけではないのですね」

「この地が自然と将門公に適応しつつあるようだ。けど……済まない。処し方が、ぼくにはわからない」

「構いません。馴らしましょう。東京は将門公の領国。公の良いようにして、なんの不都合がありましょう」

夜叉丸は平然と告げる。そしてまた多軌子も、護法の進言になんの抵抗《ていこう》も示さなかった。

おそらく、彼女のメンタリティーも変化しつつある。たとえば彼女の霊体にせよ、儀式《ぎしき》の前後ではまるで違《ちが》うものに変質していておかしくない。

「ともあれ、姫が気を遣《つか》われることはありません。それより、お疲《つか》れでしょう。お身体《からだ》への負担も無視できません。一度お休みなさりませ」

もう一度顔を伏《ふ》せながら、どこまでも丁重に、夜叉丸が言う。

相馬《そうま》千年の悲願は成った。ここから先は、次なる段階だ。それがなんなのか、むろん大友は知らない。ただ、知らずともわかるのは、ろくな事にはならないだろうということだ。現時点ですでにろくでもないが、この状況《じょうきょう》は時間が経過するほど悪化するに違いない。

しかし、護法の言葉に、多軌子は首を横に振《ふ》る。

「具合は良い。それより、頼《たの》みがある」

夜叉丸が顔を上げ直した。

「春虎を、ここに」

多軌子が言った。大友がびくっと反応した。

夜叉丸は、いちいち理由を確認《かくにん》しなかった。怜悧《れいり》な微笑《びしよう》を過《よ》ぎらせると、「御意《ぎよい》」との
み応《こた》えて立ち上がった。大友は舌打ちした。

——何が、生徒の無事、やねん……！

意識ははっきりしている。大友は治癒《ちゆ》符《ふ》を貼《は》り、さらに呪術で痛みを消しながら、立ち
上がった。

「っ、ゴズ！　メズ！　いけるな？」

「おいおい、ジョークだろ」

「て、てか、お前の命令なんか受けないんだわ！」

倉橋の死と同時に、二体の獅子《しし》は実体化を解いていた。敵は多軌子と夜叉丸の主従のみ。

しかし、ゴズとメズは明らかに気圧《けお》されている。当然と言えば当然だが、相手が悪すぎた。

となれば、頼みの綱《つな》は——

「愉快《ゆかい》愉快。これは珍《めずら》しいものが見られたわ」

立ち上がった大友の前に、道満《どうまん》が現れた。いつの間にか拝殿《はいでん》の屋根を降りていたらしい。

石舞台《いしぶたい》に立つ巫女を、しみじみと眺《なが》めながら、

「なるほどの。神降ろしだの神懸《かみが》かりだのは見てきたが、神をその身に顕現《けんげん》させた例は、
初めてお目に掛《か》かる。想像はしておったが、なんともはた迷惑《めいわく》なものじゃな。まあ、『神』

が周りの迷惑など気にしようはずもないか。いや、愉快。これは、まさに『見物』じゃて」

道満は、ククク と楽しげに、いつになく興奮した様子で言った。かく言う道満も荒御魂《あらみたま》のはずだが、果たしていまの皮肉に気付いているのか否《いな》か。しかし、この非常時に頼りになるのはありがたい。

「法師！　あいつら止めますよって、力を貸して下さい！」

「ほっほ。止めるも何も、あやつらはただ『在る』ものぞ」

「理屈はええです！　ここでなんとしても止めな！」

望むのは自分の破滅か、それとも生徒の無事かと多軌子は聞いた。しかし、多軌子を放置したままで、生徒達の無事はあり得ない。

すると、

「誤解があるようだ、大友君」

夜叉丸が大友に言った。大友は鋭く身構える。

「いまさら春虎君に危害を加えるような真似《まね》はしない。少なくとも、姫が命じない限りね。もう世界は変わってしまった。我々は神とその眷属だ。君が生徒の無事を願うなら、むしろここで加護を請うべきだと思うよ？　無事というなら、それが一番安全じゃないか」

「…………」

大友は奥歯を噛《か》み締《し》める。

戯《ざ》れ言《ごと》だ——と切って捨てることができなかった。無病息災を祈《いの》って神仏に加護を願う。それはごく「当たり前」のことだ。「神」というのは、そうしたものなのだ。そして彼ら自身が言うとおり、この世界において、彼らはすでに、そうした存在なのである。

頭がおかしくなりそうだった。

と、

「先生！」

天馬が叫《さけ》んだ。ギクリとして振り向くと、拝殿の隣《となり》、鳳凰殿《ほうおうでん》の屋根に、境内《けいだい》に充《み》ちる光を浴びて一人の青年が立っていた。

くっ、と大友がいよいよ苦しげに呻《うめ》く。蜘蛛丸《くもまる》だ。『装甲鬼兵《そうこうきへい》』の方に出向いていた蜘蛛丸が、主の許《もと》に帰還《きかん》したのである。

「……姫！」

蜘蛛丸は石舞台を見下ろしながら、歓喜《かんき》に身を打ち震《ふる》わせた。

「遅参致《ちさんいた》しました……ですが、ついに……よくぞ……！」

耐《た》えきれなくなったように、屋根の上で片膝を突く。護法の感激を余所《よそ》に、大友は嫌《いや》な汗《あせ》を浮《う》かべた。

多軌子一人でも何ができるかわからないというのに、この上、八瀬童子《やせどうじ》が二体。

「主殿《どの》よ、どうする？」

と道満が肩越《かたご》しに振り向いた。

「いっそ、あやつらの提案を呑《の》んでみるも一興ぞ？」

「なっ⁉　法師⁉」

「陰陽師《おんみょうじ》相手の術比べなら心も躍《おど》るが、あやつら相手では疲れるだけでつまらんわ。むしろ、あやつらと組んだ方が、より『呪』の深淵《しんえん》に近づける。また、その先を目《ま》の当たりにできようぞ」

そう言って、道満はクツクツと笑う。

不意に、大友の脳裏《のうり》にいつかの光景が——塾舎《じゅく》で道満と対峙《たいじ》したときの光景が甦《よみがえ》った。

あのとき、彼の正体を暴《あば》いた大友を、道満は「こちらに来い」と誘《さそ》ったのだ。共に「呪」の深淵に身を乗り出し、堕《お》ちてはどうか、と。

「神だのなんだのと持ちあげておるが、あやつらのやっておるのは、要はそういうことよ。『呪』の辿《たど》り着く限界に挑《いど》む。愉快じゃし、また小気味よい。それで主殿の望みも叶《かな》うなら、何も不都合はないではないか」

語りかける道満は楽しげだ。その声には、さっき夜叉丸に感じたものと同種の狂気《きょうき》がある。だが、それこそ「いまさら」だろう。道満が呪術を用いるときに見せる愉楽とは、まさに夜叉丸と同じ、逸脱した者の愉楽であり、業なのだ。

そして、世界そのものが常から逸脱したいま、彼らの逸脱は逸脱ではなくなるのかもしれない。当たり前の、常識的な判断になるのかもしれないのである。

頭がくらくらする。冷静な判断を下そうにも、その基準となるべき価値が、覆《くつがえ》り始めていた。

生徒たちのために、何ができるのか。何をするのが正解なのか。

そもそも、自分の判断は正しかったのか？　生徒たちを危険から——戦場から遠ざけようと突《つ》き放した。しかし、突き放したはずの彼らは、自力で戦い、いくつもの危険に遭遇《そうぐう》してきた。そして、彼らも、大友も、バラバラに我武者羅《がむしゃら》に走り、行き着いた先が、いま、ここ、なのだ。

足下《あしもと》がガラガラと崩《くず》れ落ちていく感覚。平衡感覚《へいこうかんかく》が失われる錯覚《さっかく》。

そして、さっきから感じている自身の霊力《れいりょく》の乱れは、決して錯覚などではない。事実だ。境内にいるだけで、大友の霊気も影響《えいきょう》を受けつつあるのである。すでに変化し始めているのだ。

どうすればいい？　大友の思考が、迷宮《めいきゆう》に迷い込む。

すると、

「ここはひとまず、お逃げなさい」

優《やさ》しく鷹揚《おうよう》な声音《こわね》。まるで、よく晴れた春先の夜に、月を愛《め》でてでもいるような声音だった。

決して大声ではなかったのに、その声は境内にいる者全員の意識に届いた。というのも、その声だけがその場の誰《だれ》とも「違って」いたからだ。

声は、同じ場所にいる神とその眷属《けんぞく》を、まったく怖《おそ》れていなかった。かといって、礼を失する風でもない。「自然」なのだ。神々に——そうした「存在」に慣れている。それこそ、神仙《しんせん》の類《たぐい》とは普段《ふだん》からよく戯《たわむ》れているとでも言わんばかりに。

秋乃だった。

ただ、秋乃は尻餅《しりもち》をついた姿勢のまま、眼鏡《めがね》の奥の目を丸くして、両手で自分の口を押さえていた。一斉《いつせい》に突き刺《さ》さるどの視線より、本人が一番驚《おどろ》いている。

しかも、その驚いた様子のまま、秋乃《あきの》はさらに手を離《はな》して口を開け、

「道満。確かまだ、術比べの貸しが残っていたはずだ。いま返せ」

もう一度言った。優しく鷹揚な印象は同じながら、今度は一転、妙《みょう》に悪戯《いたずら》な響《ひび》きが強い。

どちらも秋乃の声である。

しかし、どちらも秋乃の声ではない。

そして、

「ふっ、ひゃっ、ひゃっ、ひゃっ」

道満が突然《とつぜん》笑い出した。それも大笑いだ。小さな子供の身体が、両手で腹を抱《かか》え、片足を前に上げて、ひっくり返りそうに仰《の》け反《ぞ》っている。

笑いすぎて呼吸が苦しいと言わんばかりに、

「や、やれやれ。死んで千年経《た》つというのに、いまここで、それを持ち出すか？　八百万《やおよろず》の末席に加わりながら、どれだけ業突《ごうつ》く張《ば》りなんじゃ。まったく、我《われ》ながら面倒《めんどう》な輩《やから》に勝負を挑んでしまったものよ」

訳がわからない。混乱する大友を余所に、道満は笑い続ける。夜叉丸が何かに気付いた様子で、鋭《するど》く秋乃を見据《みす》えた。

多軌子が天を仰《あお》いで、

「泰山府君か」

と不敵に微笑《ほほえ》む。

道満はなお笑いながら、

「主殿よ。さすがに儂《わし》一人ではいかんともしがたい。主殿の霊力もあらかたもらうぞ？」

「ほ、法師っ」

「ゴズとメズを貸しておく。いよいよ面白くなってきたことじゃし、どうせなら生き延びよ。よいな」

「法師！」

道満が呪力《じゅりょく》を練りだした。その途端《とたん》、大友の身体《からだ》から、ごっそりと力が抜《ぬ》かれた。道満に霊力を吸い取られている。杖《つえ》も手放していた大友は、急激な失血時のように地面にしゃがみ込んだ。

——いまのは、なんやっ!? それに、法師!?

大友の消耗《しょうもう》が増すにつれ、道満の呪力は飛躍的《ひやくてき》に増して行った。「つまらぬ真似をさせてくれるわ」と愚痴《ぐち》りながらも、その霊的存在感は、荒御魂に相応《ふさわ》しい強大さへと、見る見る内に膨《ふく》れあがった。

荒御魂とて、神の一種。鬼《おに》たちが歓声《かんせい》を上げ、八瀬童子たちが表情を険しくする中、神田明神の境内で、二柱の神が対峙する。

「蘆屋《あしや》道満」

と多軌子が言う。

「『彼』と話がしたい。邪魔《じゃま》をするな」

「おすすめせんな」

と道満が返す。

「あやつめは、神仏鬼神《きしん》の類をあごで扱《こ》き使うような男じゃ。しかも、主は確か、桔梗《ききょう》は晴明《せいめい》鬼門だったであろう？　それとも、裏切られてなお、惹《ひ》かれるか？　それで今度は、晴明桔梗を？」

小さな身体に神気に匹敵《ひってき》する呪力を湛《たた》えて、道満はニマニマと揶揄《やゆ》する。夜叉丸が「道満！」と怒声《どせい》を発したが、道満はまるで意に介《かい》しない。遠慮《えんりょ》なく大友の霊気を吸い上げ、空恐《そらおそ》ろしい呪力を、ひと息に練り上げていく。そしてついには、こてん、と道満の身体が――形代《かたしろ》となっていた少年の肉体が倒《たお》れた。

蘆屋道満という荒御魂が、宿り木すら捨てたのだ。

ただ、最後に横たわった肉体を使い、道満はひと言告げる。

「また会おうぞ、大友陣」

そして、大友はさらなる霊気を吸い取られ、意識を保てなくなって昏倒《こんとう》した。

2

以前、『月輪《つきのわ》』を介して春虎に身体を預けたときと同じ感覚だった。

また、自分の口を使って言葉を喋《しゃべ》った「存在」を、秋乃は知っていた。春虎が『月輪』越《ご》しに遠くから話しかけてきたとき、彼が呪術を用いて夏目に関する相談を持ちかけた相手だ。

ただ、なんの前置きもなしだっただけに、死ぬほど驚いた。何しろ状況《じようきよう》が状況である。「驚いて死ぬ」可能性だってまったくないとは言い切れない。自分の場合は特にそうだ。本当に勘弁《かんべん》して欲しい。

それは済まなかったね。

突然話しかけられて、また飛び上がるほど驚いた。

こちらも急いでいたのだよ。ただ、君にはこの前から済まないことになっている。許して欲しい。

そう、さっきと同じ落ち着いた声で話しかけてくる。どこから？　自分の「中」からだ。

そういえば、春虎と話していたときも、「彼」の声は自分の内側から聞こえていたような気がした。

と、そうこうする内に、境内で凄《すさ》まじい呪力と呪力がぶつかり合った。

何か、壮絶《そうぜつ》な呪術戦が始まったのがわかった。ちらりと「視《み》」えたのは、祭壇《さいだん》に立つ光を背負った多軌子と、その前に立ち上る巨大《きょだい》で禍々《まがまが》しい、魔王《まおう》じみた影《かげ》だった。秋乃は慌《あわ》てて地面に伏《ふ》せたが、その地面も震動《しんどう》でビリビリ震《ふる》えていた。炎《ほのお》が渦《うず》巻き嵐《あらし》が駆《か》け抜け、稲妻《いなずま》が走って爆炎が上がる。秋乃はうつぶせのまま身体を丸めて、両手で頭を覆《おお》った。手と手の隙間《すきま》から伸《の》びるウサギの耳が、死体みたいに硬直《こうちょく》している。

そんな中「彼」は、

彼らが呼んだ十二座の神々には、泰山府君も含《ふく》まれる。この辺りは、まだ、その気が濃い。だから、こんな風に話ができているんだ。もちろん、それも一時のことだろうが、いつものやり方では、君は忘れてしまうからね。

と、少しからかい口調で言った。

もっとも、言っていることは九割以上わからない。それ以前に、いまはそれどころではないし、そもそもこの状況でよくも落ち着いていられるものだと思う。

「だ、だからっ、いまはっ、そんな、場合じゃっ⁉」

秋乃はうつぶせで縮こまっているが、すぐ側《そば》で繰《く》り広げられている幾《いく》つもの呪術が、どれもとんでもないものだということぐらいはわかった。次の瞬間《しゅんかん》にも巻き込まれて死ぬかもしれない。さっきの話しぶりを見るに「彼」も結構な大物なのかもしれないが、秋乃は違《ちが》う。全然違うのだ。本来なら、こんな場所――神様がいるような場所には、一番無縁《むえん》なはずの小物なのである。

しかし、

大丈夫《だいじょうぶ》。

と「彼」は怯《おび》える秋乃を優しく励《はげ》ました。

ほら。勇敢《ゆうかん》な子だ。身を挺《てい》して、助けに来てくれたよ。

「え？」

秋乃は思わず顔を上げた。

秋乃がいるのは、境内の隅《すみ》。

その一点を目指して、

「いたっ！　うさ耳！」

飛《か》び交う呪術をかいくぐり、ほとんど垂直落下するように、折り紙の式神が夜空から滑《かっ》空《くう》してきた。

鈴鹿《すずか》だ。

「――っ⁉」

すぐ側の危険には見向きもせず、鈴鹿は真っ直ぐにこちらを見ている。その眼差《まなざ》しを目にした途端、秋乃の中に熱い何かが生まれた。

勇気だ。

身体の震えが止まり、秋乃は身体を起こす。鈴鹿の式神が突《つ》っ込んでくる。秋乃は前に身体を押し出す。

タタッ、と二歩素早《すばや》く駆け、跳躍《ちょうやく》。大きく空中に飛び上がり――その頂点で、鈴鹿の式神が空中の秋乃をすくい上げた。

急上昇《きゅうじょうしょう》。

目まぐるしく視界が回り、平衡感覚が乱れる中、秋乃は鈴鹿が伸ばした腕《うで》に必死になってつかまった。ぐんぐん上昇する式神を追いかけるかのように、境内《けいだい》で吹《ふ》き荒《あ》れる幾多《いくた》の呪術が、上へ上へと膨れあがっていく。

それをようやく振《ふ》り切ったところで――

ふっ、と加速が止まり、軽く、身体が宙に浮《う》いた。

秋乃は、いつの間にか閉じていた目を開く。周りがすべて空だった。前に夏目に抱えられて空を逃《に》げたときのようだが、あのときはこんな風に周りを見回す瞬間がなかった。

月が見える。地平線が見える。彼方《かなた》の高層ビルや、眼下に広がる夜景が見渡《みわた》せる。

そして、胎動《たいどう》する霊脈《れい》が「視」えた。思わず目を疑いそうになった。普段《ふだん》なら、地中を走る霊脈など、余程《よほど》意識しなければ「視」ることはできない。なのにいま、視界に広がる街並みに重なり、不気味に蠢《うごめ》く霊脈が「視」えるのだ。

おびただしい数が。

「なに、あれ……」

思わずぎゅっと鈴鹿の腕を抱《だ》きしめた。何かはわからないが、酷《ひど》く不吉《ふきつ》な光景だった。

すると、

「うさ耳！　怪我《けが》は！」

鈴鹿が叫《さけ》んだ。

うさ耳というのは間違いなく自分のことだろう。慌てて顔を向けると、くっつきそうなほど近くに鈴鹿の顔があった。その綺麗《きれい》に整った可愛《かわい》らしい顔に、秋乃はつい声をひっくり返す。

「あ、な、ない！　です！」

大声で答えたが、答えてすぐ、あとの二人のことを思い出した。

「天馬君がまだ！　それに、大友って人も！」

「そっちは、大丈夫！」

「え」

言われて、慌てて真下をのぞき込んだ。しかし、境内は呪術戦で巻き起こった炎や煙《けむり》、黒い風に覆われて、何が起きているのかすら、すぐには判別できない。ただひとつ、境内全体の霊気《れいき》を「視」渡してわかるのは、秋乃が顔を伏せる直前に垣間見《かいまみ》たあの魔王じみた影が、多軌子たちを向こうに回し、戦っているということだった。「彼」に言われた通り、借りを返しているのだ。たった一人で。

すると、
気にすることはない。あいつの場合、半分好きでやってる。

また「彼」の声が聞こえた。今度の声は、いくらか辟易《へきえき》した風な親しみ――腐《くさ》れ縁《えん》というのだろうか――が交じっている。だが、それよりも気になるのは、声がずっと遠く、うっすらとしか聞こえないことだ。

理由は直感的にわかった。多分、境内から遠ざかっているからだ。「彼」はさっき確か、この辺りは濃《こ》い、というようなことを言っていた。外に出てしまえば、その効果が薄《うす》れるのだろう。

しかし、「彼」は気にしたようでもなく、
他の者たちと一緒《いっしょ》に、君たちも、早く逃げなさい。

そう言われた直後だった。眼下に見下ろす随神門《ずいしんもん》から、二体の鬼が外に飛び出した。道満の式神たちだ。太った鬼の方が肩《かた》に意識のない大友を、女の鬼の方が脇《わき》に目を回す天馬を抱《かか》えている。

そして、太った鬼が大きく息を吸い、

「テメエら、ずらかれ！」

上空まで突き抜《ぬ》けてくる、ものすごい大音声だった。

そしてまた、

「チッ！　始まった！」

鈴鹿が舌打ちする。何が、と聞くより早く、それは起こった。境内の周りで、陰《いん》の気が凝《こ》り固《かた》まって、瘴気《しょうき》に転じる。その瘴気がさらに極《きわ》まり、霊災が起こり始めた。それも、至る所でだ。

「行くよ！　落ちても知らないからねっ」

一方的に宣言してから、一気にまた急降下を始める。秋乃は、自分の悲鳴が上空に残されるのを耳にした。目まぐるしい展開。だが、不思議ともう恐《こわ》くはなかった。

うん。

と「彼」が満足そうに頷《うなず》く気配を感じる。

ではまた、星辰《せいしん》が巡《めぐ》ったら会おう。……ああ、でも、頼《たの》んだ伝言は、どうか忘れないで。

急げば、まだ間に合う。

そう言って、「彼」の気配は急速に遠ざかっていく。秋乃は鈴鹿にしがみつくのに必死で、ろくに返事もできなかった。だから最後に頭の中で、どうしても気になっていたことを、ひとつだけ問いかけた。

あなた、誰《だれ》なの？

すると「彼」は、秋乃がそんな風に話しかけたことに小さく驚《おどろ》き、それから道満に見せたような、悪戯《いたずら》っぽい笑い声を返した。

神様さ。

そして――

秋乃は再び、戦場へと降下していく。

☆

辺りの霊相は急激に変化を進めていた。それに伴《ともな》い、霊脈の動き――歪《いびつ》な脈動も活発化している。

春虎は、意識のない夏目に両腕《りょううで》を回し、抱き上げて立ち上がった。

夏目にかけていた呪術《じゅじゅつ》――北斗《ほくと》を用いて彼女の魂《たましい》を肉体に結び付ける呪術を、ようやくもう一度かけ直したところだ。しかし、夏目が目覚める様子はなかった。すでに事態は一段階進んでしまっているのだ。これまでと同じ方法では、彼女の霊気を安定させることはできない。また、いまの夏目の状態では、将門降臨による霊相の変化に耐《た》えられるとは思えなかった。

飛車丸《ひしゃまる》の状態も極めて悪い。彼女は霊的《れいてき》存在――言ってしまえば、剝《む》き出しの魂だ。霊相から受ける影響《えいきょう》も大きければ、肉体がない分、魂の共鳴にも抵抗《ていこう》のしようがない。せめて土御門《つちみかど》に封印《ふういん》されていた状態に――コンの姿にするべきかもしれなかったが、焼け石に水なのは目に見えていた。いや、それ以前に、いまさら姿を変える行為《こうい》自体、致《ち》命的《めいてき》な結果を招きかねない。さらには、あの角行鬼《かくぎょうき》までが、飛車丸を庇《かば》ったために深刻なダメージを負っていた。千年を生きた偉大《いだい》な鬼があれほどの献身《けんしん》を示してくれているのに、春虎にはなんの打つ手もないのである。

不穏《ふおん》な霊脈の反応を警戒《けいかい》して、夏目を抱え上げ――しかし、そこから先、何をすればいいのか、どこに行けばいいのかもわからない。進退窮《しんたいきわ》まるとは、まさにこういうことを言うのだろう。

――畜生《ちくしょう》！

春虎は怒《いか》りと不甲斐《ふがい》なさ、そして失うことへの恐怖《きょうふ》に、身を震《ふる》わせる。

しかし、春虎が途方《とほう》に暮れたそのとき、異変が起きた。境内で、神気とは異なる霊気が急激に膨《ふく》らんだのだ。

それは、大きく大きく膨らみ、弾《はじ》けて、莫大《ばくだい》な呪力《じゅりょく》を撒《ま》き散らした。

随神門の向こうで、強力無比な呪術の数々が、次々に暴れ狂《くる》う。そのひとつひとつが、宮地《みやち》の火界咒《かかいしゅ》に匹敵《ひってき》する呪力を秘《ひ》めている。しかもその呪力には見覚えがあった。まさか、と春虎は目を瞠《みは》る。

「おいっ、なんだっ⁉」

参道の鏡《かがみ》が、神田明神を見上げて叫んだ。さらに、停車していたハマーの機甲《きこう》式が、猛《もう》然《ぜん》とエンジンを回転させた。その後部座席から京子が立ち上がり、

「冬児《とうじ》！」

と、鏡と対峙《たいじ》していた冬児に向かって、声を嗄《か》らし、叫んだ。

「天馬が中にいるの！」

冬児が息を呑《の》み、春虎も「なっ」と絶句する。そういえば、最初に鈴鹿に向かって叫んだあと、天馬の姿は見ていない。この激戦の中を、誰にも気付かれずに神田明神に到達《とうたつ》していたのだ。

他方、異変に対し、いち早く行動に移っていたのは鈴鹿だった。式神に乗って上空にいたため、境内の状況《じょうきょう》をある程度見ていたらしい。迷いも、また恐《おそ》れもなく、呪術が連鎖《れんさ》して爆発《ばくはつ》する境内へと、空から突っ込んで行った。

続いて、冬児も神田明神を目指し、坂を駆《か》け上がる。鏡は一瞬《いっしゅん》冬児を見たが、追う素振《そぶ》りは見せなかった。そしてそのときには、春虎も『鴉羽《からすば》』の裾《すそ》を大きく広げていた。

打つ手がなかろうと進退窮まろうと、仲間を――友人を見殺しにはできない。夏目を抱《かか》えたままでも駆けつけねばならない。

しかし、春虎が向かう寸前、随神門に飛び込もうとした冬児が、中の気配に気付いて急停止した。

反対に、境内から太った小男が――さらに、半裸《はんら》のような大女が飛び出して来る。道満の式神、ゴズとメズだ。やはり、境内に現れた強大な呪力は、蘆屋道満だったのだ。ゴズとメズは、それぞれ大友と天馬を抱えていた。

そして、

「テメエら、ずらかれ！」

ゴズが大声で怒鳴《どな》った。

足を止めず、大友を担《かつ》いだまま坂を駆け下りる。鏡が「なっ！　おいっ⁉」と意識のない大友を見て、啞然《あぜん》とするのがわかった。

道満は境内に残り、単身、神威《しんい》に立ち向かっている。その呪力たるや凄《すさ》まじく、驚くべきことに、相馬たちの動きを封《ふう》じ込めることに成功していた。彼がこれほどの実力を秘めていたとは、見抜《みぬ》くことができなかった。

——違《ちが》う！　そうじゃない。

これが道満の実力なら、ゴズとメズが逃げてくるはずがない。二体は道満の式神だ。式神が主《あるじ》を残して逃亡《とうぼう》するということは、それが主の命令だという以外にはあり得なかった。大友と天馬を連れているのがその証拠《しょうこ》だ。おそらく道満は、二人を連れて逃《に》げろと命じたのだろう。つまり、いま道満が見せている猛攻《もうこう》は、あくまでも一時的な時間稼《じかんかせ》ぎなのだ。

——逃げろだって？

反射的に苛立《いらだ》ちが走った。

逃げたところでどうにもならない。相馬を打倒《だとう》せねば、未来はない。そんなことは自明の理だ。

だが、だからと言ってここで突《つ》っ立っていれば、間違いなく破滅《はめつ》だった。自分や夏目だけでなく、他の仲間たちにとっても。

「……っ！」

肉と骨に食い込むような迷いを、春虎はあえて、肉と骨ごと切り捨てた。逃げて態勢を立て直す。その具体的なビジョンは何ひとつ思いつかないとしても、こんなところで投げ出してはならない。

春虎は歯を食いしばって目を閉じ――

もう一度目を開けた。その隻眼《せきがん》は逆境を直視し、且《か》つ鋭《するど》い眼光を宿していた。

「みんな！　ハマーに！」

叫《さけ》び、同時に飛び出した。春虎の黒衣が風を孕《はら》み、翼《つばさ》のように裾を羽ばたかせる。

ハマーの機甲式は天馬が運ばれて来るのを知って、駆けつけるのではなく、参道のすぐ下に移動していた。春虎がその側に降り立つのを見て、ゴズとメズ、そして冬児も、ただちにハマーに駆け寄ってくる。

「は、春虎⁉」

「京子っ。夏目を頼む！」

会話を交《か》わすのは、あの夏の日以来だ。驚く京子を余所《よそ》に、春虎はハマーの守りに就《つ》いていた白桜《はくおう》に、意識のない夏目を預けた。

そうする間にも、状況を確認《かくにん》。鈴鹿はすでに神田明神から離脱《りだつ》していた。どうやら秋乃を連れ出してくれたらしい。秋乃も、そして大友と天馬も、少なくとも命に別状はないようだ。

道満はまだ境内の敵を止めてくれている。ただ、すでにピークは過ぎたようで、呪力の減退が見られた。あの蘆屋道満が捨て身で動くとは正直信じられない思いだが、その理由を考えるのはあとでいい。

鏡がどう出るかはわからない。しかし、彼もすでに、相当消耗《しょうもう》している。妨害《ぼうがい》に回ったとしても突破《とっぱ》できる。

つまり、残る障害はひとつ。

「……ここは止めなきゃならんかな。立場的に」

宮地はのそりと立ち上がると、こちらを見据《みす》え、数珠《じゅず》を鳴らした。

まだ完全には回復していない。もちろん、それでも脅威《きょうい》には違いないが——

「舐めるな」

振《ふ》り向き様にはためかせた黒衣から、『鴉羽』の羽根が矢衾《やぶすま》となって宮地に襲《おそ》いかかった。

宮地は数珠を振るい、炎《ほのお》を舞《ま》い上がらせて羽根を焼き尽《つ》くす——と、そう、炎の動きを誘導《ゆうどう》してから、すかさず、

「唵急如律令《オン・ダーク・ダー》！」

羽根と同時に放った複数の水行符は、羽根を迎撃《げいげき》した炎を回り込むように、斜《なな》め後ろから宮地に迫《せま》った。迸《ほとばし》る水流に対し、宮地は素早《すばや》く結印する。

たちまち宮地の全身を炎が包み、符術が生んだ水流を一瞬で蒸発させた。水気は火気を相剋《そうこく》するとはいえ、炎術《えんじゅつ》を極《きわ》めた宮地の火気ともなれば、符術の水気程度では太刀《たち》打ちできない。

「ノウマク・サラバ・タタギャテイビャク・サラバ・ボッケイビャク・サラバタ・タラタ・センダ・マカロシャダ・ケン・ギャキギャキ・サラバ・ビギンナン・ウンタラタ・カンマン——！」

宮地が改めて火界咒を唱えると、身を包む炎がさらに火勢を増した。だが、これでいいのだ。まずは宮地の動きを固定する。

と、

「春虎！」

背後で冬児が叫んだ。一瞥《いちべつ》すると、すでに夏目だけでなく、大友と天馬をハマーに回収し、自らも乗り込むところだった。

白桜と黒楓《こくふう》はギリギリまで車体の側で守備を固めている。ゴズとメズも、些《いささ》か居心地《いごこち》が悪そうな仏頂面《ぶっちょうづら》で待機。前方の空には、秋乃を連れた鈴鹿が、すでに式神で先行しているのも見える。

そして、飛車丸を抱《かか》えた角行鬼も、ハマーの側に現れた。バリバリとラグを走らせる角行鬼の姿に、「大将《ブラザー》⁉」とゴズが絶句し、メズも目を丸くしている。しかし角行鬼は式神たちには構わず、ちらりと夏目に視線を向け、それから春虎に向かって頷《うなず》いた。

「行け！」

春虎が怒鳴ると、冬児は余計なことは一切口にせず、「羽馬《はま》、出せ！」と命じた。さっき飛車丸を頼《たの》んだときと同じだ。打てば響《ひび》くコンビネーションは、長い時間と幾《いく》つもの試練を経ても、悪友間の呼吸が生きている証《あかし》だろう。

走り出そうとするハマーに、宮地が双眸《そうぼう》を半眼にする。燃え盛《さか》る炎を纏《まと》い、私的な感情を削《そ》ぎ落とした面持《おもも》ちは、まさしく不動明王の苛烈《かれつ》さを連想させた。

炎が、ハマーを行かせまいと、大蛇《だいじゃ》の如《ごと》く大きく伸《の》び上がる。

だが、邪魔《じゃま》はさせない。

「ノウマク・サンマンダ・バサラダン・センダンマカロシャダヤ・ソハタヤ・ウンタラタ・カンマン！」

右手で剣印《けんいん》を結び、春虎が詠唱《えいしょう》したのは、火界咒と同じ不動明王の真言《マントラ》、慈救咒《じくしゅ》。宮地が小さく驚《おどろ》くのを無視して、正面から火界咒にぶつける。同時に左手で呪符を抜《ぬ》き、鋭く投擲《とうてき》。

ぶつけた慈救咒が、火界咒に溶けた。同じ不動明王系の炎術同士が、相殺《そうさい》するのではなく、より威力《いりょく》の強い方に吸収されたのだ。そのため、宮地の火界咒がさらに威力を増した。

彼が驚いたのも、春虎が思わぬミスをしたからだろう。

が、本命はこっちだ。

「炎を導き、灰を地に帰《き》せ！　火生土《かしょうど》！　唵急如律令《オンきゅうきゅうにょりつりょう》！」

春虎の呪文《じゅもん》に、溶《と》けた慈救咒――火界咒に混じる春虎の火気が反応した。慈救咒に忍《しの》ばせたもう一つの術式に導かれ、投擲した土行符に、火気が吸い込まれる。

しかも、春虎の火気が呼び水となって、宮地の火気までが土行符に流れ込んだ。

宮地が「むっ⁉」と目を瞠り、春虎の意図《いと》に気付いた瞬間《しゅんかん》、当人の火界咒で五行を相生した、春虎の符術が襲いかかった。

轟音《ごうおん》が鳴《な》り響き、路面が真っ二つに裂《さ》ける。宮地がとっさに防御《ぼうぎょ》の結界を張ると、霊脈《れい》が吹《ふ》き出して結界ごと呑み込み、地中へと引きずり込んだ。

火界咒の返し技。二度は通用しないはずだが、相手が強力な炎術使いであればあるほど効果は高い。宮地相手なら、絶大である。

ハマーが疾走《しっそう》し、車道を駆ける。

だが、まだ終わらない。宮地は国家一級陰陽師《おんみょうじ》。火界咒だけが能ではない。

「――目覚めよ地中の精！　木剋土《もっこくど》！」

宮地の最大の強みは、炎術以前に、その途轍《とてつ》もない霊力にある。宮地は呪符なしに五気を操《あやつ》り、呪力を木気に変えて春虎の土気を相剋。実体化した呪術の種が、たちまち芽吹《めぶ》いて裂けた大地に根を張り、枝を伸ばし、大樹となって、宮地を地上まで持ちあげた。

しかし、そのときにはすでに春虎は、『鴉羽』を羽ばたかせて空に飛翔《ひしょう》していた。

さらに、

「凶水以てし狂《くる》い咲《ざ》け！　水生木《すいしょうもく》っ、唸急如律令《オーダー》！」

「クッ⁉　ノウマク・サンマンダ・バサラダン・カン！」

春虎の水行符。故意に歪《ゆが》ませた水気が、宮地の生み出した木気を相生。爆発的《ばくはつてき》に成長していた大樹が突如《とつじょ》その枝や幹を歪ませ、逆に宮地を封《ふう》じる檻《おり》となり――さらにその木気の檻を、宮地の不動真言――不動明王の小咒《しょうしゅ》が焼き払《はら》った。

だが、そのときには、すでにハマーは充分《じゅうぶん》な距離《きょり》を稼《かせ》いでいた。宮地にないものは「機動力」だ。『炎魔』を封殺した春虎は、そのままさらに上空に逃《のが》れ、ただちにハマーを追《つい》跡《せき》――

「ノウマク・サンマンダ・バサラダン・カン！」

宮地が裂帛《れっぱく》の気合いで小咒を唱えた。瞬時《しゅんじ》に形成された火球は、春虎の想定を上回っていた。唸《うな》りを上げて、ハマーを追う。防ぐ――には、もはや火球に飛び込み、我が身を盾《たて》にするしかない。春虎は軌《き》道《どう》を変え、『鴉羽』の防御を最大に上げる。

しかし、春虎が突っ込む直前、宮地の火球を、斬撃が斬《き》り裂いた。

――えっ⁉

とっさに参道を振り返る。すると、『髭切《ひげきり》』を振り抜いた鏡が、「ケッ」と舌打ちしていた。春虎を狙《ねら》った一撃《いちげき》ではない。明らかに火球を狙っていた。

——鏡！

どうして？　だが、それを確認している暇《ひま》はない。春虎はもう一度大きく黒衣を羽ばたかせ、先行するハマーを追った。

☆

逃がしてしまった。とはいえ、やれることはやった上での結果だ。

「……ま、致《いた》し方ない」

宮地は息を吐《は》くと、参道の坂の途中《とちゅう》に立つ鏡の方へ首を巡《めぐ》らせた。

「獲物《えもの》の横取りは許さん——ってところか？」

「……うるせえ」

鏡は『髭切』を肩《かた》に担ぐと、傲然《ごうぜん》と宮地を見下ろした。

「言っとくが、あんたも獲物の予定だぜ。なんなら、いまからやったっていい」

鏡の強気な台詞《せりふ》に、宮地は皮肉ではなく笑顔を見せる。「いや、いまは止《や》めとこう」と首を竦《すく》めた。

「自分の霊体ごと封印《ふういん》を破ったようだな。なるべく早めに、腕《うで》の立つ陰陽医に診《み》せておけ。本気でやりたいならな」

ニヤリとする元上司を、鏡は無言でにらみつけた。

それから、ハッと気付いて、坂の上を振り返った。

神田明神の境内《けいだい》から、蘆屋道満が放っていた呪術の気配が消えている。荒御魂が身を挺《てい》して稼いだ時間が、いま尽きたのだ。

鏡が身構え、宮地が目を細くする。

二人が見つめる先で、隠世《かくりよ》と化した境内から、神の命を受けた二体の眷属《けんぞく》が放たれた。

3

ハマーにはすぐに追いついた。

待っていたのか、式神に乗っていた鈴鹿が、飛行する春虎に接近し、併走《へいそう》した。

「バカ虎！」

と怒鳴《どな》る声が湿《しめ》っている。もちろん、春虎も人のことは言えない。

「鈴鹿……久しぶりだな」

「久しぶり、じゃないわよ！　嘘《うそ》つき！　必ず戻《もど》るって——な、夏目っち連れて、絶対戻るって言ったのに！」

「うん。ごめん。ほんと、遅《おそ》くなった」

あっという間に瞳《ひとみ》を潤《うる》ませる鈴鹿に、春虎の胸も熱いもので充《み》たされる。そういえば別れのときも、春虎と鈴鹿はこんな風に、並んで空を駆《か》けていたのだ。

帰ってきた。

こんなときなのに――いや、あるいはこんなときだからこそかもしれない。胸に迫る万《ばん》感《かん》の思いは、抑《おさ》えがたかった。

「来てくれ」

そう告げて、ハマーへと降下する。鈴鹿は何も言わず、あとに続いた。

ところが、

「あっ、」

突然《とつぜん》、鈴鹿の隣《となり》で秋乃が大声を上げた。

「お、お、思い出した！　春虎君――さん！　わ、わたし、あなたに伝言が！」

そう言って、式神のバランスが崩《くず》れるのも構わず身を乗り出し、慌《あわ》てて鈴鹿に首根っこをつかまれた。

「悪い、あとにしてくれ」

「で、でも！」

「うさ耳！　あんた、急に暴れんじゃないわよっ！」

ぐらつく鈴鹿の式神を余所《よそ》に、春虎はハマーの上に舞《ま》い降りる。リアカーゴの端《はし》に着地した。「春虎君！」と真っ先に叫《さけ》んだのは、バックミラーで黒衣を見ていた、運転席の天馬だ。連れ出されたときは気絶していたが、目を覚ましたらしい。幸い、怪我《けが》もないようだった。

白桜と黒楓は実体化を解いたようだが、それでもハマーはすし詰《づ》め状態だった。左ハンドルの運転席に座る天馬の他《ほか》、後部座席には運転席側から意識のない夏目と大友が並んで座らされており、その右隣には二人の具合を見る京子、そのさらにその右隣には再封印《リブート》した冬児がいる。リアカーゴには不本意そうなメズが窮屈《きゆうくつ》そうに押し込められており、体格的に場所を取るゴズなど、ボンネットの上に胡座《あぐら》を掻《か》いていた。ハマーが機甲《きこう》式でなければ、運転できないところだ。

そして、助手席には、いまだに激しいラグを繰《く》り返す飛車丸が、目を閉じ、眠《ねむ》るように背もたれに身体《からだ》を預けている。角行鬼は、助手席の外に張り付く形で、幌《ほろ》を外したドアの上に隻腕《せきわん》の肘《ひじ》を乗せていた。

春虎を見上げ、

「――やられちまったな」

そう、苦く、微笑《びしよう》した。

角行鬼の巨体《きよたい》には、飛車丸に勝《まさ》るとも劣《おと》らないラグが走り続けていた。冗談抜《じょうだんぬ》きで、彼の存続に関《かか》わるダメージだ。春虎の胸の奥に鋭《するど》い痛みが走る。

「一応、飛車丸《こいつ》の方は結界で隔離《かくり》してみたが、これだけ側にいたんじゃ意味はないか？」

「……いや。もう距離の問題じゃない。お互いが相手を認識《にんしき》した時点で……」

「そうか」

角行鬼は短く応《こた》えた。その声からも表情からも、彼の内面は見事に隠《かく》されている。ただ、それでもなお伝わってくるのは、春虎がいま抱《いだ》いている重たい感情と同種のものだった。

式神に乗った鈴鹿たちも、ハマーのすぐ側まで降下して併走を始めた。秋乃がまた何か言いかけたが、それより先に、「春虎」と冬児が仲間たちを代表して発言した。

「聞きたいことは山ほどあるが、いまはまず夏目だ。こいつ、これまでも似たような発作《ほっさ》を起こしてる。何が原因だ？　お前でも対処できないのか？」

冬児の問いに春虎を責める響《ひび》きはない。しかしその質問は、春虎の胸の重みをさらに増やすものだった。

もう隠す意味はない。

「おれは……」

と春虎は絞《しぼ》り出すように説明する。

「おれは、一昨年《おととし》の夏、夏目を甦《よみがえ》らせるために『泰山府君祭』を行った。それで……失敗したんだ」

「失敗？　でも夏目は――」

「正確には、半分失敗した。おれは夏目の魂《たましい》に呼びかけた。戻って来てくれって……けど、その呼びかけには、ふたつの魂が反応したんだ。ひとつは、死んだ夏目の魂。もうひとつは……」

　そう言って、春虎は助手席で眠る、忠実な護法に視線を向ける。

「飛車丸……そこで意識を失ってる、おれの式神だ。夏目と飛車丸は同じ魂を持っている。……正しく言えば、夏目と飛車丸の魂は、同じものなんだ。こんなことは本来あり得ない。絶対にあるはずがない。けど、何をどう調べても、それ以外の結論は出なかった」

「同じって……」

　冬児は、そして天馬も、春虎の話に言葉をなくしていた。そもそも、魂が同じということがどういうことか、イメージできないのだ。実のところ、春虎にしてもある程度のイメージ以上のものはない。春虎だろうと――また夜光《やこう》だろうと――人の魂というものを完全に解明できているわけではなかった。それどころか、わからないことだらけだ。

　唯一《ゆいいつ》、

「嘘でしょ!?」

と反論したのは、以前独自に魂の呪術を研究していた鈴鹿だった。

「同じ魂が、同時に、別の場所に存在するなんてあり得ない!」

「ああ。あるとすれば、それこそフェーズ5……神々のケースぐらいだ」

「そ、それはだって、全然意味が違《ちが》うじゃん! あれは霊気《れいき》が昇華《しょうか》してあらゆる場所に遍《へん》在《ざい》するようになるって話であって、魂が二つに分裂《ぶんれつ》して、そのまま現実に残るってわけじゃないわ!」

鈴鹿の言う通りだ。夏目のケースは、「神」を解明する上で構築された仮説とは、前提が異なる。そもそも飛車丸は——霊的存在になる以前の「人としての彼女」は——戦前に生まれた魂なのだ。それが、夜光の死後、肉体を捨てて霊的存在となり、今日まで存在し続けてきたのである。夏目が生まれる前も、生まれたときも、すでに飛車丸としてこの世にあったのだ。

では、夏目の魂が飛車丸から分裂して生まれたのかと考えたこともあったが、護法の話を聞く限りでは、そんな要素はどこにもない。飛車丸は土御門の封印を解く際に、かなりの記《き》憶《おく》を失っていた。だが、だとしても魂が分裂するなどという途《と》方《ほう》もないことがあれば、何かしらは覚えているはずだ。もしくは、当人が記憶していなくとも、その「傷跡《きずあと》」のようなものが霊的に残っているはずだった。しかし、そのような可能性を示すものは、何もないのである。

他にも、考えられる限りの可能性を検討した。だが、いまだにいまある状態を説明し得《う》る答えは出ていない。

この事実が判明したとき――『泰山府君祭』を行ったとき、飛車丸は今日と同じように、突然意識を失った。そのため、判明した事実は、角行鬼や早乙女《さおとめ》にも念入りに口止めして、本人にも伏《ふ》せてある。同じ魂が二つの存在に宿っているなど、それぞれの人格が認識するだけで、魂にどんな影響《えいきょう》が出るか予想できなかったからだ。

なんの説明もせずに夏目の許《もと》を去ったのも、同じ理由からだった。

「……ちょ、ちょっと待って、春虎。その飛車丸って人、コンちゃんよね？」

今度は京子が恐《おそ》る恐る確認した。それを聞いて、「え！」「なにっ？」と天馬と冬児が、助手席の飛車丸を慌てて見直した。

すぐ側で眠る妖艶《ようえん》な美女と、元気な忠義者の幼い少女が、一致《いっち》していなかったらしい。

二人とも、飛車丸のキツネの耳を改めて確認し、唖然《あぜん》としている。

「コンちゃんと夏目ちゃんは、これまでだってずっと側にいたじゃない。どうしていまになって？」

「……幾《いく》つかの要素が重なってると思う。たとえば、二人が側にいたころは、飛車丸――コンが、かなり厳重に封印されてた。それはつまり、その封印の分だけ、夏目との霊的相《そう》似《じ》が低い状態で済んでいたってことになる」

その封印が解けたため、飛車丸は本来の魂の形を取り戻し、結果、夏目との共鳴が強くなった。そういう一面はあるにはあるだろう。

「けど……」

と春虎は言いづらそうに、慎重《しんちょう》に続ける。

「直接の原因は、『泰山府君祭』だ。それまで、異常なままでもなんとか並行《へいこう》して存在してた魂を、おれが呼び寄せて、気付かせてしまった。それも、片方は命を落とし、片方は強引《ごういん》な解呪で、ずたずたになってた状態で……」

そう言って、春虎は痛ましい眼差《まなざ》しを夏目に向け、さらに飛車丸にも向けた。

魂を操《あやつ》る呪術《じゆじゆつ》は禁呪とされる。禁じられるには、それなりの理由――危険があるのだ。わかっていたつもりで、覚悟《かくご》が足りていなかった。そのあげく、こうして仲間たちをも巻き込むことになったのである。

禁呪は自分のみならず「世界の一部」を担保にして行うゲーム。いまさらながら、以前木《こ》暮《ぐれ》に言われた台詞《せりふ》が胸に痛かった。

「とにかく、この状態のままじゃ、たとえ夏目の魂を身体に戻しても、どんな副作用が出るかわからない。……いや、それ以前に、成功する確率は低いと考えざるを得ない。だから、北斗を使って夏目の魂を身体に結び付け、もうひとつの魂から――飛車丸から遠ざけた。元の状態に戻したんだ。他にどうしようもない、応急処置だった」

春虎はそう言うと、長嘆《ちょうたん》し、付け加える。

「そういう意味じゃ、夏目を甦らせるための『泰山府君祭』は、あの夜からずっと続いたままなんだよ」

夏目と飛車丸が置かれている状況《じょうきょう》は、言葉で正確に説明することが難しい。春虎は『汎《はん》式《しき》』や『帝式《ていしき》』の呪術理論に則《のっと》って話しているが、この理論は、魂に関わる部分――そして「神」に関わる部分が、まだ未完成なのだ。果たして完成することがあるのかどうかすらわからないレベルなのである。

ただ、確実に言えることもある。

「この『誤魔化《ごまか》し』も、もう、もたない。夏目だけじゃなく、飛車丸の方も限界だ。それに……平将門《たいらのまさかど》の降臨を許してしまった。すでに神田明神を中心に、付近の霊相が変化しつつある。いまの二人の状態では、この変化を乗り切るのは……」

春虎が言葉を濁《にご》すと、京子は「そんな」と胸に手をやり拳《こぶし》を握《にぎ》り締《し》めた。

しかし、春虎の言葉を証明するかのように、ハマーが走る車道ですら、すぐ下を蠢《うごめ》く霊脈から陰《いん》の気が噴《ふ》き出しつつある。おそらく、間を置かず都内各地で霊災が発生し始めるだろう。かつての大霊災に並ぶような歴史的災害になるかどうかは、まだわからない。だが、そうなったとしても、何もおかしくはない状況だった。

鈴鹿も青い顔で口をつぐんでいる。『泰山府君祭』や魂の呪術に詳《くわ》しい彼女にも、解決策が思いつかないのだ。

ハマーが風を捲《ま》いて進む中、誰《だれ》しも重苦しく口を閉ざした。

そこに、

「あ、あのっ！」

と秋乃が声を上げた。

しかし、

「暗い雰囲気《ふんいき》んとこ悪いんだけど、来たんだわ」

警告したのはメズだった。来た道——神田明神の方向をにらみながら、リアカーゴで立ち上がった。

すぐに、

『——マスター。先ほど境内《けいだい》で確認された二体の式神が、後方より接近中です。対象は直線的に移動しているため、このままでは間もなく追いつかれます』

夜叉丸と蜘蛛丸に間違《まちが》いなかった。「くそっ」と春虎は後方を振《ふ》り返り、毒づく。追跡《ついせき》してくる可能性は五分。そう判断したのだが、悪い目が出たらしい。

ボンネットのゴズも立ち上がり、

「……マスターは最後に、当分その白髪頭《しらがあたま》に付くよう命じられた。やるってんなら、力を貸すぜ？」

「助かる。なら、防御《ぼうぎょ》に徹《てっ》してくれ。ハマーはこのまま走れ。奴《やっ》らの狙《ねら》いは、多分おれだ。おれが食い止めるから、その間に――」

「はっ？　寝惚《ねぼ》けてんのか、春虎？」

「冬児！」

「時間がねえから、無駄《むだ》な議論はなしだ。作戦だけ決めろ。異議のあるやつは？」

冬児が仲間たちを見回すより早く、

「ないっ」

「ないわ！」

「あるわけないでしょ!?」

天馬と京子、鈴鹿が応えた。付け入る隙《すき》のない、見事なコンビネーションだった。

春虎は、唇《くちびる》を噛《か》む。

荻窪《おぎくぼ》で戦ったときとは訳が違う。主《あるじ》たる多軌子が平将門をその身に宿したいま、八瀬童子たちの力は、以前とは比較《ひかく》にならないほど飛躍《ひやく》しているだろう。対して、こちらは飛車丸、夏目、大友が動けない。角行鬼も、とてもまともに戦える状態ではない。ゴズとメズが共闘《きょうとう》してくれたとしても、率直《そっちょく》に言って勝ち目はなかった。

しかし、冬児たちが引かないことも、火を見るよりも明らかだ。

——どうすれば……!?

春虎は苦悶《くもん》する。

と、

「かっ、神々は遍在するんです！　いつの世にも！　等しく！　同時にっ！」

目を閉じ、顔を真っ赤にして、秋乃が大声で叫《さけ》んだ。

全員、あまりに突然《とつぜん》のことに、鳩《はと》が豆鉄砲《まめでっぽう》を食ったような顔で秋乃を見た。春虎もだ。

その瞬間《しゅんかん》、自分たちが置かれている現状すら忘れて、目を丸くした。

それでも秋乃は続けて言う。

「い、いまあるすべてを整合するには、魂を送るしかないんですっ。だから――」

と、いまにも泣きそうになりながら、秋乃は閉じていた目を開け、真っ直《す》ぐに春虎を見つめて告げた。

「だから、お前が『時』を操れって！」


不意に。

春虎の思考が止まった。

ただしそれは、表層の思考だ。

春虎は一度、完全に理性の動きを止めた。

そうしておいて、心の思うがまま、自由に解き放った。

意識してのことではない。秋乃の台詞を耳にしたとき、自然とそうなったのだ。

思いが弾《はじ》ける。

知識が暴れる。

記憶が駆《か》け抜《ぬ》け、直感が大声を上げる。

魂が、手を伸《の》ばす。

答えに向かって。

それはすべて一瞬の、瞬《まばた》きする間の出来事だ。そしてその一瞬とは、一昨年《おととし》の夏の夜以来、一年と八か月に及《およ》ぶ壮絶《そうぜつ》な苦悩《くのう》と挫折《ざせつ》と抵抗《ていこう》がもたらした、一瞬でもあった。

逆転の発想。

あり得ない状況を整合する。それは何も、いまある状況を変えることを意味しない。自らその状況を作り出すことで、「あり得る」ことにしてしまえばいいのだ。もちろん、そんな事例は、古今東西、見たこともなければ聞いたこともない。しかしその事実は、可能性を否定するものではない。むしろ、可能性を開くものだ。これが「最初の事例」だという可能性を。

つまり——

またしても「原因」は春虎になるのだ。

「……っ！」

長いようで短い静寂《せいじゃく》が過ぎ去った。

春虎は、

「……その伝言、誰から？」

秋乃は、え、と瞬《まばた》きをし、それから戸惑《とまど》うように耳を左右に振って、

「か、神様……？」

と答えた。

オーケー、神様。春虎は固く胸に誓《ちか》う。

もし間違っていたならば、末代まで呪《のろ》ってやる。

「……いい報《しら》せか、春虎？」

それまで黙《だま》って成り行きを見つめていた角行鬼が、ぼそりと口を開けた。「ああ」と春虎は太い声で答える。

「一か八《ばち》か……最後に賭《か》ける道が見えた」

「ど、どういうことっ？　夏目ちゃんを救えるの？」

「わからない。けど――」

そのためには、すぐに移動しなければならない。しかも、自分を追っているに違《ちが》いない二体の八瀬童子を振り切って。極《きわ》めて困難――というより、実質的に不可能だ。春虎は背後を振り向き、必死に方法を模索《もさく》する。

が、

「……良し。天馬、止めろ」

「うん。羽馬、停車して」

　冬児が言って、天馬があっさりと命じた。ハマーが主の命令に従って、ブレーキをかけ停車する。「おいっ⁉」と春虎が驚《おどろ》いて取り乱した。

「何してるんだ！」

「バカ虎。わかりやす過ぎだ。要するに、追っ手が邪魔《じゃま》なんだろ」

「僕たちでできる限り食い止めてみるよ。京子ちゃん。鈴鹿ちゃんも――」

「そうね。といっても、白桜と黒楓で、どこまでできるかわからないけど」

「てか、時間もったいないから、早く行けっての。――あ、ついでに、こいつだけ連れってよ。邪魔だから」

　最後に鈴鹿が言って、ぐいっと秋乃の肩《かた》を押した。

　春虎は言うべき言葉を失っていた。

　冬児が仕方なさそうに笑い、シートから立ち上がって「ほらよ」と春虎の胸に一枚の呪《じゅ》符《ふ》を押しつけた。式符。

　雪風《ゆきかぜ》だ。土御門家に仕える、白馬の式神である。

「一昨年から預かってたんだ。返そうとはしたんだが、夏目のやつ、自分は竜気《りゅうき》で飛べるから、いざってときのために持っててくれってな。夏目だけじゃなくて、コン――飛車丸か？　二人も抱《だ》きかかえて空飛んでたんじゃ、両方目を覚ました途端《とたん》に修羅場《しゅらば》だからな」

冬児は意地悪く言うと、「行け」ともう一度強く告げた。

「お前のためじゃねえ。夏目のためだ」

春虎は途方に暮れて仲間たちを見回した。しかし、冬児も、京子も、天馬も、鈴鹿も、全員、誇《ほこ》らしげに微笑《ほほえ》んでいる。

最後に、春虎は角行鬼を見やった。

かつて激動の時代を共に駆け抜けた隻腕《せきわん》の鬼《おに》は、激しいラグを起こしながら、

「人をたらし込む才能は、血だな」

と自らの主に、おかしそうに笑いかけた。

そして、

「要するに、お前の宿命なんだ。諦《あきら》めろ、土御門。行って……飛車丸《このバカ》を起こして来い。俺はまだ、お前らを見ていたい」

4

もう、幾夜《いくよ》も前の話——

そこは、「場所」や「時間」というものがない——そうした概念《がいねん》に対する意味が異なる、

不思議でおかしな、しかし平穏《へいおん》な場所だった。自分と世界の境界線が曖昧《あいまい》で、どこからどこまでが自分で、どこから先が世界なのかわからない。そもそも、「どこ」が存在しないところなのだろう。

自分と世界が一体化するところ。

自分が、あらゆる場所のいかなる時間にも「在る」ところ。

時間が存在しないから、どれぐらいそこにいたかもわからない。というより、意味を成さない。

ただ、ふと……。

誰《だれ》かの声が聞こえたのだった。

声は、名前を呼んでいた。厳《おごそ》かな声で。魂が導く力――霊力《れいりょく》を込めた声で。対象への深い理解と想《おも》いが詰《つ》まった声で、名前を呼んでいた。

その声で呼びかけられた名前は、対象を区切り、世界と分かつ。区切られた対象は自らを認識《にんしき》し、自分としての存在を開始する。

それは、「呪」のもっとも根本的な作用だった。

声は呼んでいた。戻《もど》って来い、と。願いを込めて呼んでいた。戻って来て欲しい、と。

だから――彼女は戻ってきた。

陰《いん》と陽の交わる刻《とき》。夜の黒に太陽の白が被《かぶ》さる、夜明け前。

高所にあるその祭壇《さいだん》からは、彼女が元いた世界が見渡《みわた》せた。広く、どこまでも続くかのような、大きな都。

祭壇は、さっきまで彼女がいたところと交わり、繋《つな》がっていた。また、祭壇には、彼がいた。彼女を呼ぶ、「呪」術師が。よく知っている人だ。彼女が大好きな人だ。彼の声に、彼の霊気《れいき》に、心を預けて、彼女は側《そば》へと引き寄せられる。

そして気がついた。

祭壇に、もう一人の自分がいる。

もう一人の自分は、彼女に気付いて同じように驚いていた。驚き、揺《ゆ》らぎ、混乱し、自分がわからなくなった。

私は……。

☆

——あ……。

最初に感じたのは、寒さと暖かさだった。

冷たい風が吹《ふ》いている。空気に触《ふ》れる肌《はだ》が冷たい。なのに身体《からだ》が温かいのは、何か、ぬくもりに触れているからだ。

そして、その次に気付いたのは、自分が置かれている状況《じょうきょう》だった。違和感《いわかん》があったのだ。身体が地面に触れていない。浮遊《ふゆう》し、しかも移動している。

え、と夏目は身動《みじろ》ぎし、

「夏目⁉」

すぐ側から聞こえたその声に、心臓が止まるかと思った。

春虎がのぞき込んでいた。

反射的に仰《の》け反《ぞ》ろうとし、春虎が「夏目っ」と慌《あわ》てて腕《うで》に力を入れる。それでようやく気がついた。春虎に抱きかかえられているのだ。しかも、空を飛んでいる。

つまりこれは夢なのだ、と夏目は理解した。実は以前も似たような夢を見たことがある。あのときはホテルのベッドで、死んだはずの自分を、春虎がのぞき込んでいた。秘密を明かして。思いを打ち明けて。それから……。

夢みたいな夢。まどろみの中の幻《まぼろし》。

あるいは、これまでのことの方が、全部夢だったのだろうか？　目が覚めたら自分はいまも陰陽塾《おんみようじゆく》に通っていて、春虎の座学の成績が上がらないことに、ヤキモキしながら説教

ろうか。

まると大友先生が入って来て、こら、みんな早う席につき、なんて苦笑《くしょう》しながら言うのだろうか。

同じ教室には、冬児や京子、天馬がいて。休み時間には、鈴鹿が顔を見せて。講義が始まるのだろうか。

命を落として、生き返って、でもきちんと生き返れなくて。

それまでの毎日は、すべて変わってしまった。全部なくなった。

いっそ死んでいた方が良かった。そんな風に後ろ向きに思ったことだってある。それでも、必死に前を向いてやって来たのは、みんながいるとわかっていたからだ。たとえ離《はな》れた場所だろうと、みんながいて、春虎がいるとわかっていたからだった。

ずっと捜《さが》し続けた。訳を知りたくて。ただ会いたくて。捜して。追いかけて。すれ違って。また置いて行かれて。

全部、夢だったのだろうか。

だって春虎は、こんなにも側に、居てくれる。

「目が覚めたのか？　信じられない。意識があるんだな？　おれのこと、わかるか？」

「……春虎君……」

「夏目――！」

春虎が目頭を熱くして夏目を抱き寄せる。な、なっ、と夏目がいよいよ手足をバタつかせたが、春虎は気にしなかった。顔が赤くなるのがわかる。前に見た夢といい、どうしてこう……。

と、

「夏目!?　よかった！」

その声は、秋乃だった。声のした方を見ると、空を駆《か》ける白馬に跨《また》がり、春虎のあとに続いている。白馬は雪風だ。しかし、雪風には秋乃だけでなく、もう一人乗っていた。

秋乃の背中にぐったりと身を預ける女性。軍服を着ているが、より目を惹《ひ》くのは頭上に伸《の》びる毛に覆《おお》われた一対《いっつい》の耳。それに、背後に見えている木の葉型のしっぽだろう。

狐《きつね》の耳と尾《お》。狐憑《きつねつ》きの女性。

夏目は大きく目を見開いて、

――あのときの……。い、い、い、

とっさにそう思いつつ、「あのとき」がいつのことなのかは思い出せなかった。しかし、彼女を目にした自分に起こった反応、感覚、感情は、「あのとき」と同じだとなぜかわかったのだ。

喩《たと》えるなら、幽体離《ゆうたいり》脱《だつ》して、自分自身を外から眺《なが》めるような……。いや、もっと近い経験がある。北斗だ。簡易式の北斗を操《あやつ》り、北斗の目から自分を見つめたときの感覚に似ている。まるで違うのに、「自分」を感じる。

「なんで……」

「待ってくれ。全部説明する。もう着く」

春虎はそう言って前方に視線を戻した。夏目は首を傾《かたむ》け、眼下に広がる光景を眺める。

東京の夜景が広がっていた。しかし、普段《ふだん》とは様子が違う。霊《れい》脈のざわつきが「視《み》」えるのだ。それは、『天曺地府祭』の祭壇が展開されたときとも、また少し異なっていた。

「あ」

そこでようやく、夏目は自分が意識を失う寸前の状況を思い出した。

神田明神の『天曺地府祭』。自分は駆けつけたあと、すぐに気を失ってしまった。あれから何があったのか？　他《ほか》のみんなは？　どうして捕《と》らわれていたはずの秋乃が一緒《いっしょ》で、みんなが側にいないのか？

――私たちは……。

負けたのだろうか？

冷たい恐怖《きょうふ》が迫《せ》り上がったとき、

「着いたっ」

春虎の声に、視線を前方に向ける。向かう先に、背の高い建物が近づいていた。陰陽塾の塾舎だ。そして、屋上に立つ四つの鳥居と、それに囲まれた石の舞台《ぶたい》。

トクン、と夏目の心臓が跳《は》ねた。

春虎は真っ直《す》ぐに天壇《だん》の石舞台に向かい、その上に降り立った。雪風があとに続き、蹄《ひづめ》を鳴らして舞台の脇《わき》に着地する。秋乃がほとんど落馬するようにして、飛車丸を背負って屋上に下りた。

「は、春虎君……いったい、何が……」

気がつけば身体が震《ふる》えだしていた。石舞台の上に降ろされた夏目は、立っていることができずに座り込んだ。春虎はその前にしゃがみ、夏目の両肩《りょうかた》をつかんで、真っ直ぐ正面から向き合った。

「夏目。もう時間がない。いまお前の意識があること自体、奇跡的《きせきてき》なんだ。だから、いまから言うことを、よく聞いてくれ。いいか？」

春虎の隻眼《せきがん》が、夏目の目をのぞき込む。

春虎は、ひと言ひと言をゆっくりと、それでいて強く言い聞かせた。夏目はまだよく頭が働かないまま、春虎の雰囲気《ふんいき》に押され、頷《うなず》いた。

春虎も、夏目がまだ浮《う》き足立《あしだ》っていることは充分《じゅうぶん》承知しているらしい。だが、時間がないというのは本当なのだろう。感情を排《はい》して淡々《たんたん》と、簡潔に、いま夏目たちが置かれている状況を説明した。

冬児たちの奮闘《ふんとう》。大友の襲撃《しゅうげき》と負傷。平将門の降臨。秋乃の救出と逃亡《とうぼう》。そして、いまさに、追跡《ついせき》してきた八瀬童子たちを、冬児たちが必死に足止めしていること。そうして稼《かせ》いだ時間で、春虎は夏目をここに連れてきたのだということ。

おそらく春虎は客観的な事実のみを伝えてくれたのだろうが、だからこそ余計に、意識を失っていた間の情景が、まざまざと想像できた。

そして春虎は、夏目の魂《たましい》が抱《かか》える問題についても話してくれた。

夏目の魂とコン——飛車丸の魂が、「同じもの」だということ。

「ひょっとして、何か心当たりがないか？」

春虎は一縷《いちる》の望みを込めて尋《たず》ねたようだが、もちろん夏目には心当たりなどなかった。

というより、春虎の言っていることの意味が、よく理解できなかった。

——私が、コンと？

コンの正体についてなら、潜伏《せんぷく》生活の途中《とちゅう》で泰純《やすずみ》から教えてもらった。初めて聞いたときは驚《おどろ》いたものだ。何しろ、飛車丸と言えば伝説の式神である。それがあのコンだとは、すぐには信じられなかった。ましてや、自分と同じ魂——春虎の言い方だと「夏目と魂が同じ」だなどと言われても、まったく実感が湧《わ》かない。

共通点など何ひとつないとしか思えなかった。いや、唯一《ゆいいつ》あるとすれば、春虎への想《おも》いだろうか。飛車丸の話を泰純から聞いたとき、少し、感じるものがあったのだ。忠義の奥に秘《ひ》められた、飛車丸の主への想いを。

しかし、それが心当たりになるとは考えられない。

夏目は血の気の失《う》せた顔で、のろのろと首を横に振《ふ》った。

ところが春虎は、

「そうか。なら、それでいいんだ」

と、何か逆に覚悟《かくご》を固めたように頷いた。

「これからおれがしようとしていることが正しいなら、万が一心当たりがあるとしても、飛車丸の方のはずだからな」

「これから……？」

夏目は含意《がんい》もなく尋ねたが、それを聞いた春虎は、いよいよ険しく、厳しい面持《おもも》ちになった。

そして、言葉を選ぶ激しい葛藤《かっとう》の末に、

「夏目」

と重々しく口を開いた。

「もう隠《かく》し事や気休めを言ってる場合じゃない。だから、はっきり言う。お前を甦《よみがえ》らせようとして上手《うま》く行かなかったあと、おれは北斗に命じてお前の魂を、お前の身体に結び付けてきた。けど、もうそれも限界だ。お前の魂は、これ以上この世に留《とど》まれない」

正直に言えば、そのことはすでに、なんとなくわかっていたし覚悟もできていた。そのつもりだった。

しかし、春虎から面と向かってきっぱり告げられた瞬間《しゅんかん》、夏目はこれまでに体験したことがないほどの、激しく巨大《きょだい》なショックを受けていた。死んでいた方が良かった。そう思ったこともある。けれど、こうして春虎に再会できたいま、その春虎の口から告げられる死の宣告は、夏目の想像を遥《はる》かに上回っていた。

取り乱さなかったのは、ただの偶然《ぐうぜん》だ。頭が真っ白になって、それどころではなかったというだけである。

だが、

「けど、おれはお前を諦めない」

春虎は続けて言った。そのひと言が、夏目の心を力強く抱き締めた。

「おれはこれから、縺《もつ》れた糸を解《ほど》いて、もう一度、お前を呼び戻《もど》す。絶対に成功させる。

何がなんでも。だから……おれを信じてくれ」

春虎は、これから何をするのか、具体的な説明はしなかった。時間がないこともあるのかもしれないが、それ以上に「知らない方がいい」ことなのだと、なんとなく察することができた。無茶な話だ。知らない方がいいことを、それでも信じろと言うのである。それも、あんなショックなことを言った、舌の根も乾《かわ》かないうちに。それで、絶対にとか何がなんでもなんて、どうかしているとしか思えない。酷《ひど》いやり方だし、滅茶苦茶《めちゃくちゃ》だし、あまりにも思いやりが足りない。

「はい」

夏目は答えた。

それから不意に昔のことを思い出し、そっと春虎の左頬《ほお》に手を伸ばした。

いま春虎の左の頬は、錦《にしき》の眼帯に半分覆われている。かつてそこには、五芒星《セーマン》の形をした呪紋《タトウー》があったのだ。

春虎を、呪術《じゆじゆつ》の世界に導いた印。

夏目が春虎に与《あた》えた、始まりの絆《きずな》。

その跡《あと》に触《ふ》れながら、

「春虎君を信じます。でも……いいですか？　忘れないで下さいね？」

気がつくと声が震えていた。夏目は頑張《がんば》って、なんとか春虎に微笑《ほほえ》みかける。

「嘘《うそ》をつくような式神《ひと》には、お仕置きなんですから」

春虎は泣くのを堪《こら》えるような顔で笑い返し、夏目が伸ばした手を、自分の手で握《にぎ》りしめる。

すると、

「は、春虎君！　あの、ひ、飛車丸さんが！」

秋乃が我慢《がまん》できない様子で叫《さけ》んだ。見れば、秋乃が石舞台の隅《すみ》に横たわらせていた飛車丸の身体《からだ》が、いまにも消えそうなほどのラグに見舞《みま》われていた。

「……う」

と苦しげな呻《うめ》き声をもらし、飛車丸がうっすらと瞼《まぶた》を開ける。

こちらを見て、

「……春虎様……」

突然《とつぜん》だった。

スッ——と「自分」が引き寄せられるような気がした。慌《あわ》てて気をしっかりもつ。飛車丸が春虎の名を口にした瞬間、自分と彼女の繋《つな》がりが、一気に強くなった気がした。

春虎は、これまで見たこともないほど厳しい面持ちで眦《まなじり》を決した。

「秋乃、来てくれ！」

そう言って、自分はその場で『鴉羽』を脱《ぬ》いだ。たちまち辺りに黒い羽根を撒《ま》き、黒衣が三本足のカラス――金烏《きんう》へと姿を変える。「待ってろ、飛車丸！」と声をかけてから、改めて夏目の両肩をつかむ。

「始めるぞ」

「……はい」

春虎は夏目に頷きかけると、手を離《はな》し、後ろにさがった。そして、「『月輪』！『鴉羽』！」と式神たちを呼んだ。

移動中にすでに指示を受けていたのか、秋乃がただちに夏目の斜《なな》め後ろへ移動し、金烏も反対側の斜め後ろに、ぴょんぴょんと跳ねて行った。春虎と秋乃、金烏で、三方から夏目を囲う形だ。

「……神々は遍在《へんざい》する……等しく、あらゆる時空に……」

頭上に広がる夜空をにらみ、春虎は何かを再確認するように、小さくつぶやく。

それから最後に、

「北斗。合図を出したら……夏目を、離せ」

そう、もう一体の式神に命じた。夏目の魂を、繋ぎ止めている竜《りゅう》に。

陰陽塾《おんみようじゆく》の屋上に風が吹《ふ》く。

ほんのわずかだけ、春の気配を忍《しの》ばせた夜風。

春虎は厳《おごそ》かに、

「これより、『泰山府君祭』の儀《ぎ》を執《と》り行う」

と宣言した。

夏目はぎくっと身を竦《すく》ませる。

魂を操る呪術。予感はしていたが、『泰山府君祭』に対する印象は、決して良いものではない。その後泰純から『泰山府君祭』に関する知識を教わって、夏目が考えていたような呪術ではなかったことは、ある程度わかった。しかし、夏目の知る限り、『泰山府君祭』に限らず、魂の呪術を駆使《くし》して好ましい結果を得た例はない。

――いいえ……!

唯一あるとすれば、それは、春虎が生まれ変わってくれたこと。夏目の側に転生してくれたことだ。

『泰山府君祭』は、戦前に生まれた悲運の天才陰陽師を、呑気で朗らかでとても優《やさ》しい、素敵《すてき》な幼馴染《おさななじ》みにしてくれた。

「平気だよ、夏目! 神様がついてるもん!」

秋乃が、至って真面目《まじめ》な顔で励《はげ》ました。「神様?」と夏目。秋乃はコクンと大きく頷く。

反対側では金烏が鳴き声を上げた。そして正面では、春虎が呪文の詠唱《えいしょう》を開始していた。

以前垣間見《かいまみ》た鈴鹿のときに比べると、ずっと簡易な形式だ。しかし、張り巡《めぐ》らされる術式は、遥かに精緻《せいち》で驚くほど力強い。

夜光が作り上げた、春虎の呪術。

夏目の周りが光に包まれる。光は遥か天空へと繋がっている。急激に意識が遠ざかる。見当識が薄《うす》れていく。

「夏目!」

春虎が叫んだ。

光の幕に覆《おお》われ、春虎の姿は、もうはっきりとは見えない。夏目が必死に目を凝《こ》らす先で、幼馴染みの少年は込み上げる感情を抑《おさ》え、あえて太々《ふてぶて》しく、ニヤリと笑いかけた。

「幾瀬《いくせ》、幾歳《いくとせ》の彼方《かなた》で会おう。おれは——お前の式神《もの》だからな!」

そして——

☆

夏目の魂はその身体を離れ、彼方の地へと転生を果たした。

5

その子供には名前がなかった。

忌《い》み子。憑《つ》き者。そう蔑《さげす》まれ、隔離《かくり》された。物心ついたころには、自分はそのような存在なのだと、誰《だれ》に説明されるまでもなくわかっていた。

誰からも顧《かえり》みられることなく、誰からも愛されることなく、ただそこに「ある」だけの日々。それが死ぬまで繰《く》り返されるのだと、なんの疑いもなく信じていた。それが自分の「生」なのだ、と。

しかし違《ちが》った。そうではなかった。

自分の生は、同じ時代を生きる何者にも勝《まさ》るとも劣《おと》らぬほど、波乱に充《み》ちていたのだ。

すべての始まりは、潑剌《はつらつ》とした元気な声。家人を振り切って座敷牢《ざしきろう》に押し入り、重たい戸板を開け放って投げかけられた、少年の声だった。

「お前がぼくの式神か？　なるほど。変わってるな、お前」

それはまさに、深い夜の闇《やみ》に差し込む、一条の光だった。

夜の光に照らされたそのとき、彼女の「生」は、本当の意味で始まった。

少年は、驚き、混乱する彼女を見ると、ふう、と息をつき、どかどかと近づいた。

「ん」

と腕《うで》を伸《の》ばして彼女の手を取り、そのまま引っ張って立たせ、連れ出した。

座敷牢の外に。

彼女の知らなかった世界に。

廊下《ろうか》を渡《わた》って縁側《えんがわ》へ。さらに、縁側を降りて庭へ。

太陽に照らされる庭は、この世のものとは思えないほどの美しさだった。彼女は息を呑《の》んで目を丸くし、突然開かれた世界をまじまじと凝視《ぎようし》した。

そんな少女の様子などどこ吹く風と、

「なあ。お前、名前がないんだって？」

聞かれて、彼女はびくびくとしながら頷《うなず》いた。頭上の耳——忌《い》むべき狐《きつね》の耳が震《ふる》える。隠そうとしてもじもじするほど、お尻《しり》のしっぽが左右に揺《ゆ》れてしまう。

少年は彼女から手を離すと、腕組《うでぐ》みをして、少女を眺《なが》めた。耳の先からしっぽまで、じろじろと見つめ、眉根《まゆね》を寄せて、ううん、と唸《うな》った。

彼女の頬が羞恥《しゆうち》に染まる。

しかし、少年は少女の気持ちには気付かないまま、「よしっ」と、得意げに頷いた。

そして、

「お前、狐が混じってるから、名前はコンにしよう。混じると書いて、『混《コン》』。お前は今日から、土御門混だ」

混。それが自分の名前。

あまりに突然のことに、彼女は何も反応することができなかった。すると、少年は急に戸惑《とまど》う表情をし、のぞき込むように上目遣《うわめづか》いで彼女を見た。

「……ひょっとして気に入らない？　でも、狐はコンコン鳴くし、すごくぴったりだと思うんだけど……。もっと可愛《かわい》らしい方がいいかい？」

どうやら、そのときようやく少年は、自分がずいぶんと不躾《ぶしつけ》なことをしてしまったのではないかと思い至ったようだった。少し慌てるように落ち着きをなくし、不安そうに少女を見た。

嫌《きら》われてしまっただろうかという、子供らしい不安だ。

彼女は首を横に何度も振《ふ》った。

彼女は喋《しゃべ》るのが苦手だ。これまでほとんど会話を交《か》わしたことがなかったからだ。

それでも、頑張って声を出し、

ありがとう、

と、か細い声でお礼を言った。

たちまち少年は機嫌《きげん》を直し、

「いいさ！　ぼくは、夜光。夜の光で、夜光だ。これからよろしくな、混」

そう自らも名乗って、溢《あふ》れんばかりの笑《え》みを浮《う》かべた。

まるでお日様みたいな笑顔だ。少年の笑みに我《われ》知らず見とれながら、彼女はそんな風に思った。

ある夏の日の奇跡《きせき》。

屋敷《やしき》の庭の片隅《かたすみ》では、野生のひまわりがにこやかに咲《さ》き誇《ほこ》って、幼い二人を見つめていた。

あとがき

大変お待たせしてしまいました！　シリーズ最厚の一冊をお届けします。

『東京レイヴンズ14　EMPEROR. ADVENT』。

今回、担当のコーティとは、かなり真面目《まじめ》に、分冊にすることも検討しました。ですが、内容的にはなんとか一冊でお届けしたいと思い、このような形となりました。

なんというか、今回はこれまでの執筆《しっぴつ》の中でもトップ３に入る難産でして……誰《だれ》だよこんなにいっぱいキャラ出したのはと頭を抱《かか》えながら、でも手抜《てぬ》きせず、ひたすら書きました。いや、大変でした。今回でこんなってことは、最終的にはどうなるやら……考えただけで目眩《めまい》がしそうです。

とはいえ、これでもかなり削《けず》りましたので、中身はぎゅっと詰《つ》まっております。じっくりとお楽しみいただければ幸いです。

ちなみに、実はこの十四巻。筆者にとって記念すべき、五〇冊目の著書となりました。

レーベルを移行して出版し直した分や、短編の入ったアンソロジーなどを入れると、もう少し増えるのですけどね。「あざの耕平《こうへい》の新刊」という意味では、ちょうど五〇冊目の新刊です。

デビューしてからの年月を考えると、多いのか少ないのか微妙《びみよう》なところですが（笑）、これだけ書かせてもらえたのも、ひとえに読者の皆《みな》さまのおかげです。ありがとうございました！ 今度は一〇〇冊を目指して、頑張《がんば》っていきたい所存です！

（……なんて書きながら、数え間違《まちが》えてたらどうしよう……）

そんな記念すべき五〇冊目の今作なのですが、奇《く》しくも、シリーズ屈指《くつし》の重要な回となっています。

以下、多少ネタバレになるかもしれませんが……。

迫《せま》り来るタイムリミットと、刻々と変化する、入り組んだ状況《じようきよう》。敵勢力との正面対決がある一方、敵と味方が次々と立場を変え、入り乱れています。『十二神将』たちの個人的な心情なども、この際妥協《だきよう》せず、みっちりと書かせていただきました。個人的には、彼と彼女の決別シーンなんかは、前々からあれこれ想像していたので、ようやく書けたときは感慨深《かんがいぶか》いものがありました。そのあとの彼とのやり取りは、実はとっさに思いついて付け加えたのですが、ちょっとみっともなく、けど矜持《きょうじ》のあるおっさんどもの、良い「味」が出たのではないかと思っています。

　そして、なんと言っても、春虎《はるとら》と夏目《なつめ》、仲間たちとの再会です。ページ数の都合上――また、物語のシチュエーション的に、じっくりしっとり、という感じにはなりませんでしたが、それでも書いていて熱いものがありました。「ようやく……！」という感じで、肩《かた》の荷《に》が下りたような思いです。書いてて、第一部ラスト付近の、アニメのシーンが過《よ》ぎったりもしましたしね。長く溜《た》めた上でのこういう場面は、長編シリーズの醍醐味《だいごみ》かと思います。

　さらには、第二部最大の謎《なぞ》も、ついに今作で明かされました。この仕掛《しか》けは以前からの構想通りではあるのですが……結構大胆《だいたん》な仕掛けなので、読者の皆さんの感想が気になるところ。どうだったかな～、とドキドキしています。驚《おどろ》いていただけましたでしょうか？　以前あとがきで、「彼女の本当の『縁《えん》』は、これから、彼女自身の手で作られていく」と書いたことがありましたが……実は、こういうことだったのです。

　生まれと環境《かんきょう》の違《ちが》いはあります――特に「幼少期」は――が、あらためて読み直してもらうと、色々と違った面白さがあるかもしれません。そうした、再読で気付く面白さという点は、シリーズ一巻目と同じ構造になっています。もしよろしければ、お時間のあるときに、一度試してみて下さいませ。両方お前かよっ、て笑えるシーンが多々あるかと思いますので（笑）。

それでは、次にお知らせの方も。

あざのが原作を、久世蘭《くぜらん》先生がマンガを描《えが》いて下さっている、スピンオフコミックス『東京レイヴンズ Sword of Song』が、この度《たび》無事完結しました。久世さん、ありがとうございました！

最終巻となる五巻が、先日（二〇一五年十一月）発売されています。暁兎《あきと》や双子《ふたご》、陽太《ようた》や星哉《せいや》、そして夜彦《やひこ》にも、だいぶ思い入れができたので、お話のラストは我ながら寂《さび》しかったのですが……藤原千方《ふじわらのちかた》と彼が使役《しえき》する四鬼《しき》にまつわるエピソードとしては、ほどよい長さでまとめられたのではないかと思います。

今回本編では活躍《かつやく》のなかった木暮《こぐれ》も、こちらでは大活躍しています。春虎たちも登場してますしね。物語の最後まで出来上がりましたので、これを機に、ぜひまとめて読んで、楽しんで下さいませ。よろしくお願いします。

最後に、謝辞を。

イラストのすみ兵《へい》さん。見てるだけでワクワクしてくるイラストを、今回も本当にありがとうございます。なんと言うか、本文を書いてる筆者がこれだけテンション上がるのですから、読者の皆さんも相当イマジネーションを掻《か》き立てられるのではないかと思います。続きもよろしくお願いいたします。

担当のコーティ。めちゃめちゃ苦労をおかけしました！　なんか最近謝ってばかりですが、今回は特に、ほんと、申し訳ありません&ありがとうございました！　途中《とちゆう》、何度か心が折れそうになりましたが、コーティのおかげで乗り切れました。十四巻が完成したのは、間違いなくコーティの功績です。感謝！

そしてまた、今回は校正さんにも、かなり助けていただきました。……あ、いや、今回というか、いつもなんですけどね？　ただ、今回は特に身に染みたといいますか。丁寧《ていねい》な校正、頭が下がります。ありがとうございます。

そしてそして、読者の皆さま。

冒頭《ぼうとう》でも書いた通りお待たせしてしまいましたが、果たしてその甲斐《かい》はありましたでしょうか？　振《ふ》り返《かえ》るとストーリーラインは色々と複雑な回になっていますが、大事なところは、これまでと変わっていません。キャラクターたちそれぞれの思いを、どうか見届けていただければと思います。

次巻は――本編を読まれた方なら、おわかりかと思います。そう、過去編です。少し雰《ふん》囲気《いき》が変わるかと思いますが、気合い入れて書きますので、楽しみにお待ちいただけると嬉《うれ》しいです。

そのあとはいよいよ、最終決戦……シリーズのラストも、ようやく見えてきました。どうぞ、お楽しみに。

それでは。

二〇一五年　十一月　あざの耕平

富士見ファンタジア文庫

東京《とうきょう》レイヴンズ14

EMPEROR. ADVENT

平成27年12月25日　初版発行
令和７年３月15日　再版発行

著者――あざの耕平《こうへい》

発行者――山下直久
発　行――株式会社KADOKAWA
〒102-8177
東京都千代田区富士見2-13-3
0570-002-301（ナビダイヤル）
印刷所――株式会社暁印刷
製本所――本間製本株式会社

ISBN978-4-04-070525-5 C0193 ◇◇◇

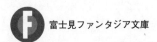